Andreas Gruber

LAST LINE OF DEFENSE

Die Bedrohung

Alle Missionen der **LAST LINE OF DEFENSE**:

Der Angriff
Die Bedrohung
Der Crash

ANDREAS GRUBER

LAST LINE OF DEFENSE

BAND 2

DIE BEDROHUNG

Ravensburger

MIX
Papier | Fördert gute Waldnutzung
FSC® C111262

1 3 5 4 2

Originalausgabe

Text: Andreas Gruber
Dieses Werk wurde vermittelt durch die
AVA international GmbH Autoren- und Verlagsagentur, München.
www.ava-international.de

Umschlaggestaltung: ZeroMedia GmbH
Verwendete Bilder von FinePic®, München

Printed in Germany

ISBN 978-3-473-58637-0

ravensburger.com

FÜR STEFFI,
MEINE LAST LINE OF DEFENSE

»**DESWEGEN GIBT ES UNS.**«

Motto der Last Line of Defense

PROLOG

»Wir erreichen die Zielkoordinaten in zwei Minuten«, hallte es durch die Lautsprecher aus dem Cockpit.

Ken Garrison blickte auf seine Armbanduhr und stellte den Countdown auf 120 Sekunden. Dann erhob er sich von der Metallpritsche, die im hinteren Bereich des Frachtraums an der Wand montiert war. Rucksack, Survivalkit, Waffe und Atemgerät wogen schwer auf seinem Rücken. Aber das würde sich bald ändern, wenn er sich in die Tiefe stürzen und knapp sieben Kilometer im freien Fall zurücklegen würde, ehe er die Leine des Fallschirms zog.

»T minus 100«, drang es aus dem Cockpit. Das Licht im Frachtraum schaltete von weiß auf rot um.

Major Conklin trat an seine Seite. Im tiefroten Licht sah Conklins kantiges Gesicht mit den langen Narben auf der Wange gespenstisch aus – als wäre ihm jemand vor vielen Jahren mit einer Harke übers Gesicht gefahren. »Nervös?«, fragte er.

»Ehrlich gesagt … ja, Sir«, antwortete Garrison. »Das ist erst mein fünfter HALO-Sprung.«

Conklin lächelte. »Die ersten vier haben Sie überlebt – bei dem wird es nicht anders sein. Reine Routine. Sie werden sehen.«

»Ja, Sir.« Reine Routine. Das war auch der Grund, warum Garrison diesen Auftrag allein erledigte – ohne seine Kollegin vom Team Alpha.

Sie waren seit vier Stunden in der Defense One unterwegs. Die für militärische Spezialeinsätze umgebaute Boeing C-17 Globemaster III hatte mit ihren vier Strahltriebwerken eine Überführungsreichweite von knapp zwölftausend Kilometern. Im Moment flogen sie 300 Kilometer vor der marokkanischen Küste über dem Atlantik. Bei diesem Auftrag ging es lediglich darum, unauffällig die Insel Hell Island zu erreichen, um herauszufinden, ob von dort eine Bedrohung ausging – und falls ja, welche. Wenn alles klappte, hatte Garrison seinen Job in einer Stunde erledigt und konnte vor Sonnenaufgang den Helikopter für seinen Abtransport rufen. Kurz darauf würde ihn die Defense One wieder zurück nach England bringen, während sie sein Datenmaterial auswerteten.

»T minus 70.«

Ein Ruck ging durch die Maschine, die Mechanik quietschte und die Frachtluke begann sich zu öffnen. Augenblicklich wehte eiskalte Luft herein.

Conklin hielt sich an einer Metallstrebe fest und biss die Zähne zusammen. Seine Muskeln spannten sich unter dem dicken dunkelgrünen Pullover an. Im Gegensatz zu Conklin spürte Garrison die Kälte dank seines Thermoanzugs nur im Gesicht.

Langsam wanderte die Plattform der Frachtluke nach unten. Dunkelheit lag vor ihnen. Es war drei Uhr nachts, aber im Osten zeichnete sich bereits ein silbergrauer Streifen am Horizont ab, der im Moment nur aus dieser Höhe zu erkennen war.

»T minus 50.«

Die Atemluft wich langsam aus der Frachtkabine. Conklin legte Garrison rasch die Hand auf die Schulter. »Hals und Beinbruch, Team-Leader Alpha. Viel Erfolg.«

»Deswegen gibt es uns, Sir«, sagte Garrison.

»So ist es.« Conklin nahm die Hand von seiner Schulter und verschwand durch eine Tür nach oben in Richtung Cockpit.

Rasch legte sich Garrison die Atemmaske übers Gesicht, setzte den Helm auf und überprüfte die Anzeigen. Der Sauerstoffgehalt war gut, das Gerät funktionierte.

»T minus 30«, drang der Countdown gedämpft durch den Helm.

Die Plattform rastete ein. Garrison ging nach vorn und stoppte drei Meter vor der Kante. Ein HALO-Sprung war nicht ohne Risiken. *High Altitude, Low Opening* bedeutete, dass man aus enormer Höhe absprang und den Fallschirm erst kurz vor dem Ziel öffnete, um so von Radar und Sichtkontakt unentdeckt zu bleiben. Möglicherweise war dieses Vorgehen gar nicht nötig – vielleicht rettete ihm aber genau das das Leben. Je nachdem, was ihn auf Hell Island erwartete.

»Sprechprobe … Könnt ihr mich verstehen, Defense One?«, sprach Garrison in das Mikro seiner Atemmaske.

»Klar und deutlich«, kam die Stimme eines anderen Last Line of Defense-Agenten aus dem Funkraum der Defense One, der während dieser Mission den Kontakt zu ihm halten würde. »Viel Glück.«

»Danke.« Garrison kannte den Jungen. Er war vom jüngsten Team der Organisation: Team Omega. Der Bursche hieß Jayden D. Knoxville und hatte vor vier Monaten in Südamerika brisante Informationen abgefangen. Genau deswegen war Garrison jetzt auf diesem Einsatz.

»T minus 10.«

Garrison atmete tief durch, leerte seine Lunge, trat einige

Schritte zurück, nahm kräftig Anlauf, stieß sich von der Kante der Plattform ab und sprang ins Freie. Kurz hatte er das Gefühl, sich nicht bewegen zu können, dann fiel er und es hob ihm den Magen hoch. Er spürte den Druck der Atmosphäre und den kalten Wind, der an seiner Kleidung zerrte.

Mit den Armen stabilisierte er seine Position, dann neigte er den Kopf, legte die Arme flach an den Körper und sauste wie eine Rakete nach unten. Ein wenig drehte er den Kopf und sah schräg über sich die Defense One, die ohne Positionslichter wie ein schwarzer Fleck mit glühenden Triebwerken in der Dunkelheit verschwand. Um ihn herum herrschte mittlerweile finstere Nacht, durchbrochen vom Leuchten weniger Sterne. Danach konzentrierte sich Garrison wieder auf seinen *Military Freefall,* wie Major Conklin diese Art von Einsätzen nannte.

Als das Display in seinem Helm eine Flugzeit von achtzig Sekunden anzeigte, sah Garrison zum ersten Mal die weiße Wolkendecke. Rasch flog er auf sie zu und drang im nächsten Moment auch schon in sie ein. Die nächsten Sekunden absolvierte er im Blindflug wie durch eine dichte Nebelwand. Kurz darauf durchbrach er die Wolkenschicht und sah das weite Meer unter sich.

Erst jetzt schaltete er den Helm auf Nachtsicht um und bemerkte im aufgehellten Restlicht die Umrisse der Insel. Er war viel zu weit südlich. Der Wind hatte ihn abgetrieben. Ihm blieben aber noch vierzig Sekunden, in denen er mit den Armen seine Flugrichtung korrigieren konnte.

Rasch wurde die Insel größer und Garrison steuerte die südlichste Spitze der Insel an, wo ein schmaler felsiger Küstenstreifen lag, hinter dem sogleich der dichte Urwald begann. Aufgrund der Bilder der Satellitenaufklärung hatten die Analysten der Last Line of Defense berechnet, dass dieser Punkt für eine Landung am besten geeignet war.

Wenige Sekunden vor dem Aufprall auf der Felsküste zog Garrison die Reißleine seines Fallschirms. Der entfaltete sich sogleich und der abbremsende Ruck fuhr Garrison durch den Körper. Mit den Steuerleinen veränderte er die Schlitzöffnungen des Fallschirms und lenkte ihn so nah wie möglich an den Wald heran.

Hart landete er neben spitzen Felsen auf einem dichten Wurzelgeflecht. Der Schmerz fuhr ihm ins Fußgelenk, er rollte sogleich ab, schrammte mit der Schulter über einen Ast und schlug mit dem Helm gegen einen Baumstamm.

»Fuck!«, zischte er, dann lag er auf dem Rücken. Eine Landung im seichten Wasser wäre deutlich angenehmer gewesen. Aber hier war die Strömung zu stark, außerdem hatten die Analysten aufgrund der Satellitenbilder herausgefunden, dass der Küstenstreifen um die Insel großflächig mit Wasserminen gesichert war.

Hell Island war inmitten internationaler Gewässer im Privatbesitz einer ihnen unbekannten Person und dieser Kerl hatte alles dafür getan, dass niemand so leicht einen Fuß auf die Insel setzen konnte.

»Alles in Ordnung?«, drang Jaydens Stimme nervös aus seinem Helm.

»Ja, war eine harte Landung, bin aber unverletzt – ab jetzt Funkstille. Over and out.«

Garrison rappelte sich auf, raffte den Fallschirm zusammen und flüchtete ein paar Meter tief in den Wald. Dort riss er sich

Helm und Atemmaske vom Kopf und nahm das Atemgerät von den Schultern. Mit einem aufklappbaren Spaten aus seinem Rucksack hob er ein Loch im Waldboden aus, in das er den Fallschirm und sämtliche Teile der Ausrüstung vergrub, die er im Moment nicht brauchte.

Nachdem er die Stelle mit einem GPS-Tracker markiert und sicherheitshalber zwei gekreuzte Äste in die Erde gesteckt hatte, richtete er sich schweißgebadet auf und sah sich um. Seine Augen hatten sich bereits an die Dunkelheit gewöhnt. Trotzdem setzte er sich die Brille mit dem Restlichtverstärker auf. Die Umrisse einiger Baumriesen zeichneten sich in der langsam heller werdenden Dämmerung ab.

Garrison hielt für einen Moment die Luft an, lauschte, hörte aber nichts außer vereinzeltem Vogelgezwitscher und dem Rauschen der Brandung. Dann drückte er sich den Ohrstöpsel für die Funkverbindung ins Ohr. »Gehe jetzt rein.« Tief sog er den Geruch des Salzwassers in die Lunge, schulterte sein Gewehr und kämpfte sich durch den Wald ins Landesinnere vor.

Der Weg dorthin dauerte länger, als er veranschlagt hatte, aber er musste genau darauf achten, auf keine Tretmine zu steigen oder über einen am Waldboden gespannten Draht zu stolpern und so eine Sprengfalle auszulösen.

Fünfzehn Minuten später orientierte er sich mit dem Kompass an seinem Handgelenk, korrigierte seine Richtung ins Landesinnere und setzte die Wanderung fort. Plötzlich sah er durch den Restlichtverstärker eine Bewegung vor sich.

»Feindkontakt«, flüsterte er ins Mikrofon.

»Verstanden«, kam die Antwort aus der Defense One.

Soviel Garrison erkennen konnte, trug der Mann, der mitten

im Dschungel vor ihm stand, eine grüne Tarnuniform … Nein, es waren zwei Personen. Eine Frau stand nur fünf Meter von dem Kerl entfernt und trug ebenfalls Tarnkleidung. Beide waren bewaffnet und hatten ein Funkgerät am Gürtel.

Leise nahm Garrison das Gewehr von der Schulter, zielte, schoss dem Mann lautlos in den Hals und der Frau in die Schulter. Beide stöhnten kurz auf, dann ließen die Narkosepfeile sie bewusstlos zu Boden sinken.

»Zwei Ziele neutralisiert – setze Kurs fort«, flüsterte Garrison und ging weiter. Er hatte maximal fünfzig Minuten Zeit, danach würden die beiden wieder zu Bewusstsein kommen.

Aber so lange brauchte Garrison nicht. Nur wenige Meter weiter stand er bereits an einem Abhang, der in einen gewaltigen Talkessel hinunterführte. Unter ihm lag mitten im Wald eine riesengroße ausgeholzte Lichtung, die von den Bergen dahinter kreisförmig umrahmt wurde.

»Das ist … unglaublich!«, entfuhr es ihm. »Mitten auf der Insel …«

»Was siehst du?«, rief Jayden, der auf seinem Drehstuhl in der Funkkabine der Defense One herumfuhr. Mit einer Hand presste er sich die Kopfhörer ans Ohr, mit der anderen schnippte er mit den Fingern und holte Major Conklin zu sich.

Der rannte sofort zu ihm und schnappte sich das zweite Paar Kopfhörer.

»Das … ist … unmöglich«, drang Garrisons aufgeregtes Keuchen durch die Lautsprecher.

Jayden hörte das Knacken von Ästen und das Rascheln von Laub. Er wusste, dass Ken Garrison mit seinen vierundzwanzig

Jahren der erste Agent war, den Major Conklin in der Last Line of Defense ausgebildet hatte. Daher auch die Bezeichnung Team Alpha. Garrison war der Beste von ihnen und hatte schon die meisten Einsätze erfolgreich absolviert.

»Was sehen Sie, Garrison?«, drängte der Major.

»Wer hätte das gedacht?«, flüsterte Garrison. »Ich mache ein paar Fotos ...«

Im nächsten Moment fuhr Jayden zusammen, als ein Schuss durch die Kopfhörer drang.

»Verdammt, Garrison! Was ist los bei Ihnen?«, rief der Major.

Jayden sah auf die Anzeigen der Armaturen, drückte einige Knöpfe, dann nahm er die Kopfhörer ab. »Sir, wir haben den Kontakt zu Garrison verloren.«

1. TEIL
BRIGHTON ROCK

DREI TAGE SPÄTER

1. KAPITEL

FREITAG, 15. MÄRZ, 9:30 UHR FRÜH

Wieder einmal war Direktorin Taylor zu Besuch in Londons Downing Street Nr. 10. Diesmal begleitete Major Conklin sie, der eine große Tasche unter dem Arm hielt. Es war einer jener seltenen Momente, in denen Conklin zivile Kleidung trug, doch auch die schwarzen Jeans und der graue Pullover konnten seine militärische Körperhaltung und seine trainierte Figur nicht verbergen. Zudem brauchte man nur einen Blick in sein kantiges Gesicht mit den messerscharfen Augen werfen, auf die tiefen Narben an der Wange und den Bürstenhaarschnitt, um zu wissen, dass er keine Würstchen in einer Pommesbude verkaufte.

»Der Premierminister erwartet Sie jetzt«, sagte eine junge Frau im eleganten Businessanzug und führte sie und den Major zum Besprechungszimmer. Neben der offenen Tür stand Max Logan, der persönliche Bodyguard des Premierministers. Breit gebaut im dunkelblauen Anzug, glatzköpfig, reglos wie eine Statue, mit blauer Spiegelsonnenbrille, verschränkten Händen vor dem trainierten flachen Bauch und einem Funkmikro im Ohr. Direktorin Taylor hatte während ihrer gesamten Karriere als Leiterin der Last Line of Defense bisher höchstens fünf Sätze mit diesem wortkargen Mann gewechselt.

»Direktorin Taylor und Major Conklin sind da, Herr Premier«, sagte die Dame, ließ die beiden eintreten und schloss die Tür hinter ihnen.

»Herr Premier.« Taylor reichte ihm zur Begrüßung die Hand.

James Metcalfs Händedruck war fest. Er war der jüngste Premierminister, den Großbritannien jemals im Amt gehabt hatte – und er war es, der die Last Line of Defense vor knapp acht Jahren zu Beginn seines Amtsantritts ins Leben gerufen hatte. Direktorin Taylor war ihm direkt unterstellt und nur ihm weisungsgebunden. Alles andere wäre auch nicht möglich gewesen, da bis auf wenige Ausnahmen niemand von der Existenz der Organisation wusste – nicht einmal der britische Auslandsgeheimdienst MI6.

Major Conklin warf dem Premier zur Begrüßung nur einen Blick zu und nickte knapp. Anschließend stellte er sich in die Nähe des Fensters und spähte hinaus, wo eine Spezialeinheit der Metropolitan Police, die unter anderem den Personenschutz des Premiers übernahm, auf der Straße patrouillierte und das Gebäude bewachte.

Taylor betrachtete unterdessen die aktuelle Ausgabe des US-amerikanischen Time-Magazins auf dem Schreibtisch des Premiers. Metcalfs Foto zierte die Titelseite. *Der mächtigste Mann Großbritanniens – Ein Sympathieträger in der Downing Street*, lautete der Leitartikel.

Taylor hatte die sechzehnseitige bebilderte Homestory über Premier Metcalf und das anschließende Interview bereits zu Hause gelesen. Er wirkte nicht nur sehr sympathisch, sondern auch ziemlich bodenständig. *Ein Mann wie du und ich*, hatte ihn die Reporterin genannt. »Ich gratuliere zu diesem Artikel«, sagte sie lächelnd.

»Ach, die haben wie immer maßlos übertrieben«, wehrte Metcalf bescheiden ab, aber in Taylors Augen lag gerade in dieser Bescheidenheit sein Erfolgsrezept begründet.

Bevor Metcalf noch etwas darauf erwidern konnte, öffnete sich die mit Leder gepolsterte Seitentür und Catleen, die hübsche, etwas pummelige fünfzehnjährige Tochter des Premiers, stürmte euphorisch ins Büro, bremste jedoch sofort ab, als sie die Gäste ihres Vaters sah. »Oh, sorry, wusste nicht, dass du Besuch hast.« Wie zur Erklärung wedelte sie mit einer Ausgabe des Time-Magazins. »Starker Artikel – tolles Interview, Papa.«

Metcalf lächelte bescheiden. »Danke, Cat, das ist nett von dir, aber reden wir später darüber. Wir haben im Moment zu tun.«

»Ja, sicher, Papa.« Sie nickte Taylor und Major Conklin artig zu. »Auf Wiedersehen.«

»Eine Tasse Tee?«, fragte Metcalf, nachdem seine Tochter die Tür wieder geschlossen hatte.

Taylor wehrte ab. »Nein, danke, wir bleiben nicht lange.« Damit war der Smalltalk aus ihrer Sicht beendet und sie gingen zum geschäftlichen Teil über.

Major Conklin öffnete die Tasche und zog eine Landkarte heraus, die er auf dem großen runden Besprechungstisch aus Mahagoni ausbreitete. Ein Tablet mit einer Grafikdatei hätte sicherlich auch gereicht, aber als Chefin einer Spionageorganisation misstraute Taylor digitalen Möglichkeiten und verließ sich stattdessen auf alte analoge Mittel.

»Bei ihrer ersten Warm-up-Mission vor vier Monaten«, begann der Major mit seiner Erklärung, »konnten drei unserer jüngsten Agenten, das sogenannte Team Omega, in Südamerika brisante Informationen auf dem Prototyp eines USB-Datenkabels sicherstellen.«

»Das war im November letzten Jahres … Ich erinnere mich«, sagte Metcalf und trat näher an die Karte heran. »Informationen, die uns beweisen, dass es die Verbrecherorganisation namens MOEBIUS tatsächlich gibt. Ich nehme an, Sie haben das Datenmaterial inzwischen ausgewertet.«

»Deswegen sind wir hier«, sagte Taylor. »Die Informationen sind spärlich, aber sie verraten uns, dass in naher Zukunft mehrere Terroranschläge auf Großbritannien geplant sind. Worum es genau geht, wissen wir noch nicht, nur so viel ... Die Vorbereitungen zu diesen Anschlägen haben anscheinend etwas mit bestimmten Koordinaten zu tun, die wir entschlüsseln konnten.«

»Was befindet sich an diesen Koordinaten?«

»Eine Insel im Atlantik, vor der Küste Marokkos.«

Metcalf betrachtete die Karte. Sie zeigte die Westküste Afrikas und Teile des Atlantiks.

»Hier im Norden liegt Madeira«, übernahm Conklin die weitere Erklärung und tippte mit dem Finger auf eine Insel, »und südlich davon liegen die Kanarischen Inseln.« Dann legte er den Finger auf einen kleinen unscheinbaren grünen Fleck mitten im Meer. »Und genau dazwischen liegt die Insel Hell Island.«

»Hell Island?«, wiederholte Metcalf und beugte sich über die Karte. »Spanisches, portugiesisches oder marokkanisches Hoheitsgebiet?«

»Weder noch, Sir.« Conklin räusperte sich. »Im sechzehnten Jahrhundert war Hell Island eine portugiesische Strafkolonie – vor fünf Jahren wurde sie allerdings verkauft und ist heute im Privatbesitz einer Firma. Doch diese Firma existiert in Wirklichkeit nicht. Alle Spuren zu ihrem Eigentümer verlaufen im Sand.«

»Was macht diese Insel so interessant, dass man ihren Kauf verschleiern muss?«

»Das wüssten wir selbst gern. Unseren Informationen zufolge gibt es dort lediglich einige massive, aber bereits verfallene Steinbunker aus der Kolonialzeit, die mittlerweile vom Dschungel verschluckt wurden.«

»Sonst nichts?«

»Das Innere der Insel ist von Gebirgsketten umgeben und sonst gibt es dort nur Wald. Es gibt keine wertvollen Rohstoffe und für Touristen ist die Insel völlig uninteressant. Dennoch gibt es Holzstege am Ufer und schmale Pfade durch den Dschungel, wie wir mit unseren Satellitenbildern herausgefunden haben. Außerdem hat der Besitzer die Insel vermint.«

»Wer vermint eine Insel, auf der es nur verwitterte Bunker und ein paar Holzstege gibt?«, fragte Metcalf. »Haben wir Satellitenbilder vom Inneren der Insel?«

»Leider keine aktuellen, da zurzeit eine Wolkenfront und eine dichte Nebeldecke über der Insel liegen, aber wir haben zwei Wochen alte Aufnahmen.«

»Und?«

»Nichts darauf zu erkennen außer dichter Wald und zerklüftete Felsformationen.«

Metcalf richtete sich auf. »Was könnte es dort geben, von dem wir nichts wissen?«

»Genau das wollten wir herausfinden«, sagte Direktorin Taylor. »Dabei haben wir unseren besten Agenten verloren, der die Insel ausspionieren sollte.«

»Verdammt!« Metcalf sah betroffen zu Boden. »Mein Beileid.«

Major Conklin holte sein Handy aus der Hosentasche und spielte dem Premier den letzten Funkspruch von Agent Garrison vor, woraufhin Metcalf nur »Shit« knurrte und die Lippen zusammenpresste. »Ken Garrison war der Sohn eines ehemaligen Schulfreundes.«

»Ich weiß, Sir, tut uns leid«, sagte Direktorin Taylor.

»Danke. Ist aber nun mal nicht zu ändern. Machen wir weiter.«

»Der strategische Aufklärungsdienst der Last Line of Defense hat herausgefunden, dass zurzeit relativ viele junge Männer und Frauen im Alter von achtzehn und neunzehn Jahren Flugverbindungen nach Agadir gebucht haben.« Direktorin Taylor schnappte sich einen Kugelschreiber und kreiste eine Stadt an der marokkanischen Küste ein, die auf Höhe der Insel lag.

»Eine Art Summer-Splash-Festival für Abiturienten?«, vermutete Metcalf.

»Dachten wir zunächst auch, aber unsere Recherchen haben ergeben, dass sämtliche junge Erwachsene, die zurzeit dorthin reisen, vorbestraft sind und einen kriminellen Hintergrund haben. Insgesamt handelt es sich um dreiundzwanzig Personen. Wir wissen nicht, was sie dort vorhaben – nur, dass sie anscheinend ein und dasselbe Ziel haben: Hell Island.«

»Warum Teenager?«, fragte Metcalf.

»Wissen wir nicht.«

Metcalf kaute an der Unterlippe. »Von welcher Nationalität?«

»Da sind alle möglichen darunter«, erklärte der Major. »Russen, Polen, Tschechen, Rumänen, Franzosen, Italiener, Portugiesen, Spanier und Türken.«

»Keine Briten?«

»Nein, Sir. Hier sind die Dossiers der Personen mit allen Informationen, die der britische Nachrichtendienst für uns herausfinden konnte.« Major Conklin holte aus seiner Tasche einen Stapel Mappen, auf denen das Logo der Defence Intelligence mit der britischen Krone zu sehen war.

»Inwieweit ist der Nachrichtendienst darüber informiert, woran wir gerade arbeiten?«, fragte Metcalf.

»Gar nicht, Sir. Wir haben die Informationen erhalten und ab jetzt übernehmen wieder wir.« Major Conklin schob die Dossiers auseinander, fischte drei davon heraus und öffnete sie, sodass drei Stammdatenblätter mit je einem Foto zum Vorschein kamen. »Von allen Teenagern haben wir diese drei aus dem Verkehr gezogen.«

»Ich nehme an, dass Sie dabei nicht nach dem Zufallsprinzip vorgegangen sind«, stellte Metcalf fest.

»Richtig, Sir, wir haben uns für jene Personen entschieden, die die größte optische Ähnlichkeit mit drei unserer eigenen Agenten haben.«

Metcalf schaute kurz auf, als ahnte er bereits, worauf die Sache hinauslaufen würde. »Und was haben Sie mit den dreien vor?«

»Zurzeit verhören wir sie in unserem Hauptquartier in Brighton.«

Metcalf zog die Augenbrauen zusammen. »Und danach?«

Major Conklin holte drei weitere Dossiers aus der Tasche, diesmal von Agenten der Last Line of Defense, und legte sie vor Metcalf auf den Tisch.

Metcalf betrachtete die Stammdatenblätter. »Erik Tuomi, Leonarda Zarakis und Jayden D. Knoxville«, las er vor. »Unsere jüngsten Agenten, Team Omega, wenn ich mich richtig entsinne«, murmelte er, dann atmete er tief durch. »Ich ahne, was Sie vorhaben. Wir tauschen sie aus, richtig?«

»Richtig, Sir, das tun wir.«

»Wann beginnen Sie damit?«

»Leider haben wir nicht mehr viel Zeit«, seufzte Major Conklin. »Wir beginnen noch heute mit den Vorbereitungen.«

Metcalf betrachtete die Fotos der drei Teenager. »Gott stehe ihnen bei.«

Möglicherweise dachte er dabei gerade an Ken Garrisons Schicksal.

2. KAPITEL

Obwohl Jayden D. Knoxville aus der Hafengegend von Liverpool stammte, hatte er sich rasch an die noble Umgebung im Süden Englands an der Küste von Brighton gewöhnt. Dort lagen das Hauptquartier und zugleich auch die Academy, das Ausbildungscenter der Last Line of Defense.

Wegen des massiven bunkerartigen Baustils wurde dieses Gebäude auch Brighton Rock genannt. Schiefergrau und backsteinrot gesprenkelt thronte es wie ein Fels in der Brandung. Da das Bauwerk eine ehemalige Werftanlange war, in der man früher Schiffe gewartet hatte, gab es im Untergeschoss ein großes Trockendock mit einem direkten Zugang zum Meer. Das war jedoch der einzige Teil, der von der Werft erhalten geblieben war, als man den Rest vor knapp acht Jahren zur Academy umgebaut hatte. Zur Tarnung hieß das Unternehmen, das hier geführt wurde, aber immer noch Brighton Beach Shipyard.

Es war Freitagabend. Die Sonne ging gerade im Meer unter und tauchte die Umgebung in einen dunklen Orangeton. Aber dieser idyllische Anblick täuschte. Draußen war es saukalt – typisches Märzwetter. Jayden lief durch die Gänge des Gebäudes zum Verhörraum. Auf direkte Anweisung von Direktorin Taylor sollte er sofort erscheinen, wusste jedoch nur, dass dort gerade ein junger Mann einem Lügendetektortest unterzogen wurde.

Jayden öffnete die Tür zum Vorraum. Das Zimmer war dunkel und vor der großen Glaswand mit dem Einwegspiegel sah er die Umrisse von Mr Wakefield, ihrem Ausbilder in Tarnen, Täuschen und Tricks. Er stand mit dem Rücken zu Jayden, mit den Händen in den Hosentaschen, und blickte durch die Scheibe in den mit grellem Neonlicht beleuchteten Verhörraum, der ähnlich wie die Zelle einer Psychiatrie mit weißem Leder ausgepolstert war. Darin befanden sich nur zwei Stühle und ein Tisch mit einem Mikrofon, einer Kamera und jeder Menge elektronischer Apparaturen darauf.

Dr. Elly D. Shepard verhörte gerade einen jungen Mann mit hellbrauner Haut. Die Psychologin der Last Line of Defense war die einzige Ausbilderin, zu der die Rekruten Elly sagen durften, denn alle anderen waren für sie *Sir, Mister, Mrs* oder *Miss*.

»Jayden?«, fragte Mr Wakefield, ohne sich umzudrehen.

»Ja, Sir.« Jayden schloss die Tür und stellte sich an Mr Wakefields Seite. »Wer ist das?«

»Diego Álvaro, achtzehn Jahre alt, stammt aus Madrid.«

»Ein Portugiese also?«, fragte Jayden überrascht.

Mr Wakefield drehte langsam den Kopf zu Jayden und kniff die Augenbrauen zusammen, als wollte er sagen: *Willst du mich schon wieder verarschen, Junge?*

»War nur ein Scherz«, sagte Jayden rasch.

»Du verbringst zu viel Zeit mit Erik«, stellte Mr Wakefield fest.

Mag sein. Jayden betrachtete den Spanier auf dem Stuhl genauer, an dem jede Menge Saugnäpfe mit Kabeln hingen. Im gleichen Moment ahnte Jayden, warum ausgerechnet er zu diesem Verhör geholt worden war. Diego Álvaro sah ihm verdammt ähnlich. Hellbraune Haut, schwarzes Haar und sogar Größe und muskulöse Statur stimmten mit ihm überein.

Diego Álvaro hatte einen harten Gesichtsausdruck, als wäre er auf den Straßen eines ghettoartigen Vororts von Madrid groß geworden. Jayden kannte diesen Blick nur zu gut, hatte er doch selbst einen Großteil seines Lebens bei den Docks von Liverpool verbracht und seit seinem fünfzehnten Lebensjahr mit illegalen Bare Knuckle Fights Geld verdient, anstatt die Schulbank zu drücken. So gesehen hätte Diego Álvaro locker Jaydens um ein Jahr älterer und bedeutend gefährlicherer Bruder sein können. Aus letzterem Grund stand vermutlich ein breitschultriger und hochgewachsener bewaffneter Security-Mann der Last Line of Defense seitlich hinter Diego und beobachtete jede seiner Reaktionen wie ein Falke.

»Nettes Kerlchen …«, bemerkte Jayden. »… ich meine den Jungen.«

»Er lügt«, stellte Mr Wakefield humorlos fest, »aber ich bin noch nicht dahintergekommen, wie der kleine raffinierte Bastard es anstellt, dass der Lügendetektor bei ihm nicht anschlägt.«

Nun steckte auch Jayden die Hände in die Hosentaschen und verfolgte das weitere Verhör. Über Lautsprecher war Ellys angenehme ruhige Stimme zu hören.

»Also noch mal von vorne, Diego«, sagte sie und strich sich geduldig das kurze schwarze Haar ihrer Pagenfrisur hinters Ohr. Wie immer trug sie eine elegante makellose Bluse, die keine einzige Falte oder Druckstelle aufwies. »Wurden Sie schon einmal einem Lügendetektortest unterzogen?«

»Nein.«

»Sind Sie sicher?«

»Ja.«

»Haben Sie jetzt gerade Angst?«

»Nein.«

»Ist Ihr Name Diego Álvaro?«

Genervt wippte er mit dem Fuß. »Ja.«

»Sind Sie ein Elefant, der im Kongo lebt?«

»Nein.«

»Wiederholen Sie meine Aussage: Ich bin ein Tiger, der in Indien lebt.«

»Ich bin ein Tiger, der in Indien lebt. Was soll der ganze Scheiß?«

»Beantworten Sie nur meine Fragen.« Sie machte eine Pause. »Sind Sie ein Kleinkrimineller, der nach Agadir reisen wollte?«

Er hörte kurz auf, mit dem Bein zu wippen. »Nein.«

»Danke.« Elly lehnte sich zurück und schaute leicht frustriert zu den Anzeigen auf den Wanddisplays.

Jayden betrachtete ebenfalls die Werte von Diegos Atemfrequenz, Puls, Blutdruck und Hautwiderstand. Er wusste, dass bei einem Lügendetektortest zunächst einmal die Werte ermittelt wurden, die für den Befragten normal waren. Wie war seine Reaktion, wenn er die Wahrheit sagte? Wie, wenn er log? Aber bis auf die Sache mit dem Tiger hatte er anscheinend die ganze Zeit die Wahrheit gesagt.

»Ich glaube ihm nicht«, knurrte Mr Wakefield. »Wir *wissen*, dass er ein Krimineller ist, der nach Agadir reisen wollte. Ich weiß nicht, wie er es macht, aber er weicht unserem Test geschickt aus.«

»Warum sollte er das tun? Und vor allem: Woher sollte er diese Fähigkeit besitzen?«, fragte Jayden.

»Ganz einfach …« Mr Wakefield drehte sich zu ihm. »Weil er bestimmt auf genau solche Situationen trainiert wurde, denn warum sonst sollte eine Organisation wie MOEBIUS jemanden wie ihn anheuern für etwas, über das wir leider noch nichts wissen?«

»Manchmal hört Diego auf, mit dem Bein zu wippen«, murmelte Jayden gedankenversunken.

»Und?«, fragte Mr Wakefield irritiert.

»Nun ja, mir ist aufgefallen, dass er immer dann, wenn er wirklich die Wahrheit sagt, die Ferse auf den Boden presst.«

»Und wenn er vermeintlich lügt, tut er das nicht?«

»Nein«, sagte Jayden.

»Verdammt! Das ist es. Du bist genial.« Mr Wakefield klatschte in die Hände.

»Was bin ich?«, fragte Jayden überrascht.

Ohne eine Antwort zu geben, lief Mr Wakefield raus.

»Keine Ursache«, murmelte Jayden und beobachtete, wie Mr Wakefield den Verhörraum betrat, sich dem Jungen näherte und sich vor ihm hinunterbeugte. Sicherheitshalber trat der Gorilla ebenfalls einen Schritt näher. Mit einer raschen Bewegung zog Wakefield dem Jungen den linken Schuh aus.

»Verdammt, was machen Sie da?« Diego wollte aufspringen, doch der Wachbeamte drückte ihn mit seiner mächtigen Pranke wieder zurück auf den Stuhl.

Mr Wakefield fuhr mit den Fingern im Schuh herum und stieß ein kurzes »Aha!« aus. Er drehte sich zu Elly. »Was für ein cleveres Bürschchen er doch ist. Als er vorhin auf die Toilette gegangen ist, muss er irgendwie an eine Büroklammer rangekommen sein.« Er zeigte ihr den Schuh. »Innen aus der Schuhsohle ragt ein kleiner spitzer Stahlstift und jedes Mal, wenn Diego die Wahrheit sagt, drückt er mit der Ferse drauf, damit Puls und Schweißproduktion in die Höhe schnellen.«

Ellys Gesicht erhellte sich. »Damit hebt er seine Reaktionen auf dasselbe Niveau wie dann, wenn er lügt – und wir erkennen keinen Unterschied.«

Nun zog Mr Wakefield Diego auch noch den zweiten Schuh aus und warf beide in die Ecke. »So, Junge – und jetzt das Ganze noch mal von vorne.« Auffordernd blickte er zu Elly.

Sichtlich nervös beantwortete Diego nun der Reihe nach Ellys völlig harmlose und normale Fragen, und kurz darauf ging es auch schon ans Eingemachte.

»Haben Sie schon einmal einen Lügendetektortest gemacht?«

»Nein.«

Jayden betrachtete die Anzeigen. *Eine Lüge!*

»Haben Sie Angst?«

»Nein.«

Wieder eine Lüge. Er *hatte* also Angst. Sehr gut, dachte Jayden und grinste innerlich.

»Haben Sie vor, bei diesem Test zu lügen?«

»Nein.«

Wieder eine Lüge!

»Werden Sie bei allen Antworten die Wahrheit sagen?«

»Ja.«

Wieder eine Lüge!

Nun spielten Mr Wakefield und Elly ihre Version von »Guter Cop – Böser Cop«. Die Psychologin blieb völlig ruhig und verständnisvoll, während Mr Wakefield regelmäßig aufbrauste, um Diego aus dem Konzept zu bringen.

»Der Polygraf zeigt aber an, dass Sie lügen!«, brüllte er Diego nach einer völlig banalen Frage an, obwohl das gar nicht stimmte, da die Anzeigen gar nicht angeschlagen hatten. Bloß ein einfacher Trick, wie Jayden vermutete, um Diego zu verunsichern, der die Anzeigen hinter sich gar nicht sehen konnte. So spielten Mr Wakefield und Elly eine Weile Katz und Maus mit Diego, bis er sich schweißgebadet in seinen eigenen Aussagen verhedderte und schließlich unter dem Stress und dem Druck emotional zusammenbrach. Jayden hatte sich inzwischen einen Stuhl geholt und das ganze Verhör aufmerksam durch die Glasscheibe verfolgt.

Eine Stunde später wussten sie, dass Diego von einer ihm unbekannten Organisation rekrutiert worden war, um für einen dreiwöchigen Aufenthalt zur Insel Hell Island zu reisen. Die Route war bereits für ihn zusammengestellt worden und er hatte auch schon die Flugtickets samt Sitzplatzreservierung erhalten. Allerdings wusste er nicht, wer das für ihn gebucht hatte. Jedenfalls hatte er für diese drei Wochen im Voraus vier Kilogramm Goldbarren im Wert von zweihunderttausend amerikanischen Dollar erhalten – neben Bitcoins eine in der Unterwelt gebräuchliche Zahlungsweise, die kaum zurückverfolgt werden konnte. Nach diesen drei Wochen sollte er weiters eine Million Dollar erhalten. Wofür – das wusste er noch nicht.

»Kennst du einen dieser Teenager?«, fragte Mr Wakefield und zeigte Diego die Fotos von zweiundzwanzig jungen Frauen und Männern von achtzehn und neunzehn Jahren.

»Nein.«

Mr Wakefield las die Namen einzeln vor, doch Diego verneinte jedes Mal. Er sagte stets die Wahrheit.

»Unter welcher Voraussetzung wurdest du engagiert?«, fragte Elly.

»Es wurde nur verlangt, dass ich keine Skrupel habe und fließend Englisch spreche.«

»Sonst nichts?«

»Nein.«

Wieder sagte er die Wahrheit.

»Und warum solltest du nach Hell Island reisen?«

»Ich sollte dort ausgebildet werden.«

»Aber auf der Insel gibt es nichts außer Dschungel, Gebirge und ein paar alte verfallene Bunker.«

»Ich weiß auch nicht mehr – nur dass ich dort meine Instruktionen erhalten sollte.«

»Wofür?«

»Für einen Anschlag.«

»Gegen wen oder was?«

»Ich weiß nicht einmal, in welchem Land, sondern nur, dass ich mir dabei nicht die Hände schmutzig machen muss, es aber trotzdem weitreichende Folgen haben würde.«

»Was weißt du sonst noch darüber?«

»Nichts – ich schwöre, das ist die Wahrheit.«

Jayden blickte auf die Anzeigen. Er sagte wirklich die Wahrheit.

3. KAPITEL

Später am Abend wurde Jayden in das Einsatzbesprechungszimmer im Kellergeschoss gerufen. Auf dem Weg begegnete er Erik Tuomi, der ebenfalls dorthin unterwegs war. Der Finne mit den kurzen strubbligen silbergrauen Haaren war genauso wie Jayden im Team Omega und wurde seit mittlerweile eineinhalb Jahren ausgebildet.

»Bin neugierig, was die von uns wollen«, murmelte Erik mit leicht skandinavischem Akzent. »Es ist Freitagabend und ich habe Pläne fürs Wochenende.«

»Ich glaube, die kannst du dir abschminken.«

Erik sah Jayden an, als befürchtete er dasselbe, dann drehte er sein Handgelenk und biss dabei die Zähne zusammen.

Beim letzten Kampfsporttraining hatte ihn Mrs Harding so hart auf die Matte geworfen, dass er sich die Hand verstaucht hatte. Großkotzig wie immer hatte Erik aber nur gemeint, dass er bei einem früheren Einsatz mit dem deutschen GSG 9 Anti-Terror-Kommando schlimmere Verletzungen erlitten habe, als sie auf einer Brücke aus einem fahrenden Schnellzug abspringen mussten – doch jeder wusste, dass Erik gern flunkerte, was seine Einsätze vor der Last Line of Defense betraf. In Wirklichkeit kannte er niemanden bei der GSG 9 und sein Handgelenk tat ihm höllisch weh, aber das hätte er nie zugegeben.

Allerdings musste man ihm zugutehalten, dass er tatsächlich

extrem sportlich und fit war. Bevor er von Mr Finley für die Last Line of Defense angeworben worden war, hatte Erik halsbrecherische Stunts für seinen eigenen Videoblog gemacht.

»Was denkst du, worum es geht?«, fragte Erik jetzt.

»Ich war gerade bei einem Verhör«, sagte Jayden.

Eriks eisgraue Augen blitzten kurz auf, dann sahen sie jedes Mal wie die eines Huskys aus. »Echt, Alter? Was hast du angestellt?«

»Gar nichts, du Vollpfosten! Ich habe nur zugesehen.«

»Oh, ich auch«, murmelte Erik. »Mr Elliot hat einen Dänen verhört.«

Gedankenversunken kniff Jayden die Augenbrauen zusammen. »Hat er dir ein wenig ähnlich gesehen?«

»Mr Elliot?«

Jayden verzog genervt das Gesicht.

»Ach so, okay …« Erik runzelte die Stirn, als dachte er nach. »Ja, eigentlich … wenn ich es mir recht überlege, ein bisschen schon, warum?«

»Ach, nur so.« Jayden ahnte bereits etwas, sagte aber nichts. Sie erreichten das Einsatzbesprechungszimmer und Jayden zog die Tür auf. »Ladies first!«

»Danke, Ma'am.« Erik reckte das Kinn nach vorn und ging als Erster hinein.

Der ovale Raum war abgedunkelt. Um den großen länglichen Tisch saßen nur Major Conklin, wie immer in Uniform, und Lenny Zarakis.

Lenny war auf der griechischen Insel Kreta aufgewachsen, bis Mr Finley auch sie für die Last Line of Defense angeworben hatte. Sie trug schwarze Sportleggins und ein schwarzes

Top, war mit dem Stuhl nach hinten gekippt und wippte auf den Hinterbeinen vor und zurück, während sie die Hände hinter dem Kopf verschränkte. Deutlich waren ihre breiten Schultern und die starken Oberarmmuskeln zu sehen, die vom Klettern stammten. An ihrem Unterarm haftete noch ein wenig Magnesium. Lenny war bereits als Kind griechische Staatsmeisterin im Solo-Freeclimbing gewesen. Demensprechend groß und breit waren ihre Finger – und entsprechend hart ihr Händedruck. Jayden hatte es einmal genossen, eine Minute lang mit dem Hals in ihrem Würgegriff zu stecken, bis er sich mit einem Handballenschlag gegen ihre Schläfe freikämpfen konnte.

Eigentlich war er gar nicht überrascht, dass Lenny auch hier war. Anscheinend ging es um die Team-Besprechung zu einem neuen Einsatz.

Auf die große Videowand war eine Karte der afrikanischen Westküste projiziert. Jayden nahm an, dass es sich bei der rot eingekreisten Insel um Hell Island handelte.

»Platz nehmen, Gentlemen«, knurrte der Major. »Wir starten gleich.«

Bevor Jayden sich hinsetzte, beugte er sich über den Tisch und raunte Lenny zu: »Wie war dein Verhör?«

Sie sah ihn überrascht an. »Woher weißt du, dass …?«

»Ruhe!«, rief der Major.

Jayden grinste innerlich. Er hatte es nicht gewusst, sondern einfach nur geraten. Ihm war längst klar, worum es hier ging.

»Ersparen wir uns den Smalltalk«, begann der Major. »Ihr seid zwar noch …«

Erik beugte sich räuspernd über den Tisch zu einer Schüssel. »Darf ich die Cashews …?«

»Herrgott, Mr Tuomi!«, fuhr Major Conklin ihn an. »Meines Wissens nach wurden diese Cashews schon ein Jahr lang nicht mehr angerührt. Niemand isst sie. Dienen bloß der Dekoration.«

»Dann wird es höchste Zeit«, seufzte Erik und zog die Schüssel zu sich. Mit der ganzen Hand fuhr er hinein und schob sich die Nüsse in den Mund. Generös bot er Lenny den Rest in der Schüssel an, woraufhin diese nur angewidert das Gesicht verzog.

»Dürfte ich jetzt weitermachen, Mr Tuomi?«, fragte der Major gereizt.

Großzügig wedelte Erik mit der Hand. »Nur zu«, murmelte er mit vollem Mund.

Der Major ging vor der Videowand auf und ab. »Ihr seid zwar erst im zweiten Jahr eurer Ausbildung, aber da ihr euch bei eurem letzten Einsatz in Südamerika bewährt habt, möchten Direktorin Taylor und ich euch undercover einsetzen. Und zwar auf dieser Insel.« Er zeigte mit dem Laserpointer auf die rot eingekreiste Insel.

»Sieht wie ein todlangweiliges Fleckchen Erde aus«, bemerkte Erik.

»Ist das die Insel, auf der Ken Garrison ums Leben gekommen ist?«, fragte Lenny, woraufhin Erik eine Augenbraue hochzog.

»Ja, ist es«, kam Jayden dem Major mit trockener Kehle zuvor.

Conklin presste die Lippen zusammen. »Ja, das ist Hell Island«, knurrte er und betätigte die Fernbedienung. »Diese drei Kleinkriminellen haben eine Reise nach Marokko gebucht, weil sie vermutlich von dort aus nach Hell Island wollten.« Er zeigte ihnen Fotos von Diego Álvaro, einem blonden Dänen und einer dunkelhaarigen Südländerin. Die junge Frau schien zwar etwas älter zu sein als Lenny, hatte aber eine ähnliche Statur. Allerdings hatte Lenny keine gelockte schwarze Mähne, sondern die Haare auf beiden Seiten bis über die Ohren zu einem Undercut rasiert und lange brünette Zöpfe.

»Die Mission wird kein Kindergeburtstag«, fuhr der Major fort, »aber um ehrlich zu sein, bleibt uns keine andere Wahl, als euch drei dort hinzuschicken, da ihr fast so ähnlich ausseht wie der junge Spanier, der Däne und die Italienerin, bei deren Verhören ihr heute anwesend wart.« Der Major blickte zu Erik und Lenny. »Sofern man optisch kräftig nachhilft.«

»Der Däne ist aber nicht so hübsch wie ich«, entfuhr es Erik prompt mit vollem Mund.

»Ja, das ist uns allen klar, dass du dich ziemlich verstellen musst, damit du genauso unsympathisch und hässlich wie der Däne wirkst«, sagte Lenny sarkastisch.

Erik atmete tief durch. »Aber ich denke, das krieg ich hin.«

»Davon gehe ich aus«, sagte der Major etwas genervt. »Euer Auftrag lautet: Ihr reist anstelle der drei Kriminellen zur Insel. Sobald ihr erfahren habt, was auf der Insel vor sich geht und welchen Anschlag MOEBIUS vorbereitet, kehrt ihr über eine sichere Route nach Europa zurück. Sobald die Gefahr droht, dass ihr auffliegt, kehrt ihr ebenfalls sofort zurück. Wenn ihr verletzt werdet …«

»Kehren wir sofort zurück«, sagte Erik.

»Richtig. Ihr bleibt nur im äußersten Notfall die ganzen drei Wochen auf der Insel. Ihr dürft kein Risiko eingehen! Ist das klar?«

Jayden bemerkte, wie Lenny aufhörte, mit dem Stuhl zu wippen, angestrengt nachdachte und sich offenbar alles durch den Kopf gehen ließ. Mittlerweile hatte er herausgefunden, dass Lenny nicht nur ein Sprachtalent, sondern auch ein Schachgenie war und immer zwei bis drei Züge mehr als alle anderen vorausplante. Im Gegensatz zu ihr schlugen Erik und er immer gleich zu – Erik, weil er ein Hitzkopf war und nicht über die Konsequenzen seines Tuns nachdachte, und Jayden, weil ihm die Konsequenzen egal waren, da er manchmal eine unbändige Wut im Bauch spürte.

»Aber wir beherrschen doch gar nicht die Muttersprache dieser drei Leute – zumindest nicht fließend«, gab Lenny zu bedenken.

»Guter Einwand – aber das ist möglicherweise gar nicht nötig«, verriet Conklin. »Alle drei wurden unter anderem auch deshalb engagiert, weil sie ...«

»... fließend Englisch sprechen«, vollendete Jayden den Satz.

Der Major nickte. »Richtig, zwar nicht völlig akzentfrei, aber nahezu. Scheint so, als würde auf der Insel nur Englisch gesprochen werden.«

»Und die drei werden solange hier gefangen gehalten?«, fragte Erik.

»Nicht gefangen gehalten – *untergebracht*«, korrigierte der Major ihn. »Verpflegung und Unterkunft auf Kosten der britischen Regierung.«

»Ich nehme an, es geht bald los«, sagte Lenny, »bevor unseren Gegnern klar wird, dass diese drei Personen verschwunden sind.«

»Absolut korrekt, Miss Zarakis.« Der Major nickte. »Normalerweise braucht es mindestens zwei bis drei Wochen, um eine solche Operation mit entsprechenden Doubles vorzubereiten. Wir haben jedoch nur ein kleines Zeitfenster, denn die geplante Reise nach Marokko findet bereits nächsten Montag statt. Das ist in drei Tagen.« Er blickte zu Erik. »Mr Tuomi!«, sagte er streng. »Hör jetzt endlich auf, diese Nüsse zu essen! Halb tot bist du für die Last Line of Defense wertlos. Training und Vorbereitungen beginnen morgen früh um acht Uhr.«

4. KAPITEL

Um halb sechs Uhr früh des nächsten Tages stand Jayden in der Liverpooler Innenstadt vor dem Reihenhaus seiner Tante. Er schlug den Kragen seiner Jacke hoch und blies sich in die Fäuste. Es war saukalt und die Sonne würde erst in einer Stunde aufgehen. Feuchtigkeit lag in der Luft und zarter Nebel waberte über den kleinen Vorgarten und die Pflastersteine der Gasse. Irgendwo bellte ein Hund und ein Lastwagen, der Glasflaschen geladen hatte, holperte klirrend über die Straße.

Jayden hatte sich um ein Uhr früh heimlich aus Brighton Rock geschlichen und war mit dem Nachtzug von Brighton über London nach Liverpool gefahren – knapp vier Stunden lang.

Jetzt standen Tante Maggie und seine Zwillingschwester Grace vor ihm. Maggie hatte bereits ihre blaue Schwesterntracht und einen Mantel darüber an; sie arbeitete als Hebamme im Krankenhaus und würde sich vermutlich gleich auf den Weg in den Frühdienst machen. Grace hingegen hatte noch den Morgenmantel an und blickte Jayden durch die Gläser ihrer viel zu kleinen Brille aus verschlafenen Augen an. Es war Samstagfrüh, bestimmt hätte sie bis zehn Uhr gepennt.

»Dass ich dich mal wieder zu Gesicht bekomme und dann noch mitten in der Nacht …« Gähnend rieb sie sich die Augen.

»Möchtest du nicht hereinkommen und eine Tasse Tee mit uns trinken?«, fragte Maggie und blickte auf die Uhr.

Jayden wehrte ab. »Nein, danke, ich bin nur hergekommen, um euch kurz zu sehen – muss gleich wieder weg.«

»Ist alles in Ordnung?«, fragte Maggie. »Haben sie dich in der Werft rausgeworfen?«

Grace grinste müde. »Hat bestimmt irrtümlich ein Schiff versenkt.«

»Im Job ist alles in Ordnung«, versicherte Jayden ihnen. Die beiden hatten keine Ahnung von der Existenz der Last Line of Defense. Sie gingen davon aus, dass er in Brighton einen gut bezahlten Job in einer Werft angenommen hatte.

»Warum kommst du ausgerechnet jetzt?«, fragte seine Tante.

»Ich muss am Montag für längere Zeit beruflich verreisen und wollte euch vorher noch einmal kurz sehen«, sagte Jayden – und das entsprach sogar der Wahrheit.

Major Conklin hatte ihnen gestern Abend noch gnadenlos eingebläut, dass sie ab jetzt jeglichen Kontakt zu ihren Eltern, Freunden und Verwandten einstellen und ihre Vergangenheit und Herkunft vergessen mussten, um sich voll und ganz auf ihre neue Identität zu konzentrieren.

Ihre Vergangenheit und Herkunft vergessen!

Wie konnte er etwas vergessen, das er gar nicht wusste? Er hatte keine Ahnung über seine Herkunft. Daher hatte er spontan das Bedürfnis gehabt, seine Tante und Grace noch einmal zu sehen. Der Job dauerte womöglich drei Wochen und er wusste nicht, wann und ob er überhaupt jemals wieder zurückkommen würde. Was, wenn ihn dasselbe Schicksal ereilte wie Ken Garrison? Dann würde er im Zinksarg nach Liverpool überstellt werden und hätte keine Chance gehabt, mehr über sich und seine Wurzeln herauszufinden.

»Noch einmal kurz sehen?«, wiederholte Grace ungläubig. »Musst du etwa in den Knast?«

Jayden warf ihr einen bissigen Blick zu.

Auch Tante Maggie betrachtete ihn skeptisch. Eigentlich war sie gar nicht ihre richtige Tante, sondern hatte Grace und ihn nur adoptiert, nachdem ihre Mutter nach ihrer Geburt im Children's University Hospital in London mit starken Unterleibsblutung gestorben war, da sie die Bluttransfusion zu spät bekommen hatte.

»Wie war das damals mit unserer Mutter?«, fragte Jayden.

»Ernsthaft?« Grace schlang sich den Morgenmantel um den Körper und vergrub die Hände in den Seitentaschen.

»Das interessiert dich *jetzt*?«, fragt Maggie.

Während der Zugfahrt hatte er die ganze Zeit auf das Foto seiner Mutter gestarrt, jenes kleine, mittlerweile vergilbte Bild, das sie damals bei sich gehabt hatte und das er stets in seiner Brieftasche bei sich trug. »Ich muss immer öfter an sie denken«, gab er zu. »Und wer weiß schon, wann wir uns wiedersehen?«

»Willst du nicht doch hereinkommen?«

Jayden wehrte ab.

»Also schön.« Maggie atmete tief durch. »Eure Mutter war erst achtzehn. Sie war hochschwanger und kam ohne Reisepass und ohne Visum nur mit ein wenig Bargeld und einem kleinen Koffer mit Wäsche, Seife und Zahnputzzeug von Sri Lanka nach London.«

»Und einem Buch«, ergänzte Jayden. Er wusste, dass ihre Mutter ein nagelneues Exemplar von *999 Dinge, die Sie wissen müssen, bevor das Leben zu Ende ist* von der damals noch jungen Psychologin Elly D. Shepard in ihrer Tasche gehabt hatte.

»Richtig.«

»Obwohl sie nicht Englisch konnte?«, hakte Jayden nach.

»Ja, darüber haben wir uns damals im Krankenhaus auch gewundert«, erklärte Maggie. »Ich habe zu jener Zeit noch im Children's University Hospital in London gearbeitet und bin in jener Nacht im Dienst gewesen, als die Sanitäter Shyla eingeliefert haben. Sie war in der Londoner Innenstadt mit ihrem Koffer auf dem Weg zu einem Nobelrestaurant gewesen, wo sie sich mit jemandem treffen wollte, als plötzlich die Wehen einsetzten. Die Fruchtblase war schon geplatzt und eure Herztöne waren ganz schwach. Danach habe ich euch beide auf die Welt gebracht. Ihr habt drei Tage auf der Intensivstation gelegen.« Sie drehte sich zu Grace und strich ihr übers lange pechschwarze Haar.

Jayden wusste, dass Shyla ihre beiden Babys nie zu Gesicht bekommen hatte – und dass Maggie ihnen, nach Absprache mit den Behörden, die Namen Jayden und Grace gegeben hatte. Grace, weil seine um drei Minuten ältere Schwester im Schlaf so gewirkt hatte, als würde sie entzückend und anmutig lächeln – und Jayden, dessen Name *dankbar* bedeutete, weil alle so dankbar waren, dass er am Leben bleiben durfte, während seine Mutter gestorben war.

»Und die Polizei hat nie herausgefunden, woher unsere Mutter stammte, warum sie nach London gekommen war und mit wem sie sich in diesem Restaurant treffen wollte?«, fragte Jayden.

Maggie schüttelte den Kopf.

»Gibt es eine Polizeiakte darüber?«

»Bestimmt, irgendwo ausgedruckt in einer staubigen Kiste im Kellerarchiv irgendeines Kommissariats«, sagte Maggie. »Die

Polizei hat ein halbes Jahr nach Verwandten eurer Mutter gesucht, dann jedoch aufgegeben.«

»Gibt es Unterlagen aus dem Krankenhaus?«

»Das Children's University Hospital ist drei Jahre nach eurer Geburt abgebrannt. Dabei wurden die alten Papierakten vernichtet. Das Einzige, das ich noch habe, sind eure Geburtsurkunden.«

Jayden nickte. Er erinnerte sich wieder daran, dass Tante Maggie unmittelbar nach dem Brand von London nach Liverpool gezogen war, weil sie dort eine neue Stelle als Hebamme angenommen hatte, und so waren Grace und er in Liverpool im Kindergarten aufgewachsen.

»Jetzt ist mir auch klar, warum du hergekommen bist und wir das alles nicht telefonisch klären konnten«, stellte Maggie fest.

»Danke.« Jayden umarmte seine Tante und drückte sie fest an sich. »Mach's gut, ich muss wieder zurück.«

»Bleib brav, Junge.« Maggie stellte sich auf die Zehenspitzen und küsste ihn auf die Wange.

»Sicher.« Jayden löste sich von ihr und wollte Grace zum Abschied die Hand geben, doch sie verschränkte nur die Arme vor der Brust.

»Knastausgang beendet?«, fragte sie spitz, lächelte dann jedoch. »Komm schon her, mein Großer.« Sie öffnete die Arme und drückte Jayden an sich.

Während er Grace' duftendes Shampoo roch, hörte er, wie ein Auto hinter ihm langsamer wurde und vor dem Haus hielt. Die Scheinwerfer beleuchteten Straße und Vorgarten.

Grace reckte den Hals. »Oh, die Bullen sind schon da, um dich zu holen.«

»Was?« Jayden fuhr herum. Aber vor dem Haus hatte kein Streifenwagen gehalten, sondern eine lange schwarze Limousine. Die hinteren Fensterscheiben waren verspiegelt. »Idiotin!«, zischte er Grace zu.

Die Hintertür öffnete sich und ein älterer Mann im grauen Anzug stieg aus dem Wagen. Er sah sich um, als wollte er sich nach dem Weg erkundigen, kramte dann jedoch eine Papiertüte aus der Hosentasche und schob sich Nüsse in den Mund.

Jayden wusste, dass es Walnüsse und Pistazienkerne waren, denn er kannte den Mann. Es war Mr Finley, der ehemalige Berater des britischen Premierministers, der seit knapp acht Jahren für die Last Line of Defense arbeitete, in dieser Zeit die jungen Agenten rekrutiert hatte und so etwas wie ein Mentor und Ersatzvater für sie geworden war.

»Einen wunderschönen guten Morgen«, rief Mr Finley über den laufenden Motor der Limousine hinweg.

»Wer ist das?«, zischte Grace neugierig. »Der Gefängnisdirektor?«

Mr Finley kam mit gemächlichen Schritten auf sie zu und hielt mit einem breiten Lächeln vor Jayden.

»Äh … ein Arbeitskollege?«, antwortete Jayden verunsichert. Ihm war klar, dass die Direktorin der Last Line of Defense Mr Finley darauf angesetzt hatte, ihn zu finden und sofort zurückzubringen. Nur dass es so rasch gehen würde, damit hatte er nicht gerechnet.

»Es wird Zeit, Mr Knoxville«, sagte Mr Finley mit einem charmanten Lächeln und deutete zur Limousine. »Meine Damen.« Er deutete ein leichtes Kopfnicken an.

»Wohin wirst du noch mal geschickt?«, fragte Tante Maggie

mit gerunzelter Stirn, obwohl sie genau wusste, dass Jayden bisher mit keinem Wort das Ziel seiner Reise erwähnt hatte.

»Zu einer dreiwöchigen Schulung nach Spanien«, antwortete Mr Finley rasch, bevor Jayden den Mund aufmachen konnte.

»Gute Reise«, rief Grace ihnen nach, dann beugte sie sich zu ihrer Tante und flüsterte ihr zu. »Der Herr ist richtig nett, oder?«

»Ja, stimmt, und ich kenne ihn von irgendwoher.«

Jayden und Mr Finley erreichten die Limousine.

»Sie haben Fans«, flüsterte Jayden ihm zu.

»Liegt wohl an meiner liebenswürdigen Art«, antwortete Mr Finley.

»Ja, sehr liebenswürdig«, raunte Jayden. »Mann, konnten Sie nicht noch ein paar Stunden warten, dann wäre ich sowieso wieder zurück gewesen.«

»So viel Zeit haben wir leider nicht.« Mr Finley öffnete Jayden die Hintertür. »Du wirst übermorgen nach Hell Island reisen und deine Vorbereitung dafür beginnt *jetzt*. In der Limousine.« Er legte Jayden die Hand auf den Hinterkopf und drückte ihn in den Wagen.

»Während der nächsten vier Stunden Autofahrt?«

»Vermutlich wären es eher *fünf* Stunden Autofahrt«, korrigierte Mr Finley ihn. »Aber – wie gesagt – so viel Zeit haben wir nicht. Wir fahren zu einem privaten Flugplatz und fliegen mit dem Helikopter nach Brighton – so wie wir hergekommen sind.«

»Wir?«, fragte Jayden und dann sah er im Dämmerlicht, dass sowohl Mr Elliot, ihr Analyst und Stratege, als auch Miss Ishida, ihre IT-Expertin, ihm gegenüber in der Limousine saßen.

Mr Finley stieg ein und zog die Tür mit einem Ruck zu. »Anschnallen!«

Jayden griff zum Sicherheitsgurt. Durch die Scheibe sah er, wie Tante Maggie und Grace ihm nachwinkten. Er winkte zurück.

»Die können dich nicht sehen«, sagte Miss Ishida trocken und rollte mit den Augen. »Das sind verspiegelte Scheiben.« Sie wandte sich an Mr Finley. »Ganz sicher, dass wir Jayden nach Hell Island schicken wollen?«

»Uns bleibt keine andere Wahl«, seufzte Mr Finley.

Haha, sehr witzig! Der Wagen fuhr los und Jayden ließ den Gurt einrasten.

Mr Elliot schaltete das Licht in der Kabine ein und öffnete eine Mappe auf seinem Schoß. »Also, Señor Diego Álvaro …«

»Einen Moment noch«, unterbrach Jayden ihn und beugte sich zu Mr Finley. »Warum haben Sie vorhin ausgerechnet Spanien als Reiseziel genannt und nicht Irland, Dänemark oder Finnland?«

Mr Finley wollte schon antworten, aber Miss Ishida kam ihm zuvor. »Weil du nach Hell Island fliegst, wo die Sonne gnadenlos herunterbrennt, und du – egal ob du den Einsatz überlebst oder nicht – dunkelbraun gebrannt zurückkommen wirst.« Sie nickte Mr Elliot zu, woraufhin die Vorbereitungen begannen.

5. KAPITEL

Der nächste Tag war hart für Jayden, Erik und Lenny. Zunächst verbrachte jeder von ihnen einige Stunden mit ihren Originalen in bewachten Verhörräumen. Auf Englisch führten sie Smalltalk über belanglose Themen, aßen gemeinsam Mittagessen, während Erik den Dänen namens Mads studierte, Lenny die Italienerin namens Francesca besser kennenlernte und Jayden seine Zeit mit Diego verbrachte. Die drei ahnten natürlich, dass man sie für längere Zeit hier gefangen halten würde, und waren dementsprechend aggressiv und widerspenstig, was jedoch nur die Beobachtung erleichterte, weil sie sich nicht verstellten und ihr wahres Ich zeigten, während sie tobten oder versuchten, einen Handel für sich herauszuschlagen.

Jayden, Erik und Lenny studierten ihre Mimik, ihre Gesten, ihr Lachen, ihren Gang, ihre Art zu sprechen, den speziellen Akzent, ihre Wutanfälle und ihre kleinen Ticks und Neurosen.

Elly D. Shepard, die auch eine ausgebildete Expertin für Körpersprache war, erklärte ihnen während einer kurzen Pause mehr darüber. »Jeder Mensch hat bestimmte Nervenzellen im Gehirn, sogenannte Spiegelneuronen.«

»Erik auch?«, fragte Lenny mit gespielt überraschter Miene.

»Ja, sogar Erik«, antwortete Elly augenzwinkernd.

»Nein, ich habe so was nicht«, behauptete Erik, ohne genau zu wissen, wovon gerade die Rede war.

»Doch!«, widersprach Elly. »Diese Spiegelneuronen sind dafür verantwortlich, dass man unbewusst das Verhalten seines Gesprächspartners übernimmt.«

Genau das machten sie sich zunutze, um ihre Originale besser doubeln zu können. Zwischendurch lernten sie alle Informationen auswendig, die der Geheimdienst über die drei herausgefunden hatte, bis sie alles im Schlaf wussten.

Im nächsten Schritt machten sie sich mit dem Gepäck ihrer Originale vertraut, das diese zu Hause bereits für die bevorstehende Reise gepackt hatten, ehe sie von den Agenten der Last Line of Defense in ihren Wohnungen überrascht, betäubt und im Helikopter nach England verfrachtet worden waren.

Diego las anscheinend gerade den Gedichtband eines spanischen Autors und hatte dabei jede Menge Kommentare und Gedanken an die Seitenränder gekritzelt.

»Ein krimineller Poet«, murmelte Jayden wenig begeistert und kannte jetzt wenigstens Diegos Handschrift, die er üben konnte. Major Conklin hatte ihm eine englische Übersetzung des Buches organisiert, damit er wusste, wovon es handelte.

Abgesehen von seiner Leidenschaft für Lyrik war Diego ein harter Brocken; dreimal wegen Ladendiebstahls, Körperverletzung und Erpressung vorbestraft und für mehrere kurze Haftstrafen im Jugendknast gewesen. Darüber hinaus trainierte er seit sieben Jahren Capoeira, eine brasilianische Kampfsportart, die geschmeidigen Tanz mit brutalen Techniken kombinierte. Das war der Grund, warum Mrs Harding am späten Nachmittag intensiv mit Jayden Capoeira trainierte. Dazu musste er alles vergessen, was er seit vielen Jahren über Muay Thai, das thailändische Kickboxen, wusste und was ihm Mrs Harding in den letzten eineinhalb Jahren zusätzlich über Karate und Taekwondo beigebracht hatte.

»So ein Dreck!«, fluchte er mehrmals laut, als er erneut mit dem Rücken auf der Matte lag, nachdem er unbewusst eine seiner Techniken aus den Bare Knuckle Fights am Hafen von Liverpool angewandt und Mrs Harding ihn daraufhin zur Strafe knallhart zu Boden geworfen hatte.

»Nur Capoeira!«, bläute sie ihm ein. »Betrachte es als ergänzende Zusatzausbildung.« Dann half sie ihm hoch und das Training ging weiter.

Nachts in seinem Zimmer legte er sich Coolpacks auf die blauen Flecken, las in der englischen Übersetzung des Lyrikbands und machte sich mit Diegos Handy und dem Rest aus dessen Reisetasche vertraut. Offenbar hörte Diego gern Gangster-Rap, eine Musikrichtung, mit der Jayden nichts anfangen konnte, da er auf britischen und US-amerikanischen Punk stand. Aber er hatte die Kopfhörer auf und ließ die Musik von Diegos Handy über sich ergehen, bis er schließlich erschöpft einschlief, während ihn der Rap in seine Träume verfolgte.

6. KAPITEL

Am Morgen des zweiten Tages kam Erik in zerrissenen Jeans und im ärmellosen weißen Muscle-Shirt zum Frühstück. Vorder- und Rückseite des Shirts zierten düstere Wikingermotive.

»Hübsch«, bemerkte Lenny zynisch.

Erik zupfte am Shirt. »Ist nicht meins, gehört Björn.«

»Du meinst Mads«, korrigierte sie ihn.

»Ja, richtig, fuck!« Er schlug sich auf die Stirn. »Werde mir diesen Namen nie merken.«

»Dann sind wir bereits so gut wie tot«, bemerkte Jayden trocken.

»Mit *hübsch* habe ich eigentlich deine Tattoos gemeint«, sagte Lenny.

»Siehst wie ein Wikinger aus«, gab Jayden seinen Senf dazu.

Demonstrativ zeigte Erik seine Unterarme her, auf denen sich keltische Motive befanden. Dann zog er das T-Shirt vorne runter, zeigte seine tätowierte Brust, die merkwürdigerweise gar nicht gerötet war, und wollte sich danach das Shirt hinten über den Rücken hochziehen.

»Nein, lass gut sein«, unterbrach Lenny ihn. »Wir glauben es dir auch so. Sieht Mads so aus?«

»Ja, ich wurde die halbe Nacht tätowiert … na ja, eigentlich ist es nur aufgemalt«, gab er zu. »Mit extra-wasserfester Spezialfarbe, die im Labor entwickelt wurde. Sieht toll aus, oder? Als wäre es schon etwas verblasst. Geht aber nach ein paar Monaten wieder runter.«

»Wenn du Glück hast«, fügte Jayden grinsend hinzu und klatschte mit Lenny ab.

»Ihr beide habt ja keine Ahnung von wahrer skandinavischer Kunst …«

Die Tür wurde aufgerissen, Major Conklin erschien im Frühstücksraum und knallte ihnen die Mappen mit dem heutigen Unterrichtsplan auf den Tisch.

Erik warf als Erster einen Blick hinein. »Oh Mann, ist das überhaupt alles in dieser kurzen Zeit zu schaffen?«, maulte er. »So kurzfristig werden wir nie …« Er verstummte.

Der Major blieb vor ihm stehen, mit den Händen hinter dem Rücken verschränkt. »Das muss es. Aber ich denke, ihr schafft das. Dadurch dass Diego, Mads und Francesca Kriminelle sind, würden sie anderen gegenüber sowieso nicht viel Persönliches über sich preisgeben. Das ist das Gute daran, wenn ihr in die Rolle eines Kriminellen schlüpft. Die halten sich meist bedeckt und binden nicht gleich jedem ihre ganze Lebensgeschichte auf die Nase. Also, das Frühstück ist beendet – los geht's!«

»O nein! Ich habe gerade erst damit begonnen«, rief Erik.

Der Major kramte aus der Seitentasche seiner Hose eine Packung Cashews, die er Erik über den Tisch hinweg zuwarf. »Sag's nicht weiter. Hab ich aus der Vorratskammer geklaut.«

»O Mann, das war bestimmt ein extrem gefährliches Himmelfahrtskommando«, entgegnete Erik grinsend. »Jedenfalls danke, Sir!«

Conklin ignorierte den Kommentar. Sie verließen den Frühstücksraum und machten sich auf den Weg zum Unterricht.

Jayden und Lenny zogen die frisch gewaschene Kleidung ihrer Originale an – Jayden eine schwarze Trainingshose und einen grauen Hoodie, dessen Kapuze bereits ziemlich ausgefranst war – und Lenny ein schwarzes Rippshirt, eine weite grün-braun gesprenkelte Militärhose mit langen Seitentaschen und breitem Ledergürtel und hohe schwarze Stöckelschuhe. Abgesehen davon legten sie auch Ringe, Armbänder und Ketten an, die ihre Originale getragen hatten. Lenny bekam sogar ein Fake-Piercing in den Nasenflügel gesteckt.

Zuletzt wurde ihnen von einem Friseur ein neuer Look verpasst. Eriks silbergraue Haare wurden blond und Lennys Haare schwarz gefärbt, und beide bekamen Kontaktlinsen, was vor allem bei Erik wichtig war, da seine Augen normalerweise so eindrucksvoll wie die eines Huskys aussahen.

Später am Abend wurden sie in das Büro von Direktorin Taylor gebracht. Sie stand hinter ihrem Schreibtisch auf, als sie eintraten, stützte sich auf die Tischplatte und betrachtete sie eindringlich.

»Gute Arbeit ... verdammt gute Arbeit sogar ... exzellent. Die drei sehen richtig fies aus«, sagte sie schließlich zu Major Conklin, der neben ihr stand. Auch er schien mit seiner Arbeit zufrieden zu sein.

»Erik?«, fragte die Direktorin, doch Erik reagierte nicht. Sie wartete eine Weile, dann sagte sie: »Mads?«

Erst jetzt sah Erik auf. »Ja, Ma'am?«

»Sehr gut.« Direktorin Taylor lächelte, doch dann bekam sie einen etwas besorgten Blick. »Morgen geht eure Reise also los. Ihr wisst, was mit Agent Garrison vom Team Alpha passiert ist. Er ist das erste Mitglied, das wir während eines Einsatzes verloren haben.« Sie atmete tief durch. »Normalerweise schicken wir Agenten, die sich erst im zweiten Jahr der Ausbildung befinden, nicht auf ungesichertes Terrain in die Höhle des Löwen … noch dazu ohne Rückendeckung und Verstärkung, ganz auf sich allein gestellt.«

»Mit einer nur geringen Chance auf Erfolg und Rückkehr«, ergänzte Erik theatralisch.

Sie holte wieder tief Luft. »Aber es ist von enormer Wichtigkeit, dass ihr eure Mission erfolgreich abschließt. Wir müssen wissen, was auf dieser Insel vor sich geht – es hängt so vieles davon ab.«

»Deswegen gibt es uns, Madam«, sagte Lenny.

Direktorin Taylor nickte dankbar. »Ich bin mir sicher, dass ihr diesen Einsatz gut meistern werdet. Aber ganz ohne Hilfe werden wir euch morgen nicht nach Hell Island schicken.« Sie beugte sich zum Telefon und drückte eine Taste. »Sie können hereinkommen.«

Im nächsten Moment öffnete sich die Seitentür und Miss Ishida, ihre Technikexpertin und IT-Ausbilderin, erschien mit einem schmalen schwarzen Hartschalenkoffer. Sie legte den Koffer auf den Tisch und öffnete ihn. Dann reichte sie Lenny ein glitzerndes blaues Medaillon an einer Kette. »Es lässt sich öffnen, darin ist ein Foto von deiner Mutter.«

»Was? Lenny hat doch gar keine …«, entfuhr es Erik, der wusste, dass Lenny elternlos in einem Waisenhaus auf Kreta aufgewachsen war.

»Mensch, Alter!«, rief Lenny und verdrehte die Augen.

»Ach so«, korrigierte Erik sich rasch und schlug sich mit der Hand auf die Stirn. »Sorry, klar, *deine* Mutter, Francesca.«

Direktorin Taylor und Major Conklin warfen sich einen besorgten Blick zu.

»Er macht nur Spaß«, rettete Jayden die Situation. »Stimmt's?« Er warf Erik einen auffordernden Blick zu.

Erik verzog das Gesicht. »Äh, ja … sicher.«

Miss Ishida ignorierte das ganze Gerede und drückte Jayden eine Miniatur-Stabtaschenlampe in die Hand. »Kannst du an deinen Schlüsselbund hängen.«

»Toll«, sagte Jayden unbeeindruckt, »aber Diegos Handy hat eine viel bessere Taschenlampe.«

»Ich bin sicher, dass sie dir das Handy auf der Insel wegnehmen werden«, knurrte Conklin.

»Okay.« Jayden nahm die Lampe und knipste sie ein und wieder aus.

Zuletzt holte Miss Ishida eine Tätowiermaschine aus dem Koffer, die wie eine kleine handliche Pistole aussah.

»Die Inkjecta Flite X1«, erklärte sie, »ist eine kabellose, batteriebetriebene Rotary Tattoomaschine, die mit aufgeladenen Akkus acht Stunden lang läuft. Sie ist superleicht und hat zwei Nanotechnologiemotoren, einen für den Antrieb und einen für die Einstellung der Nadeltiefe. Im Griffstück ist ein Set mit verschiedenen Kohlefaser-Nadelstangen enthalten.« Sie drückte Erik das Gerät in die Hand. »Mit einer ähnlichen Maschine hat sich Mads selbst Brust und Unterarme tätowiert.«

Erik blickte erschrocken zu Major Conklin. »Aber ich kann gar nicht tätowieren. Und das ist jetzt kein Spaß! Stand nicht auf meinem Stundenplan.«

»Damit sollst du auch nicht tätowieren.« Der Major nahm ihm das Ding aus der Hand, nahm Lennys Medaillon und Jaydens Taschenlampe und steckte die drei Dinge an bestimmten Stellen zusammen. »Jeder Teil für sich genommen ist harmlos, aber zusammengebaut werden sie zu einem Hochleistungs-Miniatur-Funksender.« Er überließ Miss Ishida die weitere Handhabung.

»In dem Medaillon ist das Mikrofon verborgen – es ist hochempfindlich, also weder runterwerfen noch draufsteigen oder ins Wasser tauchen«, erklärte Miss Ishida und öffnete das Schmuckstück. »In der Taschenlampe befindet sich eine hauchdünne, aber leistungsstarke und auf sechzig Zentimeter ausfahrbare Antenne.« Sie demonstrierte, wie man sie herausziehen konnte. »Und in der Tattoomaschine ist das eigentliche Funkgerät mit einem zusätzlichen aufgeladenen leistungsfähigen Lithium-Ionen-Akku, der drei Wochen lang betriebsbereit ist. Das alles ist bereits auf eine bestimmte Frequenz voreingestellt. Ihr müsst die Antenne nur nach Norden ausrichten.« Sie blickte zu Major Conklin.

»Einmal pro Tag, genau um 23:15 Uhr, überfliegt ein Satellit der Last Line of Defense die Insel. Dann habt ihr für exakt zehn Minuten die Möglichkeit, Funkkontakt mit dem Headquarter aufzunehmen.«

»Und wenn sie uns dabei erwischen?«, fragte Erik.

»Das wird nicht passieren«, sagte Direktorin Taylor. »Und falls doch, dann gibt es – beginnend mit morgen – jeden Tag um acht Uhr früh ein kurzes Zeitfenster mit einem Rendezvous-Punkt fünfzehn Kilometer westlich von Hell Island für eine Flucht von der Insel.«

»Mitten auf dem Wasser?«, fragte Erik.

»Richtig«, sagte der Major. »Jeweils um diese Zeit wird ein

britisches U-Boot der Klasse 212 A dort auftauchen und für einen Transfer zurück nach England bereitstehen. Sie sind im Moment die modernsten und leisesten U-Boote der Welt und haben eine absolut revolutionäre außenluftunabhängige Antriebsanlage, die auf Brennstoffzellen basiert. Dadurch haben sie weder Wärmeabstrahlung noch Pumpengeräusche und sind bei einer Schleichfahrt nicht zu orten.«

»Wenn ihr also abhauen müsst«, ergänzte die Direktorin, »dann müsst ihr eure Flucht zeitlich exakt so planen, dass ihr diesen Treffpunkt erreicht.«

Als wenn man eine Flucht planen könnte, dachte Jayden.

»Dazu müssten wir uns auf der Insel allerdings ein Boot organisieren«, bemerkte Lenny.

»Und wir müssten wissen, wo Westen ist …«, fügte Erik todernst hinzu, verzog aber im nächsten Moment den Mund. »Sorry, mach nur Spaß.«

Major Conklin schloss nur kurz die Augen und atmete tief durch. »Morgen früh geht es los. Ihr solltet euch besser ausschlafen.«

7. KAPITEL

Zeitig in der Früh des nächsten Morgens trennten sich ihre Wege und sie wurden von der Last Line of Defense in verschiedene Winkel Europas gebracht, damit sie den Reiserouten, die für ihre Doppelgänger gebucht worden waren, so authentisch wie möglich folgen konnten. Darum kamen sie zu unterschiedlichen Zeiten mit verschiedenen Flügen aus verschiedenen Himmelsrichtungen in Marokko an. Anscheinend wollte MOEBIUS die jungen Erwachsenen über verschiedene Routen so unauffällig wie möglich ins Land bringen.

Jayden wurde zunächst nach Spanien gebracht, wo er in Diegos Rolle schlüpfte und von jetzt an auf sich allein gestellt war. Die erste Probe, ob ihr Schwindel klappen würde, war die Passkontrolle am Flughafen von Madrid. Problemlos checkte Jayden ein, kam durch die Sicherheitskontrolle, stieg in die Maschine und flog mit Iberia Airlines direkt nach Agadir in Marokko, wo er am frühen Nachmittag eintraf.

Als er durch die automatische Schiebetür des klimatisierten Flughafens ins Freie trat, traf ihn der erste Schock. Hier war es deutlich heißer als in London und Spanien. Die Nachmittagssonne knallte unbarmherzig herunter und ließ die Luft über dem spröden Asphalt flimmern. Auf den Autodächern und Gehwegen lag eine feine rote Schicht aus Wüstensand. Es war schwül und roch nach Meersalz. Bestimmt hatte es über fünfunddreißig Grad im Schatten. Binnen weniger Sekunden klebte Jayden das schweißnasse T-Shirt am Leib. Er schulterte die Reisetasche und ging zum Taxistand. Dort bezahlte er den Fahrer einer alten Rostlaube in bar, in Dirham, und ließ sich zum Hafen von Agadir bringen.

An der betonierten Kaimauer, wo ihn der Fahrer aussteigen ließ, roch es noch intensiver nach Algen, Fisch und Muscheln. Möwen flogen kreischend über den Fischerbooten, die vertäut an den Holzmolen schaukelten. Es herrschte geschäftiges Treiben. Jede Menge Touristen kamen auf ihren Ausflugsbooten zurück, einige Jachten fuhren zügig in Richtung Jachthafen, und draußen auf dem Meer schipperte ein Konvoi Containerschiffe vorbei.

Jayden orientierte sich auf einer Infotafel und ging zum Pier 7. Dort sollte er nach Diegos Angaben um Punkt sechzehn Uhr sein. Er hatte noch etwas Zeit und kaufte sich ein Fladenbrot mit Hammelfleisch in einer Papiertüte. Dann schlenderte er hinaus zum Pier.

Von Weitem sah er bereits, dass sich dort eine Menschenmenge versammelt hatte. Soviel er erkennen konnte lauter relativ junge Männer und Frauen. Kaum jemand war älter als zwanzig.

»He, Mann, gehst du auch zum Pier?«, hörte er eine heisere Stimme auf Englisch mit nordischem Akzent neben sich.

Jayden drehte sich zur Seite und sah einen blonden, braun gebrannten Kerl mit schwarzer Ray-Ban-Sonnenbrille, ausgefranstem T-Shirt und Tattoos auf den Unterarmen, der einen Rucksack schulterte.

»Wer will das wissen?«, fragte Jayden.

»Kommst dir wohl ziemlich cool vor«, krächzte der Junge. »Typen, die glauben, sie seien besonders smart und clever, bekommen in dieser Gegend rasch eine aufs Maul.«

»Von dir?«, fragte Jayden unbeeindruckt.

Der Junge schob sich die Sonnenbrille auf die Nasenspitze und blickte Jayden über den Rand an. »Kostprobe gefällig, Muttersöhnchen?«

Jayden warf Erik einen warnenden Blick zu und senkte die Stimme. »Übertreib es nicht.«

»Zu dick aufgetragen?«, flüsterte Erik.

Jayden nickte. »Wie war deine Reise?«, fragte er, solange sie noch alleine nebeneinander auf dem Pier gingen. Bisher wusste er nur, dass Erik zu Mittag mit einer Maschine der SAS, der Scandinavian Airlines, von Kopenhagen nach Marrakesch geflogen war.

»Der Flug war okay«, flüsterte Erik. »Habe eine Stewardess becirct, dass sie mir eine Packung Erdnüsse schenkt. Danach wurde es grausam. In Marrakesch habe ich einen alten Knacker gefragt, wo es zum Bahnhof geht. *Nimm den Zug, der fährt dorthin*, hat er geantwortet. Und ich: *Witzig, Alter, und WO ist die Station?* Daraufhin hat er gesagt: *Immer den Gleisen nach.*«

»Was hast du gemacht?«

»Hab mir ein Taxi zum Bahnhof genommen – aber da war der Zug schon weg.«

»Und dann?«

»Bin als Autostopper in einem Viehlaster die 260 Kilometer nach Süden bis nach Agadir getrampt und habe auf der Ladefläche die ganze Zeit der Reise Staub geschluckt.«

»Bist vermutlich zwischen all den Schafen gar nicht aufgefallen.« Grinsend reichte Jayden ihm seine Wasserflasche aus der Reisetasche und Erik trank gierig davon. »Hast du Lenny schon gesehen?«, fragte Jayden.

Erik wischte sich mit der Hand über den Mund und gab Jayden die Flasche zurück. »Nein.« Er deutete zum Ende des Piers. »Wir sollten das Geplänkel jetzt besser beenden.«

Jayden nickte. Erik hatte recht. Sie näherten sich den anderen Teenagern und kamen bereits in deren Hörweite. »Was hältst du von denen?«

Erik verzog das Gesicht und senkte noch einmal die Stimme. »Mit Mühe dämpfe ich meinen Enthusiasmus.«

»Geht mir genauso«, flüsterte Jayden. »Ich bin Diego«, sagte er dann laut und reichte Erik die Hand.

»Ich bin Mads.«

Als sie das Ende des Piers erreichten, verstummten die Gespräche der anderen. Wie eine Mauer standen die Typen vor ihnen und musterten sie ungeniert von oben bis unten. Jayden blickte sich unauffällig um. Von Lenny fehlte jede Spur.

Dann wurde ihm bewusst, dass mehr junge Erwachsene anwesend waren als die dreiundzwanzig, von denen der strategische Aufklärungsdienst der Last Line of Defense ausgegangen war. Rasch zählte er die Leute. Mit Erik und ihm waren es insgesamt fünfunddreißig Personen, die er zwischen achtzehn und neunzehn Jahren schätzte. Vermutlich waren Erik und er die jüngsten. Alle sahen ziemlich hart und verwegen aus, niemand sprach ein Wort. Sie wirkten wie eine bunt zusammengewürfelte Straßengang. Offenbar hatte MOEBIUS Teenager gesucht, die gut trainiert waren und für Geld alles tun würden.

»Hi«, sagte Erik laut an die Gruppe gewandt, doch niemand

entgegnete etwas darauf, woraufhin Erik langsam den Rucksack von der Schulter nahm und vor sich hinstellte. Er klemmte sich die Sonnenbrillen in den Ausschnitt des T-Shirts, steckte die Hände in die Hosentaschen und betrachtete die Typen mit zusammengekniffenen Augen. »Wenn Unfreundlichkeit, Arroganz und Überheblichkeit bremsen würden, könntet ihr euch den ganzen Tag nicht von der Stelle bewegen!«

Jayden schluckte. Erik machte sich gleich zu Beginn eine Hand voll Freunde. Vermutlich rechnete er damit, dass Jayden ihm bei einer Schlägerei helfen würde. »Wann geht es weiter?«, fragte Jayden schnell.

Niemand sagte ein Wort, bis sich schließlich ein großes braunhäutiges Mädchen mit Dreadlocks und blitzblanken Metallreifen an den Handgelenken nach vorne schob. »Hast du das letzte Memo nicht erhalten?«, fragte sie auf Englisch, aber mit französischem Akzent.

»Unsere Handyakkus sind leer«, antwortete Erik prompt.

Dreadlocks schob einen Kaugummi von einer Backe in die andere und ließ eine Blase zerplatzen. »In fünfzehn Minuten werden wir von einer privaten Fähre abgeholt.«

»Nice.« Erik kramte das Handy von Mads aus dem Rucksack und wedelte damit herum. »Hat jemand zufällig eine Powerbank dabei?« Niemand reagierte. »Vergesst es – war nur eine rhetorische Frage.«

Jayden warf Erik einen vielsagenden Blick zu. *Wo verdammt steckt Lenny?* »Habt ihr noch jemanden gesehen, der zu uns gehört?«, fragte Jayden dann in die Runde.

Die Typen sahen sich gegenseitig an, bis Dreadlocks schließlich antwortete. »Nein, warum?«

»Wir sind nur fünfunddreißig«, sagte Jayden. »Eigentlich müssten wir aber sechsunddreißig sein.«

»Unseres Wissens nach fehlt niemand«, sagte Dreadlocks.

»Woher weißt du Klugscheißer, dass wir sechsunddreißig sein sollten?«, fragte ein rothaariger Kerl mit Sommersprossen, der eigentlich ziemlich gut aussah, wenn da nicht diese verbrannte und vernarbte Gesichtshälfte wäre, durch die er ziemlich brutal wirkte. Sein Akzent klang ein wenig abgehackt und osteuropäisch. Jayden tippte auf Polen oder Rumänien.

Erik steckte sein Handy wieder in den Rucksack und sah Jayden von unten herauf überrascht an. »Ja, woher weißt du das?«

»Liegt das nicht auf der Hand?«, entgegnete Jayden. »Organisationen wie die, die uns angeworben haben, arbeiten meist in Zweier- oder höchstens Dreierteams – und fünfunddreißig lässt sich weder durch zwei noch durch drei teilen. Also: Es fehlt noch jemand!«

»Stimmt das?«, rief jemand von hinten nach vorn. »Ich meine, das mit dem Teilen?«

»Ich glaube, der verschaukelt uns«, sagte ein anderer.

Die Meute schob sich gefährlich näher. »Du weißt erstaunlich viel darüber«, stellte Dreadlocks drohend fest.

»Ihr wisst erstaunlich *wenig* darüber«, entgegnete Jayden. »Und das gibt mir zu denken.«

»Du solltest jetzt besser die Klappe halten«, sagte der Rothaarige mit der Brandnarbe im Gesicht und drehte den Kopf, dass die Nackenwirbel gefährlich knackten.

»Und ich dachte, die mögen *mich* nicht«, murmelte Erik. »Rechne bloß nicht damit, dass ich dir helfe.«

Jayden reckte den Hals und sah, dass sich auf dem Meer eine

große moderne Fähre näherte, in dessen Glas- und Aluminiumelementen sich die Abendsonne spiegelte. *Fuck!* Lenny war immer noch nicht da.

In diesem Moment hielt ein Bus am anderen Ende des Piers, die Hydraulik quietschte und die Vordertür klappte auf. Eine junge Frau mit langen schwarzen Haaren und einem Undercut stieg aus, zog einen Trolley hinter sich her und kam in hohen Stöckelschuhen auf sie zu. Jayden fiel ein Stein vom Herzen, als er Lenny erkannte. Wie immer kam sie in letzter Sekunde.

Es wurde ruhig, alle starrten zu ihr herüber.

Nachdem Lenny sie erreicht hatte, stellte sie den Trolley neben sich ab, lehnte sich auf den Griff und schob sich die Sonnenbrille ins Haar. »Hi, Fans«, murrte sie und sah sich betont gelangweilt um.

»Was willst du hier, Bitch?«, fragte die Brandnarbe misstrauisch.

»Bestimmt nicht zu dir«, knurrte sie ihn an.

Dreadlocks stemmte die Hände in die Hüfte. »Hast du wenigstens einen Namen?«

»Mein Name geht dich einen Scheiß an«, antwortete Lenny mit einem fiesen Lächeln. »Meine Maschine aus Rom ist in Casablanca gelandet und ich bin mit dem Bus 460 Kilometer hierhergefahren. Offenbar hatte ich die mit Abstand weiteste und umständlichste Reiseroute. Wurde so für mich gebucht. Anscheinend haben die sich absichtlich für die billigste Variante entschieden – und das, obwohl ich bereits eine fette Anzahlung in Goldbarren in meinem Bankschließfach habe. Aber das ist für mich okay, denn ich bin eine sparsame junge Frau – und das ist alles, was ihr im Moment über mich wissen müsst.«

»Was für ein Auftritt«, murmelte Erik.

Zu einem weiteren Gespräch kam es nicht mehr, da die Fähre den Pier erreichte, den Motor drosselte und eine gigantische Wasserwelle vor sich herschob. Einige Fontänen spritzten sogar über den Pier.

Zwei dicke Taue wurden von Bord geworfen und zwei muskulöse braun gebrannte Männer in weißen Dreiviertelhosen und weißen Polo-Shirts sprangen von Deck und vertäuten die Fähre. Der Motor heulte noch einmal kurz auf, das Wasser wurde aufgewühlt, dann klebte die Fähre längsseits an den Autoreifen des Piers.

Das Boot mit seinen schrillen blauen, weißen und roten Farben war ein Aquabus Jet, wie Jayden an der seitlichen Aufschrift erkennen konnte – ein Hochgeschwindigkeits-Katamaran, der so schnell fuhr, dass er sich bei voller Fahrt aus dem Wasser hob und vorne etwas aufrichtete. Der Jet war bestimmt an die vierzig Meter lang, hatte zwei Satellitenschüsseln und hinten ein Rettungsboot.

Eine breite Gangway wurde heruntergelassen und binnen kürzester Zeit scharten sich alle wie eine Traube um den Einstieg, der im Moment jedoch noch mit einem Seil abgesperrt war.

Während sich alle anderen auf die Gangway konzentrierten, betrachtete Jayden das Boot genauer. Am Bug und am Heck standen zwei weitere Bordmitglieder in weißer Uniform mit Sonnenbrille, Schirmkappe, einem Funkgerät am Gürtel und einem langläufigen Präzisionsgewehr mit Schalldämpfer in Händen. So sahen die Leute von MOEBIUS also aus. Offenbar hatten sie keinerlei Skrupel, bewaffnet in der Öffentlichkeit aufzutreten. Außerdem schien Geld keine Rolle zu spielen.

Nun betrat eine Frau mittleren Alters mit langer dunkelroter Mähne und Sommersprossen die Gangway und sah zu ihnen herunter. Sie trug ebenfalls eine weiße Hose und einen weißen Blazer.

»Sieht aus wie eine Ärztin«, murmelte Erik.

»Ja, die ist ganz bestimmt eine«, sagte Lenny sarkastisch.

Die Frau wurde von zwei Männern in weißer Uniform flankiert, die sich im Hintergrund hielten und oben am Treppenabsatz der Gangway stehen blieben. Beide trugen eine weiße Umhängetasche, hatten die Hände hinter dem Rücken verschränkt und streckten die Brust heraus. Jayden war sicher, dass sie eine Waffe, vermutlich ebenfalls mit Schalldämpfer, in der Hand hielten.

Ein Murmeln ging durch die Gruppe, woraufhin die Frau die Hand hob und ihnen allen bedeutete, ruhig zu sein. Als nur noch das Meeresrauschen, das Kreischen der Möwen und das Glucksen des Wassers bei den Autoreifen zu hören war, begann sie. »Mein Name ist Dr. Sloane – ihr dürft Doc Sloane zu mir sagen. Ich bin Ärztin und werde euch die nächsten drei Wochen medizinisch unter die Lupe nehmen.«

Erik drehte langsam den Kopf zu Lenny und reckte leicht das Kinn nach vorn. »Ich bin ja niemand, der ständig behauptet, ich habe es ja gesagt«, flüsterte er mit zusammengepressten Lippen. »Aber ich *habe* es gesagt!«

»Ruhe!«, rief Doc Sloane. »Stellt euch jetzt alle in einer Linie auf – Sicherheitsabstand jeweils einen Meter. Haltet euren Reisepass bereit. Ihr kommt jetzt der Reihe nach zur Gangway. Ihr sagt mir das Passwort, dann werde ich mit dem Tablet euren Fingerabdruck scannen. Stimmt er mit dem in eurem Reisepass überein und passen beide Matches zu dem in unserer Datenbank, dürft ihr an Bord.

»Und wenn nicht?«, fragte Brandnarbe provokant.

Doc Sloane zog ein handliches flaches Tablet aus der Innentasche ihres Blazers und kam die Gangway hinunter. Die beiden Männer begleiteten sie, und jetzt sah Jayden, dass sie tatsächlich bewaffnet waren. »Dann endet eure Reise hier«, sagte Doc Sloane mit einem Lächeln.

»Jetzt wird es interessant«, murmelte Erik und ließ Jayden galant den Vortritt.

8. KAPITEL

Nachdem sie sich alle in einer Reihe mit ausreichend großem Abstand aufgestellt hatten, ging es los. Erik stand hinter Jayden und soweit Jayden erkennen konnte, hatte sich Lenny weiter hinten eingereiht.

Jayden presste seinen Zeigefinger auf den Oberschenkel und kontrollierte, ob alles passte. Er hatte sich bereits heute Morgen, als sie noch in Brighton gewesen waren, eine weiche durchsichtige Kunststoffschale, die er von der Forensikabteilung der Last Line of Defense erhalten hatte, auf die Fingerkuppe geklebt, damit er Diegos Fingerabdruck hatte. Das war nur eine reine Vorsichtsmaßname, wie Major Conklin erklärt hatte, doch wie man jetzt sah völlig zurecht. Jayden rieb die Fingerkuppe kurz unter seinem Kinn, damit sich auch die nötige Fettschicht auf der Folie befand, damit die Papillarleisten vom Scanner ausgelesen werden konnten.

Langsam rückte die Warteschlange nach vorn, bis sich nur noch zwei Typen vor Jayden befanden.

»Verdammt …«, zischte Erik plötzlich leise hinter ihm. »Meine Folie löst sich vom Finger.«

Jayden wurde heiß im Gesicht. Er drehte leicht den Kopf. »Ist das wieder einer deiner dämlichen Scherze?«

»Ruhe!«, rief Doc Sloane. »Und bleibt in der Reihe. Denkt an den Sicherheitsabstand!«

»Nein, Mann«, flüsterte Erik und verstummte dann.

O Gott! Jayden machte einen Schritt nach vorn. Einen Augenblick später kam er auch schon dran.

»Passwort?«, sagte Doc Sloane und hielt ihm das Tablet hin.

Jayden sah ihr kurz in die Augen. Sie hatte lange Wimpern und roch nach einem Parfüm, das ihn an Urlaub und Palmenstrand erinnerte. Ihr Blick erinnerte ihn allerdings gar nicht an Ferien. *Operation Dark Sky Eleven* schrieb er dann mit dem Finger auf das Display. Lennys Passwort lautete Operation Dark Sky Sixteen und Eriks Operation Dark Sky Nine. Jedenfalls hatten ihre drei Originale das bei den Verhören behauptet. Und dass MOEBIUS die Teenager nie persönlich getroffen, sondern über Kontaktpersonen angeworben hatte. Er hoffte, dass das alles stimmte.

»In Ordnung«, sagte Doc Sloane. Anscheinend war das Passwort richtig, außerdem hatte eine grafologische Software zugleich die Handschrift überprüft.

»Rechten Zeigefinger auf das Display pressen.« Doc Sloane hielt ihm das Tablet erneut hin und er drückte den Finger drauf.

Kurz darauf las sie den Speicherchip auf der Deckelinnenseite von Diego Álvaros biometrischem Reisepass aus, auf dem Diegos Fingerabdruck gespeichert war.

»Einen Moment noch«, befahl Doc Sloane und wartete, bis eine grüne Lampe auf ihrem Tablet aufleuchtete. Offenbar passte der Abdruck mit dem Eintrag in ihrer Datenbank zusammen. Sie lächelte Jayden kurz an. »Schade! Ich hätte getippt, dass du ein Fake bist. Ist aber alles in Ordnung, du kannst an Bord gehen.«

Jayden streckte die Hand aus, doch Doc Sloane gab ihm den Pass nicht wieder zurück.

»Sorry, aber solange du auf der Insel bist, bleibt der Pass bei uns – nicht dass du noch versuchst, abzuhauen.« Lächelnd reichte sie seinen Pass an einen der Sicherheitsleute weiter, der ihn in seiner Umhängetasche verstaute.

Zumindest hatte Jayden es versucht. »Null Problemo.« Er marschierte die Gangway hinauf. Mit rasendem Herzen und leicht geneigtem Kopf versuchte er mitzubekommen, wie es Erik erging, doch er hörte nur leises Murmeln. Dann erreichte er die Reling und stellte sich zu den anderen, die an der Brüstung lehnten.

»Der Scanner findet keinen Match«, sagte Doc Sloane, woraufhin einer der Sicherheitsmänner näher trat. Erik blieb gelassen und zuckte nur die Achseln. »Nicht mein Problem«, sagte er lässig.

»Es wird aber zu deinem Problem«, knurrte der Sicherheitsmann. »Versuch es noch mal, und diesmal drückst du den Finger fester aufs Display.«

Jayden sah, wie Erik fester draufdrückte. Sie warteten eine Weile, dann erschien auch bei ihm das grüne Licht. Doc Sloane nickte zufrieden und winkte ihn durch. Erik marschierte die Gangway rauf und lehnte sich neben Jayden an die Reling.

»Das war knapp«, flüsterte Jayden. »Zum Glück hat es geklappt.«

»Ein Scheißdreck hat geklappt«, murmelte Erik nervös. »Die Folie hat sich von meinem Finger gelöst und klebt immer noch auf dem Display.«

Erschrocken warf Jayden ihm einen Blick zu. Erik war kreidebleich. Und schon begann der Tumult unten an der Kontrolle.

»Dein Fingerabdruck passt nicht … einen Moment … du hast

interessanterweise denselben Fingerabdruck wie dein Kollege vor dir«, sagte Doc Sloane zu der jungen Frau, die hinter Erik in der Reihe gestanden war. Sie trug weite schwarze Kleidung, hatte thailändische Gesichtszüge, eine Vollglatze und trug große runde Ohrringe.

»Hier stimmt etwas nicht!« Der Sicherheitsmann drängte sich näher und hielt das Funkgerät ans Ohr, während sein Begleiter die Waffe auf die junge Thailänderin richtete.

»Und jetzt?«, flüsterte Erik.

»Wie schnell kannst du schwimmen?«, fragte Jayden todernst. »Andernfalls bist du gleich tot, wenn uns nichts Gutes einfällt.«

»Versuch es noch mal!«, forderte Doc Sloane die Thailänderin auf.

»Einen Moment!«, drang eine Stimme aus dem hinteren Bereich der Reihe nach vorn. Lenny marschierte mit ihrem Trolley an den anderen vorbei, und bevor Doc Sloane reagieren konnte, hatte Lenny ihr bereits das Tablet aus der Hand genommen. »Vermutlich ist Ihr Gerät defekt – aha, ich sehe es schon. Ich habe ein ähnliches Tablet. Der Scanner spinnt manchmal.« Sie sah auf. »Keine Panik, Jungs«, sagte sie zu den Männern, die ihre Waffen auf sie richteten, hauchte auf das Display und wischte es an ihrer Militärhose sauber. Dann reichte sie es der Ärztin. »Probieren Sie es jetzt noch mal.«

»Was …?«, stammelte Doc Sloane verdattert.

»Nichts zu danken.« Lenny grinste und drängte sich frech hinter der Thailänderin in die Reihe.

Jetzt funktionierte der Scanner tatsächlich wieder. Das grüne Licht leuchtete auf und die Thailänderin durfte passieren. Als

Nächstes war Lenny an der Reihe und niemand verlor ein Wort darüber, dass sie sich vorgedrängt hatte.

Nachdem auch Lenny oben an der Reling stand, warf Erik ihr einen erleichterten Blick zu. »Danke«, formte er lautlos mit den Lippen.

Lenny griff mit spitzen Fingern zum Oberschenkel ihrer Hose und reichte Erik unauffällig seinen Fingerabdruck. Dann zog sie kurz die Augenbraue hoch, was wohl *Keine Ursache – deswegen gibt es mich* bedeuten sollte.

Eine Viertelstunde später waren alle an Bord. Um halb fünf wurden die Leinen gelöst, die Gangway wurde eingeholt und der Katamaran fuhr mit fauchendem Motor im Rückwärtsgang zurück aufs Meer, machte eine Wendung und beschleunigte.

Wenn die Analysten der Last Line of Defense richtig kombiniert hatten, würde die Reise nach Hell Island gehen, dreihundert Kilometer in westliche Richtung aufs offene Meer in internationale Gewässer. Jayden schätzte, dass die Fahrt knapp drei Stunden dauern würde.

Die Gischt spritzte übers Deck und die Wellen warfen den Katamaran rauf und runter. Mit 55 Knoten, umgerechnet 100 km/h, fuhren sie der untergehenden Sonne entgegen. Der erste große Schritt war geschafft.

Jayden sah sich alles an Bord genau an. Doc Sloane stand auf dem oberen Steuerstand des Katamarans unter dem Vordach und hielt ein Funkgerät an den Mund, das an einem geringelten Kabel hing. Sekunden später knarzte es in den Lautsprechern und ihre Stimme drang über das Deck.

»In fünfzehn Minuten haben eure Handys kein Netz mehr. Ich hoffe, niemand von euch wird seekrank. Genießt die Fahrt.

Ihr habt jetzt noch ein bisschen Freizeit und um Punkt achtzehn Uhr Ortszeit treffen wir uns unter Deck im großen Besprechungsraum Mediterran. Dann bekommt ihr eure erste Einweisung. Ende der Durchsage.«

9. KAPITEL

Nach einer Viertelstunde auf dem offenen Meer war die Handyverbindung wirklich weg. Jayden machte sich auf der Toilette frisch, trank eine Coke an der Bar und aß ein Sandwich mit Schinken, Salatblatt und Tomate, das es dort kostenlos gab. Kurz vor achtzehn Uhr betrat er den Besprechungsraum Mediterran. Die meisten der anderen waren bereits da und hatten sich auf die gepolsterten Sofastühle gefläzt.

Der Raum war oval und wirkte mit der großen Spiegeldecke, den vergoldeten Säulen und dem glänzenden schwarzen Marmorboden wie der Veranstaltungssaal eines 5-Sterne-Luxus-Kreuzfahrtschiffs. An den Seiten gab es große blau getönte Glasfenster, durch die man das Meer sah und beobachten konnte, wie die Fähre an vielen kleinen Inseln vorbeifuhr.

»Seht mal, Delfine!«, rief jemand.

Jayden blickte nicht hin. Viel mehr interessierte er sich für die Monitore unter der Decke, die Videos über die Geschichte Marokkos und Portugals zeigten. Er sah kurz zu, dann setzte er sich in die Nähe von Dreadlocks, der Brandnarbe und der glatzköpfigen Thailänderin und klemmte seine Reisetasche zwischen die Beine. Im Moment vertraute er keinem der anderen. Absichtlich hatte er noch nicht die Nähe zu Erik oder Lenny gesucht, die ebenfalls entfernt voneinander saßen, da es sonst aufgefallen wäre, wenn sie gleich von Beginn an beisammenklebten.

Fünf Minuten nach achtzehn Uhr betrat Doc Sloane den Besprechungsraum. Diesmal ohne bewaffnete Begleitung. Sie stellte sich vorne auf ein kleines Podest hinter das Rednerpult und zog den Schwenkarm des Mikrofons zu sich. Ihr Räuspern war über die Lautsprecher zu hören. Augenblicklich kehrte Ruhe ein und sie kam gleich zur Sache.

»Ich hoffe, ihr seid alle gestärkt und habt die bisherige Reise genossen, denn die nächsten drei Wochen werden hart. Wir fahren zu einer Insel, die sich Hell Island nennt. Sie ist im Privatbesitz – mehr müsst ihr im Moment darüber nicht wissen. Und diese Insel ist gefährlich. Sie trägt ihren Namen zu Recht.«

Ein Raunen ging durch den Saal, einige witzelten sogar über den Namen, doch Doc Sloanes Gesicht blieb emotionslos.

»Es gibt gefährliche Tiere und giftige Pflanzen auf dieser Insel«, zählte sie an den Fingern auf. »Streichelt also nichts, nur weil es niedlich aussieht, und ärgert nichts, was gefährlich aussieht. Esst keine wilden Früchte und trinkt Wasser nur aus der Flasche. In den Wasserleitungen gibt es *kein* Trinkwasser!«

Wasserleitungen? Jayden wurde hellhörig. Demnach gab es auf der angeblich so verlassenen und leer stehenden Insel eine funktionierende Infrastruktur.

Der Katamaran fuhr in ein Wellental, sodass es Jayden den Magen hob. Einige schrien kurz auf, andere lachten begeistert.

Doc Sloane hielt sich am Pult fest. »Ganz wichtiger Punkt: Ab jetzt wird nur noch Englisch gesprochen, ganz egal, woher ihr kommt. Englisch ist die Sprache auf Hell Island, Englisch ist die Sprache während eurer Ausbildung, Englisch ist die Sprache während der gesamten Operation. Und ich rede nicht von einem nuscheligen amerikanischen Slang, sondern von exzellentem British English.« Sie wartete eine Weile, bis die Information angekommen war. »Nächster wichtiger Punkt: Geht keine Beziehungen zu den anderen ein. Keine Freundschaften, keine intimen Kontakte. Ihr werdet hier für einen Job trainiert – und das ist kein Vergnügen. Immerhin werdet ihr reichlich dafür bezahlt. Danach werdet ihr euch nie wieder sehen.«

Einige sahen sich um, murmelten durcheinander, und Jayden bemerkte, wie Dreadlocks die Arme hinter dem Kopf verschränkte, sich zurücklehnte und eine Kaugummiblase zerplatzen ließ. »Von den Typen hier interessiert mich sowieso keiner.«

»Gut so.« Doc Sloane wollte noch etwas sagen, wurde aber unterbrochen.

»Und intime Beziehungen zu unseren Ausbilderinnen?«, rief Brandnarbe mit einem verschmitzten Lächeln.

Doc Sloane sah ihn mit einem kalten Blick an, sagte aber nichts, woraufhin Brandnarbe nur »Oh, oh!« murmelte und tiefer in seinen Sessel rutschte.

Doc Sloane wartete, bis wieder Ruhe eingekehrt war. »Das führt mich auch gleich zum nächsten Punkt«, sagte sie. »Verratet den anderen weder euren echten Namen noch eure wahre Identität. Aber daran habt ihr sicher schon gedacht. Wählt einen Decknamen für euch aus. Ab sofort werdet ihr für die nächsten drei Wochen auf diesen Namen hören und damit angesprochen werden. Das ist kein Ratschlag, sondern ein Befehl – direkt von ganz oben! Verstanden?«

Alle nickten zustimmend.

Jayden dachte darüber nach. In Wirklichkeit hieß er Jayden, spielte aber die Rolle eines Diego, und nun sollte er sich einen Tarnnamen überlegen? Das wurde ihm alles zu kompliziert.

Er hob die Hand. »Wie wäre es mit Jayden?«, fragte er. »Ist das okay?«

»Wäre nicht meine erste Wahl«, sagte Doc Sloane, »aber wenn dir das gefällt, sicher. Warum nicht?«

»He, dann bin ich Erik«, rief jemand von hinten, dessen Stimme Jayden nur zu gut kannte.

»Okay, Leute, und ich heiße Lenny!«, drang es von der Seite nach vorn.

Jayden grinste, denn plötzlich riefen alle ihre Decknamen nach vorn. Es war schön, dass Lenny und Erik seine Idee aufgegriffen hatten, denn ihre Nachnamen kannte ja nach wie vor niemand, und so konnten sie sich wenigstens nicht verplaudern.

»Fein, fein, fein! Wir beruhigen uns jetzt alle wieder«, rief Doc Sloane und klatschte in die Hände. »Noch Fragen?«

Aus dem Augenwinkel sah Jayden, wie Erik die Hand hob. »Was erwartet uns denn auf der Insel?«

Jayden spitzte die Ohren, denn genau aus diesem Grund waren sie hergekommen.

»Das wirst du noch früh genug erfahren.« Doc Sloane blickte auf ihre Armbanduhr. »In einer Stunde sind wir dort. Zum Abschluss noch eine wichtige Sache, mit der mich General LeBlanc, den ihr später kennenlernen werdet, beauftragt hat.« Sie ließ den Blick über die jungen Rekruten schweifen. »Ab jetzt gibt es kein Aussteigen mehr! Deserteure, Saboteure und Drückeberger werden es auf der Stelle bereuen. Das ist die eiserne Regel auf der Insel. Ist das allen klar?«

Niemand sagte ein Wort.

Sogar Erik hielt diesmal seine vorlaute Klappe.

2. TEIL
HELL ISLAND

10. KAPITEL

Als der Katamaran langsamer wurde und eine grüne Insel ansteuerte, versank die Sonne gerade hinter dem Horizont im Meer und tauchte das Wasser in ein glitzerndes orangegoldenes Zwielicht.

Jayden stand an Deck und checkte unauffällig Diegos Handy. Immer noch kein Netz, und das würde sich auch nicht mehr ändern. Es wurde rasch kühl und mit dem Sonnenuntergang kam der Wind. Alle anderen kamen nun auch vom unteren Deck herauf und drängten sich an die Reling, um die Insel zu sehen, die rasch größer wurde.

Jayden kannte Satellitenaufnahmen von Hell Island aus der Vogelperspektive, doch wenn man sich unmittelbar davor befand, sah die Insel viel imposanter aus. Wie Jayden jetzt bemerkte, war der Strand teils sandig, teils felsig. Gleich dahinter begann der dichte Wald. Eine hohe bewaldete Gebirgskette mit mehreren spitzen Gipfeln umrahmte die Mitte der Insel in einem Halbkreis. Was sich dort im Zentrum befand, ließ sich von hier aus nicht erkennen.

Der Katamaran steuerte eine kleine Bucht an. Offenbar kannte der Kapitän die exakte Position der Wasserminen, die den Küstenstreifen umgaben. Das Schiff legte an einem langen massiven Holzsteg an, an dem ein paar mit dunkelblauen Folien getarnte Jetskis im Wasser auf und ab schaukelten.

»Seht euch nur diese vielen bunten Fische an!«, rief jemand.

Doch Jayden ignorierte die Fische. Viel mehr interessierten ihn die großen schwarzen Militärjeeps am Strand und die bewaffneten Patrouillen, die mit Hunden am Ufer entlangmarschierten. Anders als die Schiffs-Crew trugen diese Kerle grüne Uniformen. Jayden war gespannt, was die Insel noch an Überraschungen zu bieten hatte.

Nun kam die gesamte Besatzung des Katamarans an Deck. Insgesamt waren es mit Doc Sloane sieben Personen, allesamt entweder mit Pistolen oder Gewehren bewaffnet. Einige Funkgeräte knackten und Befehle wurden durchgegeben. Danach wurde die Gangway heruntergelassen und Doc Sloane übernahm erneut das Kommando. »Wir befinden uns in der Bucht von Magellan, benannt nach dem portugiesischen Seefahrer – und das war's auch schon mit dem Geschichtsunterricht. Jetzt nimmt jeder sein Gepäck. Danach alle in einer Zweierreihe von Bord. Und zwar zügig im Laufschritt. Wir wollen den Aufenthalt am Strand so kurz wie möglich gestalten. Am Ende des Stegs stehen sechs gepanzerte Hummer. Je sechs von euch steigen in einen der Wagen. Keine Gespräche mit dem Fahrer. Noch Fragen?«

»Nein, Sir … äh Ma'am«, sagte Erik mit breitem Grinsen.

Die Ärztin warf ihm einen finsteren Blick zu. Hintereinander liefen sie mit ihrem Gepäck über den Steg zum Strand. Die Luftfeuchtigkeit war hoch, fast schon tropisch. Aus dem Wald drang das Kreischen exotischer Vögel, und je näher sie zum Strand kamen, desto intensiver roch es nach Holz und Gräsern.

Bei ihrer Ankunft am Ufer starteten sogleich die Motoren der SUV, deren Auspuffrohre senkrecht nach oben führten und über das Dach ragten. Die Abgaswolke wurde vom Wind über den Strand getragen.

Ihre Gepäckstücke wurden rasch im Kofferraum verstaut und dann stiegen jeweils sechs von ihnen in einen Wagen. Jayden, Lenny und Erik saßen jeweils in einem anderen Auto. Kaum knallte die letzte Tür zu, setzte sich der Konvoi auch schon in Bewegung und fuhr über einen schmalen holprigen Pfad über Wurzeln und Steine mitten in den Wald hinein. Augenblicklich wurde es unter dem Blätterdach dunkler und die Scheinwerfer rissen das Dickicht vor ihnen aus der Dämmerung.

Einige in Jaydens Wagen legten den Gurt an, doch er verzichtete darauf. Er saß sowieso neben der Tür und hielt sich am oberen Haltegriff fest.

Unwillkürlich musste er an Ken Garrison denken. Er war vor sechs Tagen am südlichen Ufer der Insel gelandet, sie hatten aber jetzt mit dem Katamaran etwas weiter östlich angelegt. Bestimmt hatte Garrison einen anderen Weg ins Landesinnere gefunden als den, den sie jetzt nahmen. Aber das Ziel schien dasselbe zu sein.

Nach zehn Minuten erreichten sie eine Anhöhe, auf der es wieder heller wurde. Vor ihnen in der Dämmerung lag eine gewaltige Lichtung, die sich wie in einem Krater befand. Das gesamte Areal in diesem Talkessel war bestimmt zwei Quadratkilometer groß. Das musste es gewesen sein, was Garrison entdeckt hatte.

Während der Hummer-Konvoi über eine schmale Serpentine nach unten fuhr, erkannte Jayden im rasch schwindenden Tageslicht jede Menge futuristische weiße Gebäude.

Mitten in dem ausgeholzten Waldstück war eine weitläufige

moderne Kleinstadt errichtet worden, die dem Campus einer gewaltigen Forschungseinrichtung mit Trainingsgelände glich. Je näher sie kamen, desto mehr konnte Jayden erkennen. Die Gebäude waren hell und mit vielen Glaselementen, Satellitenschüsseln und Fotovoltaikanlagen ausgestattet. Es gab viele Wege, Rasenstreifen und sogar kleine Parkanlagen. Leute fuhren mit Elektrowägelchen herum. Am Rand des Geländes gab es sogar eine Sportanlage und einen Swimmingpool mit fünf Meter hohem Sprungturm.

Dieser Anblick war so fantastisch, dass ihm der Mund aufklappte. Aber warum ist das bisher alles unbemerkt geblieben? Und dann sah er die hohen Metallsteher, die kreisförmig am oberen Wulst des Kraters errichtet worden waren. Über den gesamten Campus – ein anderes Wort für diese Anlage fiel Jayden nicht ein – spannte sich ein gigantisches grünes Netz, wie im Vogelhaus eines Zoos, das das Sonnenlicht durchließ.

Deshalb war auf den Satellitenbildern nichts zu erkennen gewesen!

Erst jetzt bemerkte Jayden die Reaktionen der anderen fünf im Auto, die ebenso fasziniert aus den Fenstern starrten.

»In dieser Siedlung müssen mindestens drei- bis vierhundert Personen herumlaufen«, sagte einer.

»Die laufen nicht nur rum, die leben hier«, korrigierte ihn eine junge Frau. »Schaut euch doch nur mal die Häuser und die Infrastruktur an.«

»Keine Kinder«, stellte ein anderer fest.

Richtig. Auch Jayden hatte bisher nur Erwachsene gesehen. Offenbar waren sie die einzigen Teenager auf Hell Island. Das war es also gewesen, was Garrison ihnen hatte mitteilen wollen, dass in diesem einsamen Waldstück ein riesiger geheimer Campus errichtet worden war. Aber wozu? Und warum hatte man sie als einzige junge Erwachsene hierhergebracht?

Der Konvoi kam unten an und stoppte vor einem vier Meter hohen elektrischen Sicherheitszaun. Mehrere Überwachungskameras drehten sich automatisch zu ihnen und fuhren die Objektive aus. Ein elektrisches Tor öffnete sich, ein Schlagbaum ging hoch und die Wagen setzten sich wieder in Bewegung. Links und rechts standen bewaffnete Patrouillen in grüner Uniform mit Schäferhunden. Alle Tiere schienen gut abgerichtet zu sein, denn kein einziges gab einen Laut von sich.

Nachdem sich das Tor wieder geschlossen hatte, hielten die Hummer neben einem Wellblechcontainer mit der Aufschrift *Checkpoint 9* und die Autotüren wurden geöffnet.

»Alle aussteigen – eine Reihe bilden!«, rief ein Soldat mit roter Binde am Oberarm.

Jayden kletterte als Erster hinaus und ging nach hinten, um seine Reisetasche zu holen.

»Du!«, rief der Soldat und zeigte auf Jayden. »Stell dich mit den anderen in einer Reihe auf.«

»Aber meine Ta ...«

»Stell dich in die Reihe!«

»Ja, Sir«, knurrte Jayden und stellte sich zu den anderen.

Nachdem alle sechsunddreißig in einer Linie standen, erhielt jeder von ihnen zwei Plastikbänder. »Schreibt euren Decknamen auf die Bänder und befestigt sie an euren Gepäckstücken«, erklärte der Soldat. »Danach verstaut ihr alles, was ihr bei euch habt, in euren Gepäckstücken: Handys, Ringe, Ketten, Brieftaschen.« Ein Raunen ging durch die Reihe, aber der Soldat hob nur den Arm und zeigte auf einen langen Transportwagen. »Zuletzt packt ihr eure Sachen auf diese Ladefläche. Euer Gepäck wird durchleuchtet und gescannt. Danach bekommt ihr alles wieder. Es wird direkt in euer Quartier gebracht. In der Zwischenzeit folgt ihr meinem Kollegen. Er bringt euch zum Empfangsgebäude. In der Aula warten Snacks und Getränke auf euch. Dort werdet ihr Direktorin Emily Jasper, die Leiterin von Hell Island, und ihren Stellvertreter General LeBlanc kennenlernen.«

Nachdem sie alles in ihren Taschen verstaut und diese umgepackt hatten, ging auf dem ganzen Gelände zur gleichen Zeit eine Flutlichtanlage an und tauchte das Areal in helles Tageslicht.

»Abmarsch!«, rief einer der Soldaten und ging voraus, während ihm die Rekruten folgten und sich der Transportwagen in eine andere Richtung in Bewegung setzte.

Erik und Lenny ließen sich zurückfallen und bildeten mit Jayden das Schlusslicht der Gruppe. Während sie dem Mann zum Empfangsgebäude folgten, drehte sich Jayden noch einmal zu dem Wagen um und sah ihren Gepäckstücken nach. Hoffentlich würden die Detektoren nicht erkennen, was Miss Ishida in ihren Utensilien versteckt hatte. Falls doch, endete ihre Reise noch am Tag ihrer Ankunft.

Unterdessen neckten sich Erik und Lenny gegenseitig, doch Jayden hörte ihnen nur mit einem Ohr zu. Ihre Gruppe marschierte an einem riesigen Kreisverkehr vorbei, in dessen Mitte sich eine runde Grünfläche mit Palmen und ein großes fensterloses weißes Gebäude mit runder Kuppel befanden. Das Bauwerk sah vor allem auch deshalb so imposant aus, weil eine mindestens drei Meter hohe Skulptur auf der Kuppel thronte. Bei näherer Betrachtung erkannte Jayden einen weißen Kranich mit schwarzen Flügelspitzen, der gerade seine Schwingen ausbreitete, als wollte er jeden Moment abheben.

Erik entdeckte dieses ungewöhnliche Gebilde ebenfalls. »Wow, ein Phönix!«

»Das ist kein Phönix, sondern ein Kranich«, korrigierte Lenny ihn.

»Ja, richtig, danke!« Erik schlug sich mit der flachen Hand auf die Stirn. »Sorry, war noch nie gut in Sachen Flora.«

»Fauna«, korrigierte Lenny ihn erneut.

»Von mir aus.«

Jayden blieb immer noch stumm. Mittlerweile hatten sie ein wenig Abstand zu den anderen gewonnen.

»Nervös?« Erik boxte ihn leicht in die Seite. »Ist doch bisher alles wie am Schnürchen gelaufen«, flüsterte er.

»Abwarten«, murmelte Jayden. »Wenn die das Mikrofon in Lennys Medaillon entdecken, sind wir geliefert.«

»Werden sie nicht«, sagte Lenny.

»Und warum bist du dir da so sicher?«, fragte Jayden.

Lenny öffnete ihre Faust und zeigte Jayden das Medaillon, das sie kurz darauf in ihrer Hosentasche verschwinden ließ, woraufhin Jayden erleichtert die angespannten Schultern sinken ließ.

»Du raffiniertes kleines Miststück«, entfuhr es Erik grinsend. »Ich liebe deine rebellische Spontaneität!«

»Hast du das Wort vorhin gegoogelt?«, fragte Lenny.

»Welches? Miststück? Nein, das kannte ich schon vorher.«

Nun boxte Lenny Erik in die Seite, aber Jayden blieb immer noch ernst.

»Was hast du?«, fragte Lenny.

Jayden ließ den Blick über das Gelände streifen. »Vielleicht finden wir bald heraus, was mit Agent Garrison passiert ist.«

11. KAPITEL

Die Aula war riesengroß und auf neunzehn Grad herunterklimatisiert. In etwa sechs Metern Höhe befand sich eine Glaskuppel mit mehreren Ventilatoren. Ein Luftbestäuber versprühte Feuchtigkeit und es roch ein wenig nach Pfefferminze. Mehrere große Palmen standen in überdimensionierten Töpfen vor den großen Glasscheiben und irgendwo gluckste ein kleiner Wasserfall.

Einige der Rekruten bogen sofort zu den Toiletten ab, andere stürmten zum Buffet. Aus dem Augenwinkel sah Jayden, dass Dreadlocks sich eine Banane schnappte, Brandnarbe ein Thunfischsandwich und die glatzköpfige Thailänderin eine Flasche Coke. Erik ließ den Blick über die Schalen mit den Erdnüssen schweifen und Lenny begnügte sich mit einem Erfrischungstuch, das sie sich in den Nacken legte.

Jayden holte sich nur ein großes Glas Wasser mit Eiswürfeln und einer Limettenscheibe. Dann suchte er sich einen bequemen Sessel unter einer Palme, deren Blätter sich langsam im Luftzug der Ventilatoren bewegten. Die Halle war groß genug, dass sie sich alle gut aufteilen konnten, aber mittlerweile kristallisierten sich bereits kleine Grüppchen heraus.

So saß in Jaydens unmittelbarer Nähe ein großer, etwas schwabbeliger Kerl mit dichtem Backenbart. Seine trüben Augen mit den kleinen schwarzen Pupillen wirkten wie die eines fiebrigen Zombies. In Gedanken taufte Jayden ihn Grusel-Nerd, weil er auf jeder Halloween-Party schon allein wegen seines Blicks als unheimlichste Gruselattraktion durchgegangen wäre. Der Typ unterhielt sich mit zwei Mädchen mit wilder Punkfrisur. Eine hatte orange, die andere blaue Haare. Irgendwie sahen sie wie Zwillinge aus. Auf dem Katamaran war Jayden aufgefallen, dass sie Nietenhalsbänder getragen, sie jetzt jedoch abgelegt und offenbar für den Security-Check in ihren Reisetaschen verstaut hatten.

Der Grusel-Nerd sprach sogar ziemlich lautstark mit den Punk-Zwillingen, fiel aber auch deshalb auf, weil er eine Fistelstimme hatte und ständig schrill lachte. Andere Rekruten hatten sich ebenfalls schon zu Gruppen zusammengeschlossen, und das war ihre Chance, schön langsam und unauffällig selbst eine zu bilden.

Anscheinend hatte Erik dieselbe Idee, denn er schlenderte auf Jayden zu. Erik hatte sich gleich die ganze Schüssel mit dem Studentenfutter gekrallt. »Nüsse sind gut fürs Gehirn«, rechtfertigte er sich, nachdem er Jaydens verwunderten Blick registriert hatte. »Behauptet zumindest …«

»Interessiert mich nicht«, unterbrach Jayden ihn rechtzeitig, da Erik vermutlich *Mr Finley* sagen wollte. »Dort kommt Lenny!«, lenkte Jayden ab. Er winkte sie zu ihnen her.

Erik und Lenny setzten sich zu ihm und gemeinsam beobachteten sie die anderen. Da entdeckte Jayden mehrere Roboterwagen mit Tabletts, die ausgerüstet mit Kamera, Sensoren und Antenne zwischen den Sitzgarnituren herumfuhren.

»Ziemlich abgespaced«, murmelte er. Auch Lenny und Erik bemerkten die Wägelchen, die an den Tischen hielten.

Einer der Roboter-Servierwagen fuhr nun auch zu ihnen und hielt direkt vor Erik. »Guten Tag, wollen Sie einen Drink, Sir?«

»Ja, einen Mojito«, sagte Erik prompt. »Aber nicht zu viel Minze, dafür mehr Limettensaft. Den Rohrzucker kannst du weglassen … ach ja, und mit Jamaica Rum.«

»Es tut mir leid, Sir«, sagte die Roboterstimme, »aber Alkohol an Jugendliche unter neunzehn darf nicht ausgeschenkt werden. Haben Sie einen anderen Wunsch?«

Erik verzog grimmig das Gesicht. »Hast du einen Selbstzerstörungsknopf?« Lenny rammte ihm den Ellenbogen in die Seite. »Aua …«

»Leider nein, Sir. Wollen Sie vielleicht einen …?«

»Dann lass dir einen programmieren, und jetzt zisch ab.«

»Danke, Sir.« Das Wägelchen drehte um und fuhr zur nächsten Sitzgruppe.

»Super gemacht, du Genie!«, rief Lenny verärgert. »*Ich* hätte gern etwas zu trinken gehabt.«

Mittlerweile hatten alle irgendwo Platz genommen, und nachdem alle außer Lenny einen Drink hatten, betraten zwei deutlich ältere Erwachsene die Halle und gingen zu dem breiten Rednerpult. Das Gemurmel verstummte, und sogar der Grusel-Nerd beruhigte sich mit seinem Gekicher.

Die Frau war grauhaarig, hatte jede Menge Falten im Gesicht, ging an einem Stock und trug in der anderen Hand ein schmales Notebook. Sie war komplett in Schwarz gekleidet und sah nicht so aus, als verstünde sie Spaß oder hätte die letzten Jahre ein besonders humorvolles Leben gehabt. Ihr Begleiter war groß, braun gebrannt, weißhaarig mit Bürstenhaarschnitt und trug eine grüne Armeeuniform. Irgendwie erinnerte Jayden der Kerl an Major Conklin, mit einer Ausnahme: Conklin wirkte trotz seiner Narben und seiner bärbeißigen Art immer noch freundlicher als dieser Kerl.

»Durchaus sympathische Leute!«, entfuhr es Erik bei dem Anblick der beiden.

»Willkommen zur Happy Hour in der Hölle«, bemerkte Lenny.

Während die Frau ans Rednerpult trat und ihr Notebook neben sich aufklappte, blieb der Uniformierte im Hintergrund.

»Mein Name ist Emily Jasper«, krächzte sie mit einer heiseren Stimme ins Mikrofon, als hätte sie verätzte Stimmbänder. »Ich bin die Direktorin von Hell Island. Ich möchte euch alle herzlich zur Ausbildung für Operation Dark Sky begrüßen. Das Training wird exakt drei Wochen dauern. Heute erfahrt ihr ein paar Details darüber, aber das Große und Ganze, worum es eigentlich geht, werdet ihr erst am Ende der Ausbildung begreifen, wenn ihr eure Einsatzpläne bekommt.«

»Erst in drei Wochen ... verflucht«, zischte Lenny hinter zusammengepressten Lippen.

Jayden verzog das Gesicht. Auch er hatte gehofft, früher zu erfahren, worum es ging.

»Im Moment ist für euch alles hier bestimmt noch ziemlich unübersichtlich, gigantisch und verwirrend. Aber ihr werdet euch rasch an alles gewöhnen.« Direktorin Jasper machte eine Pause und hustete in ein Stofftaschentuch. »Das Camp hat verschiedene Aufgaben und erfüllt die unterschiedlichsten Funktionen. Ein guter Rat zu Beginn: Kümmert euch nicht darum, was um euch herum geschieht. Konzentriert euch einzig und allein auf eure Ausbildung, dann übersteht ihr die Zeit ohne größere Probleme.«

»Nice«, murmelte Erik.

»Erinnert mich an meine lustigen Jahre im Heim«, flüsterte Lenny.

Jayden wusste, dass sie nicht in ihrer Rolle als Francesca gesprochen hatte, da sie tatsächlich eine grausame Zeit in verschiedenen Kinderheimen in Griechenland verbracht hatte.

»Ein paar allgemeine Worte zur Organisation auf dieser Insel«, fuhr Direktorin Jasper fort. »Bewegt euch nur innerhalb des Geländes. Unternehmt keinen Versuch, über den Elektrozaun zu klettern. Wir würden es erfahren, und das hätte bittere Konsequenzen für euch. Ab dreiundzwanzig Uhr herrscht für euch Ausgangssperre. Das bedeutet, dass ihr euer Quartier nicht mehr verlassen dürft. Zu euren Quartieren kommen wir später noch …« Sie hustete wieder in das Taschentuch.

Ein Murmeln ging durch den Saal, das sich aber rasch wieder legte.

»Gemeinsames Frühstück gibt es um acht Uhr im großen Speiseraum des modernen Schulungs-Centers«, fuhr sie schließlich fort. »Mittagessen findet um dreizehn Uhr und Abendessen um neunzehn Uhr statt. Wer davor oder danach Sport treiben möchte, kann das gern tun. Es gibt auf dem Gelände genug Möglichkeiten. Fühlt euch einfach wie zu Hause. Allerdings gibt es keine Joggingrunden am Strand, keinen Parcours durch den Wald und auch kein Schwimmen im Meer. Die Luftaufklärung feindlicher Satelliten könnte jemanden von euch Grünschnäbeln entdecken, und das hätte wiederum nicht nur bittere Konsequenzen für euch, sondern für uns alle. Nur auf dem Areal des Camps sind wir unter dem Anti-Ortungsschirm sicher, der über feine Spiegelsensoren das Dschungelbild nach oben spiegelt. Zusätzlich schirmt er Licht, Wärme und elektromagnetische Strahlung nach oben hin ab, ist aber nach unten für uns lichtdurchlässig.«

Fuck, dachte Jayden, da er sogleich an ihr dreiteiliges Funkgerät dachte, mit dem sie um 23:15 Uhr Kontakt zum Satelliten aufnehmen wollten.

»Darüber hinaus ist der Bereich außerhalb des Zauns vermint. Es gibt nur eine Stelle, wo ihr rein- und rauskommt …« Direktorin Jasper machte eine kurze Pause. »Das Haupttor.«

Ein Raunen ging durch den Saal. Schließlich hob ein durchtrainierter, braun gebrannter Rekrut in sandfarbenen Shorts und aufgeknöpftem Hemd, der mit seinen schulterlangen blonden Haaren wie ein Surf-Profi aus Florida wirkte, die Hand. »Warum ist diese Insel so streng bewacht?«

Erik beugte sich zu Jayden. »Das ist Trash«, flüsterte er. »Ein cooler Typ.«

»Ja, unglaublich – sei leise!«, zischte Jayden.

»Bedauerlicherweise sind kürzlich einige Informationen an die britische Regierung durchgesickert, die versucht hat, uns zu infiltrieren«, erklärte Direktorin Jasper. »Daher mussten wir die Sicherheitsmaßnahmen deutlich verschärfen.« Sie machte eine Pause und wartete ab, bis sich die Information gesetzt hatte. »Gibt es weitere Fragen?«

Jayden sah sich um. Niemand hob die Hand.

»Wie wird die Insel versorgt?«, rief Lenny plötzlich nach vorn. »Außerdem habe ich weder Rauchfänge noch Müllverbrennungsanlagen bemerkt.«

Direktorin Jasper warf einen Blick in ihr Notebook und scrollte darin herum. Gleichzeitig trat der Uniformierte mit dem

Bürstenhaarschnitt zu ihr und flüsterte ihr kurz ins Ohr, woraufhin sie mit der Hand zu Lenny deutete. »Guter Punkt, Fräulein Lenny.«

Jayden hob eine Augenbraue. Die Frau war bereits gut informiert.

»Ein Versorgungsschiff legt einmal in der Woche hier an, beliefert uns mit Lebensmitteln und Utensilien und schafft den Müll weg«, erklärte die Direktorin. »Sonst noch Fragen?«

Lenny hob erneut die Hand. »Treibstoff auch?«

»Wir brauchen keinen Treibstoff, bloß für die Jeeps, und davon haben wir reichlich. Alles andere funktioniert elektrisch. Wir haben auf jedem Dach Solarzellen, mit denen wir unseren eigenen Strom erzeugen. Weitere Fragen?« Sie sah sich um, doch niemand hob die Hand. Schließlich deutete sie zu ihrem Begleiter. »Alles Weitere erklärt euch General LeBlanc. Er übernimmt eure Ausbildung und leitet die Operation Dark Sky. Vielleicht haben einige von euch schon einmal etwas von ihm gehört. Er war Elite-Soldat in der französischen Armee, hat zahlreiche geheime Operationen durchgeführt und war später Ausbilder in der französischen Fremdenlegion.«

Erik warf Jayden einen vielsagenden Blick zu, der so viel hieß wie: *Ein knallharter Typ, dem du besser nicht in die Quere kommst.*

»Die britische Regierung hat jedoch vor acht Jahren ein Einreiseverbot für General LeBlanc verhängt und Frankreich sogar einen Haftbefehl gegen ihn erlassen – und das aus gutem Grund, und der spricht für ihn«, fuhr Direktorin Jasper fort. »Daher sind wir froh, dass wir ihn als Ausbilder für Hell Island gewinnen konnten. Er wird euch alles Weitere zu Operation Dark Sky erklären.« Sie ließ ihr Notebook stehen, trat zur Seite und überließ dem General das Rednerpult.

LeBlanc bog das Mikrofon weiter zu sich hinauf und räusperte sich. Die Laute aus seiner Kehle klangen wie das Röcheln eines Dobermanns. »Eine alte Weisheit aus der Fremdenlegion lautet: Stelle nie jemanden ein, der seine Arbeit nur des Geldes wegen macht, sondern jemanden, der den Job aus Überzeugung macht.«

Aus Überzeugung? Jayden warf Erik und Lenny einen verwirrten Blick zu. Sie sahen ihn ebenso überrascht an. Bei den Verhören mit dem Lügendetektortest war nichts dergleichen herausgekommen.

»Wie ihr wisst, geht es bei unserer Geheimoperation um einen großen und gezielten Anschlag. Mehr Details kanntet ihr bis jetzt nicht. Ihr wurdet sorgfältig von unseren Kontaktpersonen ausgewählt, und daher wissen wir, dass ihr kein Problem mit dem habt, was jetzt kommt … Der Anschlag richtet sich nämlich gegen Großbritannien.« Ein zustimmendes Murmeln ging durch den Saal. »Wir werden das Land in seinen Grundfesten erschüttern. Danach ist nichts mehr so, wie es vorher war. Viele Menschen wünschen sich schon lange einen harten Schlag gegen das arrogante und mächtige Großbritannien – und wir sind diese Veränderung, auf die viele schon so sehnsüchtig gewartet haben. Wir sind die Geburtsstunde einer neuen Ordnung und ihr alle seid ein Teil davon.«

Eine Gänsehaut überzog Jaydens Unterarme. Nicht nur wegen LeBlancs großer Worte, sondern auch wegen der Reaktion der anderen Anwesenden. Dreadlocks ballte die Faust wie zum Kampf bereit, Brandnarbe nickte mit zusammengekniffenen Augen, die kahlköpfige Thailänderin lächelte geheimnisvoll, der Grusel-Nerd knackte unternehmungslustig mit den Fingerknöcheln und die Punk-Zwillinge klatschten ab und riefen lautstark: »Anarchy in the UK!«

Zweihunderttausend Dollar Anzahlung und eine Million Honorar danach waren offenbar nicht die einzige Motivation für diese Leute.

»Großbritannien ist ein Fehler im System des Weltgeschehens und wir sind die Lösung. Bei unserer Operation wird es Verluste geben. Bestimmt. Das ist uns allen klar. Man kann keinen Kuchen backen, ohne ein paar Eier zu zerschlagen. Schließlich seid ihr alle keine Genies. Aber das ist okay. Genies fallen nicht vom Himmel. Aber man kann euch fördern und zu gefährlichen und treffsicheren Waffen ausbilden. Und das ist es, was wir hier in den nächsten drei Wochen tun werden.«

Jayden fiel auf, dass Erik betroffen schluckte. Während die anderen Rekruten ihre Wirbelsäule durchdrückten und stolz den Hals reckten, zwang Jayden sich ebenfalls zu einem Lächeln, um nicht aufzufallen. Woher kam bloß dieser Hass auf Großbritannien? Jayden sah sich unauffällig um. Da hatte wohl jeder seine eigenen persönlichen Gründe.

»Fragen?«, wollte General LeBlanc wissen.

Trash hob die Hand. »Woher wissen wir, dass der Plan überhaupt funktioniert?«

Berechtigte Frage, dachte Jayden.

General LeBlanc lächelte sie alle kurz an. »Es ist doch so. Das größte Vergnügen im Leben ist, wenn etwas gelingt, was nach Ansicht anderer Leute nicht gelingen kann. Niemand – weder der MI5 noch der MI6, der Secret Service, der Defence Intelligence Staff, der militärische Abschirmdienst oder das britische Verteidigungsministerium – würde mit dem rechnen, wofür wir hier trainieren. Die sind völlig unvorbereitet. Und daher haben wir das Moment der Überraschung auf unserer Seite, das wir gnadenlos ausspielen.«

Weitere Fragen wurden gestellt, die General LeBlanc jedoch genauso allgemein beantwortete, dass Jayden nichts Konkretes erfuhr. Erik beugte sich zu ihm und senkte die Stimme. »Was denkst du, was passieren wird?«

Darüber hatte Jayden auch schon nachgedacht, aber der Name Dark Sky ließ auf nichts Bestimmtes schließen, was sich auch nur irgendwie davon ableiten ließ, außer dass der Himmel über London schwarz werden würde. »Ich weiß es nicht«, flüsterte er.

Erik hielt sich unauffällig die Hand vor den Mund. »Letztendlich wissen wir nicht einmal, ob diese Insel MOEBIUS gehört oder ob MOEBIUS hier nur ausbilden lässt.«

»Ich glaube«, murmelte Lenny, »dass hier auf dieser Insel generell Undercover-Spione, Saboteure und Terroristen ausgebildet werden, die nicht nur England, sondern vermutlich mehrere Länder der Welt infiltrieren sollen. Diese Operation Dark Sky ist sicher nur ein Teil von einem viel größeren und langfristigeren Plan.«

Jayden atmete tief durch. Wo waren sie da nur hineingeraten?

12. KAPITEL

Nachdem auch die letzten Fragen beantwortet waren und wieder Ruhe im Saal herrschte, deutete General LeBlanc zu einer Keramikschale, die auf einem Marmorsockel stand.

»Darin befinden sich sechsunddreißig Kärtchen. Jeder von euch zieht eines davon. Auf jedem Kärtchen steht der Name eines von insgesamt zwölf Gebäuden auf dieser Insel. Je drei von euch werden in einem der Häuser wohnen. Das ist eure Unterkunft für die nächsten drei Wochen und in diesem Quartier hat jeder von euch ein eigenes Zimmer. Das Los wird entscheiden, wie sich die zwölf Dreier-Teams zusammensetzen. Los jetzt!«

Die Ersten standen auf und zogen jeweils eine Karte. Schon bald hatte sich eine Warteschlange gebildet, in der Jayden, Erik und Lenny den Schluss bildeten.

Sie kamen schon bald dran. Erik zog, Lenny zog und Jayden nahm die letzte Karte, die übrig blieb. Dann verglichen sie, was auf den eingeschweißten Karten stand.

Lenny hatte *Haus London* gezogen, Erik *Haus Liverpool* und auf Jaydens Karte stand *Haus Southampton*. Er blickte sich um und hörte den anderen zu, als die ihre Karten miteinander verglichen. Außer ihren Häusern gab es noch *Haus Birmingham*, *Haus Manchester* und *Haus Glasgow*. Offenbar trugen alle Gebäude den Namen einer britischen Stadt. Waren diese zwölf Städte die Angriffsziele von MOEBIUS?

»Das ist wie bei Harry Potter … Haus Gryffindor und Haus Dumbledore«, witzelte Erik, doch Jayden fand die ganze Sache überhaupt nicht witzig.

»Dumbledore ist kein Haus«, sagte Lenny.

»Sorry, bin halt nicht so gebildet wie du!«

»Seid still!« Jayden starrte auf Eriks Karte und senkte die Stimme. »Ich bin in Liverpool aufgewachsen. Meine Tante, meine Schwester und meine Freunde wohnen dort.«

Schlagartig wurde Erik bewusst, was es mit ihren Unterkünften und den Dreier-Teams womöglich auf sich hatte. »Sorry.« Er hielt Jayden seine Karte hin. »Willst du mit mir tauschen?«

Jayden nickte. Rasch wechselten er und Erik die Karten. »Ist mir sowieso lieber«, sagte Erik. »Zu Southampton fühle ich mich mehr hingezogen.«

»Weil Brighton in der Nähe liegt?«, flüsterte Lenny mit verschlossenen Lippen.

Erik nickte. »Ist schließlich mein neues Zuhause geworden.«

Falls sie recht hatten und das tatsächlich die Anschlagsziele von MOEBIUS waren, lag es nun in ihrer Hand, die Pläne aufzudecken und eventuell sogar zu sabotieren.

»Ruhe da hinten!«, rief Direktorin Jasper. »Jeder trägt seinen Decknamen und den Namen seiner Unterkunft hier in die Datenbank auf diesem Notebook ein.« Sie deutete zum Rednerpult. »Danach begebt ihr euch zu euren Unterkünften. Euer Gepäck wird euch direkt aufs Zimmer gebracht. Im Zimmer findet ihr eine Karte von dem Gelände mit weiteren Infos. Studiert sie, damit ihr euch im Camp zurechtfindet.«

Als Nächstes ergriff General LeBlanc wieder das Wort. »Darüber hinaus würde ich euch noch raten, euch früh aufs Ohr zu hauen, damit ihr morgen ausgeschlafen und fit seid. Wir sehen uns wieder beim Frühstück um acht Uhr. Seid pünktlich. Ich wünsche euch eine gute Nacht.«

Jayden wartete, bis er drankam, dann trug er sich in die Tabelle ein. Da er einer der letzten war, sah er, wer sich noch im Haus Liverpool eingetragen hatte. Die Namen lauteten Brooster und Sierra, allerdings hatte er keine Ahnung, wer das war.

Lennys Mitbewohner im Haus London hießen Yoko und Gideon, und Eriks Mitstreiter waren Whisky und Wodka. Wie originell, dachte er. Aus den Decknamen ließ sich nicht einmal erkennen, ob diese Typen Jungs oder Mädchen waren. Aber das würden sie noch früh genug herausfinden.

Jayden verließ die Halle und trat ins Freie. Mittlerweile war es deutlich kühler geworden und es waren auch nicht mehr so viele Leute in der Siedlung unterwegs. Jenseits des hohen Elektrozauns, außerhalb des von der Flutlichtanlage beleuchteten Areals, herrschte tiefste Dunkelheit. Das Krächzen exotischer Vögel war aus dem Dschungel zu hören, gepaart mit unheimlichen Affengeräuschen.

Plötzlich trat der Grusel-Nerd an Jaydens Seite, verschränkte seine mächtigen Arme vor der Brust und betrachtete ihn mit seinem getrübten Zombieblick. »Weißt du, worum es da genau geht?«, krächzte er mit seiner hohen Fistelstimme.

»Nein, keine Ahnung.«

»Warum bist du dabei?«

Jayden zuckte mit den Achseln. »England ist mir egal. Bin nicht politisch motiviert. Mir geht's nur ums Geld. Kann mir damit ein Motorrad und ein Haus mit Garten und Pool an der portugiesischen Algarve kaufen. Das ist das Einzige, was zählt.«

»Du kommst aus Portugal?«

»Schon möglich«, antwortete Jayden nur.

»Ich komme aus Bulgarien.« Der Grusel-Nerd nickte. »Ich will mit dem Geld die Firma meines Vaters kaufen.«

»Ist sie bankrott?«, fragte Jayden. »Ist ein nobler Zug von dir, wenn du sie retten willst.«

»Nein, ich will sie nicht retten«, sagte der Typ mit seiner Fistelstimme. Er löste die Arme und strich sich mit den fleischigen Fingern über den Backenbart. »Mein Vater ist siebzig, meine Stiefmutter vierzig. Sie führen das Familienunternehmen mittlerweile in der dritten Generation. Ich will ihnen die Firma abkaufen, ruinieren und in den Bankrott treiben. Danach ist der Ruf meines Vaters und der der Familie für immer zerstört.«

»Oh!« Jayden hob die Augenbrauen. »Auch eine Variante, sein Geld zu investieren.«

Der Grusel-Nerd strahlte. »Clever, nicht?«

»Sonst alles okay bei dir?«, fragte Jayden skeptisch.

»Klar.« Der Typ senkte die Stimme. »Sag mal, die Kleine … diese Lenny … wie ist die so?« Wieder fuhr er sich durch den Bart.

»Woher soll ich das wissen?«

»Bist doch vorhin neben ihr gesessen.«

»Ja, scheint ganz nett zu sein. Warum?«

Die trüben Pupillen des Grusel-Nerds leuchteten. »Ich könnte mir vorstellen, dass sie noch keinen Freund hat. Was meinst du?«

»Ja, könnte sein.«

Der Grusel-Nerd steckte die Hände in die Hosentaschen. »Denkst du, sie würde …?«

»Ich denke nicht«, antwortete Jayden rasch.

»Aber …«

»Mann, du hast Sorgen.«

»Hm, schade …« Der Typ hob die Schultern. »Du bist Jayden, richtig?«

Jayden nickte, dann sah er sich um. Wenige Meter entfernt standen Lenny und Erik auf der Treppe vor der Empfangshalle, unterhielten sich und blickten dabei immer wieder zum Himmel.

Plötzlich streckte der Grusel-Nerd die Hand aus. »Ich bin Gideon.«

»O Scheiße!«, entfuhr es Jayden, da er an Lenny und ihre Mitbewohner im Haus London dachte. »Ich meine, scheiß cooler Name!«, korrigierte er sich rasch und ergriff Gideons Hand. Sein Händedruck war erstaunlich kräftig.

»Ja, stimmt.« Gideons Gesicht erstrahlte wieder mit einem breiten Lächeln. Jetzt sah Jayden, dass er drei goldene Backenzähne hatte.

»Du, ich muss los.« Jayden klopfte ihm auf die breite schwabbelige Schulter, stellte jedoch fest, dass sie gar nicht so schwabbelig war, wie er gedacht hatte, sondern durchaus muskulös. »Wir sehen uns morgen beim Frühstück.« Er ging zu Erik und Lenny.

Die beiden unterhielten sich gerade im Flüsterton und blickten immer wieder zum Himmel. »Na, hast du einen neuen Freund gefunden?«, fragte Lenny sarkastisch.

»Ha, der war gut.« Jayden lächelte. *Wenn du wüsstest!* »Worüber habt ihr gerade gesprochen?«

Erik blickte unauffällig hinauf. »Die gesamte Insel und vor allem die Siedlung werden von Drohnen überwacht. Sind mit Kameras und vermutlich auch Wärmesensoren ausgestattet.«

Jayden schielte nach oben und senkte automatisch die Stimme. »Vielleicht auch mit Richtmikrofonen.«

»Glauben wir nicht«, sagte Lenny. »Auf diese Distanz und bei dem Wind würde das nicht funktionieren. Die Dinger dürften trotzdem ziemlich modern sein; schwirren völlig lautlos herum.«

Jayden hielt die Stimme gedämpft. »Diese ominöse Amanda Woolf, auf die wir zufällig gestoßen sind, hat sich vor vier Monaten in Buenos Aires die Baupläne neuartiger Drohnen organisiert – und wie wir mittlerweile wissen, arbeitet sie für MOEBIUS.« Damals war Jayden als Praktikant in der britischen Botschaft in Buenos Aires stationiert gewesen und erstmals auf die Existenz von MOEBIUS gestoßen.

»So weit haben wir auch schon kombiniert«, sagte Erik. »Wir nehmen an, dass die gesamte Insel mit allem Drum und Dran MOEBIUS gehört.«

»Und dass sie hier ihre eigenen Leute ausbilden«, ergänzte Lenny.

Jayden wurde ernst. »Da sind dann vielleicht auch die Typen darunter, denen ich in Buenos Aires begegnet bin.«

»Und die, die uns kurz darauf in Montevideo gejagt haben«, fügte Erik hinzu.

»Jungs«, murmelte Lenny. »Wenn die hier sind, könnten sie euch erkennen. Also seid auf der Hut.«

»Sind wir das nicht immer?«, fragte Erik. »Wir sollten unsere Quartiere suchen und schlafen gehen«, schlug er vor.

»Ja«, pflichtete Lenny ihm bei. »Bin schon neugierig, mit wem ich in der Unterkunft bin.«

Jayden blickte zu Gideon, der auffällig zu ihnen herüberstarrte. »Glaub mir, das willst du nicht wissen.«

13. KAPITEL

Jayden ging auf das Haus Liverpool zu. Es sah aus wie alle anderen: ein moderner weißer Würfel mit Flachdach und zwei Etagen, kleine Fenster, kein Balkon – mit dem einzigen Unterschied, dass *Liverpool* auf einem Schild über der Eingangstür stand.

Die anderen Häuser befanden sich in unmittelbarer Nähe. Dazwischen lagen nur schmale Gehwege und frisch angebaute und sauber getrimmte Rasenstreifen. Diese Siedlung sah ziemlich neu aus und befand sich auf der Seite des Areals, die dem Haupteingang gegenüberlag. Wollte man von hier aus durchs Haupttor nach draußen, musste man vorher durch die gesamte Siedlung laufen, und das entsprach einem Weg von rund eineinhalb Kilometern.

Noch hatte Jayden keinen Überblick über das gesamte Gelände, doch zuerst wollte er sich sowieso erst einmal mit seinem Quartier vertraut machen. Außerdem war er neugierig, wer seine beiden Mitbewohner waren.

Er betrat das Gebäude und roch gleich, dass es neu war. Musste wohl erst kürzlich errichtet worden sein. Die Wände waren blütenweiß gestrichen und eine Geruchsmischung aus Farbe, Kalk, Beton und Kunststoff lag in der Luft. Im Vorraum brannte eine Leuchtstoffröhre an der Decke. Links und rechts stand je eine Tür offen, hinter der ein eingerichtetes Apartment zu sehen war, und in der Mitte führte eine Treppe ins obere

Stockwerk. Unachtsam auf die Treppe hingeworfen lag Jaydens Reisetasche. Darauf befand sich eine Magnetkarte mit einem Anhänger, auf dem *Zimmer Nr. 3 – Haus Liverpool* stand.

Aus dem linken Zimmer trat Dreadlocks in den Gang. Sie hatte sich die Haare zu einem großen Knoten hochgesteckt und aus ihrem Mund ragte der Griff einer Zahnbürste. »Bist spät dran«, murmelte sie mit vollem Mund. Jetzt trug sie ein weißes ärmelloses Rippshirt und Jayden sah zwei silbergraue Tattoos auf ihren braunen Oberarmen. Lateinische Sprüche in alter gotischer Schrift.

Dosis venenum facit stand auf einem Arm, *Fortes fortuna adiuvat* auf dem anderen.

Es hieß: »Die Dosis macht das Gift«, sofern Jayden das richtig übersetzte, und: »Den Tapferen hilft das Glück«.

Nun kam auch noch Brandnarbe aus dem anderen Zimmer. Sein Blick war finster.

Jayden betrachtete die beiden. Mussten es ausgerechnet diese Typen sein? Andererseits hätte es deutlich schlimmer kommen können und er hätte sich ein Wohnhaus mit dem Grusel-Nerd teilen müssen. Aber in diesen Genuss war ja schließlich Lenny gekommen. Letztendlich musste er sich um Lenny jedoch keine Sorgen machen. Sie wusste besser als jede andere, wie sie sich zur Wehr setzen konnte.

»Ich nehme an, du bist Brooster«, stellte Jayden fest, während er zu Brandnarbe nickte, dann wandte er sich zu Dreadlocks. »Demnach musst du Sierra sein.«

Das Mädchen nickte.

»Sierra, so wie Sierra Nevada, das spanische Gebirge?«, fragte Jayden.

»Nein, Sierra, so wie die Munition.« Sie putzte sich weiter die Zähne. Brooster sprach kein Wort.

Okay! Jayden deutete zu seiner Reisetasche. »Ich dachte, die wollten uns das Gepäck aufs Zimmer bringen.«

»Haben sie auch«, sagte Brooster. »Deine Tasche lag aber irrtümlich auf meinem Bett. Ich war so nett und habe sie in den Flur gestellt. Dein Zimmer ist oben. Muss wohl eine Verwechslung gewesen sein.«

»Aha«, sagte Jayden nur und runzelte die Stirn.

»Die unteren Apartments sind größer«, erklärte Sierra. »Oben ist nur eine kleine Unterkunft.« Sie putzte sich weiter die Zähne, während die Metallreifen an ihren Handgelenken klimperten.

»Für dich wird es reichen«, fügte Brooster hinzu.

»Alles klar«, sagte Jayden. Er hatte keine Lust auf einen Streit. Die drei Wochen würde er auch in einem kleinen Zimmer zurechtkommen. Im Haus seiner Tante in Liverpool hatte er schließlich auch nur ein kleines Zimmer und in Brighton Rock ein ebenso kleines Apartment. Warum sollte er also hier wie ein Fürst leben wollen?

»Was ist sonst noch oben?«, fragte Jayden.

»Großer Gemeinschaftsraum, Abstellkammer und Technikraum für die Fotovoltaikanlage«, erklärte Brooster.

»Ist das normalerweise nicht alles unten?«, fragte Jayden.

»Nicht in diesem Haus.« Sierra ging in ihr Zimmer und Jayden hörte, wie sie im Bad ausspuckte, den Wasserhahn aufdrehte und gurgelte.

»Hab mich über dich erkundigt, Jayden.« Brooster kam einen Schritt näher. »Dein echter Name ist Diego Álvaro. Kommst aus Spanien.«

»Hast anscheinend meine Sachen durchwühlt«, stellte Jayden fest.

Brooster machte einen weiteren Schritt auf Jayden zu, stand ihm jetzt gegenüber und blickte von oben auf ihn herab. Jayden war zwar groß, doch Brooster überragte ihn um einen halben Kopf. »Sag mal was auf Spanisch.«

»Du hast doch gehört, dass wir hier nur Englisch reden sollen«, antwortete Jayden völlig ruhig. Sierra sprach vielleicht sogar Spanisch und letztendlich war es ein Glück, dass es diese Regel auf dem Campus gab, denn er beherrschte zwar ein wenig Spanisch, jedoch keineswegs fließend.

»Dein Glück, dass du die Klappe gehalten hast«, knurrte Brooster. »Ich mag nämlich keine Spanier.«

Wie nett! Aus der Nähe betrachtet sahen die Brandnarben in Broosters Gesichtshälfte mit den tiefen Furchen und knorpeligen Wucherungen ziemlich übel aus.

»Muss schmerzhaft gewesen sein. Hat dir das ein Spanier zugefügt?«, fragte Jayden seelenruhig.

»Hab ich mir selbst zugefügt«, murrte Brooster. »War sechs Jahre alt, wollte nicht zur Schule gehen, habe mich selbst mit Benzin übergossen und angezündet.«

Jayden schluckte. Vielleicht wäre es doch besser gewesen, sich ein Quartier mit Gideon, dem Grusel-Nerd, zu teilen.

»Damit von Anfang an gleich eines klar ist«, fuhr Brooster fort. »Streng dich an und verbock den Job nicht. Ich will, dass du zweihundert Prozent gibst und gegen keine einzige Regel in diesem Laden verstößt. Denn wenn unser Team wegen dir den Job verkackt, werde ich dich kaltmachen.« Er kam auf Tuchfühlung heran und senkte die Stimme. »Ist das klar?«

Jayden gab keine Antwort, hielt nur Broosters kaltem Blick stand.

Brooster legte ihm die Hand auf die Schulter, grub die Finger in Jaydens Nackenmuskeln und drückte wie ein Schraubstock zu. »Ist das klar?«, wiederholte er.

Obwohl Jayden der Schmerz durch die Wirbelsäule ins Hirn fuhr, zuckte er nicht zurück. Der Mistkerl wusste, wie und wo man zupacken musste, um jemanden leiden zu lassen.

Jayden wollte etwas sagen, hörte jedoch, wie Sierra aus ihrem Zimmer kam. Aus dem Augenwinkel sah er, wie sie sich mit einem Handtuch über den Mund wischte. »Na, alles in Ordnung mit euch?«

»Ja, wir unterhalten uns nur«, sagte Brooster und senkte erneut die Stimme. »Ob das klar ist, habe ich dich gefragt!«

»Nimm die Hand weg«, sagte Jayden, doch Brooster legte nun auch die zweite Hand auf Jaydens andere Schulter und drückte ebenso fest zu.

Jayden biss die Zähne zusammen. »Ich sagte, nimm die Hand weg!«

»Ob das klar ist?«, wiederholte Brooster. Sein Kopf wurde rot, und die Brandnarben leuchteten regelrecht.

Jayden funkelte Brooster an. Selbst wenn der Kerl eine Kampfsportart beherrschte, wusste Jayden, dass er ihn binnen weniger Sekunden ausknocken konnte. Typen wie Brooster hatte er an den Docks von Liverpool bei illegalen Bare Knuckle Fights, auf die regelmäßig gewettet wurde, zuhauf k. o. geschlagen. Aber er hatte nicht vor, sich mit dem Kerl zu prügeln. Erstens brachte es nur miese Stimmung ins Team und zweitens musste niemand wissen, was Jayden alles beherrschte. Eine der

Lektionen, die er bei Elly D. Shepard gelernt hatte, war, sich nie in die Karten blicken zu lassen.

»Jungs, ich gebe mir diese Macho-Kacke nicht länger.« Sierra drehte sich um und ging in ihr Zimmer. »Gute Nacht.« Sie knallte die Tür zu.

Im nächsten Augenblick verstärkte sich Broosters Druck. »Und?«

»Zum letzten Mal«, zischte Jayden. »Lass los! Du musst hier nichts beweisen.«

Doch Brooster drückte noch fester zu. Seine Muskeln hüpften bereits nervös auf und ab. Sein Atem ging stoßweise. Und dann brannten bei Jayden die Sicherungen durch. Er fuhr mit beiden Händen von unten zwischen Broosters Arme hindurch, riss sie auseinander und knallte Brooster in der gleichen Bewegung den Ellenbogen gegen das Kinn, sodass Brooster einen Meter zur Seite taumelte und benommen hinfiel.

Verdattert sah er auf, als wüsste er nicht, was soeben geschehen war, und rieb sich das Kinn. »Fuck, Alter! Was war das?«

Jayden ignorierte ihn, ging zum Treppenabsatz, steckte die Magnetkarte ein und schulterte seine Reisetasche. Bevor er nach oben ging, drehte er sich noch einmal zu Brooster um. »Ja, ich gebe zweihundert Prozent. Verlass dich drauf. Und es ist okay, wenn ich das kleine Zimmer oben nehme. Aber fass mich nie wieder an – und Finger weg von meiner Tasche. Das nächste Mal schlage ich härter zu.«

Dann marschierte er nach oben.

14. KAPITEL

Nachdem Jayden einen kurzen Blick in den Gemeinschaftsraum geworfen hatte – nur um festzustellen, dass er wie der Aufenthaltsraum eines modern eingerichteten Studentenwohnheims wirkte –, betrat er sein Zimmer.

Wütend trat er die Tür zu und knallte die Tasche aufs Bett. *Scheiße!* Die Sache gerade eben mit Brooster war absolut unnötig gewesen. Mit etwas mehr Grips hätte er die Situation auch anders lösen können. Aber es war nun mal so geschehen und jetzt nicht mehr zu ändern.

Jayden atmete tief durch. Konzentrier dich lieber auf deinen Job, schärfte er sich ein.

Nun schaltete er alle Lichter ein und sah sich im Zimmer um. Es war wirklich ziemlich klein. Schlaf- und Wohnzimmer mit Bett, Couch, Tisch und Stühlen waren ein einziger Raum. Außerdem gab es noch ein Bad mit Waschbecken, Toilette und Dusche und eine schmale Küchenzeile mit Kühlschrank, Herdplatte und Kaffeemaschine. Im Vorraum stand ein Schrank. Das war's.

Nein, doch nicht. Über der Eingangstür hing eine Klimaanlage. Jayden schaltete sie mit der Fernbedienung ein, die er auf dem Tisch fand, und programmierte sie auf neunzehn Grad. Kurz darauf blies es angenehm kühle Luft in den Raum. Wenigstens war das Apartment nagelneu und sauber.

Über dem Bett hing ein TV-Gerät. Kein großes, doch schien es wenigstens modern zu sein. Er schaltete es ein, fand jedoch keine funktionierenden Programme. Anscheinend gab es auf der Insel keinen Empfang. Allerdings gab es einen eigenen Insel-Sender mit Informationen über Hell Island und verschiedenen Spielfilmen in einem eigenen Insel-Streaming-Dienst. Offenbar stand irgendwo auf diesem Areal ein Server, der die einzelnen Wohnheime mit Unterhaltungsprogrammen bespaßte.

Als Nächstes durchwühlte Jayden seine Reisetasche. Das Wichtigste war sein Schlüsselbund. Die kleine Stabtaschenlampe hing immer noch dran. Er wollte bereits die Antenne rausziehen, um zu sehen, ob sie noch funktionierte, besann sich jedoch rechtzeitig. Mach nichts Unüberlegtes!

Stattdessen inspizierte er zuerst alle Räume, ob es irgendwo versteckte Wanzen mit Mikrofonen oder Kameras gab. Den Leuten, die hinter MOEBIUS steckten, traute er zu, dass sie die rekrutierten Teenager sogar in ihrer intimsten Privatsphäre auf Schritt und Tritt überwachten. Doch die App, die Miss Ishida auf Diegos Handy installiert hatte, fand keine elektromagnetischen Wellen, wonach es keine verborgenen Spionagetools gab. Abgesehen davon war Diegos Handy auf dieser Insel, wo es weder ein Netz noch eine offene WLAN-Verbindung gab, völlig nutzlos.

»Okay«, murmelte er und zog die sechzig Zentimeter lange Antenne heraus. Sie schien noch völlig intakt zu sein. Offenbar war das der Insel-Security durchgerutscht. Er hängte die Magnetkarte für sein Zimmer an seinen Schlüsselbund und steckte ihn in die Hosentasche. Blieb jetzt nur noch zu hoffen, dass Eriks Tattoomaschine den Check ebenfalls unbeschadet überstanden hatte.

Jayden schnappte sich die Broschüre, die auf dem Tisch lag, und klappte sie auf. Wie Emily Jasper erklärt hatte, enthielt sie einen Plan des Geländes. Jayden stellte sich damit ans Fenster, orientierte sich kurz und blickte dann auf die Siedlung, die im Flutlicht vor ihm lag.

In der Mitte des runden Campusgeländes befand sich der riesige Kreisverkehr mit dem mysteriösen fensterlosen Kuppelgebäude, auf dem die Skulptur des Kranichs thronte. Dieser Bau lag direkt im Zentrum der Anlage und von da aus waren alle Wege und anderen Gebäude sternförmig angeordnet. Fast alle Häuser, Hallen, Türme und Einrichtungen waren auf der Karte beschriftet – so gab es beispielsweise eine große Sportanlage, ein Open-Air-Kino, ein Spielcasino, ein Obst- und Gemüse-Glashaus, einen Schießtunnel, eine Sporthalle, Forschungslabors, ein Tauchbecken, eine große Wäscherei und sogar ein vierstöckiges Bürogebäude –, doch die weiße fensterlose Kuppel in der Mitte des Areals trug keinen Namen und blieb anonym.

Soviel Jayden bis jetzt beobachtet hatte, waren sie tatsächlich die einzigen Teenager hier. Überall sonst auf diesem Fleckchen wurden anscheinend Erwachsene trainiert und ausgebildet. Aber für welchen Zweck? Sicher nicht für Operation Dark Sky.

Nun sah er sich jenen Teil der Siedlung genauer an, in der sein Wohnhaus stand. Abgesehen von den Häusern, die er bereits kannte, gab es noch Belfast, Edinburgh, Newcastle, Leeds, Nottingham und Bristol. Die Unterkünfte trugen die Namen der zwölf größten Städte Großbritanniens. Es wäre verheerend und nicht auszudenken, wenn die Anschläge gleichzeitig auf diese zwölf Städte erfolgen würden. Denn dann würde genau das eintreten, was General LeBlanc prophezeit hatte. Dass Großbritannien, so wie man es bisher kannte, nicht mehr existieren würde.

Jayden merkte, wie sich seine Finger in das Fensterbrett krallten. Er löste sich von diesen schrecklichen Gedanken, zog den Vorhang zu und widmete sich stattdessen dem Stundenplan, den er in der Schublade des Nachtschränkchens fand. Einerseits gab es Einzelunterricht der jeweiligen Teams – London, Liverpool, Manchester und so weiter –, andererseits gab es gemeinsame Trainingseinheiten für alle sechsunddreißig Rekruten. Allerdings ließ sich aufgrund des Stundenplans nicht schlussfolgern, wofür genau sie ausgebildet wurden.

Es gab lediglich ein paar dürftige Hinweise wie den, dass es Fahrstunden auf einem Trainingsparcours gab. Anscheinend sollten sie lernen, wie man mit einem Auto, Fahrrad oder Moped im britischen Linksverkehr zurechtkam, ohne einen Unfall zu verursachen. Andere Unterrichtsfächer lehrten, wie man im britischen Alltag zurechtkam, ohne aufzufallen. Schon allein diese Hinweise ließen darauf schließen, dass sie undercover ins Land eingeschleust werden sollten.

Nachdem er den Stundenplan beiseitegelegt hatte, drang plötzlich von unten lauter Reggae durch die Decke in sein Zimmer. Die dumpfen Bässe ließen sogar das Geschirr in der Vitrine seiner Küchenzeile klirren. *Super!* Anscheinend hatte Sierra eine fette Soundmaschine im Gepäck gehabt. Jayden kannte sich mit dieser Musikrichtung nicht aus, aber irgendwie klang es nach Bob Marley.

Am liebsten hätte er jetzt Punk gehört – Sum 41, The Offspring oder Blink-182 –, hatte auf dem Handy aber nur Diegos öde Rap-Musik dabei. Das würden drei anstrengende Wochen werden.

Seufzend räumte er seine Reisetasche aus. Allerdings nur das Nötigste, denn falls jemand von ihnen den Auftrag verbockte und sie rasch abhauen mussten, durfte er sich nicht lange mit Packen aufhalten. Dann musste es schnell gehen. Ein Handgriff, die Tasche auf den Rücken schnallen und über den Elektrozaun zum Strand.

Plötzlich ging auf dem Areal das Licht aus. Die Musik unter ihm lief aber noch, also war es kein Stromausfall. Jayden blickte zum Fenster. Draußen war es stockdunkel. Die gesamte Flutlichtanlage war ausgeknipst worden. Er sah auf die Uhr. Pünktlich um dreiundzwanzig Uhr. Ab jetzt durfte er sein Quartier nicht mehr verlassen.

Er ging ins Bad, putzte sich die Zähne und warf sich anschließend aufs Bett. Kaum hielt er die Fernbedienung in der Hand, klopfte es an seine Fensterscheibe.

15. KAPITEL

Jayden schlich zum Fenster und zog sachte den Vorhang beiseite. Unmittelbar vor seinem Fenster sah er ein struppiges blondes Haarbüschel. Jemand hing draußen an der Wand des Gebäudes – in einer Höhe von vier Metern.

Rasch schaltete er das Licht in seinem Zimmer aus und öffnete das Fenster.

»Ging das nicht schneller?«, schnaufte Erik.

Jayden reichte ihm die Hand und zog ihn über das Fensterbrett ins Zimmer.

»Mann, fuck, ich habe mir die Knie an der Hausmauer aufgeschürft«, schimpfte Erik und keuchte immer noch.

»Genau wie damals, als die Navy Seals dich gebeten haben, sie in Alaska zu trainieren?«, zog Jayden ihn auf.

»Ha, ha, witzig.« Erik wischte sich das Blut vom Knie.

»Woher hast du gewusst, in welchem Zimmer ich bin?«

»Lennys Haus ist in Sichtweite von deinem. Sie hat dich am Fenster gesehen«, erklärte Erik.

»Wo ist sie jetzt?«

Erik nickte zum Fenster. »Ist bestimmt noch unten.«

Jayden beugte sich aus dem Fenster. Lenny presste sich an die Mauer und sah nach oben. »Alles klar, komm rauf«, flüsterte er.

Er sah, wie Lenny zurückwich, mit einem Dreisprung Anlauf nahm, eineinhalb Meter hochsprang, sich mit den Fingern in einer Rille an der Hauswand hochzog, mit den Füßen nachschob und flink wie ein Gecko an der Wand hochkletterte. Sie war eine fantastische Freeclimberin und hatte Preise für die schwierigsten Solo-Kletterparcours gewonnen. So eine Hausmauer war für sie ein Klacks.

Jayden konnte gar nicht so schnell schauen, da war sie auch schon oben und hechtete schwungvoll in sein Zimmer.

»Was hat so lange gedauert?«, fragte Erik frech.

Im Dämmerlicht sah Jayden, wie Lenny grinste. »Bin halt ein bisschen aus der Übung.«

Jayden schloss das Fenster, zog den Vorhang zu und schaltete wieder das Licht ein. Seine Freunde trugen schwarze Kleidung. Nun sah er auch, dass Erik seinen Rucksack mitgebracht hatte. Erik öffnete ihn und zog die Tätowiermaschine heraus. Plötzlich legte er den Kopf schief. »Was ist das für ein Lärm?«

»Unten steigt gerade eine Reggae-Party«, erklärte Jayden.

»Hey, cool«, rief Lenny.

»Ja, supercool«, sagte Jayden genervt. »Mit wem seid ihr untergebracht?«

Lenny ging zum Kühlschrank und holte sich eine Dose Coke. »Mit einem Kerl namens Gideon – der hat nicht alle Tassen im Schrank, wenn du mich fragst – und mit einer glatzköpfigen Thailänderin. Nennt sich Yoko und scheint ganz nett zu sein.«

Erik sah sie überrascht an. »Seit wann trinkst du Coke? Noch dazu mit Zucker?«

»Ist nicht für mich.« Sie drückte Erik die kühle Dose aufs aufgescheuerte Knie.

»Danke, Mama«, murmelte er. »Ich bin übrigens mit den blau- und orangehaarigen Punks in einem Haus«, sagte Erik.

»Whisky und Wodka«, erinnerte sich Jayden. »Die wirken doch auch nett.«

»Ja, die wirken nur so«, widersprach Erik und presste sich die Dose aufs Knie. »Aber in Wahrheit sind sie irre. Haben sich aus Eisenstangen und ihren Nietenhalsbändern Nunchakus gebastelt, mit denen sie jetzt trainieren.«

»Wenn sie irre sind, passen sie doch gut zu dir«, witzelte Lenny.

Erik warf ihr einen finsteren Blick zu. »Wenn du *mich* fragst«, sagte er zu Jayden, »dann haben hier fast alle einen Dachschaden. Andernfalls hätten die sich doch gar nicht auf so ein absurdes Rekrutierungsprogramm eingelassen.«

»Andererseits haben wir das ja auch getan – ich meine die Last Line of Defense«, gab Jayden zu bedenken. »Nur dass man uns nicht so gut bezahlt. Wer weiß, was die anderen neben dem Geld für Beweggründe haben.«

Bei der Erwähnung ihrer Organisation waren Lenny und Erik erstarrt.

»Keine Sorge«, beruhigte Jayden sie. »Das Zimmer ist nicht verwanzt – hab ich schon gecheckt.«

»Oh, gut.« Erleichtert ließ Erik die Schultern sinken.

Lenny blickte auf ihre Uhr. »Leute, wir haben nur noch ein paar Minuten Zeit, dann fliegt der Satellit über die Insel.« Sie zog ihr Medaillon aus der Hosentasche.

Rasch setzten sie sich auf die Couch und steckten das Funkgerät zusammen. Sie hatten keine Ahnung, ob es überhaupt funktionieren würde und die Funkwellen stark genug waren, den Anti-Ortungsschirm der Insel zu durchdringen. Doch als Jayden die Antenne auszog und nach Norden ausrichtete, drang plötzlich ein Knistern und Knarzen aus dem Mikrofon.

Sie warteten noch eine Minute, aber das knisternde Geräusch blieb. Es mischte sich bloß ein schwacher Piepton hinzu, der knarzend aus dem Mikrofon drang.

»Scheint zu funktionieren«, sagte Erik.

»Hallo?«, drang um 23:18 Uhr endlich eine verzerrte Stimme aus dem winzigen Lautsprecher des Medaillons.

Von jetzt an hatten sie genau zehn Minuten Zeit. Lenny drückte auf den Sendeknopf und berichtete in knappen Worten von der Anlage, die sie auf der Insel vorgefunden hatten.

»Danke, alles verstanden … aufgezeichnet«, drang eine blechern klingende Stimme aus dem Lautsprecher, die jedoch immer leiser wurde und zu verschwinden drohte.

Jayden blickte auf die Uhr. »Es sind erst knapp drei Minuten vergangen und wir verlieren gleich den Kontakt …«, flüsterte er.

Lenny sah auf. »Liegt wohl am Anti-Ortungsschirm.«

»Erzähl von den Städten!«, drängte Erik.

»Ja doch!« Sie sammelte sich kurz. »Die Direktorin der Siedlung heißt Emily Jasper, unser Ausbilder General LeBlanc – ein ehemaliger Soldat der französischen Fremdenlegion – und die Ärztin der Insel Dr. Sloane. Insgesamt sind noch etwa vierhundert weitere Personen hier stationiert.« Danach gab sie zügig die Namen der zwölf Städte durch. Da Lenny ein phänomenales Gedächtnis hatte, brauchte sie dafür nicht einmal die Karte der Siedlung.

»… und Liverpool«, beendet sie ihren Bericht.

Mittlerweile drang fast nur noch Rauschen aus dem Medaillon.

»Danke … verstanden … wir …« Den Rest hörten sie nicht mehr.

»Offenbar haben wir nur etwas mehr als drei Minuten für den Kontakt, und zwar dann, wenn der Satellit unmittelbar über der Insel ist«, vermutete Jayden.

»Besser als nichts.« Erik zerlegte das Funkgerät wieder.

»Wollen wir es nicht zusammengebaut lassen und hier verstecken?«, fragte Lenny.

Jayden und Erik warfen sich einen kurzen Blick zu. »Keine gute Idee«, sagten sie wie aus einem Mund. Erik reichte Jayden die Stabtaschenlampe. »Die Apartments lassen sich zwar absperren, aber was heißt das schon? Wenn jemand dieses Zimmer während Jaydens Abwesenheit durchwühlt und das Ding findet, fliegen wir auf.«

Jayden klemmte die Taschenlampe wieder an seinen Schlüsselbund und ließ ihn in der Hosentasche verschwinden. »Außerdem werde ich dieses Teil sowieso ständig bei mir tragen … sicherheitshalber, falls wir überraschend abhauen müssen.«

»Okay, ihr habt mich überzeugt.« Lenny hängte sich ihr Medaillon um den Hals und ließ es unter ihrem T-Shirt verschwinden.

»Guter Gedanke, aber ich werde die Tattoomaschine nicht ständig mit mir herumschleppen«, sagte Erik. »Ich finde schon ein gutes Versteck in meinem Zimmer.« Er öffnete die Coke und trank einen kräftigen Schluck.

Lenny rückte näher heran. »Was meint ihr? Warum rekrutiert MOEBIUS ausgerechnet Jugendliche?«

»Vermutlich, weil …« Erik verstummte und verzog das Gesicht, weil ihm die Kohlensäure ins Hirn schoss.

»Ich denke, die lassen sich besser ins Land einschleusen«, sagte Jayden an Eriks Stelle, der immer noch mit der Kohlensäure kämpfte. »Als Austauschstudenten, Au-pair-Kräfte oder Backpacker. Wer achtet schon auf Jugendliche?«

»Wollte ich auch gerade sagen.« Erik unterdrückte einen Rülpser und wischte sich über den Mund. »Die haben einfach das Erfolgsrezept der Last Line of Defense geklaut.«

»Mhm, ja … vermutlich traut niemand Jugendlichen zu, einen so gewagten Terroranschlag zu verüben«, überlegte Lenny. »Ist euch aufgefallen, dass in unserem Stundenplan so Dinge wie Fahrtraining im Linksverkehr stehen, Leben im britischen Alltag und Spezialkurse für die jeweilige Stadt, in der wir eingesetzt werden? Da frage ich mich, warum MOEBIUS nicht gleich *britische* Teenager angeheuert hat, um Anschläge auf Großbritannien zu planen. Warum ausländische?«

»Weil die aus irgendeinem Grund Großbritannien hassen«, sagte Erik. »Habt ihr das nicht gemerkt?«

»Ja, schon, aber diese Typen müssen erst auf die Feinheiten des Landes geschult werden.«

»Guter Punkt.« Erik sah sie ratlos an. »Vielleicht sollen sie längerfristig als Schläfer in Großbritannien für Spionagetätigkeiten eingesetzt werden.«

Jayden schüttelte entschieden den Kopf. »Nein, die haben nur einen Job mit einer Ausbildung für *drei Wochen* angenommen. Danach ist alles erledigt und jeder bekommt eine Million Dollar.«

»Wie auch immer – wir werden es herausfinden.« Erik stand auf, packte die Tätowiermaschine ein und schwang sich den Rucksack auf die Schultern. »Ich schiebe jetzt jedenfalls Matratzenhorchdienst, sonst reißt mir General LeBlanc morgen die Eingeweide raus.«

Lenny erhob sich ebenfalls. »Ich schließ mich an.«

Jayden löschte das Licht im Zimmer.

Unterdessen ging Erik zum Fenster. »Ich klettere als Erster hinunter.« Er drehte sich zu Lenny um. »Und lass dir nicht wieder so lange Zeit, verstanden?«

16. KAPITEL

Beim Frühstück im Schulungs-Center saß Erik allein an einem Tisch. Es war kurz vor acht Uhr und der zweite Tag auf der Insel hatte begonnen.

Er aß Spiegeleier mit Speck, trank ein Glas frisch gepressten Orangensaft und einen Kaffee und schmierte danach eine dicke Schicht Haselnusscreme auf zwei Weißbrotscheiben. Gar nicht mal so schlecht, wie Erik fand. Hier konnte er nach Lust und Laune zuschlagen, ohne dass er von Mrs Harding, ihrer Nahkampftrainerin in der Last Line of Defense, mit gesundem Gemüse und vitaminreichem Karottensaft gequält wurde.

Aufseher gab es aber auch hier. Neben dem Eingang standen zwei große Schränke in blauer Uniform, wobei Erik bei einer der beiden Personen nicht recht wusste, ob es sich um einen Mann oder eine Frau handelte. Weiß trugen also die Bediensteten der Marine, grün die Soldaten, die die Insel bewachten, und blau das Wachpersonal in den Gebäuden.

Bin neugierig, ob mir in den nächsten Tagen im Camp auch rote und gelbe Leute über den Weg laufen, dachte er.

Soviel er erkannte, saßen die jeweiligen Teams beisammen. Jayden frühstückte mit Brooster und Sierra, Lenny saß mit Gideon und Yoko an einem Tisch, und alle anderen hockten ebenfalls zu dritt beisammen – was ja auch wichtig für den Teamgeist war.

Nur er saß allein. Doch kaum hatte er sich frischen Kaffee aus der Maschine geholt und wieder an seinen Tisch gesetzt, flog die Tür zum Speisesaal auf und die Punk-Zwillinge traten lautstark ein. Sie trugen rot karierte Miniröcke, weiße Blusen und hochhackige Lederstiefel, deren genagelte Absätze laut auf dem Fliesenboden klackerten. Die selbst gebastelten Nunchakus steckten in ihren Gürteln.

Schick, dachte Erik gelangweilt. Optisch traf ihr Punkstyle eher Jaydens Musikgeschmack. Er selbst konnte damit nicht viel anfangen, da er auf Elektro stand.

»Guten Morgen, Ladys«, rief die Blauhaarige laut in die Runde.

»Habt ihr uns auch etwas übrig gelassen?«, rief die Orangefarbige. »Sonst gibt es nämlich Ärger.«

Einige der anderen gaben freche Antworten, die die beiden jedoch ignorierten. Sie holten sich jeweils zwei Tassen Kaffee und setzten sich ungefragt zu Erik an den Tisch.

»Na klar, ihr könnt euch gern setzen, hier ist noch frei«, murmelte er, nachdem sie bereits saßen.

»Du hast uns ja gar kein Frühstück hergerichtet«, maulte die Blauhaarige, nachdem sie sich die kleinen Kopfhörer aus den Ohren gezogen hatte.

Erik hörte hämmernden Sound. »Ich wusste nicht, ob ihr Wodka oder Whisky trinkt«, sagte er trocken.

Plötzlich lachten beide. »Dein Humor gefällt uns.«

Erik deutete auf Wodkas Frisur. »Soll das eigentlich karottenrot, rostbraun oder überreife Mandarine darstellen?«

»Blutorange«, korrigierte Wodka ihn mit zusammengekniffenen Augen.

Erik verzog das Gesicht. »Aha.«

»Gefällt es dir nicht?«, fragte Wodka spitz, während ihre Hand langsam zum Griff des Nunchakus wanderte. Anscheinend hatte ihre Geduld nur eine kurze Zündschnur.

»Doch, doch, sieht super aus.« Erik biss herzhaft von seinem Haselnusscremebrot ab. »Ich stehe auf Regenbogenfarben. Die großen Regenbogenforellen in Dänemark schauen auch so aus.«

»Du machst dich über mich lustig!«

»Nein, gar nicht. Ich liebe Fisch!« Er schob sich den Rest des Brots in den Mund.

Bevor sie etwas darauf erwidern konnte, betrat General LeBlanc den Raum. Er trug dieselbe Uniform wie am Tag zuvor. »Guten Morgen! Fünf Minuten!«, rief er. »Danach begibt sich jeder in den Seminarraum, der in eurem Stundenplan angegeben ist.«

»Wo müssen wir hin?«, zischte Whisky.

»Seminarraum acht«, sagte Erik. »Zwei Minuten zu Fuß von hier.«

»Weiß ich doch.« Whisky grinste. »Wollte dich nur testen, ob du auch vorbereitet bist.«

»Und was machen wir dort?«, fragte Erik herausfordernd.

»Wir bauen Waffen«, flüsterte Whisky.

»Wirklich?«, fragte Wodka.

»Klar. Steht zumindest so in unserem Plan.«

Erik war überrascht. Sie hatte recht, und das konnte interessant werden.

Zehn Minuten später saß Erik mit Whisky und Wodka im Seminarraum acht, der wie ein mit Computern, Druckern und Analysegeräten vollgetopftes Techniklabor aussah. Auf dem Boden lagen Reste von körnigem Kunststoffgranulat und es roch nach verbranntem Plastik.

Die Tür flog auf. »Guten Morgen, Haus Southampton«, begrüßte General LeBlanc sie und schloss die Tür.

Überrascht zog Erik eine Augenbraue hoch. Der Boss selbst widmete sich also diesem Thema.

»Kommen wir gleich zur Sache. Heute lernt ihr, wie ihr einfach und unauffällig eine tödliche Waffe herstellt.« LeBlanc gab jedem von ihnen einen Zettel, auf dem sich zwei kurze Internet-Adressen befanden. »Lernt sie auswendig. Das wird eine der ersten Tätigkeiten sein, wenn ihr in Southampton eintrefft.«

http://www.glock-3d.co.uk und *http://www.bullet-3d.co.uk* stand auf dem Blatt. Erik prägte sich beide URLs ein.

»Ihr geht in ein Internet-Café«, fuhr LeBlanc fort, »öffnet diese URLs und ladet beide Files auf einen USB-Stick herunter.«

»Und was machen wir damit?«, fragte Wodka.

»Das sind Vorlagen für einen 3-D-Drucker«, erklärte LeBlanc.

»Und was drucken wir damit?«, fragte Wodka naiv.

Whisky stieß ihrer Schwester den Ellenbogen in die Seite. »Eine Glock mit zugehörigen Patronen natürlich.«

»Richtig«, bestätigte LeBlanc.

Erik verkniff sich jede Reaktion. Whisky war von den beiden eindeutig die Schlauere.

»Sobald ihr die Bauanleitungen auf einem USB-Stick habt, geht ihr in einen Printshop, ladet die Vorlage hoch und druckt die Glock und *eine* dazugehörige Patrone. Was davon zuerst?«, fragte LeBlanc.

»Die Patrone«, murmelte Erik.

»Richtig!«, sagte LeBlanc. »Ihr produziert zuerst die Patrone und füllt Schießpulver in die Kammer. Denn wenn ihr erst einmal die Glock habt und jemand entdeckt, was ihr da macht, müsst ihr die Patrone vielleicht auch schon laden, um die Waffe zu benutzen.«

»Aber die Hitze schmilzt doch die Waffe und verbiegt sie komplett«, gab Whisky zu bedenken.

»Auch richtig.« LeBlanc verzog anerkennend das Gesicht. »Daher könnt ihr diese Pistole nur ein einziges Mal abfeuern. Für *einen* Schuss. Danach ist sie unbrauchbar.«

»Woher bekommen wir das Schießpulver?«, fragte Wodka.

»Gibt es in jedem Feuerwerkskörper«, sagte Erik.

»Warum verwenden wir keine echten Waffen?«, fragte Whisky.

LeBlanc atmete tief durch. »Das britische Waffenrecht ist ziemlich streng. Privater Waffenbesitz ist verboten. In Southampton werdet ihr also kaum in einen Laden hineinspazieren und eine echte Waffe kaufen können. Vor allem ohne gültigen Waffenschein und dann noch dazu in eurem Alter. Ein Ding der Unmöglichkeit. Und falls es euch doch gelingen sollte, würdet ihr zu viel Aufmerksamkeit auf euch ziehen. Und genau das können wir bei diesem Job gar nicht brauchen. Das erste Gebot lautet: die Operation so unauffällig wie möglich durchziehen.«

Wodka und Whisky verzogen schmollend das Gesicht.

»Nur einen Schuss?«, gab Erik zu bedenken.

»Der dient bloß der Sicherheit. Als Rückendeckung sozusagen.« General LeBlancs Blick wurde ernst. »Als letzter Ausweg, bevor ihr geschnappt werdet … oder damit ihr euren Job doch noch in letzter Sekunde zu Ende bringen könnt.«

»Aber diese Waffe aus Kunststoff hat gleichzeitig auch noch einen anderen Vorteil, richtig?«, vermutete Erik.

»Richtig.« LeBlanc lächelte. »Da sie nicht aus Metall besteht, bekommt ihr sie durch jeden Metalldetektor durch. Das heißt, ihr könnt sie in jedes Hochsicherheitsgebäude, in jede Bank, in ein Gefängnis oder durch die Security eines Flughafens schmuggeln.« Er ging zu einem der Geräte. »Und jetzt üben wir, wie ihr Patrone und Waffe herstellt, ladet und damit schießt – und zwar so lange, bis ihr alles im Schlaf beherrscht.«

Erik schluckte. *Hochsicherheitsgebäude,* wiederholte er in Gedanken. Was war bloß MOEBIUS' Plan, der hinter dieser Ausbildung steckte?

17. KAPITEL

Während Erik und die Punk-Zwillinge von General LeBlanc unterrichtet wurden, mussten Jayden, Sierra und Brooster in den Seminarraum fünf im oberen Stockwerk des Schulungs-Centers. Der Kurs nannte sich »Vorbereitung und Prämissen«, worunter sich Jayden absolut nichts vorstellen konnte, zumal sich in dem Raum außer Tisch und Stühlen nur eine große Videowand mit einem Beamer befand.

Sie warteten ein paar Minuten, dann betrat ein Mann mit einem Notebook unter dem Arm den Raum. Jayden konnte sein Alter nur schwer schätzen, aber aufgrund der Falten war er bestimmt schon ein älteres Kaliber. Außerdem war der Mann klein, hatte schütteres Haar und bestand nur aus Haut und Knochen.

Irgendwie sah er aus, als litte er an Bulimie, und wirkte mit dem blassen eingefallenen Gesicht wie ein Gespenst, das allerdings einen hervorragenden maßgeschneiderten Anzug aus feinster Seide trug. Und zwar einen knallgelben. Sogar die Knöpfe und das Hemd darunter waren gelb. In einem Knopfloch steckte eine rote Rose.

»Wahnsinn«, entfuhr es Brooster, der die Augen zusammenkniff und so tat, als blendete ihn die grelle Farbe.

»Die Farbe Gelb steht für Neugier, Kreativität und Intellekt – gewöhn dich schon mal dran«, sagte der Mann mit heiserer Stimme und ausgeprägtem Oxford-Englisch.

Brooster neigte den Kopf und schnippte sich mit den Fingern gegen die Stirn. »Schon abgespeichert, Sir.«

Der Mann hob den knöchernen Arm und deutete eine Begrüßung an. »Sierra, Brooster, Jayden ... mein Name ist Mr Fish«, sagte er. »Ihr dürft mich ...« Er lächelte mit zusammengekniffenen Augen und schiefem Mund. »... Mr Fish nennen.« Dann klappte er sein Notebook auf und stellte eine Verbindung zum Beamer her.

Der Typ hatte etwas unter dem Auge. Zuerst dachte Jayden, dass es sich um ein großes Muttermal handelte, doch bei genauerer Betrachtung entpuppte es sich als eine schwarze Träne. *Okay!* Das war ein typisches Knast-Tattoo. Entweder hatte Mr Fish jemanden um die Ecke gebracht oder die Tätowierung stand dafür, dass er bereits zehn Jahre im Gefängnis gesessen hatte.

Mr Fish ging langsam vor ihnen auf und ab, wobei die genagelten Sohlen seiner Lederschuhe auf dem Boden klapperten. »Wir befassen uns als Erstes mit der Stadt, in der ihr zum Einsatz kommen werdet. Das Los wollte es so, dass man euch nach Liverpool schickt. Ist nicht gerade die schönste Metropole auf diesem Planeten – eine schmutzige Industriestadt, hohe Armut, triste Hafengegend –, aber ihr hättet es deutlich schlimmer treffen können.«

Triste Hafengegend? Jaydens Herz krampfte sich zusammen. Vielleicht wäre es doch besser gewesen, er hätte nicht mit Erik die Städte getauscht. Doch jetzt war es zu spät. Er zwang sich, langsam zu atmen und sich nicht zu verspannen. Die anderen mussten davon überzeugt sein, dass ihm Liverpool völlig gleichgültig war.

Mr Fish projizierte mit einem Notebook einige Fotos von typischen Straßen Liverpools auf die Leinwand. Jayden kannte einige der Gegenden sogar. Während die Bilder vor ihnen in einer Endlosschleife abliefen, marschierte Mr Fish durch den Raum. »Angenommen, in einem der Wohnhäuser lebt eure Freundin. Eine Straßengang hat angedroht, sie in dieser Nacht kaltzumachen. Sie kann die Wohnung nicht verlassen und ihr müsst abends weg. Wie könnt ihr ihr Leben schützen?«

»Ich hole die Polizei«, sagte Sierra spontan.

Mr Fish schüttelte den Kopf. »Personenschutz zu kriegen, ist nicht so leicht. Das dauert mehrere Tage, und bis dahin ist deine Freundin so kalt wie das Innere eines Gefrierschranks.«

»Ich engagiere Freunde, die sie beschützen«, schlug Brooster vor.

»Du hast keine Freunde in Liverpool«, entgegnete Mr Fish. »Hast du denn überhaupt Freunde?«, fügte er hinzu, dann drehte er sich zu Jayden und sah ihn auffordernd an. »Hast du vielleicht auch eine Meinung dazu?«

Jayden deutete auf das Foto, das gerade über die Leinwand flimmerte. »Ich werfe einen Stein in das Schaufenster eines alarmgesicherten Juwelierladens.«

Mr Fish zog die Augenbrauen hoch. Beim Wort Juwelierladen glänzten seine Augen kurz. »Okay, und warum?«

»Dann kommen die Bullen und riegeln die gesamte Straße ab. Bis zum Morgengrauen wird es in der Gegend von Polente nur so wimmeln. Da passiert meiner Freundin garantiert nichts.«

Mr Fish verschränkte die dürren Arme hinter dem Rücken. »Nette Idee, aber mal angenommen, es gibt weder eine Bank noch einen Juwelier in dieser Gasse. Was dann?«

»Dann lasse ich bei der Polizei telefonisch eine anonyme

Bombendrohung eingehen – die Bullen kommen und riegeln die Gegend ab.«

»Du bist gut.« Mr Fish deutete grinsend auf Jayden. Nun sah Jayden, dass der Mann zwischen Daumen und Zeigefinger drei tätowierte Punkte auf dem Handrücken hatte.

Ja, der war definitiv mal im Knast, dachte Jayden. Soviel er wusste, standen die drei Punkte symbolisch für die drei Affen, die nichts hörten, sahen und sagten. Ein klarer Hinweis auf den Ehrenkodex unter Häftlingen.

»Die Polizei …«, sagte Mr Fish gedehnt und voll schicksalsschwerer Bedeutung. »… kommt, um zu helfen und zu beschützen. Und genau das kann man sich zunutze machen.«

»Sich die Polizei zunutze machen?«, wiederholte Brooster.

»Mit genügend raffinierten Ideen kann man die Polizei zu bestimmten Einsatzorten dirigieren«, erklärte Mr Fish.

»Warum sollte ich das wollen?«, fragte Brooster verwirrt.

Sierra verdrehte die Augen. »O Mann, natürlich um sie von woanders wegzulocken, richtig?«

Mr Fish nickte grinsend. »An einem bestimmten Tag, kurz bevor wir zuschlagen, steuern wir die Einsätze der Polizei in Liverpool exakt so, dass wir sie von dort weglocken, wo wir sie nicht haben wollen. Wir beschäftigen sie mit Bombendrohungen oder Anschlägen auf alarmgesicherte Gebäude. Sie muss dann dorthin ausrücken.« Er sah sie auffordernd an. »Womit noch?«

»Ein Verkehrsunfall«, schlug Brooster vor.

»Gute Idee. Und wie?«

»Wir klauen einen Wagen und rammen damit auf einer stark befahrenen Kreuzung einen anderen Wagen, sodass er quersteht und die Straßen verstopft, und begehen Fahrerflucht«, sagte

Brooster. Die Idee schien ihm gut zu gefallen, da seine Augen vor Freude glänzten.

»An welcher Stelle rammst du ein anderes Auto?«, fragte Mr Fish. »Vorne oder hinten?«

Brooster dachte kurz nach. »Ich würde sagen vorne und dann voll reinkrachen.«

Instinktiv schüttelte Jayden leicht den Kopf.

»Anscheinend gefällt dir die Antwort nicht«, bemerkte Mr Fish. »Wo würdest du es rammen?«

»Hinten am Heck«, sagte Jayden.

»Und warum, du Klugscheißer?«, fuhr Brooster ihn an.

Jayden blieb ruhig. »Weil bei den meisten Autos der Motor vorne ist. Dadurch ist es hinten leichter. Außerdem würde ich langsam fahren, höchstens fünfzig km/h, damit das eigene Auto nicht zerstört wird, sonst wird es mit deiner Fahrerflucht nichts und du landest im Knast, noch bevor du deine Mission erfüllen konntest.«

»Richtig.« Mr Fish löste die Hände hinter dem Rücken und ließ erfreut die Fingerknöchel knacken. »In Filmen sieht man das immer falsch – aber genau so, wie Jayden es gerade erklärt hat, wird es gemacht.« Er atmete tief durch. »Was müssen wir dabei noch beachten?«

»Sicherheitsgurt anlegen und den eigenen Airbag ausschalten, weil man sonst nichts mehr sieht«, schlug Sierra vor.

»Exakt! Was noch?«

Niemandem fiel etwas sein. »Achtet darauf«, sagte Mr Fish schließlich, »dass der geklaute Wagen vollgetankt ist. Wenn ein Wagen explodiert, explodiert dabei nämlich nicht das Benzin, sondern das Gasgemisch im Tank.«

»Verstehe ich nicht«, knurrte Brooster.

»Je leerer der Tank ist«, sagte Jayden, dem Miss Ishida das schon einmal im Zuge ihrer Ausbildung in der Last Line of Defense erklärt hatte, »desto größer ist die Ausdünstung des Kraftstoffs in Kombination mit Sauerstoff.«

»Exakt«, sagte Mr Fish und breitete die Arme aus. »Und dann macht es *Boom*, was eher ungünstig für eure Flucht wäre. Im Lauf der nächsten drei Wochen werden wir das alles noch detailliert üben – heute begnügen wir uns mit der Theorie.«

Langsam ahnte Jayden, worauf die ganze Vorbereitung hinauslief. »Und von wo wollen wir die Polizei weglocken?«

»Ja, das ist der wesentliche Punkt.« Mr Fish projizierte einen Stadtplan von Liverpool an die Wand. »Es gibt mehrere strategische Orte, wo wir die Polizei konzentrieren können.« Mit einem Laserpointer zeigte er ihnen, wo sich die Polizeireviere befanden. Und mit eingeblendeten roten Pfeilen zeigte er an, wohin die Einsatzkräfte gelenkt werden sollten.

Dadurch ergab sich auf der Karte eine Stelle, von der sich alles wegbewegte. Jayden rückte mit dem Stuhl näher. Sein Herz schlug schneller. Es war das Industrieviertel am Stadtrand von Liverpool. Seines Wissens gab es dort weder Banken noch Goldreserven oder Gefängnisse. Es konnte sich bei dem Anschlag also weder um Geld noch um die Befreiung von Kriminellen handeln. *Was zum Teufel gibt es dort so Interessantes?* In diesem Bezirk waren nur Firmen, Bürogebäude, die Stadtverwaltung sowie die Gebäude der Müllverbrennung, des Kanalsystems, der Kläranlage und die Wasser-, Strom- und Gaswerke.

Sierra starrte genauso fasziniert wie er auf die Karte. »Eine

Stadt wie Liverpool hat doch aber drei- oder vierhunderttausend Einwohner.«

»Eine halbe Million«, korrigierte Jayden sie immer noch in Gedanken versunken.

»Noch schlimmer«, sagte Sierra. »Die haben doch bestimmt Tausende Polizisten. Wie sollen wir drei die alle beschäftigen?«

»Guter Einwand«, murrte Brooster. »Das ist ein Ding der Unmöglichkeit.«

Jayden dachte nach. »Nicht am Sonntag, den 7. April«, krächzte er. Schlagartig wurde seine Kehle trocken.

Verblüfft klappte Mr Fish die Kinnlade herunter. »Wie es scheint, haben wir hier ein Genie unter uns.« Er wedelte mit dem Arm. »Würdest du uns das bitte genauer erläutern?«

»Am 7. April – das ist in knapp drei Wochen – spielt der FC Liverpool gegen Manchester United. Da wird ein Großaufgebot an Polizei unterwegs sein.«

»Richtig«, rief Mr Fish. »Und den Rest werden wir mit ein paar gezielten Aktionen beschäftigen, um dann in aller Ruhe in diesem Stadtteil zuzuschlagen.«

Brooster beugte sich nach vorn. »Und was machen wir dort?«

Mr Fish lächelte kalt. »Das erfährt ihr, wenn es so weit ist.«

18. KAPITEL

Am Mittwochmorgen, ihrem dritten Tag auf der Insel, saß Lenny mit Gideon und Yoko in einem Seminarraum des Schulungs-Centers, der wie ein typisches Büro aussah, und wartete auf ihre Ausbilder.

Bisher hatten sie so ziemlich alles Wissenswerte über London erfahren, um sich in der Stadt zurecht zu finden. Natürlich hatten sie untereinander spekuliert, worum es bei ihrem Anschlag gehen könnte, doch bis auf die Vermutung, dass sie im Industrieviertel Londons zuschlagen würden, hatten sie nichts herausgefunden.

Während sie warteten, spielte Yoko mit zwei hölzernen schwarzen Essstäbchen, die sie blitzschnell zwischen den Fingern hin und her drehte. Gideon hingegen saß reglos da, das Kinn auf die Hand gestützt, und starrte Lenny an. Genauer gesagt auf ihr Medaillon, das sie um den Hals trug. Ahnte er, dass es sich dabei nicht um ein normales Medaillon handelte? Nein, das konnte er nicht wissen, da Lenny es rund um die Uhr bei sich trug und nur beim Duschen weglegte.

»Bist du neidisch auf dieses Medaillon?«, fragte sie schließlich, als ihr das Gestarre zu blöd wurde.

Gideon hob den Blick. »Nein, warum?«

»Weil du glotzt wie Gollum, wenn er den Ring sieht«, bemerkte sie, woraufhin er ein zynisches »Ha, ha« von sich gab, Yoko aber schallend auflachte.

Mitten im Gelächter betraten fünf Ausbilder den Seminarraum. Die vier Frauen setzten sich ohne ein Wort mit ihren Notebooks an einen großen Schreibtisch, während der Chef der Gruppe stehen blieb. Den kannte Lenny bereits von der gestrigen Trainingseinheit. Es war Dr. Voss, ihr Psychologie-Trainer. Er sprach zwar perfekt Englisch, doch Lenny vermutete, dass er deutsche Wurzeln hatte. Sie hatte schon herausgefunden, dass er blitzgescheit war und nach außen hin stets völlig ruhig wirkte, als könnte ihn nichts aus der Fassung bringen. Ein typischer Psychologe eben, der andere rasch durchschaute und immer darauf achtete, was man wie sagte.

Dr. Voss setzte sich an einen freien Schreibtisch. »Heute machen wir ein Rollenspiel.«

»Wie spannend«, maulte Gideon.

Der Psychologe ignorierte ihn. »Zeigt, was ihr draufhabt, denn davon hängt es ab, wie rasch ihr die Details eurer Mission erfahren werdet.« Er machte eine Pause. »Ich spiele einen IT-Fachmann, der in einem Hochsicherheitstrakt arbeitet. Der Einfachheit halber könnt ihr mich Mr Voss nennen.«

»Hochsicherheitstrakt wovon?«, unterbrach Lenny ihn.

»Das ist unwichtig.« Dr. Voss strich sich das grau melierte Haar hinters Ohr. »Wichtig ist, dass ich in der Zentrale arbeite und für die Sicherheitscodes sämtlicher Mitarbeiter verantwortlich bin. Eure Aufgabe ist es, an diese Sicherheitscodes heranzukommen. Jeder von euch hat genau fünfundzwanzig Minuten Zeit, die Information zu beschaffen. Überlegt euch eine gute Taktik.« Er blickte auf seine Armbanduhr und startete einen Countdown. »Gideon beginnt, und zwar jetzt!«

»Alles ist erlaubt?«, fragte Gideon.

Dr. Voss nickte.

»Wirklich alles?«, hakte Gideon nach und strich sich über den dichten Backenbart.

»Ja, es ist ein Rollenspiel unter realistischen Bedingungen.« Dr. Voss zog seine schwarze Hornbrille aus der Brusttasche und setzte sie auf. »Du verlierst wertvolle Zeit. Vierundzwanzig Minuten, vierzig Sekunden.«

Gideon erhob sich von seinem Stuhl und kam langsam auf Dr. Voss zu. »So lange brauche ich gar nicht«, sagte er grinsend. »Wir sind in Ihrem Büro?«

»Ja.«

»Und wir sind allein?«

»Ja – ignoriere meine Kolleginnen, die beobachten nur.« Er sah wieder auf die Uhr. »Vierundzwanzig Minu…«

Geschmeidig wie eine Katze sprang Gideon trotz seiner Körpermasse über den Schreibtisch, rutschte über die Platte, sodass Stifte und Papiere davonflogen und nahm Dr. Voss' Kopf mit einem Klammergriff in den Schwitzkasten, während er ihn vom Sessel zu Boden riss.

Dr. Voss kam gerade noch dazu, nach Luft zu schnappen, dann wälzte sich Gideon auch schon mit ihm über den Boden, würgte ihn gnadenlos und zischte ihm ins Ohr: »Nenn mir die Codes, sonst drücke ich dir die Luft ab. Du hast eine Minute, bevor du ohnmächtig wirst … und zwei Minuten, bevor dein Hirn durch Sauerstoffmangel geschädigt wird.«

Unwillkürlich krallte Lenny ihre Finger in die Sessellehne. So eine Aktion hätte sie Gideon gar nicht zugetraut. Sie hielt den Atem an und blickte zu Voss' vier Kolleginnen, die die Szene ohne einzugreifen beobachteten und auf ihren Notebooks tippten.

»Rede!«, zischte Gideon. Seine Muskeln spannten sich an und seine Arme zitterten vor Anstrengung, während er sich mit Dr. Voss über den Boden wälzte.

»Ich weiß es nicht«, röchelte Dr. Voss.

»Ich weiß, dass du es weißt. Also spuck es aus!« Gideon lag nun auf dem Rücken, hielt den Psychologen vor sich fest im Würgegriff und drückte fester zu. »Noch dreißig Sekunden, dann …«

Dr. Voss hob die Beine an, bäumte sich auf und machte eine Rolle rückwärts. Nun kam er hinter Gideon wieder auf den Boden, befreite sich aus dem Griff, und noch bevor Gideon reagieren konnte, schlug ihm Dr. Voss mit dem Handballen seitlich an die Schläfen, sodass Gideon benommen auf dem Boden liegen blieb.

Dr. Voss stand auf, richtete seine Kleidung, atmete tief durch, fuhr sich durch die Frisur und schob sich die Hornbrille über den Nasenrücken. Dann ging er gemächlich zum Schreibtisch und holte eine Pistole aus der Schublade, die er auf Gideon richtete. Mit der anderen Hand tippe er eine Nummer auf dem Display des Tischtelefons. »Sicherheitsdienst …« Mit einem Räuspern klärte er seine Kehle. »Wir haben einen Eindringling in meinem Büro. Bitte rasch um Verstärkung.«

In der Zwischenzeit hatte sich Gideon aufgerappelt. »Fuck, was war das?«

Dr. Voss grinste. »Du hast es vermasselt und bist so gut wie tot.« Er stellte den Stuhl auf und setzte sich hin. »Nächste Kandidatin. Yoko. Du hast fünfundzwanzig Minuten Zeit. Ab jetzt!« Er drückte auf die Uhr, als wäre nichts gewesen.

Während Lennys Atem immer noch schnell ging, hatte sich Yoko rasch gefasst. Sie setzte sich gegenüber Dr. Voss an den

Schreibtisch und zog mit einer raschen Bewegung das Kabel aus der Buchse des Telefons. Dann beugte sie sich nach vorn. »Ich möchte nicht, dass uns jemand bei dem, was ich jetzt gleich mit Ihnen besprechen möchte, zuhört.«

»Okay.« Dr. Voss sah sie neugierig an. »Worum geht es?«

»Ich arbeite für eine wohlhabende Organisation, die an Informationen interessiert ist. Für einen wirklich großzügigen Geldbetrag, mit dem Sie für den Rest Ihres Lebens ausgesorgt hätten, möchten wir die Sicherheitscodes sämtlicher Mitarbeiter in diesem Gebäude.«

»Bestechung?«, fragte Dr. Voss.

»Nennen wir es finanzielle Zuwendung für spezielle Dienste, von denen nie jemand erfahren wird.«

Das folgende Gespräch dauerte fünfzehn Minuten, bis Yoko endlich aufgab, da Dr. Voss seine Rolle als unbestechlicher IT-Mitarbeiter, der weder an Geld noch Drogen oder sonstigen Verlockungen interessiert war, großartig spielte.

»Deine Methode hat versagt«, sagte der Psychologe schließlich, blickte zu Lenny und startete erneut einen Countdown. »Du bist dran. Auch du hast fünfundzwanzig Minuten Zeit.«

Lenny war von den beiden vorherigen Darbietungen so fasziniert, dass sie sich in der Zwischenzeit gar nicht überlegt hatte, wie sie selbst die Aufgabe angehen wollte. Sie blieb eine halbe Minute lang sitzen und überlegte, bis ihr schließlich eine Idee kam. »Wo befinden sich die Umkleidekabinen für unser Securitypersonal?«

Dr. Voss sah sie verwirrt an, dann deutete er mit den Armen durchs Büro. »Wir haben keine Umkleidekabinen in dieser Firma.«

»Nein, ich meine nicht *diese* Firma«, sagte Lenny, »sondern die Kabinen für das echte Securitypersonal von Hell Island.«

Interessiert sahen die stillen Beobachterinnen von ihren Notebooks auf.

»Von Hell Island?«, wiederholte Dr. Voss. »Die befinden sich im Bürogebäude neben dem Schulungs-Center. Im Erdgeschoss in der blauen Zone. Warum?«

»Bin gleich wieder da.« Lenny sprang auf und rannte aus dem Seminarraum.

Fünfzehn Minuten später stürmte sie keuchend wieder ins Büro. Dr. Voss blickte gelangweilt auf seine Uhr. »Du hast nur noch knapp zehn Minuten und …« Ihm stockte der Atem, als er Lenny überrascht anstarrte.

Sie trug die eng anliegende blaue Uniform der Hell Island Security, die man ihr bei der Kleiderausgabe ausgehändigt hatte, nachdem sie von ihrem Rollenspiel bei Dr. Voss berichtet hatte. Die Plakette auf der Brust war echt, ebenso Schlagstock, Pfefferspray und Funkgerät am Gürtel. Allerdings hatte man ihr keine geladene Waffe in die Hand gedrückt, sondern nur das Holster für die Pistole gegeben.

»Zeig es dem alten Dr. Voss«, hatten ihr die Dame und ein Wachmann namens González an der Ausgabe amüsiert nachgerufen.

Und genau das hatte sie vor.

Sie setzte sich mit strengem Blick gegenüber Dr. Voss an den Schreibtisch und tat so, als notierte sie sich ein paar Informationen. »Danke, dass Sie in mein Büro gekommen sind«, begann sie ohne aufzusehen. »Unsere Geschäftsleitung hat Sie bestimmt schon bezüglich dieses Gesprächs vorgewarnt. Wir machen es kurz, Mr Voss.« Sie hob den Blick. »Es ist eine verantwortungsvolle Aufgabe, die Sie ab jetzt übernehmen.«

»Äh, ja, ich habe einen langen Entscheidungsprozess durchlaufen …«, spielte Dr. Voss das Rollenspiel mit.

»Stimmt«, gab Lenny ihm recht, »aber jetzt, wo Sie in die nächste Sicherheitsstufe unserer Organisation aufgestiegen sind und Einblick in die Sicherheitscodes sämtlicher Mitarbeiter haben, werden Sie verstehen, dass Sie für unsere Konkurrenz und vor allem für gegnerische Spione interessant geworden sind.«

»Ich wurde bereits darüber informiert.«

»Auch darüber, dass unsere Feinde Spione auf Sie ansetzen werden? Plötzlich werden attraktive Frauen Sie in einer Bar ansprechen, Sie werden eine Bekanntschaft in Ihrem Kegelclub machen, einen neuen netten Nachbarn in Ihrem Wohnhaus bekommen. Man wird Spione auf Sie ansetzen und …«

»Ich bin in keinem Kegel …«

»Die werden Sie studieren, sich so raffiniert an Sie ranmachen, dass Sie es gar nicht merken. Die werden Sie aushorchen, bei Ihren Schwächen ansetzen und versuchen, Ihre persönlichsten Geheimnisse herauszufinden, um sie gegen Sie zu verwenden.«

»Das mag schon sein, aber …«

»Wo könnte man Sie an den Eiern packen und versuchen, Sie zu erpressen, Mr Voss?«, unterbrach Lenny ihn.

»Ich verstehe die Frage nicht.«

»Die verstehen Sie sehr gut«, widersprach Lenny. »Ich weiß noch nicht, wie man auf Sie zukommen wird, aber unsere Gegner *werden* es tun. Wir müssen Ihre Geheimnisse kennen, um Sie zu schützen. Wir müssen Ihre Schwächen kennen, um darauf vorbereitet zu sein. Das verstehen Sie doch bestimmt?«

»Ich habe keine Geheimnisse.«

»Mr Voss …« Lenny lächelte. »Wenn unsere Feinde auf etwas kommen, das Sie kompromittieren könnte, und unsere Geschäftsleitung dahinterkommt, dass man Sie damit erpresst, können wir nicht mehr reagieren. Dann ist der Schaden bereits angerichtet. Sie sind zu einer Gefahr für unser Unternehmen geworden und so gut wie erledigt. Also reden Sie. Nennen Sie uns Ihre Geheimnisse, damit wir Sie besser schützen können. Damit nehmen wir unseren Feinden den Wind aus den Segeln – und damit sind *Sie* immun gegen Erpressung.«

»Ich habe keine Geheimnisse«, beharrte Dr. Voss.

»Spielschulden?«, vermutete Lenny und fixierte ihn mit ihrem Blick.

»Ich … äh … ja, bin manchmal auf der Trabrennbahn.«

Lenny nickte. »Sie machen das gut … weiter.«

»Ich bin homosexuell …«

»Sie sind schwul, okay, aber das ist keine Schande.«

»Aber meine Frau und meine Söhne wissen nichts davon.«

»Oh!« Lenny hob eine Augenbraue. »Haben Sie einen Geliebten?«

»Ja.«

»Was noch?«

»Nichts.«

»Ein Doppelleben mit einem Geliebten zu führen, ist meist kostspielig – besonders, wenn man auch noch Spielschulden hat.« Lenny machte eine Pause. »Haben Sie vielleicht …?«

»Ja«, seufzte Dr. Voss. »Ich habe in meiner vorherigen Firma Geld veruntreut.«

»Weiter. Gibt es sonst noch irgendwelche dunklen Punkte in Ihrer Vergangenheit, über die wir Bescheid wissen sollten?«

»Ich habe bei einem Verkehrsunfall vor fünf Jahren Fahrerflucht begangen. Das ist alles.«

»Sehr schön, Mr Voss.« Lenny lächelte. »Sehen Sie, das war doch gar nicht so schwer. Tut es nicht gut, sich zu erleichtern?«

Dr. Voss nickte, woraufhin Lenny ihr Handy aus der Tasche zog und es zwischen ihnen auf den Tisch legte. »Ich habe das Gespräch aufgezeichnet …« Sie blickte auf die Uhr. *Noch eine Minute.* »Und jetzt reden Sie, sonst geht in genau sechzig Sekunden eine Kopie dieses Gesprächs an Ihre Frau, Ihre Söhne, an Ihre ehemalige Firma und an die Polizei.«

Dr. Voss starrte auf das Handy. Das Display zeigte, dass die Aufnahme seit über acht Minuten lief. »Was … was wollen Sie wissen?«

»Die Sicherheitscodes aller Mitarbeiter.«

Dr. Voss dachte eine Weile nach, dann erhob er sich schließlich und klatschte beeindruckt in die Hände. »Gratuliere, du bist die Erste, die diese Aufgabe in der vorgegebenen Zeit gemeistert hat.«

Lenny lächelte und tat so, als freute sie sich darüber. In Wahrheit war ihr dieser Erfolg völlig unwichtig. Stattdessen hoffte sie zu erfahren, wozu diese Übung gut gewesen war und wo sie in London in knapp drei Wochen eingesetzt werden sollte.

19. KAPITEL

Donnerstagnacht, nach ihrem vierten Tag auf der Insel, lag Jayden – nachdem er sein Zimmer erneut auf Abhörwanzen gecheckt hatte – erschöpft auf der Couch seines Apartments und kühlte seine Stirn mit einem Coolpack.

Sierra hörte unter ihm wieder einmal Reggae – diesmal zum Glück nicht so laut –, und soviel er wusste, lag Brooster in der Badewanne mit einem kalten Waschlappen auf dem Kopf und schnarchte erschöpft vor sich hin.

Nach vielen Theorieeinheiten, Rollenspielen, Psychologieschulungen und Verhaltenskursen, hatten alle sechsunddreißig Rekruten am heutigen Nachmittag ein aktives Fahrtraining absolviert. Auf dem Gelände war ein Parcours mit Linksverkehr errichtet worden. Sie hatten richtiges Verhalten bei Verfolgungsjagden geübt und wie man mit einem Wagen Polizeisperren durchbrechen konnte. Dabei waren ein gutes Dutzend Autos verbeult und drei davon sogar komplett zu Schrott gefahren worden. Nach ziemlich gewaltigen Crashs mussten zwei Rekruten in die Praxis von Doc Sloane eingeliefert werden. Im Vergleich zu anderen Kollegen hatte Jayden es mit blauen Flecken, Abschürfungen und leichten Verstauchungen noch relativ gut erwischt.

Dank Miss Ishidas beinharter Ausbildung in Brighton Rock, dem Hauptquartier der Last Line of Defense, war niemandem aufgefallen, dass Jayden, ebenso wie Erik und Lenny, noch gar keinen Führerschein besaß.

Anfangs war das Ganze noch aufregend gewesen und hatte Spaß gemacht – Erik war voll in seinem Element gewesen und hatte sich vermutlich wie bei einem seiner Stunts für seinen alten Videoblog gefühlt –, doch dann waren die Bedingungen immer härter geworden und General LeBlanc hatte sie bis an ihre körperlichen Grenzen gebracht.

In dieser Zeit hatte Jayden eine Menge neuer Ausbilder kennengelernt. Soweit er, Lenny und Erik das beurteilen konnten, waren sie alle entweder britische Ex-Sträflinge, desertierte Soldaten oder gesuchte Verbrecher, die nicht mehr nach Großbritannien einreisen durften. Hell Island war zu einem Sammelbecken für Leute geworden, die noch eine offene Rechnung mit dem Land zu begleichen hatten und es zu ihrer Lebensaufgabe gemacht hatten, es in den Untergang zu stürzen.

Ebenso bedenklich waren in Jaydens Augen aber auch die meisten der sechsunddreißig Rekruten, mit denen sie es bei den Trainingseinheiten zu tun hatten. Ein Großteil glaubte, dass er oder sie besser und härter als alle anderen war. Obwohl es Spannungen und Rivalitäten gab, einte sie alle eine Sache: Sie wollten innerhalb dieser drei Wochen das schnelle Geld machen und waren bereit, dafür über Leichen zu gehen. Der Unterschied zur Ausbildung bei der Last Line of Defense war, dass Direktorin Taylor, Major Conklin und der Rest der Crew darauf achteten, dass sie als gut eingespieltes Team funktionierten, bei dem jeder alles für seinen Partner geben würde.

Bei MOEBIUS hingegen stand die rücksichtslose und kompromisslose Erfüllung der Mission im Vordergrund. Jeder musste selbst darauf achten, wie er überlebte – auch wenn das auf Kosten der anderen ging.

Punkt dreiundzwanzig Uhr ging die Flutlichtanlage auf dem Areal aus. Jayden schob sich das Coolpack in den Nacken, wobei seine angeschlagenen Rippen bei jeder Bewegung schmerzten. Seufzend schloss er die Augen und dachte an seine Heimat Liverpool. Er war in dieser Stadt aufgewachsen und er liebte sie. Jeden kleinen Winkel davon. Was immer MOEBIUS dort plante – es war nur ein Teil von einem insgesamt zwölfteiligen Riesenplan, über den sie noch nichts wussten bis auf das Datum und die Tatsache, dass der Anschlag gigantische Ausmaße erreichen würde.

Jayden wurde übel, sobald er daran dachte. Im Geiste sah er Tante Maggie vor sich, wie sie im Krankenhaus Nachtdienst schob und alles tat, um Babys gesund zur Welt zu bringen. Er dachte an Sam's Supermarkt, in dem er immer Lebensmittel eingekauft hatte, und an die kleine Buchhandlung von Mr Margolis, wo seine Schwester Grace arbeitete. An Ilja, den alten Russen, seinen Trainer und Mentor, der ihm an den Hafendocks beigebracht hatte, wie er bei illegalen Bare Knuckle Fights ohne Boxhandschuhe, Zahn- und Lendenschutz seine Gegner aus dem Ring hauen konnte.

Und zuletzt dachte er an seinen geliebten Fußballclub, den FC Liverpool. Jeder, der in Liverpool aufgewachsen war oder dort lebte, war unweigerlich ein Fan des FC Liverpool. Man kam gar nicht darum herum, den Verein zu lieben, da die Stadt und der Verein einfach zusammengehörten. Sogar Grace besaß ein T-Shirt mit dem Logo des Clubs und dem Motto des Vereins: *You'll Never Walk Alone!*

Der Song *You'll Never Walk Alone* war die Schlachthymne

des Vereins und handelte davon, dass man vertrauensvoll in die Zukunft blicken sollte, was Jayden aber im Moment ziemlich schwerfiel. Denn am 7. April, wenn Liverpool im Stadion Anfield gegen Manchester United spielen würde, würde irgendetwas Schreckliches passieren.

Das Klopfen an seiner Fensterscheibe riss ihn aus den Gedanken. Er schob sich das Coolpack aus dem Nacken und sprang auf. Rasch zog er den Vorhang beiseite, öffnete das Fenster und half Erik herein. Kurz darauf kletterte auch Lenny ins Zimmer.

Nachdem er das Fenster wieder verdunkelt und das Licht im Zimmer eingeschaltet hatte, bauten sie ihr Funkgerät zusammen. Ziemlich schweigsam, da Erik und Lenny genauso geschlaucht waren wie er.

Schließlich fragte Erik: »Hast du dein Zimmer …?«

»Gecheckt? Ja, keine Wanzen«, bestätigte Jayden.

Kurz nach 23:15 Uhr stand die schwache Verbindung zum Satelliten. Wie immer gab Lenny einen kurzen Bericht durch mit allem, was sie Neues herausgefunden hatten. Danach wollten sie den Kontakt schon wieder abbrechen, als eine blechern klingende Stimme sich zu Wort meldete.

»Es gibt neue Order vom Headquarter … Ich verbinde …«

Sie blickten sich alle drei an, dann sah Jayden auf die Uhr. Noch eine halbe Minute, dann würden die Funksignale nicht mehr durch den Schirm kommen und der Satellit würde außer Reichweite sein.

»Wir hören«, sagte Lenny.

»Gut gemacht«, drang plötzlich Major Conklins vertraute Stimme aus dem Lautsprecher.

»Sir!«, rief Erik überrascht.

»Leider habe ich keine erfreulichen Nachrichten«, unterbrach ihn der Major hastig, da er offenbar genau wusste, wie knapp die Zeit war. »Die militärischen Einsatzpläne der Marine haben sich geändert. Dadurch musste der Rendezvous-Punkt für eure Flucht aus strategischen Gründen neu kalkuliert werden. Ort und Uhrzeit sind immer noch dieselben, aber das Zeitintervall musste verlängert werden. Ab jetzt habt ihr nur noch einmal pro Woche, an jedem Sonntag, die Möglichkeit, die Insel in einem U-Boot der Marine zu verlassen. Die nächste Möglichkeit …« Es knackte in der Verbindung.

»Na super«, maulte Erik.

»Sei still!«, zischte Lenny. »Sir, können Sie das bitte wiederholen?«

»… Möglichkeit für den Rendezvous-Punkt … dieser Sonntag, acht Uhr … früh.«

Jayden massierte seine Schläfen. Verdammt, das war in drei Tagen. Und die nächste Möglichkeit erst wieder eine Woche später.

»… außerdem sollt … wenn nötig … länger auf … Insel bleiben … herausfinden, was genau geplant wird und … welcher Anschlag konkret …«, drang Major Conklins Stimme abgehackt aus dem Lautsprecher.

Das war klar. Bisher hatten sie noch nicht viel über die Pläne von MOEBIUS erfahren – und schon gar nicht, wer hinter dieser Organisation steckte.

»Verstanden, Sir«, sagte Lenny.

»… over and out …«

Eine Sekunde später war die Verbindung endgültig weg und sie zerlegten schweigend das Funkgerät.

»Also noch mindestens drei Tage durchhalten«, seufzte Erik schließlich. »Bis dahin sollten wir in Erfahrung bringen, was die vorhaben.«

20. KAPITEL

Am nächsten Tag stahl sich Jayden kurz vor zweiundzwanzig Uhr aus der Wohnsiedlung. Während Erik und Lenny noch Unterricht hatten, begab er sich auf seine eigene kleine Mission.

In etwas mehr als einer Stunde würde das Flutlicht auf dem gesamten Areal wieder ausgeschaltet werden und spätestens dann musste er wieder in seinem Apartment sein. Bis dahin gab es für ihn einen klipp und klaren Auftrag. Er wollte in das größte Gebäude auf dem Campus eindringen, das einem vierstöckigen Wohnhaus nachempfunden war. Jayden versprach sich ziemlich viel von seinem kleinen Ausflug, denn soviel er wusste, befanden sich dort in den unteren Etagen die schwer gesicherten Büros und in der obersten Etage die privaten Penthouse-Apartments der höheren Angestellten. Und wo es die gab, da gab es bestimmt auch Notebooks und Zugänge zum Internet – und an die musste er irgendwie herankommen.

Die Nacht war zum Glück angenehm kühl, denn mit dem Sonnenuntergang hatte sich die drückende schwüle Hitze in eine erfrischende Brise verwandelt, die vom Meer herüberwehte. Einige Vögel zwitscherten noch im nahen Urwald. Im Gegensatz dazu waren die lautlosen Drohnen kaum zu hören. Bevor eine davon über das Gebäude flog, verschwand Jayden mit einer dünnen Mappe unter dem Arm durch die sich automatisch öffnende Glastür ins Innere.

Die Vorhalle war klimatisiert und es roch erfrischend nach Zitrone. Ein Wachmann, den Jayden schon ein paarmal gesehen hatte, machte gerade seine Runde und marschierte zur Portiersloge am Empfang. Ein Funkgerät knackte an seinem Gürtel.

Jayden grüßte den Portier, erreichte den Fahrstuhl und drückte den Knopf. Am Display sah er, dass die Kabine vom vierten Stock herunterfuhr. Der Wachmann kam näher und Jayden unterdrückte den Drang, erneut auf den Knopf zu drücken. *Mach schon!*

Jayden warf einen Blick auf das Namensschild des Wachmanns und nickte ihm zu. »Hallo, González.« Er tat so, als wäre es selbstverständlich, dass er in eines der oberen Stockwerke wollte. Der Wachmann nickte ebenfalls.

»Buenas noches!« González grinste. Anscheinend wusste er, dass Jayden, alias Diego Álvaro, Spanier war.

Jayden erwiderte nichts darauf. *Buenos días, buenas tardes, bueanas noches* und ein paar weitere Floskeln konnte Jayden akzentfrei auf Spanisch. Für einen Smalltalk reichte es, aber für eine Unterhaltung mit einem gebürtigen Spanier, der dieser Wachmann offenbar war, definitiv nicht.

Plötzlich begann González wie aus der Pistole geschossen auf Spanisch auf Jayden einzureden, sodass er nur noch die Hälfte davon verstand. Der Mann beendete sein stakkatoartiges Gerede mit einem fragenden Blick und erhobenen Augenbrauen.

Jayden lächelte. »Sorry, aber ich spreche kein Spanisch«, sagte er auf Englisch.

»Aber Diego!«, rief González vorwurfsvoll mit erhobenen Schultern und ausgebreiteten Armen. Offenbar wussten die Wachleute über alle neuen Rekruten bestens Bescheid.

Jaydens Herz pochte bis zum Hals. »Ich kenne keinen Diego. Mein Name ist Jayden«, sagte er auf Englisch und lächelte immer noch. »Keine Chance, aber auf diesen Trick falle ich nicht herein.«

Nun lächelte auch González. »Test bestanden!«, sagte er auf Englisch, trat näher und klopfte Jayden auf die Schulter.

Jayden ließ die Anerkennung über sich ergehen. »Danke.«

»Wohin geht es?«

Jayden zeigte auf die Unterlagen in seinem Arm und deutete dann nach oben. »Ich habe Material für Prof. MacMurdoch. Vierter Stock, richtig?«

González nickte. Endlich war der Lift da, und bevor González noch etwas sagen konnte, war Jayden in der Kabine verschwunden. Er fuhr ohne Unterbrechung ins oberste Stockwerk.

In der vierten Etage klingelte die Tür und ging danach auf. Vor Jayden lag ein langer Korridor mit weinrotem Teppich. Angeblich befanden sich hier die Apartments der wichtigsten Leute. Merkwürdig, dass hier kein Sicherheitspersonal herumstand.

Die Türen waren wie in einem Hotel durchnummeriert. Zusätzlich befanden sich Namensschilder unter den Türklingeln. Jayden warf die dünne Mappe, in der sich nur leere Papiere befanden, in den Mülleimer und suchte das Apartment von Prof. MacMurdoch. Er war dem Professor zwar noch nie persönlich begegnet, wusste aber, dass MacMurdoch der Chef-Mathematiker von Hell Island war. Ein mathematisches Genie, das anscheinend im Hintergrund agierte und die Fäden zog.

Nachdem Jayden an den Türen von Direktorin Jasper, General LeBlanc, Doc Sloane, Mr Fish und Dr. Voss vorbeimarschiert war, fand er das Apartment des Professors. So wie jede Tür auf dieser Etage hatte auch die des Professors einen Türspion, durch den man vom Apartment aus in den Gang sehen konnte. Aber wo man raussehen konnte, da konnte man auch reinsehen.

Jayden zog eine fingergroße silberne Metallröhre aus der Hosentasche – einen Türspion-Umkehrer, der aus dem Fundus des Hell-Island-Spionage-Equipments stammte und den er sich kurzerhand ausgeborgt hatte. Er presste das Ding an den Türspion, blickte durch die Linse und konnte damit ins Innere der Wohnung schauen. Im Apartment brannten keine Lampen, aber die Beleuchtung der Flutlichtanlage, die durchs Fenster fiel, genügte, um zu erkennen, dass sich niemand im Vorraum und im Wohnzimmer befand. Anscheinend war die Luft rein.

Wie seine eigene Apartmenttür im Haus Liverpool, so waren auch all diese Türen elektronisch verriegelt. Es gab kein Schlüsselloch und daher auch keinen Schlüssel, mit dem man den Türriegel öffnen konnte, da alles elektronisch mit einer entsprechenden Magnetkarte funktionierte. *Es sei denn …*

Jayden steckte den Türspion-Umkehrer ein und holte sein Pickset heraus. Mit einem langen schmalen spitzen Dietrich fuhr er zwischen Hartplastik und Türrahmen hinein, spürte einen Widerstand und stach zu. Damit unterbrach er den elektronischen Kontakt. Automatisch sprang die Tür auf. Musste sie auch. Sonst wären bei einem Stromausfall alle in ihren Wohnungen eingesperrt und könnten nicht mehr raus.

Er drückte die Tür mit dem Ellenbogen auf, lauschte, dann trat er ein und schob die Tür mit dem Fuß wieder ins Schloss. Wie es schien, war er allein im Apartment. Er zog sich Latexhandschuhe an, die er nach dem Abendessen in der Küche geklaut hatte, um bei diesem Einbruch keine Fingerabdrücke zu hinterlassen.

Rasch lief er im Dämmerlicht durch das Apartment und fand neben Wohnzimmer, vollgeräumter Küchennische und zerwühltem Schlafzimmer auch das Arbeitszimmer des Professors.

Und nun merkte er, dass er doch nicht allein war, denn aus dem Badezimmer am Ende des Korridors drang das Prasseln der Dusche. *Verdammt!* Der Professor war da. Und er sang, während er unter der Dusche stand. Gar nicht mal schlecht. Jayden hatte vielleicht nur noch ein paar Minuten Zeit, bis der Professor mit einem Handtuch über der Schulter und der Zahnbürste im Mund das Bad verlassen würde.

Sicherheitshalber klemmte er einen Stuhl unter die Klinke der Badezimmertür und blockierte sie, damit der Professor nicht mehr herauskommen konnte.

Hastig durchsuchte Jayden danach das Arbeitszimmer und fand den Laptop des Professors. Nachdem er das Gerät im abgesicherten Modus hochgefahren hatte, verband er es mit Diegos Handy über ein USB-Kabel und rief ein geheimes Programm auf. Wie erwartet war der Laptop passwortgeschützt, aber die App auf seinem Handy las das Passwort aus der Registry aus und verschaffte ihm Zugang zum Computer.

»Okay«, murmelte Jayden. Er öffnete den Explorer und scrollte durch die Pfade. Während er versuchte, sich einen Überblick über all die Daten zu verschaffen, löste er sein Handy vom Laptop und steckte stattdessen einen USB-Stick an.

Das Wasserprasseln aus der Dusche verstummte.

Nur noch ein paar Sekunden, dachte Jayden. Er konzentrierte sich so sehr auf das Badezimmer, dass er die andere Richtung, in der das Schlafzimmer lag, gar nicht beachtete. Dort trat plötzlich eine sportliche Frau mittleren Alters im blauen Seidenpyjama aus der Dunkelheit, die im nächsten Moment neben Jayden stand.

»Was tust du hier?«, fragte sie mit verschlafenem Blick.

Jayden fuhr hoch. Sein Herz raste. Die Frau musste im Schlafzimmer im zerwühlten Bett gelegen haben, wo Jayden sie im Dämmerlicht übersehen hatte.

Ansatzlos holte er aus und wollte ihr mit der Handkante gegen die Kehle schlagen, um sie auszuknocken, doch sie parierte seinen Hieb mit einem Block. *Was für ein irrer Reflex,* dachte Jayden. Gleichzeitig trat sie ihm mit dem Bein gegen die Hüfte, sodass Jayden unter Schmerzen zurücktaumelte. Noch ehe er reagieren konnte, setzte sie mit einem zweiten Tritt in seinen Magen nach, sodass Jayden die Luft wegblieb.

»Fuck«, röchelte er, während er zu Boden ging. Das war keine harmlose Ehefrau oder Lebensgefährtin, mit der sich der Professor das Apartment teilte. Die Tante gehörte bestimmt zum Sicherheitsdienst!

Ohne Verschnaufpause ging sie sogleich zur nächsten Attacke über, aber diesmal war Jayden vorbereitet. Während er aufsprang, ihren Schlag blockte und mit gezielten Kicks und Ellbogenschlägen zum Gegenangriff überging, hatte der Professor wohl bemerkt, dass etwas nicht stimmte, da er brüllend an der Tür rüttelte.

Unterdessen lieferte sich Jayden mit der Frau ein Duell. Die Schreibtischlampe ging zu Bruch, ebenso ein Stuhl und eine Stehlampe. Nachdem Jayden einen Fußtritt der Frau abgefangen und ihr Bein fest gepackt hatte, hebelte er sie von unten aus, wuchtete sie hoch und rammte sie mit vollem Schwung auf einen niedrigen Beistelltisch. Der ging laut krachend unter der Frau zu Bruch und sie landete stöhnend auf dem Rücken.

Während sie sich aufrappelte, wollte Jayden zum Laptop hechten, um den USB-Stick rauszuziehen, aber in diesem Moment ging die Sirene im Gebäude los. *Verdammt!* Der Professor musste vom Bad aus den Sicherheitsdienst alarmiert haben.

Jayden kümmerte sich nicht weiter um den USB-Stick, sondern rannte zur Ausgangstür. Doch die wurde vor seinen Augen aufgerissen. Das Licht im Gang blendete ihn. Soviel er erkennen konnte, stürmten zwei bewaffnete Sicherheitsleute ins Apartment.

»Die Einbrecherin ist im Arbeitszimmer«, schrie Jayden, während er sich an den Leuten vorbeidrängen wollte, doch sein Bluff funktionierte nicht.

Hinter ihm stand bereits die Frau im Pyjama. »*Das* ist der Einbrecher«, sagte sie und zog sich einzelne Holzsplitter aus der Frisur. »Eliminiert ihn!«

Jayden wollte an den Wachleuten vorbei, doch die rissen ihre kurzläufigen Gewehre hoch. Schüsse krachten. Jayden wurde aus nächster Nähe in die Brust getroffen.

Gleichzeitig spürte er, wie ihn die Wucht der Projektile von den Beinen hob und rücklings zu Boden warf. Seine Brust brannte, und im Licht der Taschenlampen sah er, wie sich sein T-Shirt blutrot färbte.

Ich habe es vermasselt, dachte er.

21. KAPITEL

Mit zitternden Fingern tastete Jayden nach seiner Brust, die höllisch schmerzte. Seine Fingerkuppen waren rot und klebrig. »Das hat verdammt weh getan.«

Einer der Sicherheitsleute beugte sich grinsend über ihn und streckte ihm die Hand entgegen. »Paintballkugeln aus dieser Distanz hinterlassen schöne blaue Flecken.«

»Und mein Gangster-Rap-T-Shirt ist versaut.« Jayden packte die Hand des Wachmanns und zog sich daran hoch.

Nun wurde das Licht im Apartment eingeschaltet. Eine Wand des Arbeitszimmers, in der sich viele Bücherregale befanden, wurde zur Seite gerollt. Dabei fiel eines der Bücher, eine hohle Kunststoffattrappe, wie sie in Einrichtungshäusern verwendet wurde, zu Boden. Hinter der Wand befand sich ein schmaler Technikraum, aus dem nun General LeBlanc und drei Mitarbeiter zum Vorschein kamen. Sie hatten die gesamte Aktion von ihrem Versteck aus über mehrere Kameras und Mikrofone verfolgt. Im Hintergrund pochte Prof. MacMurdoch immer noch gegen die Badezimmertür.

»Eine schöne Aktion«, sagte der General zufrieden, dann reckte er den Hals. »Könnte bitte jemand den Professor befreien!«

Jayden wischte sich die klebrigen Finger am T-Shirt ab. »Und wozu diente diese Mission nun?«

»Wozu?«, fragte der General. »Hast du das schon wieder vergessen? Dein Auftrag lautete, in das Arbeitszimmer von Prof. MacMurdoch einzudringen und das Programm von diesem USB-Stick auf seinem Rechner zu installieren.«

»Ja, schon, aber Sie haben vorhin gesagt, wenn ich die Mission erfolgreich erfülle, dann erfahre ich, worum es bei dieser Ausbildung geht.«

»Ach, *das* meinst du.« Der General lächelte. »Würde ich dir ja gern erklären, aber du bist gestorben. Sieh dich an! Du hast zwei Kugeln in der Brust. Nennst du das *erfolgreich*?«

»Stimmt, ich bin tot«, gab Jayden zu, deutete aber zum Laptop. »Doch davor habe ich den USB-Stick erfolgreich am Rechner angebracht – also ist die Mission erfüllt. Oder etwa nicht?«

General LeBlanc sah seine Kollegen an.

»Der Junge hat recht«, sagte eine junge Frau, die mit einem Tablet neben dem General stand. »Er hat das Virus installiert.«

Das Virus? Jayden spitzte die Ohren, ließ sich seine Überraschung aber nicht anmerken.

»Also gut, du wirst es erfahren«, gab der General nach, »aber zuerst analysieren wir die Aktion.« Er sah Jayden an. »Den Test am Empfang hast du bestanden. Du hast auch die Apartmenttür aufbekommen, den Professor eingesperrt, den verschlüsselten Rechner geknackt und den USB-Stick angebracht. Alles prima, gebe ich zu. Aber was war dein erster Fehler?«

Jayden sah den General fragend an.

»Du hast das Schlafzimmer nicht richtig gecheckt«, knurrte der General.

Jayden warf der Frau im Pyjama, die am anderen Ende des Zimmers stand und sich ihre Schulter rieb, einen Blick zu. »Wo waren Sie? Im Bett?«

Sie schüttelte den Kopf. »Unter dem Bett.«

Dachte ich es mir doch! »Das war unfair«, knurrte Jayden. »Wer liegt normalerweise *unter* dem Bett?«

»Als ich hörte, dass sich jemand Zutritt zum Apartment verschaffte, wollte ich herausfinden, was er hier wollte, also habe ich mich versteckt«, spielte die Dame vom Sicherheitsdienst ihre Rolle als Ehefrau immer noch weiter.

Jayden zog eine Augenbraue hoch. »Okay, also gut, und mein zweiter Fehler?«

General LeBlanc nickte zur Eingangstür. »Du hast die Tür nach deinem Einbruch innen nicht verriegelt. Hättest du es getan, wären die Wachleute nicht ins Apartment gestürmt, und du hättest über den Balkon türmen können.«

»Nächstes Mal seile ich mich ab«, seufzte Jayden. »Und wofür werden wir nun trainiert?«

Der General stemmte die Hände in die Hüften und streckte die Brust heraus. »Was denkst du? Streng deinen Grips ein wenig an.«

Jayden verzog grimmig den Mund. »Also …«, überlegte er laut. »Wir stiften in zwölf Städten Großbritanniens Chaos, lenken die Polizeikräfte ab, um unbemerkt in ein … Bürogebäude einzudringen?« Er sah den General fragend an.

Dieser nickte. »Weiter?«

»… um ein Virus in bestimmte Computersysteme einzuschleusen?«, vermutete Jayden.

»Richtig … und um was zu tun?«, fragte der General.

Jayden dachte an das Industrieviertel Liverpools, in dem sich Stadtverwaltung, Müllverbrennung, Kläranlage, Kanalsystem und die Wasser-, Strom- und Gaswerke für die Versorgung und

Umverteilung der Energie befanden. *Ein großangelegter Sabotageakt*, dämmerte es ihm. »Um die Energieversorgung Großbritanniens lahmzulegen!«

General LeBlanc nickte.

»Aber was machen wir *konkret*?«, fragte Jayden. »Und wozu?«

»Das wirst du noch früh genug erfahren.« Der General blickte auf die Armbanduhr. »Es ist gleich dreiundzwanzig Uhr.« Er klatschte in die Hände. »Abmarsch, Ladies and Gentlemen! Unser junger Rekrut muss ins Bett.«

Mit ein paar flinken Handgriffen räumten die Mitarbeiter des Generals die Unordnung im Arbeitszimmer auf. Jayden kümmerte sich nicht darum. Bevor er das Apartment verließ, warf ihm die Frau im Pyjama noch mal einen kurzen Blick zu. »Du hast gut gekämpft. Kannst anscheinend mehr als nur Capoeira.«

Für einen Moment rieselte es Jayden siedend heiß über den Rücken. *Shit!* Das hatte er ganz vergessen. »Hab mir von den anderen ein paar Techniken abgeschaut. Musste aber trotzdem einige ordentliche Hiebe einstecken«, sagte er rasch und rieb sich die Hüfte. Sie schmerzte beim Gehen.

»Nichts für ungut«, sagte die Frau. »Beim nächsten Mal pass besser auf deine Deckung auf.«

»Danke.« Jayden nickte, verließ die Wohnung und schlüpfte aus den mit Farbe verschmierten Latexhandschuhen. Morgen war Samstag und laut Stundenplan hatten sie am Vormittag frei. Da würde er sein T-Shirt und den Rest seiner gebrauchten Kleidung in die Wäscherei bringen.

Immer noch in Gedanken versunken, ging er zum Fahrstuhl. *Die Energieversorgung Englands mit einem Virus lahmlegen!*

Das war vielleicht auch ein Grund, weshalb MOEBIUS Teenager rekrutiert hatte, da sich diese besser mit Computern auskannten und in dem, was da noch kommen würde, einfacher zu schulen waren.

Die Fahrstuhltür öffnete sich und Jayden stieg in die Kabine. Lenny, Erik und er mussten dringend eine Nachricht über den Satelliten an ihr Hauptquartier schicken.

Während er in der Kabine nach unten fuhr, griff er in die Hosentasche, wo er die kleine Stabtaschenlampe spürte, die er sicherheitshalber immer bei sich am Schlüsselbund trug, damit sie keiner stehlen konnte.

Verdammt!

Siedend heiß lief ihm ein Schauer über den Rücken. Er zog das Teil heraus. Die Lampe war beim Kampf zerbrochen. Er hielt die Trümmer der Antenne zwischen den Fingern.

22. KAPITEL

An diesem Samstagmorgen, ihrem sechsten Tag auf der Insel, frühstückten einige der Rekruten später. Immerhin hatten sie zum ersten Mal seit ihrer Ankunft bis fünfzehn Uhr Zeit, den Tag mit Freizeitaktivitäten zu verbringen. Die Stimmung im Frühstücksraum war dementsprechend ausgelassen, doch Jayden war in trübsinnige Gedanken versunken.

»Verdammt, kein Grapefruitsaft mehr da.« Lenny trat beim Buffet an seine Seite und füllte ihr Glas mit Kirschsaft. »Was ist mit dir?«, flüsterte sie, nachdem er nichts gesagt hatte. »Und warum hat du gestern Nacht unser Funk-Treffen abgesagt?«

Er sah sich um, ob auch niemand in ihrer Nähe stand, dann erklärte er Lenny, dass die Antenne ihres Funkgeräts kaputtgegangen war. »Ich habe bis zwei Uhr früh versucht, sie zu reparieren«, flüsterte er, »aber das Ding ist hinüber. Die elektronischen Kontakte sind gebrochen.«

»Lassen sich die löten?«, wisperte Lenny.

»Mit einem Lötkolben?« Er lachte bitter auf, da es sich um winzige Mikrobauteile handelte, die vermutlich nicht einmal Miss Ishida unter einem Mikroskop reparieren konnte.

Lenny sah ihn geschockt an. Anscheinend begriff sie gerade die Konsequenzen. Das Tragische war nicht nur, dass sie keine Berichte mehr senden konnten, sondern dass sie ab jetzt auch keine Nachrichten mehr aus dem Hauptquartier erhalten würden.

»Soviel wir wissen, ist die nächste Möglichkeit für ein Treffen am Rendezvous-Punkt morgen früh um acht Uhr«, flüsterte Jayden. »Und danach erst wieder in einer Woche.«

»Falls sie es nicht wieder geändert haben«, ergänzte Lenny. Aber genau das würden sie nicht mehr erfahren.

»Wo ist eigentlich …?«, fragte Jayden, verstummte jedoch, da sich Gideon mit einem halb vollen Tablett näherte.

Der Typ rückte ihnen so aufdringlich auf die Pelle, dass er Lenny – vermutlich absichtlich – die Ecke seines Tabletts in den Rücken stieß. »Oh, sorry«, sagte er nur.

Lenny drehte sich um und verzog angewidert das Gesicht. »Soll ich mich auf den Boden legen? Dann kommst du mit deinem Tablett leichter über mich drüber zum Buffet.« Da bemerkte sie, dass Gideon die volle Grapefruitflasche auf seinem Tablett balancierte. »Oh, *du* hast also …«

Bevor sie noch etwas sagen konnte, packte Jayden sie am Arm und zog sie weg. Er merkte, wie sich Lennys Oberarmmuskeln anspannten. »Vergiss den Typen.« Er hörte nicht mehr, was Gideon erwiderte. »Wo ist eigentlich Erik?«, wisperte er.

Lenny sah sich um. Die Punk-Zwillinge saßen allein an einem Tisch, tunkten Toastbrotscheiben mit Erdnussbutter in ihren Kaffee und schoben sie sich in den Mund.

»Komm, suchen wir ihn«, sagte Jayden. »Ich muss euch erzählen, was ich gestern herausgefunden habe.«

Eine Viertelstunde später standen sie in Eriks Apartment. Jayden hatte die Tür nach mehrmaligem Anklopfen mit seinem Pickset geöffnet.

»Was macht ihr hier?« Erik kroch verschlafen aus seinem

Bett, wankte zum Fenster und zog die Vorhänge auf. »Boa-eh!« Geblendet schloss er die Augen.

»Willst du nicht frühstücken?«, fragte Lenny.

Erik verzog das Gesicht. »Später vielleicht.«

»Später?«, wiederholte Jayden. »Schmeckt es dir nicht mehr?«

»Doch – im Gegenteil. Das Essen ist hier verdammt gut – besser als in …« Er senkte die Stimme. »… Brighton Rock.« Dann zog er sein T-Shirt hoch und klatschte sich mit der flachen Hand auf den Bauch. »Seid ehrlich – habe ich zugenommen?«

»Nein«, entfuhr es Lenny spontan, »die Welt um dich herum ist nur ein bisschen kleiner geworden.«

»Idiotin!«, zischte Erik.

Tatsächlich hatte er immer noch sein Sixpack. Das dumme Gerede wäre vermutlich noch eine Weile weitergegangen, doch Jayden war nicht nach Scherzen zumute. Er berichtete von der kaputtgegangenen Antenne, was Erik schlagartig ernst werden ließ. Danach erzählte Jayden von seiner gestrigen Mission im Wohnblock. »Anscheinend plant MOEBIUS einen Hackerangriff auf das britische Energie- und Versorgungssystem.«

»Mehr Infos hast du nicht herausgefunden?«, fragte Erik.

»Sorry, aber mehr war in der Eile nicht zu machen«, sagte Jayden sarkastisch.

»Okay, was immer es ist – eine Nachricht ans Hauptquartier können wir uns jedenfalls abschminken«, kommentierte Erik.

Sie schwiegen eine Weile.

»Wird übrigens ein schöner Tag«, versuchte Lenny sie aufzumuntern. »Geht ihr mit zum Pool?«

»Nö, ich bin fix und alle von den ganzen Trainingseinheiten«, stöhnte Erik. »Vorgestern Tausende Crashs im Auto und gestern die Prügelei mit Whisky und Wodka gegen die Typen aus dem Haus Manchester. Drei Stunden lang! Angriffstaktiken und Selbstverteidigung. Wie schaltet man das Sicherheitspersonal innerhalb von zwei Sekunden mit zwölf verschiedenen Techniken aus. Mann, ich sag's euch ...« Er seufzte laut und rieb sich das Kinn. »... Trash hat einen Faustschlag wie eine Granate!«

Jayden und Lenny warfen sich einen Blick zu. Dieses Training stand ihnen noch bevor.

»Ich gehe mit zum Pool«, sagte Jayden.

»Ich bleib im Zimmer und hau mich aufs Ohr«, beschloss Erik.

»Verstehe«, murmelte Lenny. »Mit deinem Aussehen würde ich mich auch nicht vor die Tür wagen.«

»Haha ...«, grummelte Erik müde, warf sich wieder aufs Bett und vergrub den Kopf unter dem Kissen. Anscheinend war er zu schwach, um Lenny eine saftige Antwort zu geben. »Holt mich am Nachmittag ab, wenn es wieder weitergeht ...«

»Das Training war wohl härter, als dein Einsatz damals mit den Geheimagenten des Mossad, als ihr in Syrien während eines Erdbebens unter feindlichem Beschuss die Hundewelpen aus dem brennenden Hochhaus gerettet habt«, scherzte Jayden, doch Erik hörte ihn nicht mehr. Er schnarchte bereits leise vor sich hin. »Er wird ersticken«, flüsterte Jayden.

»Egal. Komm!«

Kommentarlos verließen sie sein Apartment, holten ihr Badezeug aus ihren eigenen Wohnungen und schlenderten zum Pool, während ein Geschwader Drohnen lautlos über dem Gelände kreiste und jeden ihrer Schritte beobachtete. Einige der Rekruten waren bereits im Wasser, andere sprangen vom Turm oder brüteten am Beckenrand in der Sonne.

»Scheint so, als wären wir nicht die Einzigen, die diese Idee hatten«, sagt Jayden.

Alle Liegen waren mit Handtüchern belegt. Während Jayden sich umsah, marschierte Lenny zu zwei hartgesottenen tätowierten Jungs mit langen schwarzen Locken, die sich Tiger und Dragon nannten, im Haus Edinburgh wohnten und ihrem leichten Akzent nach vermutlich aus der Türkei stammten. Die beiden lagen neben dem Pool und hatten eines ihrer Handtücher zusätzlich quer über drei weitere Liegen gelegt.

»Morgen, Jungs«, sagte Lenny. »Danke, dass ihr uns die Liegen freigehalten habt.« Sie warf das Handtuch in die Wiese und platzierte ihr eigenes auf der Liege. Dann bedeutete sie Jayden, sich neben sie zu legen.

Tiger richtete sich auf, schob sich die Sonnenbrille ins Haar, spannte die Muskeln an und wollte etwas sagen, doch Jayden schüttelte nur den Kopf. »Was immer du vorhast, tu es nicht«, sagte er sanft. »Lenny hätte einem Typen heute Morgen beinahe die Schultern ausgekugelt, nur weil er ihr den letzten Grapefruitsaft weggeschnappt hat.«

23. KAPITEL

Am Nachmittag holten sie Erik in seinem Apartment ab. Er hatte sich den ganzen Tag nicht blicken lassen. Als sie in seinem Wohnzimmer standen, erfuhren sie den Grund.

Erik saß auf dem Boden und hatte vier große Stadtpläne vor sich ausgebreitet. Nachdenklich kaute er an einem Bleistift.

»Was machst du da?«, entfuhr es Lenny.

»Während ihr euch am Pool vergnügt habt, hat sich der schlaue Erik ein paar Karten aus dem Archiv besorgt und seine Gehirnzellen angeworfen«, sagte er, ohne den Blick von den Karten zu nehmen.

»Und was hast du Großartiges herausgefunden?«, fragte Lenny.

»Von dir weiß ich, dass am Tag des Anschlags die Polizei von jenem Londoner Stadtteil weggelockt werden soll, in dem sich Bürogebäude, Müllabfuhr, Wasserwerk und Stromwerke befinden«, murmelte er. »Von Jayden weiß ich, dass es sich um das Liverpooler Industrieviertel handelt, und in Southampton geht es um jenen Teil der Stadt, in dem es ein großes Firmengelände, Fabriken, die Stadtverwaltung und das Stromwerk gibt.« Er sah auf. »Und zuletzt habe ich mir auf der Karte angesehen, was es in dem fraglichen Stadtteil von Manchester gibt. Nämlich Kanalisation, Kläranlagen, Strom- und Gaswerke.«

»Woher hast du die Informationen über Manchester?«, fragte

Jayden und betrachtete die Karten, auf denen Erik herumgekritzelt hatte.

»Von Trash. Ich habe mich nach unserer gestrigen Prügelei mit ihm bei einem Kaffee im Spielcasino unterhalten. Schließlich wollen die aus dem Haus Manchester ja auch herausfinden, wozu wir alle hier sind.« Erik sah auf. »Und jetzt ratet mal, was alle Gebiete in diesen vier Städten gemeinsam haben.«

»Die Stromversorgung, das ist die einzige Übereinstimmung«, sagte Lenny wie aus der Pistole geschossen. »Du bist clever.«

»Weiß ich doch.« Erik grinste.

Sie hockten sich zu ihm auf den Boden und betrachteten die Karten. Erik hatte recht. Die Stromversorgung war der einzige gemeinsame Nenner aller vier Gebiete. Und plötzlich ging Jayden ein Licht auf. »Deshalb heißt unsere Mission *Operation Dark Sky*. Die wollen einen landesweiten Blackout hervorrufen.«

»Zu diesem Schluss bin ich auch gekommen.« Erik kaute wieder auf dem Bleistift.

»Aber welchen Sinn hat es, in den zwölf größten Städten des Vereinten Königreichs gleichzeitig den Strom abzudrehen?«, fragte Jayden. »So ein Computervirus kann das Netz doch nur kurzfristig lahmlegen. Danach fahren die besten IT-Spezialisten des Landes das System wieder hoch, und spätestens zwölf Stunden später gibt es wieder überall Strom.«

Sie sahen sich ratlos an. Dann blickte Lenny auf die Uhr. »Kommt mit! Wir haben jetzt Unterricht bei Prof. MacMurdoch. Vielleicht erfahren wir da mehr.«

24. KAPITEL

Kurz vor fünfzehn Uhr versammelten sich alle Rekruten im Schulungs-Center. Auch diejenigen, die sich bei den Autocrashs verletzt hatten, waren wieder dabei. Der Hörsaal wirkte wie das Audimax einer Universität mit aufsteigenden Sitzreihen im Halbkreis.

Prof. MacMurdoch war etwa sechzig Jahre alt und trug einen eng anliegenden dreiteiligen schwarz-grauen Anzug mit gestreifter Weste, goldener Krawattennadel und funkelnden Manschettenknöpfen. Mit seiner runden Nickelbrille und den langen grauen Haaren, die er zu einem Zopf zusammengebunden hatte, sah er wie ein intellektueller Künstler aus. Tatsächlich war er jedoch ein Mathematikgenie. Einige der Rekruten hatten Jayden erzählt, dass er bereits dreimal wegen seiner KI-basierten Forschung für den Physik-Nobelpreis nominiert worden war, ihn aber nie verliehen bekommen hatte. Und man tat gut daran, ihn nicht darauf anzusprechen, da er ihn seiner Meinung nach alle drei Mal verdient hätte.

Der Professor knackte mit den Fingerknöcheln. »Einige von euch haben ihre Aufgabe, einen USB-Stick ans Ziel zu bringen, in den letzten Tagen bereits erfolgreich absolviert«, begann er. »Diese Aufgabe wird euch die nächsten beiden Wochen noch öfter beschäftigen, und zwar in den denkbar unterschiedlichsten Varianten. Denn letztendlich geht es bei eurer Mission genau darum – ein Schadprogramm in ein Netzwerk zu schleusen.«

Einige murmelten enttäuscht, doch Prof. MacMurdoch ignorierte die Kommentare. Er spazierte vor seinem Pult auf und ab. Am Kragen seines Sakkos hing ein kleines Funkmikro, das seine Stimme über die Lautsprecher übertrug. Nun griff er in die Hosentasche und holte einen USB-Stick heraus. »Ihr fragt euch sicherlich, was das für ein Programm ist. Nun ist es an der Zeit, euch ein wenig mit meiner Erfindung vertraut zu machen.«

Er ließ den USB-Stick wieder in seine Tasche verschwinden und holte stattdessen die Fernbedienung des Beamers heraus. Auf Knopfdruck lief eine kurze Computeranimation auf der Leinwand ab, die seine Worte unterstrich.

»Das Schadprogramm ist eine KI-basierte App. Diese künstliche Intelligenz lernt extrem rasch dazu und sucht sich ihren Weg – wie ihr an diesem Video sehen könnt – durch die Datenleitungen, bis sie an der richtigen Stelle andockt. Jedes Mal, wenn sie sich festbeißt, aktiviert sich eine Möbiusschleife. Das heißt, dass ein nicht enden wollender Suchprozess gestartet wird. Sobald das Virus einen neuen PC gefunden hat, beispielsweise im Netzwerk einer Firma, reproduziert es sich selbst und dockt auch dort an.«

Beim Begriff »Möbiusschleife« drehte Jayden den Kopf zur Seite. Lenny, Erik und er warfen sich kurz einen verstohlenen Blick zu. Bestimmt war es kein Zufall, dass die Organisation, die hinter allem steckte, MOEBIUS hieß. Vielleicht war Prof. MacMurdoch ja ein Teil der Führungsriege, wenn nicht sogar der Kopf hinter dem ganzen Unternehmen.

»Wichtig ist, dass das Möbius-Virus an den entscheidenden

Stellen ins Netz gelangt – und dafür seid ihr zuständig. Dafür trainiert ihr.«

Nun ging ein lautes enttäuschtes Raunen durch den Saal. »Klingt ja wahnsinnig aufregend«, rief Whisky zynisch, nachdem das Video zu Ende war.

»Ja, das ist es«, sagte der Professor überzeugt.

»Aber diese App kann doch locker von einem Anti-Virenprogramm oder einer guten Firewall erkannt und isoliert werden«, warf Yoko ein. »Und wenn der PC danach neu aufgesetzt wird, ist das Virus Geschichte.«

Prof. MacMurdoch hob die Hand. »Danke für diesen Kommentar, denn genau das ist das Geniale am Möbius-Virus. Es ist ein sogenanntes Hyper-KI-Virus, das sich nicht direkt im Betriebssystem installiert, sondern eine Ebene darunter. Dort arbeitet es unbemerkt von allen Firewalls dieser Welt.«

»Das geht nicht«, rief Yoko.

»Doch«, widersprach der Professor, »denn die KI täuscht dem Betriebssystem vor, dass die Festplatte um sechzig MB kleiner ist, als es tatsächlich der Fall ist, und dadurch kann das Virus nicht gefunden werden, weil es sich genau in diesen sechzig MB verbirgt.«

»Und wenn der PC neu aufgesetzt wird?«

»Tja, was dann?«, entgegnete der Professor. »Dann gibt es einen neuen Rechner und die Möbiusschleifen auf den anderen Rechnern, die unermüdlich nach neuen Computern und Notebooks im Netzwerk suchen, entdecken dieses Gerät und reproduzieren das Virus, sodass es dort andockt.«

»Und wenn *alle* Rechner neu aufgesetzt werden?«, fragte Yoko.

»Gleichzeitig?« Der Professor schüttelte den Kopf. »Mindestens einer ist immer in Betrieb – und der genügt, denn die Hyper-KI-Viren bilden ein neuronales Netz, das sich verbessert, weiterentwickelt und lernt, wie die Menschen reagieren, wann sie etwas vom Netz nehmen und woanders wieder neu hinzufügen.«

Es wurde still im Saal.

Erik hob den Arm. »Okay, wir wissen jetzt also, wie dieses Möbius-Dingsbums funktioniert, aber was macht es?«

»Was es macht?« Der Professor sah ihn fragend an. »Wie meinst du das?«

»Was bewirkt es? Was tut es? Ich meine, zum Beispiel im Netzwerk eines Stromkraftwerks?«, präzisierte Erik. »Dort würde das natürlich nie funktionieren.«

»Ah, denkst du? Eine interessante Behauptung.« Die Augen des Professors leuchteten. »Also gut, spielen wir es durch – wobei, das ist jetzt natürlich nur rein hypothetisch.«

»Klar, nur rein hypothetisch«, sagte Erik und stieß Jayden unter dem Tisch mit dem Knie an.

Jayden wusste, dass es nicht hypothetisch war, da sie mittlerweile ziemlich sicher waren, dass das britische Stromnetz das Ziel des Anschlags war.

»Dazu müsst ihr Folgendes wissen …« Der Professor spazierte herum, die Hände in den Taschen. »Die europaweiten Stromsysteme sind untereinander vernetzt. Manche Länder verbrauchen mehr Strom, andere weniger, aber da Strom langfristig nicht gespeichert werden kann, *muss* er verbraucht werden. Daher regulieren Computer den Stromfluss zwischen den einzelnen Ländern. Habt ihr das verstanden?«

»Wir sind ja nicht dämlich«, rief Trash. Einige lachten.

»Okay«, sagte der Professor. »Bei großen Frequenzschwankungen, wenn das System beispielsweise überlastet ist und eine gefährliche Überfrequenz herrscht, gehen die Generatoren in die Knie und die Rechner schalten große Teile des Stromnetzes automatisch ab. Die Computer nehmen die Gebiete vom Netz, das heißt, dass es dort keinen Strom mehr gibt. Wenn die Techniker das System dann wieder hochfahren, könnte das Virus eine Überlastung vortäuschen und so eine erneute Notabschaltung erzwingen. Ein landesweiter Blackout wäre die Folge.«

»Für wie lange?«, rief Erik.

»Nun …« Der Professor lächelte. »Da die KI genau weiß, welche Überlastungsmeldungen wohin geschickt werden müssen, mindestens vier bis fünf Wochen – vielleicht sogar noch länger. Möglicherweise monatelang.«

Nun entstand ein aufgeregtes Murmeln im Saal. Alle schienen von dieser Vorstellung begeistert zu sein.

»Das ist aber alles nur rein hypothetisch!«, rief der Professor, doch das schien in der allgemeinen Euphorie niemand mehr zu hören.

Jayden beugte sich zu Erik. »Das hast du toll hingekriegt«, raunte er ihm zu. »Jetzt sind alle voll motiviert.«

»Sorry, Alter!«, zischte Erik.

Lenny beugte sich zu ihnen und flüsterte: »Jetzt wissen wir aber, wie Großbritannien der Strom gekappt werden soll …«

»… und müssen nur noch lebend von der Insel kommen«, ergänzte Erik.

25. KAPITEL

Nachdem sich alle wieder beruhigt hatten, begann der Hauptteil des Vortrags, bei dem sie mehr über die Funktionsweise der KI erfuhren und an welchen Computern sich die App am besten platzieren ließ.

Nach einer Stunde war der Vortrag zu Ende und sie hatten eine halbe Stunde Pause, ehe ihr Stundenplan die nächsten Schulungen und Trainingseinheiten vorsah.

Einige blieben im Hörsaal sitzen, um zu diskutieren, andere zischten in verschiedene Richtungen davon. Jayden, Erik und Lenny setzten sich auf die Stufen vor dem Schulungs-Center in die Sonne und schwiegen eine Weile.

»Ich konnte dem Vortrag kaum noch folgen«, gab Erik zu.

»Geistig?«, fragte Lenny spitz.

»Ja, geistig, du Genie!«, fuhr Erik sie an. »Ich musste die ganze Zeit darüber nachdenken, was so ein monatelanger Blackout für Folgen hat.«

»Sorry«, sagte Lenny leise und boxte ihm sanft gegen die Schulter. »Ging mir genauso.«

»Schon gut.« Erik, der nie lange beleidigt war, wenn man ihn aufzog, nickte. »Die Mobilfunkmasten würden nicht mehr funktionieren und es gäbe einen Netzausfall. Kein Internet, keine Online-Bestellungen, keine Google-Suche, keine Computerspiele. Spätestens nach ein paar Tagen würden Handys und

Notebooks auch offline nicht mehr funktionieren, weil sie keinen Saft mehr haben.«

»Das ist das Erste, woran du denkst?«, fragte Jayden.

»Mir ist schon klar, dass auch sämtliche privaten Haushalte keinen Strom mehr hätten. Kein TV, keine Waschmaschinen, kein Radio, Mixer, Backofen, Wäschetrockner, weder automatische Türen noch Fahrstühle ... es gäbe nicht einmal Licht.«

»Firmen, Fabriken und Krankenhäuser hätten keinen Strom«, ergänzte Jayden. »Operationen könnten nicht durchgeführt werden und die Intensivstationen würden nicht mehr laufen ... Menschen würden sterben.«

»Aber für solche Notfälle haben die doch sicher dieselbetriebene Generatoren, um Notstrom zu erzeugen«, vermutete Erik.

»Ja, aber die haben nur Dieselvorräte für maximal achtundvierzig Stunden«, erklärte Lenny. »Für längere Notfälle ist man nicht vorbereitet. Und da ohne Strom auch keine Pumpen an den Zapfsäulen der Tankstellen funktionieren und keine Autos befüllt werden können, können dann auch schon bald keine Autos oder Lkws mehr fahren, geschweige denn Tankwägen.«

»Oh, Mann!«, rief Erik, als ihm die volle Tragweite bewusst wurde. »Auch Busse, Züge, Straßenbahnen und U-Bahnen würden nicht mehr funktionieren.« Er sah auf. »Bis auf Fahrräder würde der komplette Verkehr ausfallen.«

»Auch der ganze elektronische Zahlungsverkehr mit Kreditkarten und Bankomat würde nicht mehr existieren«, ergänzte Jayden.

»Was willst du denn auch einkaufen?«, fragte Lenny amüsiert. »Die Kühlware in den Supermärken ist nach ein paar Tagen verdorben, neue Ware kann nicht geliefert werden … und es kann ja auch nichts Neues mehr produziert werden.«

»Die Kühe!«, rief Erik aufgeregt. »In den großen Landwirtschaften könnten Tausende Kühe nicht mehr mit den Maschinen gemolken werden. Händisch ist das kaum zu schaffen – die Tiere würden schon nach ein paar Tagen qualvoll sterben.«

»Hühner und Schweine in den großen Mastbetrieben würden verhungern oder verdursten«, sagte Lenny.

»Oder erfrieren«, fügte Jayden hinzu. »Es ist Mitte März und in England ist es noch saukalt. Ohne Strom gibt es weder Warmwasser noch Heizung. Sogar Wasserleitungen und Toilettenspülungen würden nicht mehr funktionieren, weil kein Wasser hochgepumpt werden könnte.«

Sie schwiegen eine Weile und ließen die Köpfe hängen.

»Apropos Wasser …«, murmelte Lenny schließlich.

»Musst du aufs Klo?«, witzelte Erik, doch Lenny konnte nicht darüber lachen.

»Die Brennstäbe der britischen Atomkraftwerke müssen rund um die Uhr gekühlt werden«, sagte sie.

Jayden und Erik sahen auf und Jayden merkte, wie ihm das Blut aus dem Gesicht wich. Seine Handflächen wurden trotz der wärmenden Sonne eiskalt. »So ein Kraftwerk kann nicht einfach auf Knopfdruck abgeschaltet werden. Selbst wenn man die Reaktoren herunterfährt, läuft die Kernspaltung monatelang weiter und die Reaktoren müssten trotzdem gekühlt werden.«

Erik sah Lenny an. »Dieselvorräte?«

Lenny schüttelte den Kopf. »Soviel ich weiß, haben die AKWs nur Dieselvorräte für zweiundsiebzig Stunden, um Notstromaggregate zu betreiben. Danach ist Sense.«

»Wie werden die dann gekühlt?«, fragte Erik leicht panisch.

»Gar nicht.« Lenny wurde blass. »Es käme nach wenigen Tagen zu mehrfacher Kernschmelze in den Reaktoren, was einen radioaktiven Fallout zur Folge hätte.«

»Wie viele Atomkraftwerke gibt es denn in Großbritannien?«, fragte Erik.

»Nicht aufgepasst bei Mr Elliot?«, stichelte Jayden. »Vier, soviel ich weiß.«

»Korrekt.« Lenny nickte. »Insgesamt sind es neun Reaktorblöcke an vier Standorten – Hartlepool, Heysham, Sizewell und Torness.«

»Hä?«, fragte Erik.

»Heysham ist in der Nähe von Liverpool«, erklärte Jayden.

»Torness ist in der Nähe von Edinburgh«, ergänzte Lenny. »Hartlepool bei Newcastle und Sizewell bei Ipswich.«

»Klar, dass ein Genie wie du so etwas weiß«, murmelte Erik.

»Hab halt in der Schule aufgepasst.«

»Schulbetrieb wird es dann übrigens auch keinen mehr geben«, sagte Erik. »MOEBIUS wird Chaos und Instabilität heraufbeschwören und Großbritannien, wie man es bisher kannte, würde nicht mehr existieren.« Plötzlich sah er auf. »Und jetzt ist mir auch klar, warum die für diesen Sabotage-Job keine *englischen* Teenager angeworben haben. Weil England in zweieinhalb Wochen komplett vernichtet und atomar verstrahlt in die Steinzeit zurückversetzt wird. Wie mit einem Reset-Knopf.« Er schnippte mit den Fingern.

Jaydens Magen zog sich zusammen und verkrampfte sich. An Lennys Blick sah er, dass ihr auch gerade übel wurde.

»Das wird ganz super«, murrte Jayden leise.

Plötzlich legte sich ein Schatten über sie. Gleichzeitig sahen sie auf. Prof. MacMurdoch stand vor ihnen, mit einem Stapel Unterlagen unter dem Arm, die Nachmittagssonne im Rücken. »Na, freut ihr euch schon auf den Einsatz?«, fragte er bestens gelaunt.

»Ja, super!«, rief Lenny plötzlich mit einem Strahlen im Gesicht. »Das wird großartig.«

»Wir können es kaum erwarten«, sagte Jayden und rang sich ein Lächeln ab.

»Endlich mal eine sinnvolle Aufgabe«, fügte Erik hinzu. »Wird Zeit, dass den Briten mal so richtig der Arsch auf Grundeis geht.« Demonstrativ klatschte er mit der Faust in die Hand.

»Euer Unterricht geht gleich weiter«, erinnerte sie der Professor.

»Wissen wir«, sagte Jayden. »Und was haben *Sie* heute noch so vor?« *Vielleicht ein kleines Atombömbchen im Keller basteln, um ein ganzes Land auszuradieren?*

»Meine persönliche Sicherheitschefin holt mich gleich ab. Ich muss noch ins Labor, ein paar Feinjustierungen überprüfen.« Der Professor lächelte. »Schönen Tag noch.« Er drehte sich um und ging die Stufen hinunter in den Schatten einer Palme.

»Wir müssen ihn ausschalten!«, sagte Erik todernst, kaum dass der Professor außer Hörweite war.

»Der Gedanke ist mir auch gerade gekommen«, murmelte Jayden.

»Das bringt doch nichts«, widersprach Lenny ebenso ernst. »Das Virus ist fertig programmiert, und selbst wenn wir den Professor verschwinden lassen, wird Operation Dark Sky anlaufen. Wenn, dann müssten wir es auf andere Weise verhindern. Aber wie?«

Mit einem Surren näherte sich ein weißer Elektrowagen. Prof. MacMurdochs Sicherheitschefin saß hinter dem Steuer. Eine junge hübsche Frau mit langen braunen Zöpfen im roten Kleid. Sie war höchstens neunzehn und die erste junge Erwachsene, die sie neben den Dark-Sky-Rekruten bisher zu Gesicht bekommen hatten.

Der Wagen hielt, die junge Frau stieg aus und nahm dem Professor die Unterlagen ab. Er sagte irgendetwas zu ihr, woraufhin sie sich zur Seite drehte, die Hand vor den Mund hielt und laut lachte. Sie hatte Sommersprossen, volle Lippen und lange Wimpern. Irgendwie kam sie Jayden bekannt vor …

»Wenn ihr so weiter starrt, fallen euch gleich die Augen aus dem Kopf«, ätzte Lenny.

»Fuck!« Jayden drehte sich rasch weg. »Das ist Zoë!«

»O Shit«, entfuhr es Erik. Auch er drehte dem Elektrowagen den Rücken zu und blickte die Stufen zum Eingang des Schulungs-Centers hinauf.

»Hat sie uns gesehen?«, flüsterte Jayden.

»Nein, ich glaube nicht«, murmelte Erik.

»Wer? Was? Wo?« Demonstrativ stemmte Lenny die Hände in die Hüften. »Habt ihr gerade beide einen Schlaganfall? Was ist los mit euch?«

»Das ist Zoë«, erklärte Erik mit gedämpfter Stimme. »Du kannst dich doch erinnern, dass Jayden und ich uns bei einem Trainingscamp des MI6 kennengelernt haben. Dort wurden wir als Punchingball für die jungen Rekruten des Geheimdiensts verwendet.«

»Ich weiß«, sagte Lenny genervt. »Mr Finley hat euch dort entdeckt und für die Last Line of Defense rekrutiert.«

»Also mich nicht«, stellte Erik richtig. »Mich hatte er bereits zuvor angeworben und ich war undercover beim MI6 – aber das ist jetzt auch egal.«

»Das heißt, diese Tussi ist eine Nachwuchsagentin des MI6?«, fragte Lenny. »Und ihr seid sicher, dass das dieselbe Braut ist?«

»Hundertprozentig«, sagte Erik. »Wir haben gegen sie gekämpft und Jayden hat von ihr sogar kräftig aufs Maul bekommen.«

»Nur weil keine Streetfight-Techniken erlaubt waren, sonst hätte ich sie fertiggemacht«, stellte Jayden richtig. Dann hörte er, wie der Wagen surrend davonfuhr. Langsam drehten er und Erik sich um und sahen dem Auto nach, wie es zwischen den Palmen in einem Seitenweg verschwand.

»Wie kommt die hierher?«, fragte Lenny.

»Soweit ich mich erinnere, stammt sie aus reichem Haus«, erklärte Erik. »Ist die Tochter eines Londoner Rechtsanwalts und gibt das Geld ihres Vaters für exklusive Kampfsportausbildung in asiatischen Trainingshallen aus.«

»Die Tochter eines *Londoner* Anwalts?«, wiederholte Lenny mit gerunzelter Stirn. »Und dann unterstützt sie den Plan, Großbritannien atomar zu verstrahlen?«

»Vielleicht war das nur eine Fake-Biografie, die du damals ausgegraben hast«, vermutete Jayden.

»Oder der MI6 hat sie als Undercover-Agentin auf der Insel eingeschleust, genauso wie die Last Line of Defense uns«, schlug Erik vor.

»Wie auch immer …« Jayden blickte auf die Uhr. Noch zwei Minuten bis zur nächsten Einheit. »… hoffentlich kommt Zoë uns in den nächsten Tagen nicht in die Quere.«

»Leute, das wird gerade alles ziemlich brenzlig«, sagte Erik. »Wir wissen mittlerweile genug über die Pläne von MOEBIUS. Denkt ihr nicht auch, dass es Zeit wird, von dieser Insel zu verschwinden?«

Jayden nickte.

Lenny hingegen gab keine Reaktion von sich, sondern starrte immer noch nachdenklich in die Richtung, in der das Auto verschwunden war.

26. KAPITEL

Am Abend, nachdem alle Rekruten ihre Trainingseinheiten absolviert und danach geduscht hatten, durften sie die Nacht bis dreiundzwanzig Uhr mit Freizeitaktivitäten nach eigenem Ermessen auf dem Campus verbringen.

Sie erfuhren, dass es jeden Samstagabend – so auch heute – eine Open-Air-Kino-Vorstellung im Park vor dem Schulungs-Center gab. Der Film würde kurz nach halb neun in der Abenddämmerung beginnen.

Eine Stunde vorher marschierte Lenny zur Bar vor dem Spielcasino, von wo aus man einen guten Blick zum Park hatte. Dort waren bereits Hunderte Stühle in zehn langen Reihen aufgestellt, die Lautsprecher aufgebaut und die Leinwand auf einer erhöhten Bühne aufgehängt worden. Die Vorbereitungen sahen aus wie bei einem Rockkonzert. Jayden und Erik saßen im Licht der untergehenden Sonne unter einem Baldachin auf Stehhockern der Casino-Bar und warteten bereits auf sie.

»Hi, hab dir einen Kokosnuss-Cocktail bestellt.« Erik schob ihr ein hohes Glas mit Schirmchen und Melonenspalte zu.

Lenny roch am Glas. »Alkoholfrei?«

»Unter neunzehn wird kein Alkohol ausgeschenkt«, antwortete Erik deprimiert. Gelangweilt betrachtete er den Flyer, der auf allen Tischen auslag. »*The Rock – Fels der Entscheidung* mit Nicholas Cage«, murmelte er. »Kenn ich schon.«

Jayden nickte zustimmend. »Ich habe ihn zwar noch nicht gesehen, habe aber auch keine Lust, mir einen Film anzuschauen, in dem jemand versucht, heimlich auf eine Gefängnisinsel zu gelangen, wo wir doch von einer abhauen wollen.«

»Sehe ich genauso«, sagte Erik.

»Aber der Film ist gut«, widersprach Lenny.

Jayden winkte ab. »Außerdem hat mir Erik schon das Ende verraten.« Er drehte sich zu Erik. »Fuck you very much!«

Erik grinste. »Gern geschehen.«

»O Mann«, stöhnte Lenny auf. »Wenn Dummheit schnell wäre, müsstest du einen Berg hinauf bremsen.«

»Okay, schon kapiert – können wir jetzt mal ernst reden?«, fragte Erik. »Wir müssen morgen um acht Uhr früh fünfzehn Kilometer westlich von Hell Island sein. Das sollten wir nicht verbocken, denn ich habe keine Lust, mich hier noch eine Woche länger schinden zu lassen. Darum sage ich: jetzt oder nie!«

Lenny atmete tief durch. Für die beiden schien das schon eine beschlossene Sache zu sein.

Jayden blickte sie skeptisch an. »Bist du anderer Meinung?«

Lenny sah sich um, ob sie auch niemand belauschte, doch die anderen Gäste redeten so angeregt miteinander, dass es ungefährlich war, wenn sie sich weiterhin leise unterhielten. Außerdem drang aus den Lautsprechern vor dem Casino typische Surfer-, Strand und Palmenmusik, die alles übertönte. »Wollen wir uns wirklich *jetzt schon* nach Großbritannien absetzen oder sollten wir noch eine Woche länger hierbleiben, um mehr zu erfahren?«

Erik beugte sich über den Tisch zu ihr. »Was willst du denn noch herausfinden?«

»Zu Beispiel wo, wie und wann genau die Möbiusschleife eingeschleust werden soll«, sagte Lenny.

»Und riskieren, dass sie uns enttarnen? Verschwinden wir«, beschloss Erik.

»Lenny, du hast ja recht«, lenkte Jayden ein, »aber erinnere dich, was Major Conklin gesagt hat. Kein Risiko! Und im Moment ist das Risiko ziemlich hoch, dass wir Zoë über den Weg laufen. Es war schon ein Riesenglück, dass wir sie erst jetzt gesehen haben.«

Lenny biss sich auf die Lippen. »Fällt es nicht auf, wenn plötzlich drei Leute gleichzeitig verschwinden?«

»Was ist der Unterschied, wenn wir erst nächste Woche verschwinden?«, gab Erik zu bedenken.

Lenny rührte gedankenverloren mit dem Strohhalm in ihrem Glas. »Wäre es nicht besser, auch noch die letzten beiden Wochen mitzuspielen, bis wir in alles eingeweiht sind und von MOEBIUS nach Großbritannien eingeschleust werden?«

»Mit jedem neuen Tag wird die Gefahr größer, dass wir auffliegen, und dann war alles umsonst«, knurrte Jayden. »Wir haben nicht einmal die Chance, einen Funkspruch abzusetzen.«

»Okay«, seufzte Lenny. »Überredet. Und wie wollen wir von hier wegkommen? Um das gesamte Gelände gibt es hohe Elektrozäune, Kameras, bewaffnete Patrouillen, Hunde und Drohnen«, zählte sie auf. »Wir würden es nicht einmal unbemerkt bis zum Strand schaffen.«

»Wir brauchen die Zugangscodes zum Sicherheitssystem der Insel«, sagte Erik.

»Das ist alles?« Lenny lachte laut auf. »Also, wenn es weiter nichts ist.« Sie wurde ernst. »Und wie stellt ihr euch das vor?«

Erik senkte die Stimme. »Siehst du den Typen dort drüben am Stehtisch? Auf drei Uhr.«

»Von dir oder von mir aus gesehen?«, fragte Lenny.

»Von mir aus gesehen.«

»Okay.« Lenny spähte in die von Erik beschriebene Richtung. Dort saß ein Kerl Mitte zwanzig allein auf einem Hocker, trank einen Cocktail, hatte Kopfhörer auf und tippte auf seinem Notebook. »Und wer ist das?«

»Conrad«, erklärte Erik. »Das weiß ich von den Punk-Zwillingen. Die haben ihn schon angebaggert.«

»Den?«, fragte Lenny verwundert. Der Typ hatte einen Seitenscheitel und eine schwarze Hornbrille, mit der er wie ein typischer Computernerd wirkte. Was er vermutlich auch war. Unter seinem karierten Pullunder war ein *Big Bang Theory*-T-Shirt zu erkennen. »Und hat es geklappt?«

»Nein, Conrad war nicht an ihnen interessiert.«

»Was mich nicht wundert. Und wer ist der Kerl?«

»Der Programmierer des Sicherheitschefs der Insel.«

»Und was wollten die Zwillinge von ihm?«, fragte Lenny.

»Dass er ihnen ein Zeitfenster programmiert, damit sie unbemerkt für ein paar Stunden an den Strand können, um im Meer nach Muscheln zu tauchen.«

»Hat das funktioniert?«

Erik schüttelte den Kopf. »Keine Chance.«

»Was wollen wir dann von ihm?«, fragte Lenny.

»Er ist unsere beste Chance, dass wir irgendwie an die Securitycodes der Insel gelangen«, flüsterte Jayden nun. »Damit könnten wir die Drohnen lahmlegen und den Elektrozaun und die Kameras ausschalten.«

»Und die Hunde?«

»So weit waren wir mit unseren Überlegungen noch nicht«, gab Erik zu.

»Ein Scheißplan«, kommentierte Lenny.

»Hast du einen besseren?«

Lenny rutschte auf dem Hocker herum und betrachtete Conrad. Irgendwie sah er ja ganz süß aus mit seinem nerdigen Pulli, der Brille und den Kopfhörern. »Kann ja nicht so schwer sein, ein paar Informationen aus ihm herauszubekommen.«

»Willst du ihm die Beine brechen?«, fragte Jayden in ernstem Ton.

»Der Gedanke ist mir tatsächlich kurz gekommen«, gab Lenny zu und kniff neugierig die Augen zusammen, als sie sah, wie Conrad sein Notebook zusammenklappte, es sich unter den Arm klemmte und aufstand.

»Fuck, er haut ab«, zischte Erik.

»Ganz ruhig.« Lenny beobachtete Conrad, wie er seinen Platz verließ und ins Casino ging. Plötzlich lächelte sie. »Ich habe eine viel bessere Idee. Aber dazu brauche ich eure Hilfe. Rasch! Besorgt eine Flasche Ouzo.«

»Hä?«, entfuhr es Erik.

Dann erklärte sie Erik und Jayden in Windeseile, was sie vorhatte.

»Und du denkst, das klappt?«, fragte Erik zögerlich.

»Sicher.« Lenny lächelte. Sie war in Aufbruchstimmung. Wenn alles funktionierte, würden sie nicht mehr lange auf dieser Insel bleiben. Plötzlich spürte sie dasselbe Kribbeln und denselben Tatendrang wie vor eineinhalb Jahren, als sie aus dem Heim für schwer erziehbare Jugendliche auf Kreta ausgebüxt war und

Mr Finley sie aufgegabelt und für die Last Line of Defense angeworben hatte.

Die damalige Nacht war genauso heiß und schwül gewesen wie diese …

27. KAPITEL

NEUNZEHN MONATE ZUVOR

Lenny stand am Ende des lang gezogenen Balkons des großen wuchtigen Marmorgebäudes, lehnte sich an die Balustrade, blickte vom vierten Stock zum Meer hinunter und lauschte der Musik, die hinter ihr aus dem Veranstaltungssaal drang. Der Halbmond tauchte gerade am Horizont auf, schob sich über die Palmen am Ufer und ließ den Strand silbrig glitzern. Von Weitem drang das Geräusch der Brandung zu ihr herauf.

Es war ein brütend heißer August, die Nacht war schwül, und dennoch trug Lenny ihre festen Kletterschuhe, ihre schwarze eng anliegende Jogginghose und das schwarze Ripp-Shirt. Alle anderen Insassen des Waisenhauses, wie sich die Mädchen selbst nannten, hatten sich an diesem Samstagabend fein herausgeputzt. Sie nicht. Sie hatte auch nicht vor, sich lange an der Dreißig-Jahr-Feier des Waisenhauses zu beteiligen. Für heute Nacht hatte sie ganz andere Pläne.

Lenny sah sich um. Sie war ganz allein auf dem Balkon. Die Zeit war günstig. Hinter dem Waisenhaus ging es zur über zweitausendvierhundert Meter hohen Hochebene hinauf, und nur wenige Hundert Meter vor ihr lag der Strand. Mit zusammengekniffenen Augen durchdrang Lenny die Dunkelheit bis zum Ufer. Die Küstenstadt Chora Sfakion im Südwesten Kretas, am Libyschen Meer gelegen, war eigentlich ein ganz netter Ort. Es gab viele Geschäfte, Hotels und eine lange Uferpromenade mit

Cafés und Tavernen, die jetzt alle hell erleuchtet waren. Außerdem gab es einen kleinen Hafen und in den Buchten der Nachbarorte lagen viele schöne einsame Sandstrände. Aber die Touristen kamen nicht nur deswegen. Viele Wanderer zog es auch wegen der Samaria-Schlucht her, die nicht weit von hier begann und ins Landesinnere führte.

Sfakia, wie die Stadt kurz genannt wurde, war für die meisten Touristen aber trotzdem nur ein Transit-Ort, um zu den anderen Orten Kretas zu gelangen. Hier gab es sowohl Wassertaxis als auch eine große Autostraße sowie zahlreiche Fähren, die zu den anderen Inseln verkehrten.

Klang ja alles echt idyllisch und interessant, aber nicht für ein sechzehnjähriges Mädchen wie Lenny, das elternlos aufgewachsen und vielleicht gerade deswegen besonders stolz, rau und mutig war. Für Lenny, die schon aus so vielen Heimen ausgebüxt war und sich oft ihren Lebensunterhalt zusammengeklaut hatte, war dieses Waisenhaus für schwer erziehbare Jugendliche in Sfakia, wo sie zuletzt gelandet war, die reinste Hölle.

Kreta war zwar eine verdammt schöne Insel, aber sie musste aus diesem Waisenhaus abhauen. Sie konnte nicht warten, bis sie alt genug war, denn bis dahin war sie entweder verrückt oder von der sadistischen Heimleiterin totgeprügelt worden.

Lenny wollte sich ihren Rucksack schnappen, den sie schon Stunden zuvor hinter der Truhe mit den Sitzauflagen versteckt hatte, und sich über die Balustrade schwingen, um an den Rosenhecken nach unten zu klettern, als jemand den Balkon betrat.

Mist! Zu lange gewartet. Es war noch dazu Madame Polina, die Heimleiterin höchstpersönlich, aufgebrezelt mit Perlenketten und ihrem hochgeschlossenen altmodischen grauen Kleid, das ihr den Busen bis zum Hals schob, sodass sie kaum noch Luft holen konnte.

»Was machst du hier draußen, Leonarda Zarakis?«, fragte Madame Polina streng. »Und sieh dich nur an, wie du wieder aussiehst. Wie eine Ziege. Als kämst du von einer Klettertour aus den Bergen.«

»Ich habe keine Lust auf …«

»Du hast nie auf irgendetwas Lust, außer wie ein Tier an den Kletterwänden rauf und runter zu sausen. Du hast schon Schultern und Oberarme wie ein Junge. An dir ist nichts Weibliches«, sagte sie vorwurfsvoll. »Und erst deine Frisur.«

Lenny atmete tief durch, sagte aber nichts.

»Ein Mann ist da und will dich sprechen.«

»Mich?«, fragte Lenny. »Von der Polizei oder vom Jugendamt?«

»Nicht lustig.« Madame Polina verdrehte die Augen. »Weder noch. Er heißt Mr Finley und kommt aus England.«

Vielleicht habe ich ja einen reichen Onkel in Wales, dachte Lenny, *und Mr Finley ist sein Butler, der mir erklärt, dass ich ein Vermögen erben werde.*

»Warum grinst du so blöd?«, fragte Madame Polina.

»Nichts. Was will der Mann von mir?«

»Das soll er dir selbst sagen.« Madame Polina drehte sich um und winkte einem älteren Herrn zu, der im Türrahmen stand und jetzt den Balkon betrat.

»Benimm dich und mach uns keine Schade«, zischte Madame Polina und verschwand in den Veranstaltungssaal.

»Keine Sorge, dafür sorgen Sie schon selbst genug«, knurrte

Lenny ihr nach und beobachtete den Herrn im grauen Anzug, der sich ihr näherte.

Sein Gesicht war voller Falten, mit Tränensäcken, und in seinen grauen kurzen Haaren steckte eine Sonnenbrille. »Guten Abend, Lenny«, sagte er auf Englisch.

»Hallo, Sir, nett Sie kennenzulernen«, antwortete Lenny übertrieben artig auf Englisch.

»Dein Englisch ist gut«, stellte er fest.

»Ich schaue Kletterdokus auf YouTube und lese englischsprachige Spionageromane.« Sie zuckte mit den Achseln. »Ist das einzig Spannende in unserer Bibliothek.« Sie verschwieg, dass sie ein Sprachgenie war, sogar mehrere Fremdsprachen fließend beherrschte und so ziemlich alles gelesen hatte, was die Bibliothek hergab. »Und was führt Sie hierher?«

Er lächelte. »Europa ist das Herz der Welt, Griechenland das Herz Europas und Kreta das Herz von Griechenland, wie es so schön heißt«, sagte er poetisch.

Wenn man nicht gerade in einem Heim für schwer erziehbare Mädchen gefangen gehalten wird, dachte sie den Satz zu Ende.

»Ich habe dich bei den letzten nationalen Free-Solo-Klettermeisterschaften im Fernsehen gesehen«, sagte Mr Finley.

Sie nickte und drehte die Freundschaftsbänder an ihrem Handgelenk. Das war nichts Außergewöhnliches, denn sie machte in jeder freien Minute, die sich ihr bot, Freeclimbing. Die Zeit im Heim und der Unterricht waren schrecklich, aber Klettern war für sie alles. Ohne das wäre sie innerhalb dieser kalten Mauern aus Marmor schon längst wahnsinnig geworden.

»Du hast den zweiten Platz gemacht«, stellte Mr Finley fest.

»Bei der Jugend bis sechzehn«, spielte sie ihren Erfolg ein wenig herunter.

»Trotzdem, das hat mich beeindruckt, darum möchte ich dir ein Angebot machen.«

Sie warf ihre Zöpfe zurück und kratzte sich die Kopfhaut an ihrem Undercut. »Hat es mit Klettern zu tun?«

»Nein, aber es ist dennoch sehr reizvoll.«

Dann interessiert es mich nicht, dachte sie und lächelte. »Ich habe Durst. Würden Sie mir bitte etwas vom Buffettisch zum Trinken bringen?«

»Und zwar?«

»Wie wäre es mit einem Glas Ouzo? Mit Eiswürfeln und nicht zu viel Wasser.«

Mr Finley zog eine Augenbraue hoch. »Okay.« Er wandte sich um und verließ den Balkon.

Kaum war Lenny allein, schnappte sie sich ihren Rucksack, schulterte ihn und schwang sich über die Balustrade. Bevor jemand bemerkte, dass sie dort hing, ließ sie sich fallen und fing sich einen Meter weiter unten auf dem Simsvorsprung. Dort hing sie nur mit den Fingern, während ihre Füße einen Spalt in der Mauer suchten.

Flink wie ein Wiesel kletterte sie an den Kanten und Rissen der Marmorsteine und den Simsvorsprüngen drei Stockwerke hinunter, bis sie das Holzgitter mit den Rosenstöcken erreichte. Einige Dornen stachen, aber Lenny ignorierte die Schmerzen. Sie stieß sich ab, sprang die letzten Meter auf den Boden und rollte auf der Böschung ab. Den Schwung nutzend stand sie gleich wieder auf den Beinen und rannte los. Die ganze Aktion hatte nur wenige Sekunden gedauert.

Das Parkgelände des Waisenhauses war zwar nur mit ein paar Solarlampen beleuchtet, aber trotzdem hielt sich Lenny im Schatten der breiten Olivenbäume, während sie zur Mauer lief, die das Areal umgab. Zielstrebig steuerte sie die höchste Stelle mit etwa drei Metern an. Nach einem Dreisprung schnellte sie hinauf, erwischte eine Kante, stemmte sich mit den Füßen hoch, zog sich mit ein paar Griffen rauf und saß kurz danach auf der breiten Steinmauer. Hier steckten zwar überall spitze Glasscherben zwischen den Steinen, damit sich jeder die Handflächen aufschlitzte, der flüchten wollte, aber Lenny hatte zuvor diese Stelle ausgekundschaftet, über die man ohne schlimmere Verletzungen drüber konnte.

Kaum war sie auf der anderen Seite hinuntergeklettert und auf die Straße gesprungen, ging im Waisenhaus die Sirene los.

Fuck!

Sie sputete sich und lief geduckt den Weg zur Strandpromenade hinunter.

Durch das hohe mit Kameras bewachte Gittertor bei der Einfahrt sah sie, wie im Park des Waisenhauses die Scheinwerfer angingen und alles hell erleuchtet wurde. Zusätzlich blitzten die Kegel von Taschenlampen auf. Einige Hunde bellten.

Verdammt noch mal!

Madame Polina musste bemerkt haben, dass jemand das Geld aus der Kasse und den Schmuck aus ihrem Tresor geklaut hatte. Bei Madame Polinas besonderen Kontakten zur Polizei war damit zu rechnen, dass es binnen kürzester Zeit Straßensperren im Ort geben würde. Und bestimmt hatte Madame Polina den Bullen auch schon ein Foto von Lenny geschickt.

Das warf all ihre Pläne durcheinander, den Schmuck noch in

dieser Nacht auf dem Basar des Orts zu verhökern. Sie musste jetzt gleich raus aus der Stadt, und zwar so schnell wie möglich.

Während sie in eine schmale Gasse abbog, die zum Strand führte, und noch überlegte, welche Fähre sie nehmen sollte, näherte sich ihr von hinten ein Wagen, der lautlos neben ihr hielt. Ein nagelneuer weißer Toyota C-HR mit surrendem Elektromotor. Durch die offene Seitenscheibe sah sie, dass am Rückspiegel das Infokärtchen der Sixt-Autovermietung hing.

Ein Mann beugte sich aus dem Fenster.

»Das gibt's doch nicht«, entfuhr es ihr. Im Wagen saß dieser alte Mr Finley.

»Möchtest du einsteigen?«, fragte er.

»Nein, danke.« Sie musterte ihn. »Sie waren verdammt schnell hier.«

»Du auch«, sagte er amüsiert. »Ich wusste, dass du abhauen würdest. Madame Polina hat vermutlich ebenfalls damit gerechnet. Ich nehme an, sie telefoniert gerade mit der Polizei.«

Lenny ging weiter den Bürgersteig entlang und der Wagen folgte ihr im Schritttempo, während Mr Finley weitersprach. »Ich schätze, im Wagen hast du bessere Chancen zu entkommen.«

»Ich weiß nicht, was Sie meinen.«

»Komm schon, Lenny, lassen wir das Katz-und-Maus-Spiel. Ich kann dir helfen.«

»Na schön«, gab sie zu. »Und warum wollen Sie mir helfen?«

»Weil ich dir, wie ich vorhin schon sagte, ein interessantes Angebot machen möchte. Und im Jugendknast bist du mir nicht sehr hilfreich. Also steig schon ein! Ich kann zwar nicht besonders gut Autofahren, aber …« Die Reifen des Wagens schleiften knirschend am Randstein.

Lenny sprang zur Seite. »Echt jetzt? Wäre ich nie drauf gekommen.«

»In England gibt es Linksverkehr«, rechtfertigte sich Mr Finley.

»O Mann, halten Sie schon an und rutschen Sie rüber. *Ich* fahre.«

»Du kannst fahren?«

»Bestimmt besser als Sie.«

»Und woher?«

»Ist das wichtig?«

»Immerhin vertraue ich dir mein Leben …«

»Habe ich mir selbst beigebracht«, unterbrach sie ihn.

»Mit geklauten Autos?«

Lenny gab keine Antwort darauf. Schließlich quälte sich Mr Finley über die Mittelkonsole auf den Beifahrersitz, während Lenny einstieg, ihm ihren Rucksack rüberschob und sich anschnallte. Sie drückte den Schalthebel auf Drive. »Hat das Auto Vollkasko?«

»Ja, sicher, denkst du, ich nehme mir im Ausland einen Mietwagen ohne …?«

Lenny trat aufs Gas und Mr Finley wurde in den Sitz gedrückt. »Welches Angebot wollen Sie mir machen?«

»Ich verspreche dir Abenteuer und Reisen in ferne Länder.«

»Ferne Länder klingt gut«, sagte Lenny. Da konnte sie an internationalen Kletterturnieren teilnehmen. »Wird es gefährlich?«

»Manchmal.« Mr Finley gurtete sich an. »Aber für solche Situationen wirst du drei Jahre lang in England ausgebildet.«

»Von wem?«

»Von Profis in Sachen Computertechnik, Handfeuerwaffen, Psychologie, Tarnen, Täuschen, Tricks und Kampfsport.«

Klang ja gar nicht mal so schlecht, dachte Lenny, ließ sich ihr Interesse aber nicht anmerken.

»Ich habe gehört, du liest gern«, sagte Mr Finley. »Wir haben eine große Bibliothek und würden dein Sprachtalent – Vorsicht, da vorne!«

»Hab's schon gesehen.« Lenny wich einem Radfahrer aus, blickte in den Rückspiegel und sah einen Polizeiwagen, der um die Ecke kam und ihnen folgte.

»Außerdem wirst du …«

»Können wir das später klären, Mister? Muss mich jetzt konzentrieren.« Lenny trat fester aufs Gas. Insgeheim hatte sie sich bereits entschieden, Mr Finleys Angebot anzunehmen.

28. KAPITEL

Eine Viertelstunde nachdem Conrad das Spielcasino betreten hatte, ging auch Lenny hinein und sah sich um. Roter Teppich, goldene Säulen, viele Spieltische, Spiegelwände und jede Menge Deckenventilatoren, die sich langsam drehten. Es roch erfrischend nach Meersalz und in der Luft schwebte der sanfte Klang von Pianomusik.

Jayden und Erik kamen ihr von der Bar entgegen. Jayden ignorierte sie, doch Erik zwinkerte ihr kurz zu. Anscheinend hatten sie ihre Vorbereitungen erfolgreich abgeschlossen.

»Er ist an der Bar«, flüsterte Erik ihr im Vorbeigehen zu.

An den Tischen, wo Black Jack, Baccara, Poker und Roulette gespielt wurde, war viel los. Einerseits vertrieben sich hier die Leute von Hell Island die Zeit, andererseits wurden dort aber auch Schulungen abgehalten, wie man falschspielte und betrog.

Lenny erreichte die Bar. Dort lehnte Conrad und bestellte gerade einen weiteren Drink. Neben ihm auf dem Tresen stand bereits ein leeres Glas, daneben sein aufgeklapptes Notebook. Er hatte immer noch die Kopfhörer auf.

Lenny ließ sich auf den Hocker neben ihm nieder und deutete auf seine Ohren. »Was hörst du?«, rief sie.

Er zog sich die Kopfhörer herunter. »Was? Äh … Filmmusik«, sagte er. »Entspannt mich beim Arbeiten.«

»Du arbeitest?«, fragte sie und widerstand dem Drang, auf den Bildschirm seines Notebooks zu blicken. Dann senkte sie die Stimme. »Und ich dachte, du berechnest Wahrscheinlichkeiten für Black Jack oder Strategien fürs Roulette?«

»Uninteressant.« Er lächelte. »Die spielen nicht um echtes Geld.« Er musterte sie durch seine Brille. »Bist du neu?«

»Ich gehöre zur Operation Dark Sky«, sagte sie stolz.

»Aha. Dann bist du ja noch zwei Wochen hier.«

Okay! Anscheinend war er bestens über alles informiert. »Stimmt, ein Drittel habe ich bereits hinter mich gebracht – Grund genug, um zu feiern.«

»Ich bin Conrad.« Er streckte die Hand aus.

»Weiß ich – der Programmierer vom Sicherheitschef«, sagte sie verschwörerisch und schlug in seine Hand ein.

»Willst du etwas über meinen Job wissen?«

»Nein, keine Sorge.« Sie lachte laut auf. »Ich will hier bloß etwas trinken.« Sie winkte dem Barkeeper, der am anderen Ende des Tresens stand.

»Sei vorsichtig«, warnte Conrad sie. »Philip ist ein wenig … nun ja, speziell.«

»Und was heißt das?«

»Er gibt den Leuten nur dann etwas zu trinken, wenn *er* es für richtig hält.«

»Aber es ist doch seine Aufgabe, die Gäste zu bedienen.«

»Philip ist ein Arsch – um es mal höflich zu formulieren«, flüsterte Conrad hinter vorgehaltener Hand, da sich der Barkeeper bereits näherte. »Er legt seine Gäste immer wieder gern mit fiesen Tricks rein.«

»Was sind *fiese Tricks*?«, raunte Lenny ihm zu.

»Rätsel, die keiner lösen kann …« Conrad verstummte, da der Barkeeper bereits vor ihnen stand.

Philip trug ein weißes aufgeknöpftes Hemd, schwarze Hosenträger und sah mit der Glatze und dem schwarzen Kinnbart nicht gerade vertrauenserweckend aus. »Wen haben wir denn da?«, brummte er, während er etwas kaute, das er sich von einem Mundwinkel in den anderen schob.

Lenny verzog das Gesicht, als sie den Geruch von Lakritze bemerkte.

Philip wischte sich über den Mund. »Was will das werte Fräulein denn trinken?«

Wertes Fräulein? Echt jetzt? Wer zum Teufel war dieser Philip? Ein Zeitreisender aus der Steinzeit? Lenny versuchte zu lächeln. »Ein Glas Ouzo, ohne Eis.«

»Bedaure, aber ich darf Alkohol nicht an Jugendliche unter neunzehn ausschenken.«

»Wer sagt, dass ich noch nicht neunzehn bin?«, entgegnete Lenny.

Philip lehnte sich lässig auf den Tresen. »Dein Stammdatenblatt, Fräulein. Du denkst, nur weil ich Barkeeper bin, bin ich über nichts informiert, was auf dieser Insel vorgeht? Kleine, ich sag dir – das Gegenteil ist der Fall. Ich weiß alles über dich.«

Alles über Francesca aus Rom vielleicht, dachte Lenny, aber sicher nicht alles über Lenny Zarakis aus Kreta.

Conrad warf ihr einen amüsierten Blick zu, als wollte er sagen: *Na, habe ich es dir nicht prophezeit!*

Nun beugte sie sich über den Tresen. »Was muss ich tun, um eine Flasche Ouzo zu bekommen?«, fragte sie, da ihr Plan nur funktionieren würde, wenn sie an die Flasche herankam.

Philip kaute auf seinem Lakritztaler herum, ein klebriges Süßzeug, das ekelhaft roch und noch ekelhafter schmeckte. »Ich mach dir einen Vorschlag, kleines Fräulein. Du bist doch angeblich so schlau – steht zumindest in deiner Akte.« Er zog unter dem Tresen eine bereits geöffnete Lakritztüte hervor und hielt sie Lenny vor die Nase. »Darin befinden sich noch vier Lakritztaler, drei schwarze und ein weißer – den Rest habe ich gegessen.«

Lenny blickte auf die Verpackung. *Was für eine miese Verarsche.* Jeder wusste, dass sich in dieser Verpackung nur schwarze Lakritztaler befanden – aber sie schwieg und wollte sich erst einmal anhören, worauf Philip hinauswollte.

»Du darfst einmal in die Tüte greifen«, fuhr Philip fort. »Wenn du die weiße Lakritze erwischst, bekommst du zu trinken, was du willst. Den ganzen Abend. Geht aufs Haus. Ehrenwort.« Er hob die Hand. »Aber wenn du eine schwarze erwischst, verziehst du dich sofort in dein Zimmer und lässt dich hier nie wieder blicken.«

So ein Mistkerl! Lenny atmete tief durch und warf Conrad einen Blick zu. Der sah sie ratlos an.

»Deine Chancen stehen eins zu drei«, fügte Philip grinsend hinzu.

Ja, klar! Meine Chancen stehen scheiße zu beschissen!

»Nimmst du die Wette an?«, fragte er.

Conrad schüttelte leicht den Kopf. *Tu es nicht!*

Doch da hatte Lenny plötzlich eine Idee. Sie kniff die Augen zusammen und fixierte Philip. »Gut, ich nehme deine wirklich großzügige und faire Wette an.« *Damit hast du wohl nicht gerechnet!*

Philip zog überrascht die Augenbrauen hoch. Dann hielt er ihr die Tüte hin. »Bitte sehr. Viel Glück!«

Lenny griff hinein, zog einen Lakritztaler heraus und stopfte ihn sich sofort in den Mund. »Uuups!«, rief sie kauend.

»Aber, was …?«, rief Philip.

Lenny schloss die Augen, überwand sich und schluckte den Taler ohne viel zu kauen hinunter. *Bah, wie eklig!* Der Taler schmeckte nach Anis und erinnerte sie an ein grausiges Medikament. »Sorry, aber das sah so lecker aus.«

»Und jetzt?«, rief Philip.

»Schauen wir in die Packung«, schlug Lenny vor. »Wenn da drei schwarze Taler drin sind, habe ich den weißen erwischt.«

Philip starrte sie verblüfft an.

Ohne zu zögern nahm Lenny ihm die Tüte aus der Hand und schüttelte den Inhalt auf den Tresen. Natürlich waren alle drei Taler schwarz. »Aha«, rief sie. *Ausgetrickst!*

Conrad lachte laut auf. »Coole Aktion!« Dann wandte er sich an den Barkeeper. »Ich würde sagen, du rückst schon mal deine Ouzo-Vorräte heraus.«

Mit verkniffenem Gesicht langte Philip unter den Tresen und knallte danach ein Glas und eine Flasche Ouzo auf den Tisch. Der Inhalt war milchig trüb, also war der Inhalt bereits mit Wasser gemischt. »Kommt nicht alle Tage vor, dass jemand dieses Getränk bestellt.«

Kann ich mir denken, dachte Lenny. Ouzo war ein hochprozentiges typisch griechisches Getränk, das nach Anis und Fenchelsamen schmeckte, was nicht jedermanns Sache war. Durch die Beimischung von Wasser wurde die Flüssigkeit wegen der enthaltenen ätherischen Öle schlagartig milchig trüb.

»Wie sehr willst du ihn verdünnt haben?«, fragte Philip.

Lenny betrachtete die Trübung. »Genau so, nicht mehr!« Sie schnappte sich die Flasche und goss ihr Glas voll. »Willst du auch?«, fragte sie Conrad. »Aber ich muss dich warnen, schmeckt ein bisschen wie Lakritze.«

Conrad wehrte lächelnd ab. »Nein, danke, ich bleibe bei meinem Gin Tonic.«

Sie prosteten sich zu und Lenny leerte ihr Glas in einem Zug. »Auf die Operation Dark Sky!«, rief sie und kippte ein zweites Glas hinterher.

»Du hast einen ordentlichen Zug«, staunte Conrad.

»Ich muss mir den Stress der letzten Woche von der Seele trinken.« Lenny füllte ihr Glas erneut und leerte es. Dann seufzte sie tief, zwinkerte ein paarmal und bekam einen glasigen Blick. »Außerdem habe ich auf einen besseren Film gehofft als auf *The Rock*.«

»Siehst du ihn dir gar nicht an?« Er blickte auf die Uhr. »Oh, der hat übrigens schon begonnen.«

»Nein, interessiert mich nicht die Bohne.« Sie kicherte. »Irgendetwas Lustiges wäre mir lieber … eine Sitcom oder so.«

»Ich habe alle Folgen *Big Bang Theory* auf der Festplatte in meinem Apartment.«

»Ehrlich?« Lenny versuchte, nicht auf den Ausschnitt des Pullunders zu starren, wo der Aufdruck des T-Shirts zu sehen war. »Ich mag *Big Bang Theory* total!«

»Wir könnten uns anstelle des Kinoabends ein paar Episoden ansehen … ich meine, wenn du magst«, schlug er vor.

Lenny schwenkte die Flasche Ouzo, damit die Flüssigkeit nicht ihr milchig trübes Aussehen verlor. »Okay, noch einen kleinen Schluck.« Sie füllte ihr Glas und kippte es sogleich hinunter.

Zum Glück hatte ihr Plan funktioniert. Denn während Erik zuvor für Ablenkung im Casino gesorgt hatte, hatte Jayden die Flasche Ouzo hinter der Bar gegen eine Flasche Leitungswasser mit einem Schuss Milch ausgetauscht. Da Ouzo derart speziell schmeckte, hatte es an diesem Abend zum Glück niemand außer Lenny bestellt.

Lenny klemmte sich nun die Flasche unter den Arm und hakte sich bei Conrad unter. »Gehen wir. Und vergiss dein Notebook und deine Kopfhörer nicht, du Computer-Genie!«

29. KAPITEL

Während aus dem Open-Air-Kino der Klang von Explosionen und Schießereien über den Park zu ihnen herüberdrang, erreichten sie Conrads Unterkunft. Er wohnte in einem lang gezogenen Bungalow in L-Form. Auf der kleinen Terrasse standen Campingliegen unter einer ausgerollten Markise. Daneben befand sich ein aufgeblasenes rundes Planschbecken, in dem ein ferngesteuertes U-Boot aus Plastik mit der Aufschrift *Kopernikus* schwamm.

»Sag bloß, du schwimmst darin?«, fragte Lenny kichernd.

»Ich vertrage keine Klimaanlagen, darum programmiere ich draußen. Dann sitze ich auf einem Sessel und bade die Füße im Pool.« Er deaktivierte die Alarmanlage und bat Lenny herein. »Hier ist das Wohnzimmer, komm weiter und mach es dir gemütlich.«

»Wow, nette Bude.« Während Lenny sich umsah, spielte sie ihre angeheiterte Rolle weiter, indem sie einen kräftigen Schluck aus der Flasche nahm. »Und erst dieser Flatscreen … Wahnsinn … der ist ja noch größer als die Leinwand, die sie draußen aufgebaut haben.«

»Ist er nicht, aber das Bild ist wesentlich schärfer und der Ton der Dolby-Surround-Anlage deutlich besser. Wenn wir uns Jurassic Park ansehen würden, ist es …«

»… als würde der T-Rex über dich drüber trampeln«, kicherte Lenny. »Und wenn wir uns Titanic ansehen würden …«

»… kriegst du Frostbeulen an den Ohren.« Conrad lachte. Er stellte sein Notebook auf den Tisch und griff zur Fernbedienung. Auf Knopfdruck wurde die Beleuchtung im Wohnzimmer gedimmt, die Couch fuhr automatisch aus und ein großer Wandspiegel, an dem handschriftliche Skizzen mit einem Magneten befestigt waren, wurde indirekt mit grün-blauem Neonlicht bestrahlt.

»Hör zu – nur damit das klar ist«, sagte Lenny ernst, während sie zur Couch blickte und den Finger hob. »Ich mag dich, aber wir sehen uns nur Filme an, okay?«

»Sicher, deswegen bist du ja hier.« Conrad hob beschwichtigend die Hände. »Erstens stehe ich nicht auf kompliziertes Beziehungsgedöns und zweitens sind intime Kontakte zwischen Personal und Rekruten sowieso nicht erlaubt.«

»Fein, schön, dass wir das geklärt haben.« Lenny warf sich schwungvoll auf die Couch. »Mit welcher Staffel starten wir?«

Conrad grinste. »Die vierte ist meiner Meinung nach die beste – aber wenn du möchtest, zeige ich dir einfach meine Lieblingsfolgen.«

»Klingt super.«

Er aktivierte den Flatscreen. Das Bild war wirklich gestochen scharf. Der Sound aus den Boxen drang aus mehreren Richtungen auf Lenny ein.

»Magst du etwas zum Knabbern? Oder etwas anderes zum Trinken? Ich denke, du hast vielleicht schon genug von diesem …«

»Richtig«, unterbrach sie ihn und stellte die Flasche neben die Couch auf den Beistelltisch. »Hast du einen Saft?«

»Klar. Einen Moment, ich hole uns Linsen-Chips und Eistee, dann kann der Filmabend starten.« Er verschwand aus dem Wohnzimmer. Lenny hörte ihn in der Küche mit Schranktüren und Schubladen klappern.

Sie sprang auf, lief zum Notebook und schaltete es ein. Während es hochfuhr, betrachtete sie die Skizzen auf dem Wandspiegel, aber das waren nur uninteressante Netzwerkpläne, auf denen Conrad herumgekritzelt hatte. Dann war das Notebook betriebsbereit. Auf dem Bildschirm prangte ein großes Logo – ein gelbes M innerhalb eines blauen Kreises – und darunter stand in winzigen Buchstaben MOEBIUS. Das war der letzte Beweis, dass alle auf dieser Insel für MOEBIUS arbeiteten.

Conrad war kein Anfänger. Natürlich war sein Computer passwortgeschützt. Mit einer App auf ihrem Handy und dem passenden Kabel könnte sie es auslesen. Später vielleicht – jetzt war die Zeit zu knapp. Sie klappte das Notebook zu.

Eine Ecke des Raums sah so aus, als würde Conrad sie als Arbeitsbereich verwenden. Sie zog alle Schreibtischschubladen auf, fand jedoch nur Schere, Heftmaschine, Kleber, Bleistifte, Radiergummi, Lineal, einen Taschenrechner und ein paar Magnetkarten, auf denen jedoch eine Staubschicht haftete. Völlig nutzlos!

»Hier bin ich wieder!« Conrad stand im Türrahmen mit Chipstüten und Eisteeflaschen unter dem Arm.

Lenny schob die Lade unauffällig mit der Hüfte zu, während sie den Blick zur Decke hob. »Wow, das sind ja fette Boxen. Der Bass lässt einem richtig den Magen vibrieren.«

»Ich habe zusätzliche Subwoofer, Rear-Lautsprecher und einen separaten Bass-Kanal. Die Bitrates von bis zu eins Komma fünf Mbits sind deutlich höher als bei Dolby Digital …«

»M-was?«

»Millionen Bits pro Sekunde …«, sagte er beschämt. »… äh, ich kann die Bässe aber auch zurückdrehen.«

»Nein, schon okay. Hast du vielleicht auch eine Tasse starken Kaffee und eine Kopfschmerztablette?« Sie lächelte peinlich berührt. »Ich hab wohl doch zu viel von dem Zeug getrunken.«

»Vielleicht liegt es ja auch an der scheußlichen Lakritze, die du runtergewürgt hast.« Lächelnd stellte Conrad Chips und Eistee auf den Beistelltisch. »Kommt sofort.« Er verschwand wieder in die Küche.

Lenny durchsuchte die anderen Schubladen und die Taschen in Conrads Kleidung, die über einem Stuhl hing. Doch sie fand nichts, was ihr weitergeholfen hätte. Aber sie hatte sowieso damit gerechnet, dass es nicht so einfach werden würde.

Als Conrad sich näherte, rief sie: »Mit Milch und Zucker bitte!« Zufrieden hörte sie, wie Conrad wieder kehrtmachte.

Als er wenig später erneut mit dem Tablett kam, auf dem zwei herrlich duftende Kaffeetassen standen, lag sie wieder auf der Couch und spielte mit der TV-Fernbedienung. »Da sind ja Tausende Filme, die du auf der Festplatte hast.«

»Zweitausenddreihundertsieben … äh, nein … fünf. Die letzten beiden *Alien*-Filme habe ich gelöscht, die waren nicht so gut.«

»Und so viele Serien.«

»Dreihundertneun.«

»Und wie viele Staffeln sind das?«, fragte Lenny ehrlich beeindruckt.

Conrads Pupillen wanderten hin und her, während er mit dem Tablett neben dem Beistelltisch stand und nachdachte. »Tausendsiebenhundertneun.« Er hob entschuldigend die Achseln.

»Ich habe zwar ein lausiges Personen-, dafür aber ein perfektes Zahlengedächtnis.«

»Darum programmierst du ja auch und sitzt nicht im Personalbüro.« Lenny wollte noch etwas sagen, doch da flog die Eingangstür mit einem Krach auf. Sie fuhr von der Couch hoch und sah, wie Conrad ebenfalls zusammenzuckte und der Kaffee über den Tassenrand schwappte.

Sekunden später standen zwei mit Pistole, Pfefferspray und Schlagstock bewaffnete Securitybeamte im Apartment.

Lennys Herz raste. »Es ist noch nicht dreiundzwanzig Uhr, dann gehe ich sowieso in mein Apartment. Sie müssen mich nicht mit Waffengewalt zur Wohnsiedlung schleppen«, versuchte sie, lustig zu sein.

Die beiden Sicherheitsleute ignorierten sie. »Sir«, sagte einer der beiden zu Conrad. »Es geht uns nichts an, wie Sie Ihre Freizeit verbringen, aber uns liegen Informationen vor, dass diese junge Dame eine Spionin sein könnte, die wir schon seit ihrer Ankunft auf der Insel überwachen.«

»Wovon zum Teufel reden Sie?«, rief Lenny.

»Sir, wir haben nur darauf gewartet, dass wir sie auf frischer Tat ertappen, wie sie sich Zugang zu Informationen verschafft.«

»Ich ... ich verstehe nicht«, stammelte Conrad.

»Ihr Name ist gar nicht Francesca und sie stammt auch nicht aus Rom«, erklärte der zweite Sicherheitsmann.

Conrad stellte das Tablett mit zitternden Händen ab. »Ist das wahr?«, fragte er Lenny mit leiser Stimme.

»Falls das ein Test sein soll, falle ich nicht darauf herein. Mein Name ist Lenny – und ich spreche nur Englisch.«

»Ja, richtig, du bist Lenny ...« Einer der Beamten legte die

Hand auf die Waffe in seinem Holster. »… und eine britische Geheimagentin.«

»Stimmt das?«, fragte Conrad betroffen.

Lenny antwortete nicht.

»Sir, unseren Informationen zufolge wurde sie von Premierminister James Metcalf persönlich auf Hell Island eingeschleust.«

»Das … das stimmt nicht«, stammelte Lenny nun. »Die wollen mich nur testen.«

Conrad richtete sich auf und betrachtete die Wachleute. »Das glaube ich Ihnen nicht.«

»Die Kleine ist gar nicht so beschwipst, wie sie tut«, sagte der eine Sicherheitsmann.

»Aber ich habe gesehen, wie sie fast die ganze Flasche Ouzo allein ausgetrunken hat«, widersprach Conrad.

Der zweite Sicherheitsmann zeigte zum Beistelltisch. »Diese Flasche? Die wurde ausgetauscht. Darin befindet sich nur gewässerte Milch.«

»Die lügen – und das werde ich beweisen«, lallte Lenny. Sie spielte immer noch ihre beschwipste Rolle, rappelte sich von der Couch auf, griff nach der Flasche, stieß sie jedoch irrtümlich um. Sie fiel hinunter und kullerte über den Teppich, wo sich der letzte Rest des Milchwassers ergoss. »Oh, sorry«, rief sie und setzte ein verlegenes Lächeln auf.

»Was für ein dummer Zufall«, sagte einer der Sicherheitsleute mit einem schäbigen Grinsen.

Conrad sah Lenny unschlüssig an.

»Glaub ihnen nicht, das sind Betrüger!«, redete Lenny auf ihn ein. »Womöglich sind *das* die britischen Agenten«, versuchte sie, den Spieß umzudrehen.

»Netter Versuch.« Einer der Beamten zeigte Conrad seinen Magnetkartenausweis. Der andere griff unterdessen zum Funkgerät. »Wir haben sie, Frau Direktor. Wie vermutet, hat sie versucht, sich an den Programmierer des Sicherheitschefs heranzumachen.« Dann steckte er das Walkie-Talkie wieder an den Gürtel.

Lenny sprang auf und wollte zur Tür rennen, wurde aber von dem Kerl mit dem Funkgerät abgefangen. Er packte sie im Würgegriff und drückte den Lauf seiner Pistole an ihre Kehle. »Keine falsche Bewegung«, zischte der Mann.

»Ist das notwendig?« Besorgt sah Conrad zu Lenny. »Was hätte sie schon von mir erfahren können?«, verteidigte er sich. »Das ist meine *Wohnung*, nicht mein *Büro*.«

Der Beamte deutete zum Tisch. »Aber hier steht Ihr Notebook, und möglicherweise haben Sie sensible Daten in den Schreibtischschubladen.«

»Ganz bestimmt nicht«, verneinte Conrad.

»Die wollte womöglich an Ihre Sicherheitscodes«, sagte der andere Beamte. »Haben Sie ihr irgendetwas verraten?«

»Nein, natürlich nicht!«

»Hat sie nach irgendwelchen sensiblen Daten gefragt?«

»Nein, wir wollten eine Serie schauen.«

»Haben Sie sie allein im Zimmer gelassen?«

»Nein!«

»Waren Sie nicht auf der Toilette?«

»Nein, ich war nur kurz weg, habe Chips und Eistee geholt …« Conrad verstummte und blickte zum Tablett. »… und Kaffee.« Vorwurfsvoll hob er den Blick und starrte zu Lenny.

»Sir, Sie müssen Ihr Passwort ändern«, verlangte der Securitymann. »Und zwar jetzt gleich.«

30. KAPITEL

»Jetzt gleich?«, wiederholte Conrad. »Hier?«

»Ja, Sir. Eine reine Vorsichtsmaßnahme. Das Risiko ist zu groß, dass diese Dame etwas während Ihrer Abwesenheit sabotiert oder herausgefunden hat«, sagte der Sicherheitsmann.

Conrad ging mit sichtlich wackeligen Beinen zum Tisch, auf dem sein Notebook lag, und ließ sich auf den Sessel fallen. Er fuhr das Notebook hoch und schielte zu den Wachleuten.

»Sir, ich muss überprüfen, ob Sie Ihren Code auch wirklich ändern«, sagte der Mann, der neben Conrad stand. »Danach führen wir die junge Frau ab.«

»Ja, schon gut.« Conrad tippte das Passwort ein.

Der Mann sah ihm über die Schulter. Unterdessen versuchte Lenny erfolglos, sich aus dem Klammergriff des zweiten Beamten herauszuwinden. »Könnten Sie vielleicht nicht so fest zudrücken?«, zischte sie.

»Bei meinem letzten Einsatz mit kolumbianischen Widerstandskämpfern hatten wir eine Verräterin unter den Rebellen«, sagte der Mann. »Junge, die war ein zähes Biest. Wir mussten sie über die Grenze schaffen. Das war das reinste Himmelfahrtskommando. Also die Antwort lautet: nein! Ich werde meinen Griff nicht lockern.«

Lenny drehte den Kopf und warf dem Mann, der sie festhielt, einen warnenden Blick zu. *Erik, übertreib es nicht!*

Erik hatte verstanden. Er lockerte den Griff, tat aber weiterhin so, als hielte er sie knallhart fest.

Der andere Sicherheitsbeamte, der neben Conrad stand, war Jayden. Die beiden hatten die blauen Uniformen und die Ausrüstung aus der Umkleidekabine im Bürogebäude neben dem Schulungs-Center geklaut. Nun sah Jayden Conrad über die Schulter, während der auf seinem Notebook tippte.

Als Conrad sich kurz umdrehte, blickte Jayden rasch weg. Doch über den großen Wandspiegel konnte er weiterhin sehen, was Conrad tippte. An Jaydens konzentriertem und ernstem Blick erkannte Lenny, dass er sich das neue lange Passwort einprägte.

Schließlich lehnte sich Conrad zurück, verschränkte die Finger und knackte mit den Knöcheln. »So, fertig. Sind Sie nun zufrieden?«

Falls Jayden das neue Passwort im Kopf behielt, konnten sie sich damit in das Sicherheitssystem einloggen und die Alarmanlage ausschalten, um unbemerkt den Campus zu verlassen.

»Danke, Sir«, sagte Jayden mit tiefer Stimme und wandte sich ab.

»Da wäre noch eine Sache«, fügte Erik hinzu. »Wir müssen den Vorfall General LeBlanc melden.«

Conrad fuhr herum. »Nein, bitte nicht«, flehte er. »Können wir das nicht für uns behalten?« Er sah kurz zu Lenny, die immer noch so tat, als wollte sie sich aus Eriks Griff befreien. Offenbar war Conrad die ganze Sache peinlich, da er genau wusste, dass er durch sein Verhalten gegen die Sicherheitsregeln verstoßen hatte.

»Also gut, wir sind keine Unmenschen, aber wird sich der

General nicht wundern, dass Sie Ihren Code geändert haben?«, gab Erik zu bedenken.

»Der merkt doch gar nichts davon. Außerdem werden in vierundzwanzig Stunden sowieso wieder sämtliche Codes und Passwörter geändert«, erklärte Conrad.

»Also gut, von mir aus«, gab Erik nach.

Lenny ließ unmerklich die Schultern vor Erleichterung sinken. Das bedeutete, dass dieser Code von jetzt an vierundzwanzig Stunden lang gültig war.

»Abmarsch, Fräulein!«, befahl Erik und schob Lenny vor sich her.

»Nenn mich noch einmal Fräulein und ich breche dir die Nase.«

»Mit einer ausgekugelten Schulter?«, konterte Erik und schob sie in Richtung Ausgang. Lenny merkte, wie er sich dabei ein Grinsen verkneifen musste.

»Ein Tipp noch, Sir«, sagte Jayden, bevor er ihnen folgte. »Leeren Sie sicherheitshalber den Kaffee und den Eistee weg. Das raffinierte Luder hat Ihnen womöglich ein Schlafmittel hinein gemixt.«

31. KAPITEL

Kaum waren sie draußen, zog Jayden einen Notizzettel und einen Kugelschreiber aus der Seitentasche seiner Uniform.

»Wir …«, begann Erik.

»Nicht jetzt!«, unterbrach Jayden ihn, bevor einer von ihnen noch etwas sagen konnte. Dann notierte er Conrads komplexes zwölfstelliges Administrator-Passwort, das aus Zahlen, Sonderzeichen und Klein- und Großbuchstaben bestand. »So, fertig! Wir brauchen jetzt nur noch einen Computer.«

»Dazu müssten wir in eines der Büros einbrechen«, sagte Erik wenig erfreut. »Aber ich glaube, ich habe eine bessere Idee. In der Empfangshalle des Schulungs-Centers stehen ein paar Terminals herum, bei denen man sich für die Kurse anmelden kann.«

»Dann müsste es dort zumindest eine Verbindung zum Intranet der Insel geben«, schlussfolgerte Lenny.

»Guter Plan.« Jayden änderte die Richtung und Lenny und Erik folgten ihm zum Center. Auf den Straßen war nur wenig los, da die meisten im Open-Air-Kino waren.

»Ich hoffe, Conrad hält in der Zwischenzeit dicht«, murmelte Lenny.

»Bestimmt.« Jayden legte einen Zahn zu. »Der hat viel zu viel Angst vor General LeBlanc, als dass er irgendjemandem von diesem Vorfall erzählen würde.«

»Welche Serie hättet ihr euch denn angesehen?«, fragte Erik.

Lenny blickte über ihre Schulter, ob ihnen jemand folgte. *»Big Bang Theory.«*

Erik grinste. »Stattdessen werden wir jetzt mit einem Big Bang von dieser Insel abhauen.«

»Hoffentlich nicht.« Jayden dachte an die Tretminen, die den gesamten Campus außerhalb des Zauns umgaben.

Sie erreichten die Stufen, die zur Eingangshalle des Schulungs-Centers hinaufführten. Wie alle anderen Plätze auf dem Campus, so war auch dieser Bereich hell beleuchtet, obwohl es mittlerweile schon zweiundzwanzig Uhr war.

Als sie die automatische Tür erreichten und Jayden schon fast die Hand auf dem Sensor des Öffners hatte, glitt sie lautlos vor ihnen auf. Ein Sicherheitsmann trat von der Halle ins Freie.

Aus dem Augenwinkel sah Jayden, wie Erik und Lenny erstarrten, doch er ging weiter, als wäre rein gar nichts dabei, dass sie hier herumspazierten. Immerhin kannte er den Wachmann. Es war derselbe, den er kürzlich in der Lobby des großen Bürogebäudes gesehen hatte.

»Hallo, González«, grüßte Jayden.

Der Wachmann warf einen kurzen Blick auf Jaydens und Eriks Uniform. Dann erkannte er auch Lenny. »Ah, macht ihr wieder eine dieser Übungen?«

Lenny verzog genervt das Gesicht. »Ein dämliches Rollenspiel.«

Jayden nickte. »Während die anderen sich *The Rock* ansehen dürfen, müssen wir arbeiten … na ja«, seufzte er. »Wer rastet, der rostet.« Etwas Besseres fiel ihm nicht ein.

González trat beiseite und ließ sie hinein. »Viel Erfolg.« Dann setzte er seine Runde draußen fort.

»Mann, was für ein Glück«, seufzte Erik erleichtert, nachdem sich die Tür wieder geschlossen hatte.

In der Halle war es düster. Nur das Licht der Straßenlaternen fiel durch die getönten Scheiben. Rasch liefen sie zu der Anlage mit den Terminals. Die Automaten waren etwa so groß wie die Schalter auf einem Flughafen, bei denen man einchecken und sich Tickets und Gepäckbänder ausdrucken konnte.

Jayden fuhr das System hoch und wischte auf dem Touchscreen herum, bis er die Eingabemaske zum Intranet von Hell Island entdeckte. Mit pochendem Herzen gab er Conrads Administratornamen und das zwölfstellige Passwort ein. Erik sah ihm dabei über die Schulter und kontrollierte, ob er sich auch nicht vertippte. Andernfalls würde möglicherweise ein Alarm losgehen.

»Bereit?«, flüsterte Jayden.

»Bereit«, sagte Erik.

Lenny nickte. Dann drückte Jayden auf die Entertaste. Nach einer gefühlt ewig langen Ladezeit tauchte das Logo von MOEBIUS auf.

»Wir sind drin«, sagte Jayden erleichtert. Er navigierte eine Weile im Administrator-Bereich herum, bis er schließlich den richtigen Menüpunkt fand und eine Liste mit sämtlichen Passwörtern und Sicherheitscodes vor sich sah.

»Wow …«, entfuhr es Lenny mit offenem Mund.

Vor ihnen waren die Passwörter für die Ein- und Ausschaltungen der elektrischen Zäune und Tore, der Drohnen und Überwachungskameras – und zwar für jeden einzelnen Abschnitt des Camps. Eine bunte Grafik des gesamten Geländes zeigte ihnen, wo welche Bereiche lagen. Es mussten Hunderte Passwörter sein.

»Seht mal«, murmelte Lenny. »Das große runde Gebäude in der Mitte des Camps mit der Kranichstatue auf der Kuppel wird hier als Gefängnis und Verhörraum bezeichnet. Der Securitycode dafür lautet 101–101–101.«

Erik sah sie verständnislos an. »Was ist daran so besonders?«

»Hallo? Der Raum Nummer 101 ist das Verhörzimmer in George Orwells Literaturklassiker 1984«, erklärte sie.

»Den einzigen Klassiker, den ich je gelesen habe, ist Harry Potter, Band eins«, konterte Erik.

»Was, wow, wirklich? Du hast tatsächlich *ein* ganzes Buch ausgelesen? Du Banause!«

»Okay, ich mag zwar ein Banause sein, aber ich habe eine glänzende Idee. Wir könnten alle Codes ändern«, schlug Erik grinsend vor. »Dann kennen nur wir die Passwörter.«

»Das würde Stunden dauern, seht euch mal an, wie viele es davon gibt«, stöhnte Jayden auf, während er auf der Seite hinunterscrollte. Schließlich kam er zu dem Bereich des Haupttors – der einzigen Stelle, an der man, ohne auf eine Mine zu treten, rein- oder rausgelangen konnte. Insgesamt gab es dafür sieben verschiedene Passwörter. »Handys raus«, befahl er.

Jeder von ihnen fotografierte die Bildschirmseite.

»Okay, und jetzt weg hier, bevor González auf die Idee kommt, zu überprüfen, ob wir wirklich an einer Übung teilnehmen.«

Sie loggten sich aus, eilten durch die Halle zur Tür, betätigten den Sensor und traten im Freien in den Schatten eines Gebäudevorsprungs. Zum Glück war von González keine Spur zu sehen.

»Wartet«, sagte Lenny, bevor sie losstürmten. »Ich schlage vor, jeder nimmt einen anderen Weg zu seinem Apartment.« Sie sah die beiden an. »Wann treffen wir uns wieder?«

»Also, ich habe mir Folgendes überlegt«, flüsterte Erik. »Nach dreiundzwanzig Uhr ist es zwar kein Problem, wenn wir in der Dunkelheit innerhalb unserer Wohnsiedlung von Haus zu Haus schleichen, aber quer über das Gelände, einen guten Kilometer bis zum Haupttor, ist es noch mal eine ganz andere Nummer.«

»Also …?«, drängte Jayden ungeduldig.

»… sollten wir uns um 22:45 Uhr treffen. Und zwar beim Kino, wo sich um diese Zeit die meisten Leute befinden. Dann ist der Film zu Ende und alle gehen heim.«

Das würde zwar knapp werden, aber Jayden nickte. An Eriks Vorschlag war etwas dran. Solange die Flutlichtanlage auf dem ganzen Areal brannte und die Menschen herumliefen, konnten sie sich unter jene Leute mischen, die in Richtung Eingangstor mussten, und es unbemerkt bis dorthin schaffen. »Einverstanden – aber nehmt nur das nötigste Gepäck mit, damit wir nicht auffallen.«

»In Ordnung«, sagte nun auch Lenny.

Hastig liefen sie die Treppe hinunter, als sich von Weitem Autogeräusche näherten. Es war nicht das typische Surren eines Elektrowägelchens, sondern das Knattern mehrerer Benzinmotoren.

»Was ist das? Ein Konvoi? Um diese Zeit?«, knurrte Erik.

Sie suchten Schutz hinter einer Palme, und dann sahen sie auch schon einen Jeep, der gefolgt von drei schwarzen Hummern auf das Schulungs-Center zuraste.

Jayden spähte hinter dem Baum hervor. Die Fenster der Hummer waren unten. Darin saßen schwer bewaffnete Soldaten in grünen Uniformen.

Ungebremst raste die kleine Kolonne an dem Center vorbei. Im ersten Wagen, dem Jeep, saß eine Frau Mitte dreißig auf dem Beifahrersitz, den Ellenbogen lässig aus dem Auto hängend, die andere Hand mit einem Telefon am Ohr.

»Shit!«, entfuhr es Jayden. Er kannte diese hoch gewachsene Frau mit den kurzen blonden Haaren und dem schmalen kantigen Gesicht. *Amanda Woolf!*

»Hast du gerade gesehen, was ich gesehen habe?«, fragte Erik.

Jayden nickte. Bei ihrem letzten Einsatz, als er und Erik sich auf dem Flughafen von Montevideo mit Major Conklin und Lenny getroffen und es gerade noch rechtzeitig in die Defense One geschafft hatten, waren sie auf Amanda Woolf gestoßen.

Alles deutete darauf hin, dass sie eine der Führungspersonen von MOEBIUS war. Die Last Line of Defense hatte nach diesem Aufeinandertreffen die Tower-Daten des Aviation Centers in Montevideo ausgewertet und herausgefunden, dass Amanda Woolfs blauer Lear-Jet damals in London Heathrow gestartet war. Sie hatten mittlerweile sogar ein Foto von Amanda Woolf von einer der britischen Überwachungskameras aufgestöbert.

»Ja, ich habe Amanda Woolf auch gesehen«, bestätigte Jayden. »Was macht die auf Hell Island?«

»Das ist doch völlig unwichtig«, brauste Erik auf. »Viel wichtiger ist, dass sie dich damals auf dem Flughafen von Montevideo gesehen und sogar mit ihrem Handy fotografiert hat. Und wenn sie sich die Überwachungsvideos vom Tower besorgt hat, dann kennt sie auch mein Gesicht … was noch viel schlimmer ist.«

»Ein Grund mehr, so rasch wie möglich von hier abzuhauen«, sagte Lenny.

Jayden nickte. Je länger sie hier herumstiefelten, desto größer war die Wahrscheinlichkeit, dass sie entweder Zoë oder Amanda Woolf über den Weg liefen und ihre Tarnung aufflog.

»Oh, Shit!«, entfuhr es Erik plötzlich. »Meinst du, die ist wegen uns hier?«

»Hoffentlich finden wir das nie heraus.« Jayden sah auf die Uhr. »Also um 22:45 Uhr beim Kino. Lasst euch nicht erwischen – viel Glück.«

32. KAPITEL

Jayden war nicht viel Zeit geblieben. Hastig hatte er das Wichtigste in einen kleinen Rucksack gestopft, bequeme Kleidung und feste Schuhe angezogen, ein Messer mit scharfer Klinge aus dem Messerblock in der Küche eingesteckt und war losmarschiert.

Pünktlich um 22:45 Uhr kam er zum Park, wo gerade die letzten Szenen des Films liefen. Die beiden anderen waren bereits dort. Auch Erik hatte seine Uniform abgelegt und trug jetzt wieder seine eigene Kleidung.

»Ist euch jemand gefolgt?«, fragte Jayden.

Die beiden verneinten. Ihre Gesichter waren angespannt.

»Aufgeregt?«, fragte Jayden.

Erik, der normalerweise eine große Klappe hatte, nickte diesmal nur.

»Okay, gehen wir.« Jayden klemmte sich die Daumen unter die Träger des Rucksacks und wollte losmarschieren, als die Geräuschkulisse aus den Lautsprechern abrupt unterbrochen wurde. Er blieb stehen und drehte sich zur Leinwand um. Der Film hatte mitten in einer Szene gestoppt. Unruhiges Murmeln wurde im Publikum laut. Es knackte im Lautsprecher, als würde jemand mit dem Finger über ein Mikrofon kratzen.

»Oh, oh«, flüsterte Erik.

»Das klingt gar nicht gut«, murmelte Lenny nervös. »Lasst uns schnell abhauen.«

»Warte einen Moment.« Jayden hielt Lenny am Arm fest. »Ich möchte wissen, was passiert. Vielleicht ist es wichtig.«

Während einige unflätige Rufe aus dem Publikum zu hören waren, verzogen sich Lenny, Jayden und Erik in den Schatten einer großen Palme, von wo sie unauffällig Richtung Leinwand spähen konnten.

Eine Frau betrat die Bühne. Amanda Woolf! Jayden schielte zu Erik. Der hatte sie ebenfalls erkannt und war blass geworden.

Mit einem Mikrofon in der Hand marschierte Amanda Woolf in großen Schritten über die Bühne und wandte sich dann an das Publikum. »Es tut mir leid, aber wir mussten den Film unterbrechen.«

»Er dauert nur noch ein paar Minuten«, schrie jemand aus der hintersten Reihe nach vorn.

»Das mag sein, aber es haben sich wichtige Dinge ereignet«, konterte Amanda Woolf. »Wir haben eine britische Undercover-Spionin im Camp.«

»Fuck!«, entfuhr es Lenny. »Wir hätten schon längst abhauen und beim Haupttor sein können.«

»Wartet …« Jayden legte Lenny die Hand auf die Schulter, um sie zu beruhigen. »Conrad hat sicher nicht geplaudert – also können die gar nichts von dir wissen.«

»Dann hat diese Amanda Woolf es irgendwie anders herausbekommen.«

Die Frau auf der Bühne hob die Hand und gab dem Filmvorführer ein Zeichen. Kurz darauf wurde ein anderer Film auf die Leinwand projiziert. Von der Perspektive her sah es aus wie die Aufnahme einer fliegenden Drohne, die um das Schulungs-Center schwebte. Dem orangefarbenen Licht der untergehenden

Sonne nach zu urteilen stammte die Aufnahme vom späten Nachmittag.

»Hauen. Wir. Ab!«, drängte Lenny.

»Nein, Jayden hat recht«, murmelte Erik. »Sehen wir uns das an.«

Die Kamera der Drohne zoomte heran, und deutlich war zu sehen, wie Zoë von den Sicherheitsleuten der Insel eingekreist wurde. Sie wollte davonlaufen, wurde jedoch von den Männern gestoppt und zu Boden gerungen. Ihre Hände wurden mit Kabelbindern hinter dem Rücken gefesselt.

Amanda Woolf hob wieder die Hand, woraufhin die Aufnahme unterbrochen wurde. Stattdessen zeigte die Leinwand nun ein Bild von Zoë in Großaufnahme. »Diese Frau wird gerade von unseren Sicherheitsleuten verhört. Die meisten von Ihnen kennen sie als Sicherheitschefin von Prof. MacMurdoch. Wir wissen noch nicht, wie sie wirklich heißt, doch eines steht fest: Sie arbeitet für den britischen Auslandsgeheimdienst. Der MI6 hat sie vor vier Monaten hier eingeschleust.« Sie hob den Arm, um die aufkeimende Unruhe im Publikum zu dämpfen. »Was ich jetzt sage, wird auf jedem Monitor des Camps übertragen. Wir gehen davon aus, dass sie nicht allein eingeschleust wurde und sich noch weitere Spione vom MI6 unter uns befinden.«

»Scheiße«, zischte Erik und sah zu Jayden und Lenny. »Die werden das ganze Areal umkrempeln.«

»Jedenfalls ist jetzt klar, dass Zoë wirklich für den MI6 arbeitet«, sagte Jayden.

»Und woher wusste der MI6 von dieser Insel, wenn nicht einmal die Last Line of Defense davon Kenntnis hatte?«

Erik verzog den Mund. »Guter Punkt.«

Amanda Woolf musste das aufgebrachte Publikum noch einmal besänftigen. »Direktorin Jasper, General LeBlanc und ich stellen folgendes Ultimatum: Die eingeschleusten Verbündeten unserer Gefangenen haben bis zum Morgengrauen – also exakt bis sechs Uhr – Zeit, sich in General LeBlancs Büro zu melden und freiwillig zu stellen.« Sie hob den Arm, woraufhin ein weiteres Video eingespielt wurde, das Zoë in einem fensterlosen weißen Raum an einen Stuhl gefesselt zeigte. Tränen liefen ihr über die Wangen. Im Hintergrund war eine elektronisch verzerrte Stimme zu hören, die das Verhör führte.

Amanda Woolf fuhr fort: »Wir kommen sowieso dahinter, wer ihre Verbündeten sind. Stellen Sie sich freiwillig. Andernfalls hätte es schlimme Konsequenzen für diese Frau.«

Das Bild wurde eingefroren und zeigte Zoë, wie sie heulend auf dem Stuhl hockte.

»Alle anderen sollten jetzt in ihr Quartier gehen und dort die Nacht verbringen. Die Flutlichtanalage bleibt diesmal bis Mitternacht eingeschaltet, bis wir mit der Durchsuchung des Geländes fertig sind. Ende der Durchsage!« Amanda Woolf ging von der Bühne.

Die Zuschauer erhoben sich von ihren Stühlen. Einige blieben stehen und redeten miteinander, andere gingen in verschiedene Richtungen davon.

»Das ist unsere Chance«, sagte Lenny. »Mischen wir uns unter die Leute. Tun wir so, als gingen wir zu unserer Unterkunft. In Wahrheit gehen wir in Richtung Haupttor.« Sie setzte sich in Bewegung, Erik folgte ihr.

Nach einigem Zögern ging auch Jayden hinter ihnen her und holte sie rasch ein. »Ihr wollt doch jetzt nicht einfach abhauen?«

Erik blieb stehen. »Irgendwie habe ich mir das auch gerade gedacht.«

»Was denn?« Lenny blieb ebenfalls stehen und sah sie entsetzt an. »Ernsthaft jetzt? Darf ich euch daran erinnern, dass wir von hier weg müssen! In spätestens zweiundzwanzig Stunden werden Conrads Passwort und alle anderen Codes wieder geändert, außerdem taucht das U-Boot um acht Uhr früh auf – und es kommt erst in einer Woche wieder.«

»Bis acht Uhr früh haben wir aber noch etwas Zeit«, gab Jayden zu bedenken.

»Was hast du denn vor?« Lenny neigte den Kopf. »Willst du dich zu erkennen geben?« Sie hob die Arme. »*Hallo, Leute. Ich bin zwar nicht vom MI6, aber von einer ähnlichen Organisation.* Und dann plaudern sie nett mit Zoë und dir und geben euch eine Eintrittskarte für die nächste Filmvorführung?«

Jayden funkelte sie wütend an. »Ich will Zoë befreien.«

»Was?« Das blanke Entsetzen trat in Lennys Blick. »Wir wissen ja noch nicht einmal, wo sie ist.«

»Doch, das wissen wir«, widersprach Jayden. »Du selbst hast es herausgefunden. In dem runden weißen Kuppelbau mit der Kranich-Statue.«

»Da kommst du niemals rein.«

»101«, widersprach Jayden. »George Orwells 1984.«

Lenny atmete tief durch und spannte die Schultern an. »Ich bin kein Fan von unüberlegten Stegreif-Aktionen. Und noch dazu so kurz, bevor wir von hier verschwinden wollen. Uns läuft die Zeit davon. Sieh dich um! Das gesamte Areal leert sich immer mehr. Bald sind wir die Einzigen, die hier blöd herumstehen.« Sie sah zu Erik. »Was meinst du?«

»Grundsätzlich bin ich auch dafür, dass wir Zoë rausholen sollten, aber wenn das schiefgeht …« Erik holte ebenfalls tief Luft. »… könnt ihr euch noch daran erinnern, was uns Doc Sloane bei der Herfahrt auf dem Boot erzählt hat? Dass sie kurzen Prozess mit allen Verrätern machen.«

Ratlos blickten sie sich an. Was zum Teufel sollten sie tun? Abhauen oder versuchen, Zoë zu retten? Alle gemeinsam oder nur einer von ihnen?

»Wisst ihr noch, was wir bei der Ausbildung für solche Situationen trainiert haben?«, fragte Lenny schließlich.

Jayden nickte. Ja, er erinnerte sich noch, wie Entscheidungen in der Gruppe getroffen wurden.

33. KAPITEL

ZWEI MONATE ZUVOR

Da die Kantine von Brighton Rock an diesem Freitag geschlossen und Mason, ihr Butler, noch dazu seinen freien Tag hatte, verbrachten Jayden, Erik und Lenny ihre Mittagspause in der kleinen Teeküche der Academy. Sie hatten sich Lasagne gekocht und selbstgemachten Zitroneneistee dazu getrunken. Natürlich Vollkorn-Lasagne mit Käse aus Schafmilch, sonst hätten sie von Mrs Harding einen Anschiss bekommen, die sie nicht nur in Kampfsport unterrichtete, sondern auch auf ihre gesunde Ernährung achtete.

Erik putzte den Ofen, während Jayden das Geschirr abspülte und Lenny es abtrocknete und in den Schränken verstaute. Ihnen blieben noch fünf Minuten, danach würde der Nachmittagsunterricht bei Mr Wakefield beginnen, ihrem Ausbilder für Tarnen und Täuschen. Allerdings hatte der Mann noch viel mehr auf dem Kasten als das. Manche seiner Trainingseinheiten gingen in Richtung Psychologie und streiften damit das Fachgebiet von Elly D. Shepard.

»Beeil dich, sonst kommen wir zu spät«, drängte Jayden seinen Kumpel Erik, der mit dem Kopf immer noch im Ofen steckte und den Ventilator schrubbte. Jayden hatte keine Lust auf eine dreistündige Extra-Joggingrunde um Brighton Rock.

»Nur keine Eile, Ladies and Gentlemen«, drang es von der Tür zu ihnen. Mr Wakefield betrat die Küche, hob die Nase und schnupperte. »Wusste ich doch, dass ihr hier seid. Der Geruch zieht durchs ganze Haus. Habt ihr mir etwas übrig gelassen?«

Erik schob den Kopf aus dem Ofen heraus. »Äh, ja, Sir.« Er deutete zu einem Teller, über dem eine Folie haftete. Das war eigentlich seine Ration für den Nachmittag gewesen, aber anscheinend war er bereit, sie großzügig abzutreten.

»Richtige Antwort.« Mr Wakefield setzte sich an den Tisch, legte seine Mappe ab, schnappte sich Teller und Besteck und begann zu essen.

Erik warf Jayden und Lenny einen verwunderten Blick zu. Was hatte das zu bedeuten?

»Ihr könnt in der Küche bleiben und die nächste Übung gleich hier absolvieren«, sagte Mr Wakefield mit vollem Mund. »Heute macht ihr zur Abwechslung mal ein Teambuildingspiel.«

»Das dreihundertzehnte in dieser Woche«, stöhnte Erik auf und fläzte sich auf einen freien Stuhl.

»Sehr richtig, Mr Tuomi, davon kann man nie genug machen.« Mr Wakefield grinste, dann senkte er die Stimme. »Stellt euch vor, ihr seid Mitglieder in einer fürchterlich geheimen Geheimorganisation …«

»Das kriege ich geistig gerade noch hin«, sagte Erik zynisch.

Mr Wakefield ignorierte seinen Kommentar. »… und ihr fliegt mit eurem Flugzeug über ein hohes zerklüftetes Gebirge. Infolge technischer Schwierigkeiten bricht an Bord jedoch ein Brand aus und …«

»Das ist unmöglich«, sagte Erik trocken. »Wenn ich an Bord bin, kann es keine technischen Schwierigkeiten geben.«

Mr Wakefield stöhnte kurz auf, ignorierte ihn dann aber wieder. »… und ihr seid gezwungen, euer Flugzeug an einer Stelle zu landen, die etwa dreihundert Kilometer von der Zivilisation entfernt liegt. Wenn ihr vom Berg runter wollt, müsst ihr zuerst durch einen Wald und anschließend siebzig Kilometer durch eine Wüste bis zur nächsten Stadt.«

»Wo soll das denn bitte sein?«, fragte Erik provozierend.

»Zum Beispiel beim Cerro Torre, einem gefährlichen Kletterberg im Nationalpark Los Glaciares in Patagonien, im Süden Argentiniens«, schlug Lenny vor.

»Sehr gut.« Mr Wakefield zwinkerte ihr dankbar zu. Er hatte die Hälfte der Portion aufgegessen, wischte sich mit der Serviette ab, lehnte sich im Stuhl zurück, schloss die Augen und verschränkte die Hände hinter dem Kopf. »Während der Landung ist ein großer Teil eurer Ausrüstung beschädigt worden. Nur zwanzig Gegenstände sind nach der Landung unbeschädigt geblieben. Eure Aussicht zu überleben hängt davon ab, dass ihr euch für die richtigen Dinge entscheidet. Ihr müsst also diese Gegenstände in eine vernünftige Rangordnung bringen, je nachdem, wie notwendig sie euch zum Erreichen eures Ziels erscheinen. Ihr dürft allerdings nur neun Gegenstände davon verwenden – den Rest nicht, das sind die Spielregeln.«

»Nicht *sieben* Gegenstände?«, fragte Erik frech.

»Nein, neun«, antwortete Mr Wakefield mit einem Grinsen. »So großzügig bin ich.«

Lenny setzte sich ebenfalls und sah gelangweilt über den Tisch. »Das ist die ganze Aufgabe?«

»Natürlich nicht.« Mr Wakefield lächelte und öffnete die Augen. »Das Ziel ist ein einstimmiger Beschluss der Gruppe, mit dem alle einverstanden sind.«

»Ich entscheide mich für Erste-Hilfe-Kasten, Machete, Gewehr, Patronen, Funkgerät, Kompass, Wasserflasche, Klopapier und Nahrungsmittelpaket«, unterbrach Erik ihn, ohne zu wissen, um welche Gegenstände es sich handelte.

»Ich fürchte, dass nichts davon zur Verfügung steht«, erklärte Mr Wakefield. »Außerdem müssen wie gesagt alle zur gleichen Entscheidung kommen.«

»Das wird schwierig mit Erik«, seufzte Lenny prophetisch.

Jayden nickte. Das würde generell schwierig werden, denn jeder von ihnen war ein Dickkopf mit eigenen Ansichten.

Mr Wakefield öffnete seine Mappe und gab allen ein Blatt, auf dem die zwanzig Gegenstände aufgelistet waren. »Die vorgegebene Zeit von dreißig Minuten darf nicht überschritten werden, denn wie immer ...«

»... ist Zeitdruck das wichtigste Element bei diesem Spiel«, unterbrach Erik ihn.

»Sehr richtig, Mr Tuomi – übrigens prima gekocht.« Mr Wakefield erhob sich aus seinem Stuhl, zog eine Uhr aus der Hosentasche und startete den Countdown. »Gutes Gelingen.«

Jayden sah ihm nach, wie er den Raum verließ, dann schielte er zur Überwachungskamera neben der Dunstabzugshaube. Er war sicher, dass die nächsten dreißig Minuten aufgezeichnet wurden. Bestimmt traf sich Mr Wakefield mit Elly D. Shepard und anderen Ausbildern in Miss Ishidas Techniklabor, um von dort aus zu beobachten, wie sie sich in der Küche in die Haare kriegten.

Nachdem jeder von ihnen die Liste überflogen hatte, sah Jayden in die Runde. »Womit beginnen wir?«

Erik schaute bedauernd auf den halb leeren Teller, den Mr Wakefield übrig gelassen hatte. Plötzlich leuchteten seine Augen. »Eine kluge Entscheidung auf fast leeren Magen zu treffen, ist nahezu unmöglich. Also bin ich dafür, dass wir zuerst die drei Müsliriegel essen, die ganz unten auf dieser Liste stehen. Zufällig habe ich welche dabei.« Er kramte drei platt gedrückte Schokoriegel mit Nüssen und Rosinen aus der Gesäßtasche seiner Jeans und verteilte sie.

»Echt jetzt?«, fragte Lenny. »Du denkst immer nur ans Essen.«

»Hör mal!« Erik rückte näher an sie heran, während er die Verpackung seines Riegels aufriss. »Wissenschaftliche Studien haben belegt, dass voller Magen und gute Laune zu einer verbesserten Entscheidungsfindung führen.«

»Hast du das gerade erfunden?«, fragte Jayden.

»Na ja … öh, nein … irgendwo gibt es bestimmt eine Studie, die genau das beweist – und falls nicht, nenne ich sie …« Erik biss in den Riegel und strahlte. »… den Erik-Tuomi-Wohlfühl-Genie-Effekt.«

»Okay, Prof. Tuomi«, sagte Jayden und riss seinen Riegel auf. »Womit beginnen wir?«

Lenny wickelte auch ihren Riegel aus dem Papier und biss hinein. »Also, ich würde beim Wrack warten, weil es dort die beste Chance gibt, gefunden zu werden. Da wir die Müsliriegel schon gefuttert haben, bleiben nur noch acht Gegenstände übrig. Daher würde ich mich für den Rasierspiegel entscheiden, mit dem man die Sonne reflektieren und Signale senden kann. Die Plastikfolie, mit der man Regenwasser und Tau sammeln kann. Die Wasserflaschen, die Nahrungsration und die Schokolade als Reservenahrung. Die Nylonschnur, um bei einem Sturm am Berggipfel die wichtigsten Dinge festzubinden, und schließlich den Benzinkanister und die Streichhölzer, um ein Signalfeuer zu entfachen.«

Erik verzog missbilligend das Gesicht. »Meiner Meinung nach ist das fast alles unnötig – na ja, bis auf die Schokolade. Ich würde so schnell wie möglich vom Berg runter und zur nächsten Siedlung laufen. Wenn wir mit durchschnittlich vier Stundenkilometer unterwegs sind und pro Tag achtzehn Stunden laufen, haben wir das in vier Tagen geschafft. Und dafür würde ich Rucksack, sämtliche Wasservorräte, Nahrung für vier Tage, Schokolade und Magnetkompass mitnehmen sowie feste Schuhe, ein Seil und die Wundcreme gegen Blasen an den Füßen.« Er lehnte sich zurück, verschränkte die Arme und sah neugierig zu Jayden.

»Ich würde ebenfalls versuchen, mich bis zur nächsten Siedlung durchzuschlagen«, überlegte Jayden laut, hob jedoch gleichzeitig die Hand, um Erik zum Schweigen zu bringen, aus dem es sogleich euphorisch heraussprudeln wollte. »Allerdings nicht in einem viertägigen Gewaltmarsch, sondern langfristig gedacht und auf Nummer sicher gehend. Daher würde ich mich für den Rucksack, das Wasser und die in kleine Würfel verpackten Nahrungskonzentrate entscheiden, die Angelhaken und die Fallschirmseide, falls wir einen Bach zum Angeln finden, ebenso das Moskitonetz, um Fische zu fangen, den Cognac zum Desinfizieren von Wunden und dann noch das aufblasbare Kopfkissen, um darin zusätzliches Wasser für den Marsch durch die Wüste einzufüllen ...«

»Allen Ernstes?«, rief Erik. »Du würdest Haken, Seide und Moskitonetz mitnehmen und einen Angelausflug machen?«

»Ja, denn vielleicht sind wir zwei Wochen lang unterwegs

und werden mit jedem Tag schwächer. Ich würde entlang eines Flusses gehen und nicht stur geradeaus dreihundert Kilometer durchs Dickicht.«

Sie lehnten sich alle drei zurück und schwiegen. Der Sextant war der einzige Gegenstand, bei dem sie sich alle einig waren, dass ihn keiner brauchte, da er ohne Chronometer und Tabellen nutzlos war.

»Okay, Leute, wir haben also ein Problem«, fasste Lenny die Situation zusammen. »Jeder von uns hat eine andere Priorität. Ich will überleben und gefunden werden und verzichte dafür lieber auf die Chance, in die Zivilisation zurückzukehren. Erik riskiert lieber sein Leben, um die Zivilisation so rasch wie möglich zu erreichen. Und Jayden geht lieber auf Nummer sicher, um langfristig ans Ziel zu kommen.«

»Aber wenn es keinen Bach gibt, ist er am Arsch«, knurrte Erik.

»Entscheidungen basieren eben auf Wahrscheinlichkeiten«, konterte Jayden. »Und die Wahrscheinlichkeit, dass *du* am vierten Tag in der Wüste zusammenbrichst und verdurstest ist ziemlich hoch.«

»Okay, kriegt euch mal wieder ein«, schlichtete Lenny den Streit, während sie auf die Uhr blickte. »Wir haben jedenfalls zu wenige Fakten über unsere Situation, daher berechnet unser Gehirn unbewusst Wahrscheinlichkeiten, auf denen unsere Entscheidungen basieren. Allerdings haben wir unterschiedliche Ansichten. Daher müssen wir als Erstes unser gemeinsames Ziel definieren. Was wollen wir erreichen? Darauf müssen wir uns einigen, der Rest ist dann nicht mehr so schwierig.«

Erik und Jayden sahen Lenny an.

»Du hast recht«, sagte Jayden schließlich. »Die Frage ist: Welches Risiko wollen wir eingehen?«

Erik rückte näher an den Tisch. »Viel wichtiger ist doch: Was ist eigentlich unser Ziel?«, murmelte er. »Soweit ich mich erinnere, hat Mr Wakefield gar keines genannt.«

Stimmt! Sie sahen sich an. Plötzlich ging ihnen ein Licht auf. Sie mussten ihr gemeinsames Ziel selbst definieren, denn wenn jeder sein eigenes Ziel zu erreichen versuchte, würde jeder von ihnen auf seine Weise scheitern.

Und da die Zeit drängte, ließen sie das Los entscheiden. Und das Los entschied sich für Lennys Variante, die sie nun alle drei akzeptierten. Sie diskutierten die Vor- und Nachteile der zwanzig Gegenstände und erstellten eine Liste mit acht Utensilien. Als Nummer neun heftete Erik die Müsliriegelverpackung mit einem Tacker ans Ende der Liste.

Kaum waren sie fertig, waren die dreißig Minuten um. Vermutlich wurde die Aufnahme gerade beendet. Ohne weitere Diskussion gingen sie zu Miss Ishidas Techniklabor, wo sie tatsächlich Mr Wakefield fanden. Er hatte die Hände vor dem Gesicht gefaltet und dachte konzentriert nach, während er auf den Monitor starrte, der die leere Küche zeigte.

»Alles okay, Mister Teambuilding?« Erik wedelte mit ihrer gemeinsamen Liste vor seinem Gesicht herum. »Fertig – war ein Klacks.«

»Hab's gesehen.« Mr Wakefield nickte und steckte den Zettel ein. »Laden Sie das Video in die Cloud«, sagte er zu Miss Ishida, erhob sich und verließ ohne weiteren Kommentar den Raum.

»Und was ist nun das Ergebnis der Übung?«, rief Erik ihm nach.

»He, Mr Wakefield«, rief nun auch Lenny, da ihnen dieser keine Antwort gab. »Wie haben wir abgeschnitten?«

Immer noch keine Antwort.

»Was ist denn jetzt die richtige Lösung?«, versuchte es auch Jayden, doch Mr Wakefield ging nicht darauf ein. Er marschierte den Gang hinunter Richtung Fahrstuhl. Kurz bevor er in die Kabine stieg, warf er ihren Zettel in den Mülleimer.

Zur gleichen Zeit lief Elly D. Shepards weißer Kater Houdini mit einer Maus im Maul durch den Gang zum Lift und huschte durch den Spalt zu Mr Wakefield in die Kabine.

»Habt ihr das gesehen?«, rief Jayden.

»Was? Die Katze?«, fragte Lenny.

»Nein!«, zischte Jayden. »Wakefield hat unseren Zettel weggeworfen.«

»Starke Aktion«, murmelte Erik verblüfft.

»Oh!« Lenny war sprachlos.

»Ihr werdet das Ergebnis sicher zu einem späteren Zeitpunkt erfahren«, sagte Miss Ishida. »Und jetzt raus aus meinem Büro.«

34. KAPITEL

Mittlerweile war es auf Hell Island 23:15 Uhr. Jayden, Lenny und Erik hockten im Dunkeln einer kleinen Lagerhalle zwischen Autoreifen, Benzinkanistern, Rasenmähern und Batterien für die Elektrowägelchen. Alles war zwar penibel aufgeräumt und sortiert, aber es stank trotzdem nach Eisen, Öl und Gummi. Draußen war es dank der Flutlichtanlage immer noch taghell.

Lenny blickte auf die Armbanduhr, dann wandte sie sich an Erik. »Hast du deine Tattoomaschine dabei?«

»Klar, die lasse ich doch nicht in meinem Apartment zurück.« Erik kramte sie aus dem Rucksack.

Jayden zog den Schlüsselbund aus seiner Hosentasche, an dem die defekte Stabtaschenlampe hing. Sie steckten die Teile zusammen und versuchten zu funken, doch es funktionierte nicht. Die Antenne fing kein Signal ein. Niedergeschlagen demontierten sie das Funkgerät wieder und verstauten die Teile.

»Und jetzt?«, fragte Lenny.

»Wir warten bis Mitternacht, bis die Flutlichtanlage ausgeschaltet wird«, schlug Jayden vor. »Dann könnt ihr zum Tor gehen. Ich befreie Zoë und komme nach.«

»Toller Plan«, ätzte Lenny. »Wenn sie dich dabei erwischen und ordentlich in die Mangel nehmen, fliegt unsere Tarnung auf. Dann schaffen es weder Erik noch ich raus und niemand wird von MOEBIUS' Plänen erfahren.«

»Soll ich stattdessen tatenlos zusehen, wie Zoë gefoltert wird?«, entgegnete er.

»Ja, verdammt noch mal!«, fuhr Lenny ihn an. »Was geht uns diese Zoë an? Du kennst sie ja nicht mal richtig. Warum sollten wir unser Leben für sie riskieren?«

»Weil sie eine von uns ist.«

»Nein, sie ist eine Agentin des MI6, und für die sind wir nicht verantwortlich«, berichtigte Lenny ihn.

»Aber immerhin arbeitet sie wie wir für die britische Regierung«, mischte sich nun auch Erik in das Gespräch.

»Na und? Wir müssen an unseren eigenen Auftrag denken und dürfen uns nicht ablenken lassen«, beharrte Lenny. »Immerhin geht es dabei um ein Dutzend Anschläge auf Großbritannien. In zwei Wochen wird dem Land der Saft abgedreht und nur eine Woche später ist es radioaktiv verstrahlt. Millionen Menschen sind in Lebensgefahr. Das müssen wir verhindern – und das ist wohl wichtiger als das Leben einer einzelnen Person.«

Lenny hatte ja mit allem, was sie sagte, recht. Das wusste Jayden. Doch er konnte niemanden im Stich lassen. Paradoxerweise musste er ausgerechnet jetzt an seine Mutter denken, die ganz allein von Sri Lanka nach London gekommen war, um zwei Babys zur Welt zu bringen … und dabei zu sterben und zwei Waisenkinder zurückzulassen. Nein, wenn es in seiner Macht stand, wollte er niemanden im Stich lassen.

»Warum können wir nicht beides schaffen?«, fragte er. »Zoë befreien, aus dem Lager abhauen, uns bis zum Strand durchschlagen, ein Boot klauen und Kontakt mit dem U-Boot aufnehmen?«

»Wenn wir Zoë befreien«, fügte Erik hinzu, »können wir sie

nicht einfach hierlassen. Uns bleibt gar nichts anderes übrig, als sie auf unserer Flucht mitzunehmen.«

»Ich fasse es nicht.« Lenny warf die Arme hoch. »Anfangs wolltet ihr beide so schnell wie möglich von dieser Insel weg – dazu habe ich ja auch okay gesagt. Aber jetzt wollt ihr auch noch diese Zoë mitnehmen. Nein, da spiele ich nicht mehr mit.«

»Warum nicht?«, fragte Erik.

»Wenn bei eurer bis ins kleinste Detail durchdachten cleveren Befreiungsaktion etwas dazwischenkommt«, sagte sie spitz, »oder wenn Conrad dahinterkommt, dass wir ihn hereingelegt haben, schaffen wir es nicht mehr rechtzeitig raus und verpassen den Zeitpunkt des Rendezvous. Und du weißt, was das bedeutet!«

Ja, dass sie noch mindestens eine Woche lang hier festsitzen würden, wohl eher aber für den Rest ihres kurzen Lebens. »Es darf eben nichts schiefgehen«, sagte Jayden nachdenklich. »Genau dafür wurden wir ausgebildet.«

»Und genau deshalb bin ich nicht dabei. Ich habe einen Auftrag, und den werde ich erfüllen.« Lenny sah zu Erik. »Und du?«

Erik kaute auf der Unterlippe. »Ich bin zwar auf Jaydens Seite und denke, dass wir – wenn wir die Chance haben – Zoë befreien sollten, schon allein aus moralischen Gründen. Aber wir sollten es zumindest nicht alle gleichzeitig versuchen. Denn falls es schiefgeht, werden wir zumindest nicht alle geschnappt.«

»Und was bedeutet das nun konkret?«, fragte Jayden verwirrt.

»Du befreist sie – und Lenny und ich gehen zum Strand und organisieren in der Zwischenzeit ein Boot.«

Diese Entscheidung widersprach allem, was sie bei Mr Wakefield über Teambuilding und Gruppendynamik gelernt hatten. Trotzdem nickte Jayden und blickte stumm auf sein Handy. Noch eine halbe Stunde, dann würde es im Lager dunkel werden.

35. KAPITEL

ZWEI MONATE ZUVOR

Am selben Tag, an dem sie ihre Teambuildingaufgabe bei Mr Wakefield gelöst und danach ihren Kurs bei Mr Elliot im Analysieren von Blutspuren absolviert hatten, saßen sie spätabends wieder in der Küche und spielten bei Kaffee und Cola Karten. Allerdings hatten sie die Etiketten eines gesunden Bio-Ingwer-Schwarztees auf die Cola-Flaschen geklebt – für den Fall, dass Mrs Harding einen spontanen Blick in die Küche warf.

Das Kartenspiel hieß Räubern und man musste den anderen die Karten klauen. Nach ihren Regeln war Schummeln erlaubt – allerdings mussten fünf Pfund in ihre Gemeinschaftskasse gezahlt werden, wenn man dabei erwischt wurde. Während Houdini schnurrend auf der Fensterbank lag und sich mit der Pfote sein schwarzes Piratenauge putzte, beobachteten sie sich gegenseitig mit Luchsaugen. Jayden hatte sein Handy mit dem Küchenradio verbunden und so lief nun im Hintergrund ein altes Album von The Offspring.

Gegen acht Uhr abends betrat Charlene, die Kollegin vom Empfang, die Küche und holte sich aus dem Kühlschrank ihre Wurstsemmel und eine Packung Trinkkakao für den Heimweg mit dem Bus.

»Hi, Charlie«, murmelte Erik, ohne aufzusehen. »Hast du die Rollos schon runtergelassen?«

»Zwei nach acht. Das Sekretariat der Brighton Beach Shipyard hat offiziell zu.« Sie verstaute ihre Sachen in der Handtasche. »Habt ihr Houdini schon gefüttert?«

»Der hat heute schon eine Maus im Fahrstuhl gefressen«, sagte Erik trocken.

»Okay.« Charlie schob sich die schmale Lesebrille auf die Nasenspitze runter und musterte sie mit strengem Blick über den Brillenrand. Eine blonde Strähne fiel aus ihrer hochgesteckten Frisur. »Und was habt ihr heute so gelernt?«

»Teambuilding bei Mr Wakefield«, antwortete Erik gelangweilt.

»Flugzeugabsturz und Überleben im Gebirge«, ergänzte Lenny ebenso wenig enthusiastisch.

»Oh, ist wohl nicht so toll gelaufen.« Charlie schob den Kaugummi von einer Backe in die andere, machte eine gewaltige Blase und ließ sie zerplatzen. »Ihr wirkt irgendwie frustriert.« Gedankenverloren streichelte sie Houdini übers Fell, der sich auf den Rücken warf und gähnend alle viere von sich streckte.

»Wären wir nicht, wenn wir die Lösung erfahren hätten«, erklärte Jayden, ohne Erik und Lenny aus den Augen zu lassen.

Charlie ließ eine weitere Blase zerplatzen. »Wozu braucht ihr eine Lösung?«

»Wozu sonst die Übung?«, konterte Erik.

»Tja …« Anscheinend überlegte Charlie. »Vielleicht gibt es keine *richtige* Lösung.«

Jayden legte seine Spielkarten beiseite und starrte Charlie an, dann blickte er zu Lenny und Erik. »Ziel der Übung war es nicht, ein möglichst *gutes* Ergebnis zu erreichen, sondern ein *gemeinsames* Ergebnis«, erinnerte er sich.

»Und habt ihr das geschafft?«, fragte Charlie.

»Ja!«, rief Erik erstaunt. »Wir haben vorher alle Fakten und danach unsere Prioritäten geklärt.«

»Habt ihr als Gruppe ein Ergebnis hinbekommen?«, fragte Charlie.

»Ja.«

»Hat jemand versucht, sein eigenes Ergebnis durchzubringen?«

»Nein.«

»Habt ihr alles zivilisiert und in Ruhe besprochen?«

»Ja, verdammt.«

»Hatte jemand von euch das Gefühl, einen faulen Kompromiss einzugehen, und dadurch die Gruppenentscheidung unbewusst sabotiert?«

»Nein«, sagten alle drei wie aus einem Mund.

Charlie hob die Schultern. »Na, wozu regt ihr euch dann auf? Hektik und Kompromisse sind in solchen Situationen meist tödlich. Gratuliere – ihr habt den Test bestanden!«

In diesem Fall war nicht wichtig, dass sie die richtigen *Dinge* machten, dämmerte es Jayden, sondern dass sie die Dinge *richtig* machten. Deshalb hatte Wakefield den Zettel also weggeworfen. Weil es völlig unwichtig war, was darauf stand, da es um die Art und Weise gegangen war, wie sie ihre Strategie gefunden hatten.

Charlie knatschte mit ihrem Kaugummi und kraulte Houdinis Nacken. »Ach, übrigens …« Sie beugte sich über den Tisch und zupfte am Rand einer Bio-Ingwer-Schwarztee-Etikette. »… die müsst ihr besser ankleben – ich muss los.« Sie schnappte sich ihre Handtasche und verließ die Küche.

Jayden und Lenny sahen ihr erstaunt nach, während Erik unauffällig eine Karte unter den Stapel schob.

Nachdem Charlie Jacke und Schal aus ihrem Spind geholt hatte, verließ sie das Gebäude. Ihr Bus würde in zehn Minuten vom Hafenpier abfahren.

Mr Wakefield stand neben der Eingangstür, den Mantelkragen hochgeschlagen, rauchte eine Zigarette und trotzte dem Schneegestöber, das ums Gebäude fegte. »Geht es heimwärts, Charlie?«

Charlie nickte und zog sich die Wollmütze tiefer ins Gesicht. »Yes, Sir. Heute Abend läuft die letzte Folge von The Crown.«

»Sitzen die drei immer noch in der Küche?«

»Yes, Sir. Spielen Karten.«

»Und?«, fragte Mr Wakefield. »Hast du es ihnen gesagt?«

Sie schlüpfte in ihre Wollhandschuhe und nickte. »Gerade eben.«

»Wie haben sie darauf reagiert?«

»Ich glaube, intuitiv wussten sie es bereits.«

»Das dachte ich mir.« Mr Wakefield zog an der Zigarette. »Denkst du auch, dass sie bereit sind? Ich meine, als Team? Im Ernstfall?«

Charlie lächelte. »Ja, Sir. Die sind bereit. Schon lange.«

36. KAPITEL

Zehn Minuten nach Mitternacht ging das Licht auf dem gesamten Gelände aus. Nur eine dunkelblaue Notfallbeleuchtung brannte an manchen Stellen und tauchte das gesamte Areal in diffuses Dämmerlicht. Jayden schlich aus dem Schuppen. Mit einem Mal glaubte er, die Geräusche des nahen Dschungels deutlicher zu hören. Es war Sonntag und ihr siebter Tag auf der Insel war angebrochen.

Ohne sich nach Erik oder Lenny umzudrehen, machte er sich mit einem mulmigen Gefühl auf den Weg zurück ins Zentrum des Camps, wo der große Kreisverkehr mit dem weißen Kuppelgebäude lag. Im Schatten einiger Gebäude näherte er sich bis auf hundert Meter dem Haus, dann verschanzte er sich hinter einer Ladestation für E-Autos. Vor ihm lag der große Kreisverkehr mit den Palmen. *Mist!* Der Eingang des Gebäudes wurde von drei Securityleuten bewacht. Eine Frau und zwei Männer, die eine Zigarette rauchten und sich unterhielten. Kurz darauf zertrat einer der Männer den Stummel seines Glimmstängels auf dem Boden und verschwand durch die elektronisch gesicherte Tür ins Gebäude. Fenster gab es keine. Um hineinzugelangen, musste Jayden also durch den Eingang.

Selbst wenn er zur Ablenkung ein Auto anzündete oder in einem der anderen Gebäude eine Alarmanlage aktivierte, hätte das nur zur Folge, dass mehr Sicherheitsleute anrücken würden.

Jedenfalls würden sich die drei von diesem Platz sicher nicht wegbewegen.

Doch zum Glück hatte er eine andere Idee. Leise wie ein Fuchs und so unauffällig wie möglich schlich er zum Haus Liverpool. Auf Zehenspitzen stahl er sich die Treppe hinauf und betrat sein Zimmer. Die blaue Uniform, die er mit Erik aus dem Spind der Umkleidekabine geklaut hatte, lag immer noch gut versteckt unter seiner Matratze. Er schlüpfte hinein. Auf seinen kleinen Rucksack verzichtete er diesmal und stopfte sich stattdessen die wichtigsten Utensilien in die Seitentasche von Hose und Jacke. Obwohl er jetzt Schlagstock und Pfefferspray am Gürtel und eine Glock im Holster trug, verzichtete er trotzdem nicht auf das Küchenmesser, das er sich in den Stiefel steckte. Denn die Pistolen, die Erik und er aus der Waffenkammer geklaut hatten, waren – da sie an die extra gesicherten Magazine nicht herangekommen waren – ohne Munition.

Bevor er das Apartment verließ, schnappte er sich noch ein kleines Tablett aus der Küche, auf das er sämtliche Schokoriegel, drei Cappuccinodosen und ein paar einzeln verpackte Kuchenstücke aus seinem Kühlschrank stellte. So verließ er die Wohnsiedlung. Allerdings schlich er jetzt nicht mehr an den Häuserwänden entlang, sondern ging aufrecht mitten auf der Straße. Oft war es noch auffälliger, wenn man versuchte, unauffällig zu wirken, rief er sich Tipp Nr. 314 aus Elly D. Shepards Buch *999 Dinge, die Sie wissen müssen, bevor das Leben zu Ende ist* ins Gedächtnis.

Auf dem Weg zum Kuppelgebäude kamen ihm nur zwei Patrouillen im Elektrowagen entgegen, die nur knapp die Hand zum Gruß hoben.

Wenige Meter bevor er den Kreisverkehr erreichte, der wie der Rest der Anlage in dämmriges blaues Licht getaucht war, balancierte er das Tablett mit einer Hand und nahm das Funkgerät vom Gürtel. Er hatte zwar keine Ahnung, auf welcher Frequenz die Wachleute untereinander sprachen, aber das war auch egal, denn er hatte das Walkie-Talkie sowieso nicht eingeschaltet.

»Ja, ich bin schon da, Ma'am«, sagte er, als er in Hörweite der Wachen kam. »Okay, ich richte es aus. Over and out!« Er klemmte das Funkgerät wieder an den Gürtel.

Jetzt standen die beiden Männer vor dem Eingang – einer mit Glatze, der zweite mit Schnauzbart. Die Frau fehlte. Der Glatzkopf zertrat soeben eine Zigarette auf dem Boden.

»Hallo, Jungs«, sagte Jayden gut gelaunt, als er die Eingangstür erreichte. »Was für eine angenehme Nacht. Schöne Grüße von Amanda Woolf. Sie bedankt sich für euren außertourlichen Einsatz.«

Der Glatzkopf kniff die Augenbrauen zusammen. »Ist normalerweise gar nicht ihre Art.«

»Na ja ...« Jayden lächelte. »Ich habe ein wenig nachgeholfen und ihr erzählt, wie hart der Job hier ist. Das habe ich aus der Mensa für euch abgezweigt – ein kleiner Muntermacher.« Er hielt das Tablett so, dass man das Namensschild an seiner Uniform nicht erkennen konnte. Seine Hoffnung war, dass es so viel Securitypersonal auf Hell Island gab, dass sich die Leute untereinander nicht alle kannten.

»So gut kennst du Amanda Woolf also?«, fragte der Schnauzbart.

»Wer zum Teufel bist du eigentlich?«, wollte der Glatzkopf wissen.

»Bin mit ihr angereist, gehöre zu ihrer persönlichen Garde«, log Jayden. Er musste vorsichtig sein. Je mehr er log, umso größer die Gefahr, sich zu verplappern. Darum wechselte er rasch das Thema. »Wo ist denn eigentlich ...?«, fragte er und sah sich demonstrativ um.

»Liza?« Der Glatzkopf nickte zur Tür. »Die ist drin.« Er langte zum Tablett und schnappte sich eine Kaffeedose und zwei Kuchenstücke. »Danke.«

Der Schnauzbart krallte sich die anderen beiden Dosen und die Schokoriegel. »Liza trinkt keinen Kaffee.« Einen Schokoriegel ließ er auf dem Tablett liegen. »Den kannst du ihr bringen.«

»Okay. Ich schau zu ihr rein.« Jayden ging zur Tür.

»Mach das, und grüß sie von uns«, hörte Jayden hinter seinem Rücken. Er stand vor der Metalltür. Es gab weder Türklinke noch Sensor zum Öffnen, nur ein großes Display mit Buchstaben, Zahlen und einer roten Lampe.

»Kommst du nicht rein?«, fragte einer der beiden mit einem lauernden Unterton.

»Doch, doch ...«, murmelte Jayden. Er hielt kurz die Luft an, dann tippte er dreimal 101, schickte ein kurzes Stoßgebet zum Himmel und wartete. Die Lampe sprang von rot auf grün und die Tür glitt geräuschlos auf. Jayden wandte sich um. »Seht ihr, alles ...« Er verstummte.

Die beiden Männer standen hinter ihm, die Waffen auf ihn gerichtet. Dann warfen sie sich einen Blick zu. »Schade, ich dachte, der wäre ein Spion und wir könnten ihn umnieten«, sagte der Schnauzbart.

»Ja, ewig schade.« Der Glatzkopf nahm die Waffe herunter.

Jayden lachte. »Gut reagiert – ich hätte es genauso gemacht.«

Er zwinkerte ihnen zu. Dann betrat er das Gebäude. Hinter ihm fuhr die Tür wieder zu.

Vor ihm lag ein großer weißer Raum im Licht gedimmter Leuchtstoffröhren. Sogar der Boden war weiß gefliest. Es sah aus wie in einem modernen Heilsanatorium mit futuristischen blauen und roten gerahmten Bildern an der Wand, die von hinten beleuchtet wurden.

Von hier aus gingen zwei Korridore in die hinteren Bereiche des Kuppelgebäudes. Aus einem dieser Gänge kam ihm die Sicherheitsdame in blauer Uniform entgegen. »Hier ist alles in Ordnung ...«, rief sie, zögerte dann jedoch, als sie ihn genauer sah. »Wer bist du?«

»Hallo, Liza.« Jayden hielt ihr den Schokoriegel hin. »Mit den besten Grüßen von Amanda Woolf. Mehr haben deine beiden Kollegen draußen leider nicht übrig gelassen.« Demonstrativ hielt er das leere Tablett hoch.

Als Liza nach dem Schokoriegel griff, zog Jayden ihr das Tablett seitlich über die Schläfe. Sie taumelte zurück, und noch bevor sie hinfiel, knallte Jayden ihr die Faust gezielt gegen das Kinn. Der Schlag knockte sie aus. Bestimmt würde sie für mindestens fünfzehn Minuten bewusstlos bleiben und anschließend heftige Kopfschmerzen haben.

»Sorry, aber das war nötig.« Er packte sie unter den Achseln und schleifte sie zurück in den Gang. Mit dem Ellenbogen drückte er die erstbeste Tür auf – ein Technikraum mit einem Dutzend flimmernder Monitore an der Wand – und schleppte sie hinein. Zwischen Pult und Drehstuhl ließ er sie auf dem Boden liegen, in stabiler Seitenlage, damit sie nicht erstickte, falls sie eine Gehirnerschütterung hatte und sich übergeben musste.

Dann nahm er ihr das Funkgerät ab und tauschte seine Dienstwaffe gegen ihre aus. Nun hatte er eine Glock 17 mit scharfer Munition. Für den Notfall. Zuletzt drückte er Liza noch den Schokoriegel in die Hand. »Wenn du aufwachst, brauchst du bestimmt Zucker, beruhigt die Nerven.«

Er richtete sich auf und betrachtete die Bildschirme. Alle überwachten Räume waren leer, nur in zwei Kabinen saß jeweils ein Gefangener. Offenbar hatten sie mittlerweile schon einen zweiten Spion gefasst. Hatte der MI6 mehrere Agenten eingeschleust? Jedenfalls saß Zoë in Zelle Nummer acht an einen Stuhl gefesselt. Sah nicht so schwierig aus, sie zu befreien. Hoffentlich blieben die beiden Wachmänner inzwischen so lange draußen und plauderten bei Kaffee und Kuchen miteinander.

Rasch verließ Jayden den Technikraum und marschierte durch die Gänge, bis er die Zellentür mit der Nummer acht fand. Eine massive Metalltür mit einem Guckloch. Wieder keine Klinke, nur ein Display. Bevor er sein Glück auf der Tastatur versuchte, blickte er sicherheitshalber durch den Türspion. Zoë saß zusammengesunken auf einem Stuhl. Er tippte dreimal 101, woraufhin sich die Tür öffnete.

»Bitte nicht …«, jammerte Zoë schwach, ehe sie den Kopf hob.

Jayden trat ein. »Hallo, Zoë, sei still und hör bitte nur zu.«

»Woher … kennst du … meinen Namen?« Sie hatte dunkle Ringe unter den Augen und sah ihn verwirrt an.

»Wir kennen uns vom MI6-Trainingscamp. Ist schon über eineinhalb Jahre her.«

»Ich … erinnere mich.« Ihre Augen weiteten sich ein bisschen. »Du bist Jason …«

»Jayden«, korrigierte er sie.

»Ich hab dich damals ziemlich vermöbelt … aber du hast auch echt hart gekämpft. Arbeitest du jetzt für Hell Island?«

»Ich bin hier, um dich zu befreien. Wir haben nicht viel Zeit.« Er langte in seinen Stiefel, holte das Messer heraus und schnitt ihr mit zwei kräftigen Bewegungen die Kabelbinder zwischen den Händen und Beinen durch.

»Bist du auch beim MI6?«, fragte sie verwundert.

Jayden gab keine Antwort, denn nicht einmal der britische Geheimdienst wusste von der Existenz der Last Line of Defense. »Kannst du gehen?«, fragte er stattdessen.

Zoë erhob sich schwach und wankte ein wenig. Sie stützte sich auf Jaydens Schulter ab. »Ja, denke schon.«

»Haben sie dir wehgetan?«

»Keine Schläge, aber Elektroschockbehandlung …«

»Okay, wir müssen jetzt raus hier. Bist du fit? Draußen stehen zwei Typen. Die müssen wir erledigen, dann hauen wir ab.«

»Okay … aber wohin?«

»Sag ich dir unterwegs. Wir dürfen jetzt keine Zeit verlieren.« Er stützte sie und führte sie aus der Zelle hinaus. Langsam marschierten sie zum Ausgang.

Als sie an der Zelle Nummer drei vorbeikamen, blieb Jayden kurz stehen. »Wer ist der Typ da drin?«

»Was? Wo? Keine Ahnung.«

»Keiner deiner Kollegen?«

»Nein, ich bin allein hier.«

»Wer sitzt dann in der Zelle?«

»Ist das nicht egal?«, murmelte Zoë erschöpft. »Hast du nicht gesagt, dass wir …« Sie rieb sich mit den Handballen über die

Augen, dann gab sie sich selbst eine leichte Ohrfeige, um wach zu werden. »… so schnell wie möglich abhauen müssen?«

»Ja, dauert ja nur einen Moment …« Er blickte durch das Guckloch und sah einen ausgemergelten jungen Mann mit dem Ansatz eines Vollbarts, der barfuß, mit nacktem Oberkörper und nur mit einer grauen Hose bekleidet zusammengekauert auf dem Boden lag.

Jayden tippte auf das Display.

»Was machst du da?«, flüsterte Zoë.

»Den Mann befreien.«

»Wozu, verdammt?«

»Wozu?« Jayden begriff Zoës eiskalte Art nicht. Die Tür öffnete sich und er betrat die Zelle. Der Mann auf dem Boden hob den Kopf. Seine Augen waren gerötet, die Gesichtszüge eingefallen. Neben ihm standen eine Schüssel Wasser und eine Schüssel mit den Resten angebissener Hundekuchen. Er wurde in dieser Zelle wie ein Tier gehalten.

Als ihn der Mann anblinzelte, erkannte Jayden ihn.

»Das gibt's doch nicht.«

Vor ihm lag Agent Ken Garrison vom Team Alpha der Last Line of Defense.

37. KAPITEL

Jaydens Herz machte vor Freude einen Satz. Garrison war gar nicht erschossen worden. Offenbar hatte man ihn am Leben gelassen. Allerdings hatte er einen hässlichen Streifschuss am Oberarm. Die Wunde war nicht verbunden. Den roten Wundrändern und dem strengen Geruch nach zu schließen war sie böse entzündet.

»Jayden …«, röchelte Garrison schwach. »Welchen Tag haben wir heute?«

Jayden beugte sich zu ihm hinunter und half ihm in eine aufrechte Position. »Sonntag, 24. März, ein Uhr früh.«

Garrison runzelte die Stirn. Anscheinend versuchte er, sich zu konzentrieren.

»Dein Absprung war vor elf Tagen«, half Jayden ihm weiter. »Kannst du gehen?«

»Muss ich wohl«, presste er hervor. »Eigentlich habe ich nicht damit gerechnet, dass jemand kommt, um mich zu holen.«

»Ehrlich gesagt bin ich auch nicht deshalb hier. Es war Zufall, dass ich dich gefunden habe«, erklärte Jayden. »Wir dachten, sie hätten dich erschossen.« Er half Garrison, sich hochzustemmen.

»Sie haben mich angeschossen und danach mein Funkgerät zerstört.« Garrison biss die Zähne vor Schmerzen zusammen, als er den Arm bewegte und sich auf Jaydens Schulter abstützte. »Einen Moment …« Er schloss die Augen und wankte ein wenig, dann öffnete er sie wieder. »Es geht schon wieder.« Sein Blick wurde klarer und er konnte sich allein aufrecht halten.

»Wir sollten jetzt abhauen.«

»Sicher.« Garrison versuchte zu lächeln. Die Aussicht auf Flucht schien ihm neue Kraft zu geben. »Bist du allein?«

»Nein, Zoë kann uns helfen.«

Jayden half Garrison in den Gang, der langsam einen Schritt vor den anderen setzte. Zoë hatte im Gang gewartet. Als Garrison sie nun sah, weiteten sich seine Augen. Entsetzt blickte er zu Jayden. »Die kenne ich, die arbeitet für MOEBIUS.«

»Kein Sorge«, beruhigte Jayden ihn. »Der MI6 hat sie vor vier Monaten als Sicherheitschefin für Prof. MacMurdoch auf Hell Island eingeschleust.«

»Und du traust ihr?«, fragte Garrison. »Was ist, wenn sie eine Doppelagentin ist?«

»Geht's noch?«, brauste Zoë auf, die inzwischen wieder fit zu sein schien. »Was ist, wenn *du* ein verkackter Doppelagent bist und das Ganze eine Falle für *mich* ist?«

»Beruhigt euch beide wieder«, sagte Jayden.

»Woher kennt ihr euch eigentlich?«, fragte Zoë plötzlich misstrauisch. »Von welcher Organisation seid ihr?«

»Kein Wort!«, fuhr Garrison dazwischen, bevor Jayden den Mund aufmachen konnte. »Die wollen schon seit Tagen aus mir herausbekommen, wer mich geschickt hat. Die arbeiten mit allen Tricks.«

Jayden hätte die Last Line of Defense in Zoës Gegenwart sowieso nicht erwähnt. »Ich kenne sie vom MI6-Camp«, erklärte er Garrison, der durch die lange und belastende Gefangenschaft vermutlich bereits paranoid geworden war.

»Okay, aber vielleicht wurde sie von MOEBIUS umgedreht«, spekulierte Garrison. »Womöglich ist sie ein Köder, der ausgelegt wurde, um *dich* in eine Falle zu locken.«

Zoës Augen funkelten wild. Jayden konnte sich nicht vorstellen, dass MOEBIUS eine Agentin des MI6, die eineinhalb Jahre lang ausgebildet worden war, innerhalb weniger Wochen umdrehen konnte. Bestimmt war Zoë, genau wie Garrison, auf solche Gefahren vorbereitet worden.

»Wir haben jetzt keine Zeit für lange Diskussionen«, drängte Jayden. »Wir marschieren alle drei hier raus und überwältigen die beiden Wachleute.« Er blickte zu Zoë. »Du zuerst!«

Sie ging voraus. Jayden folgte ihr und behielt sie im Auge, während er Garrison stützte. Kurz bevor sie den Vorraum mit den Gemälden erreichten, öffnete sich lautlos die Eingangstür. Glatzkopf und Schnauzbart betraten das Gebäude. »Liza?«, rief einer der beiden. Dann erkannten sie Jayden, Zoë und Garrison, die aus dem Gang kamen, und griffen zu den Waffen.

Zoë machte instinktiv einen Schritt zurück, unterdessen hatte Jayden bereits die Glock aus seinem Holster gezogen und mit beiden Händen auf die zwei angelegt. Garrison hielt sich wankend neben ihm. »Keine ruckartigen Bewegungen. Hände ganz langsam über den Kopf und kein Wort!« Abwechselnd hielt Jayden die beiden in Schach, während sich die Eingangstür automatisch wieder schloss.

Sie gehorchten. »Du kommst hier niemals lebend raus.«

»Ich sagte: kein Wort!«, wiederholte Jayden. Ohne den Blick von den beiden zu nehmen, nickte er zu Garrison. »Nimm ihnen die Waffen ab.«

Garrison setzte sich mit steifen Gliedern in Bewegung. In diesem Moment sah Jayden eine Bewegung aus dem Augenwinkel. Zoë schlug ihm mit der Handkante gegen das Handgelenk. Die Waffe fiel ihm aus der Hand. Ihr nächster Schlag richtete sich gegen seine Kehle, doch er blockte den Angriff ab und wich zurück.

Garrison wollte die Waffe aufheben, aber die beiden Wachleute hatten sich bereits genähert. Inzwischen hielten sie ihre Pistolen in den Händen und zielten auf Garrison und ihn.

Jayden erstarrte. *Verdammt!*

Zoë lächelte überlegen. Ohne ihn aus den Augen zu lassen, hob sie seine Waffe auf, wechselte die Seite und stellte sich neben Glatzkopf und Schnauzbart. »Amanda Woolf und General LeBlanc interessieren sich bestimmt brennend dafür, für wen ihr beide arbeitet.«

»Habe ich es dir nicht gesagt«, murmelte Garrison vorwurfsvoll.

Jayden ignorierte ihn. »Und was ist mit deiner Festnahme durch Amanda Woolf?«, fuhr er Zoë an.

»War nur vorgetäuscht.« Sie lächelte. »Eine Sicherheitsmaßnahme, damit wir eventuell eingeschleuste Spione wie dich entlarven können.«

Du dämlicher Idiot!, schimpfte Jayden sich selbst. Lenny hatte also richtiggelegen, als sie sich gegen Zoës Befreiung entschieden hatte. Und Garrisons Vermutung war ebenfalls richtig gewesen. Aus dem Augenwinkel sah er, wie Garrison kraft- und mutlos die Schultern hängen ließ. »Alles umsonst«, seufzte er.

Jayden sah ihn verzweifelt an. »Tut mir leid.«

38. KAPITEL

»Ihn könnt ihr weiter in seiner Zelle verrotten lassen«, sagte Zoë zu den beiden Wachleuten und deutete zu Garrison. »Aber den brauchen wir noch.« Sie blickte zu Jayden. »Er wird uns alles verraten, was wir wissen wollen.« Sie ging zum Display, um die Eingangstür zu öffnen.

»Und Sie, Miss?«, fragte der Glatzkopf.

Zoë tippte die Kennzahl ein, woraufhin sich die Eingangstür lautlos öffnete. »Ich gebe Amanda Woolf Bescheid, außerdem kümmere ich mich darum, dass die Sicherheitscodes geändert werden.«

Jayden bemerkte die Umrisse einer Person, die sich draußen auf dem Vorplatz verborgen hielt. »Willst du nicht wissen, wie ich in dieses Gebäude und in deine Zelle gekommen bin?«, fragte er rasch.

Zoë drehte sich zu ihm um und kam ihm ein paar Schritte entgegen. »Das werden wir später alles beim Verhör herausfinden. Ebenso, ob du allein oder in Begleitung hergekommen bist.«

Jayden sah, wie die Person, die draußen in der Dunkelheit stand, langsam in den Lichtkegel der Deckenbeleuchtung trat. Es war Erik.

Jayden versuchte, sich seine Überraschung und Freude nicht anmerken zu lassen. »Was habt ihr mit mir vor?«, fragte er, um Zoë abzulenken. Sowohl sie als auch der Glatzkopf und der

Schnauzbart standen mit dem Rücken zur Tür und hielten ihn und Garrison in Schach.

Inzwischen näherte sich Erik langsam den beiden Wächtern. Hinter ihm schloss sich die Tür wieder automatisch, aber keiner ihrer Gegner drehte sich um. Erst als Erik hinter dem Glatzkopf stand, warfen er, Jayden und Garrison sich einen vielsagenden Blick zu. Sie waren drei gegen drei und hatten nur einen Versuch, und der musste auf Abhieb klappen. Jeder von ihnen kannte seine Aufgabe.

»Was ist plötzlich mit euch los?«, fragte Zoë misstrauisch.

In diesem Moment schlug Erik mit der Handkante zu. Er traf seitlich von hinten die Halsschlagader des Glatzkopfs und stieß ihm gleichzeitig das Knie in die Niere, sodass er stöhnend zusammensackte. Schnauzbart und Zoë waren kurz abgelenkt, und in dieser Zeit stürmte Jayden nach vorn, trat dem Schnauzbart gegen die Kniescheibe, blockte sicherheitshalber die Schusshand ab und rammte ihm mit einer fließenden Bewegung den Ellenbogen gegen die Kehle. Schnaufend verdrehte der Mann die Augen und sackte bewusstlos zu Boden.

Inzwischen kämpfte Garrison mit Zoë, die ihm jedoch wegen seiner geschwächten Verfassung deutlich überlegen war. Dennoch gelang es Garrison, Zoës Waffenhand mit letzter Kraft so zu fixieren, dass sie nicht schießen konnte. Er drückte ihr mit dem Daumen auf einen Punkt am Handrücken, woraufhin ihr die Pistole aus der Hand fiel. Mit dem Fuß kickte er die Waffe weg, sodass sie quer über den Boden bis zur Eingangstür schlitterte. Im nächsten Moment kam auch schon Erik zu Hilfe und drückte Zoë von hinten mit einem Würgegriff die Luft ab, bis auch sie bewusstlos zusammenbrach.

Erik richtete sich auf und streckte den Rücken durch, dass die Wirbel knackten.

»Was tust du hier?«, rief Jayden verblüfft.

»Puuuh …« Erik wischte sich über die Stirn. »Du dachtest doch nicht wirklich, dass ich dich das allein durchziehen lasse, oder? Schon vergessen, was wir gelernt haben? Ohne mich hast du doch keine Chance«, sagte er grinsend.

»Garrison und ich hätten das geschafft«, widersprach Jayden.

»Wir waren knapp davor, alle plattzumachen«, pflichtete Garrison ihm bei.

»Ja, das habe ich gesehen.« Erik ging zu Garrison, schüttelte ihm die Hand, stützte ihn aber gleichzeitig mit der anderen Hand. »Freut mich, dich zu sehen. Oh, deine Wunde sieht aber übel aus. Du musst nur noch bis acht Uhr früh durchhalten. Dann holt uns ein U-Boot vor der Küste ab.«

Erleichtert atmete Garrison aus. Eine Träne lief ihm über die Wange. Vermutlich hätte er keinen weiteren Tag mehr in Gefangenschaft ausgehalten. »Ein U-Boot?«, wiederholte er mit glänzenden Augen. »Eine Dusche, frische Kleidung, Kaffee, Spiegeleier, Bohnen und Speck. O Gott, ich kann es noch gar nicht glauben.«

»Tja, wie damals bei meinem letzten Einsatz in einem U-Boot vor den Malediven, als …«, flunkerte Erik.

»Behalt es für dich!«, unterbrach Jayden ihn lachend.

Plötzlich schwang die Tür des Technikraums auf. Liza trat durch den Gang in den Vorraum. In ihrer derangierten blauen Uniform und der zerrupften Frisur sah sie ziemlich ramponiert aus. Sie hielt ihre Waffe auf sie gerichtet und kam langsam näher. »So, ich habe mir jetzt genug von euch Amateuren angehört.« Abwechselnd hielt sie Erik, Jayden und Garrison in Schach.

»Wenn sich auch nur einer von euch Mistsäcken bewegt ...«, drohte sie, »... knalle ich euch ab! Kein Warnschuss ins Knie oder in die Schulter, ist das klar?«

Erik und Garrison erstarrten zu Salzsäulen, während Liza mit der freien Hand ein Ersatzfunkgerät, das sie anscheinend im Technikraum gefunden hatte, zum Mund führte.

»Ja, knall uns doch einfach alle der Reihe ab«, sagte Jayden gelassen und ging gemächlich auf Liza zu.

Liza richtete den Lauf nun auf ihn. »Stehen bleiben!« Sie zielte auf seine Brust. »Letzte Warnung!« Dann drückte sie ab. Doch die Waffe machte nur *klick*, der Schlitten bewegte sich keinen Millimeter.

»Nicht geladen«, sagte Jayden ruhig, »im Gegensatz zu dieser Dose.« Er zog das Pfefferspray von seinem Gürtel und sprühte Liza damit in die Augen, sodass sie röchelnd und tränenüberströmt zu Boden sackte. Mit dem Fuß schob er das Funkgerät weg.

»Und jetzt?« Erleichtert, aber gleichzeitig besorgt, blickte Erik zu Liza und den beiden Wächtern, die ganz langsam wieder zu sich kamen.

»Wir müssen Zoë und die anderen drei unauffällig verschwinden lassen«, sagte Jayden.

»Am besten *für immer*«, ergänzte Garrison.

»Wir lassen niemanden *für immer* verschwinden«, widersprach Jayden. »Wir fesseln und knebeln sie und sperren jeden von ihnen in eine eigene Zelle. Das muss reichen. In ein paar Stunden sind wir sowieso von dieser Insel verschwunden.«

»Ihr werdet niemals die Küste erreichen!«, hörte Jayden plötzlich eine weibliche Stimme hinter sich und erstarrte. »Wenn jemand gefesselt und geknebelt wird, dann seid ihr das!«

Verdammter Mist! Es war Zoë. Sie hatte sich vermutlich bewusstloser gestellt, als sie war, und die letzten Sätze ihres Gesprächs gehört. Unauffällig war sie auf allen vieren über den Boden bis zu ihrer Waffe gekrochen und wollte sie jetzt hochheben.

Doch da öffnete sich hinter ihr lautlos die Eingangstür. In der Dunkelheit hinter Zoë tauchte Lenny auf. Jayden konnte es kaum glauben. Sie trat Zoë mit ihrem ganzen Gewicht auf die Hand, in der sie die Pistole hielt, bis die Knöchel knirschten.

»Ah, ah!«, sagte Lenny und sprach jetzt nicht länger mit ihrem leichten italienischen Akzent als Francesca, sondern mit ihrer normalen Stimme. »Kopf runter – Gesicht auf den Boden!«

Mit schmerzverzerrtem Gesicht versuchte Zoë, ihre Hand zu befreien, und wollte sich gleichzeitig umdrehen. Doch Lenny packte sie an den Haaren am Hinterkopf, wand ihr die Waffe aus der Hand und drückte sie zu Boden. Unterdessen glitt hinter ihr die Tür wieder zu.

Zoë keuchte verzweifelt. »Ihr werdet hier niemals lebend …«

»Dich hat niemand gefragt!«, fuhr Erik sie an.

»Wer zum Teufel seid ihr überhaupt?« Zoë wollte sich erneut zu Lenny umdrehen.

»Das würde ich an deiner Stelle nicht tun«, sagte Erik, da er vermutlich ahnte, was Lenny vorhatte.

Im nächsten Moment ließ Lenny auch schon Zoës Haare los und schlug sie mit einem gezielten Hieb gegen die Halsschlagader bewusstlos. Diesmal bestimmt für längere Zeit. Dann richtete Lenny sich auf und steckte sich die Pistole hinten in den Hosenbund. »Was für ein zähes kleines Biest.«

»Du bist auch hier?«, rief Jayden nun erleichtert.

»Hab die ganze Zeit draußen Schmiere gestanden, bis mir das Ganze hier drinnen zu lange gedauert hat«, erklärte sie. »Irgendwie hatte ich das Gefühl, dass deine Ein-Mann-Befreiungsaktion schiefgehen könnte. Als Team sind wir schließlich am stärksten.«

Jayden sah zu Erik. »Ihr beide traut mir wohl nicht sehr viel zu?«

»Zumindest nicht gegen einen Feind wie MOEBIUS«, erklärte Erik.

»Und warum kommt ihr dann so spät?«, warf Jayden ihnen lachend vor.

»Tja, wir hatten zu tun.« Lenny lächelte ebenfalls. »Während du dich hier mit dieser Zoë amüsiert hast, haben wir mit Conrads Passwort das Kamera- und Drohnenüberwachungsnetz von hier bis zum Checkpoint 9 am Eingang für die nächsten Stunden lahmgelegt.«

»Wow«, entfuhr es Garrison.

Lächelnd reichte Lenny ihm die Hand. »Schön, dass du noch am Leben bist.«

»Wahnsinn.« Nun lächelte auch Garrison erleichtert. »Team Omega – wie es leibt und lebt.«

39. KAPITEL

Erik, Jayden und Garrison schnappten sich die Dienstpistolen der drei Securityleute. Während Lenny erneut vor dem Eingang Schmiere stand und Jayden die Wachen mit der Pistole in Schach hielt, zog Garrison dem Glatzkopf Hemd und Uniformjacke aus und schlüpfte selbst hinein. Das Hemd flatterte zwar um seine Brust und die Jacke war an den Ärmeln etwas zu kurz, aber für den kleinen Ausflug, den sie vorhatten, würde es reichen. Da sich beide Wachen in ihrer Bewusstlosigkeit allerdings in die Hosen gemacht hatten, musste Garrison seine Häftlingshose anbehalten.

Während Garrison zuletzt noch mit einem prüfenden Blick herauszufinden versuchte, welches Paar Schuhe ihm wohl am besten passen würde, erhellte sich plötzlich sein Gesicht. »Der Glatzkopf hat *meine* Schuhe an«, rief er ungläubig. »Hat sie mir einfach geklaut, der Mistkerl.«

Jayden blickte zum Glatzkopf, der immer noch benommen auf dem Boden saß. Tatsächlich. Er trug die schwarzen Einsatzschuhe der Last Line of Defense. Garrison zog sie ihm bereits aus, schlüpfte hinein und schnürte sie zu.

Danach fesselten sie Zoë sowie Liza und ihre beiden Kollegen Schnauzbart und Glatzkopf fachmännisch mit Kabelbindern, die Erik im Werkzeugschrank des kleinen Ersatzteillagers neben dem Technikraum gefunden hatte. Zusätzlich knebelten und verschnürten sie die Münder der vier mit Monitor- und Mauskabel aus dem Technikraum, sodass sie die Stofffetzen nicht ausspucken konnten.

Der Glatzkopf startete zwar in Socken und mit nacktem Oberkörper einen Ausbruchversuch, doch Jayden verpasste ihm eine saftige Dosis Pfefferspray ins Gesicht, sodass er tränenüberströmt zusammenbrach. Danach war jeder Widerstand endgültig gebrochen.

Bevor sie die vier in eigene Gefängniszellen sperrten, demontierten sie die Kameras in den Räumen, sodass man über die Monitore im Technikraum nicht überprüfen konnte, wer in den Zellen saß.

Irgendwann öffnete sich die Eingangstür und Lenny steckte den Kopf herein. »Wie lange dauert das denn noch?«, drängte sie. »Ich stehe mir hier draußen die Füße in den Bauch.«

»Ja, wir sind gleich so weit.« Erik loggte sich mit Conrads Passwort ins System ein und änderte die Codes der Zellen von 101–101–101 auf 666–666–666. »Die Zahl des Teufels«, erklärte er dämonisch grinsend. »Damit sind sie bestimmt eine Zeit lang beschäftigt.« Er dachte kurz nach. »Vielleicht sollten wir auch noch einen Weg finden, unseren Tod vorzutäuschen. Immerhin wird General LeBlanc spätestens beim Frühstück draufkommen, dass wir verschwunden sind.«

»Nette Idee, aber so viel Zeit haben wir nicht mehr«, drängte Jayden.

Garrison war ebenfalls dagegen. Die ganzen Vorkehrungen hatten sie extrem viel Zeit gekostet und im Moment zählte jede Minute.

Um halb vier Uhr früh waren sie endlich mit allem fertig. Sie traten ins Freie zu Lenny und begaben sich im blauen Dämmerlicht der Notbeleuchtung zum Haupttor.

Es war kühl, Morgentau haftete bereits auf den Gräsern der Wiesenstreifen. Das Areal lag vollkommen ruhig vor ihnen, und da die Drohnen auf dem Weg zum Haupttor außer Gefecht gesetzt waren, surrte auch nichts am Himmel. Nur der nahe Dschungel rings um sie herum erwachte langsam zum Leben. Einige Vögel zwitscherten und irgendwo krächzte ein größeres Exemplar.

Jeder von ihnen blickte sich immer wieder um, ob jemand auf sie aufmerksam wurde, doch sie begegneten niemandem. Erst als sie in die Nähe des Haupttors kamen, tauchten die ersten Wachen auf. Mit Funkgerät am Gürtel, geschultertem Gewehr und Nachtsichtgerät um die Brust patrouillierten sie entlang des elektrischen Zauns. Außerdem hatten einige von ihnen auch noch Hunde dabei. Gut abgerichtete Schäferhunde ohne Maulkorb, wie Jayden erkannte. »Jetzt wird es spannend«, flüsterte er.

»Das ist wie damals, als …«, begann Erik.

»Dort können wir uns verstecken!«, unterbrach Garrison ihn und deutete neben dem Tor zu einem Wellblechcontainer mit Fenster. *Checkpoint 9* stand auf einem Schild. »Da wurde ich die ersten zwölf Stunden nach meiner Gefangennahme festgehalten.«

»Gibt es dort auch ein Terminal?«, flüsterte Lenny.

Garrison nickte. »Ist so eine Art Pförtnerhäuschen.«

»Perfekt.« Lenny sah sich kurz um und schlich dann von der hinteren Seite, wo sich keine Überwachungskameras befanden, als Erste hin. Erik und Garrison folgten ihr, Jayden bildete die Nachhut.

Lenny hatte auf ihrem Handy bereits das Foto mit den Sicherheitscodes geöffnet. Während sie den richtigen Code für Checkpoint 9 heraussuchte und auf dem Display neben der Containertür eingab, spähten Jayden und die anderen in alle Richtungen. Dicht an die Containerwand gepresst, damit sie die Kamera auf dem Dach nicht erfasste. Bis jetzt hatte sie niemand bemerkt. Mit Ausnahme der Wachen schlummerte das gesamte Camp in einem friedlichen Dämmerschlaf. Aber das würde sich bald ändern, denn langsam kündigte sich die Morgendämmerung mit einem zarten silbernen Streifen an, der am östlichen Horizont durch das Abschirmungsdach fiel.

Das Licht auf dem Display sprang von Rot auf Grün um und Lenny öffnete die Tür. Flink huschten sie der Reihe nach in den Container. Es roch nach Pfeifentabak und Süßigkeiten. Drinnen war es dunkel – bis auf einen Monitor, auf dem vier Kamerablickwinkel auf das Haupttor zu sehen waren. Anscheinend lief hier alles vollautomatisch, denn der Posten war nicht besetzt. Allerdings stand eine geöffnete Getränkedose auf dem Schreibtisch und daneben lagen Schokoladenpapier und ein Päckchen Tabak. Es konnte also jederzeit eine Wache zurückkehren.

»Dort hinten ist das Terminal.« Erik schob den breiten Drehstuhl in die Ecke des Containers und loggte sich mit Conrads Passwort ein. Kokett rutschte er dabei auf dem Stuhl herum. »Wow, was für ein bequemes Sitzkissen.«

»Mach keine Faxen«, knurrte Jayden.

»Ja, ja … zuerst schalten wir den Strom beim Zaun aus …«, murmelte er, während seine Finger über die Tastatur flogen.

Lenny half ihm. »Hier …« Sie zeigte auf das Display. »… schalte die Überwachungskameras aus.«

Erik tippte herum und im nächsten Moment zeigte der Monitor auf dem Schreibtisch nur noch vier flackernde graue Bilder. »Hoffen wir, dass die Wachposten nichts davon mitkriegen.«

Lenny drehte sich zu Jayden. »Sollen wir das automatische Tor öffnen?«

»Und einfach rausspazieren?« Jayden schüttelte den Kopf. »Das würde zu viel Aufmerksamkeit erregen. Am besten, wir klettern über den Zaun … aber nicht zu weit vom Tor entfernt, sonst landen wir auf einer der Tretminen.«

»Das Ding ist vier Meter hoch.« Besorgt sah Lenny zu Garrison. »Schaffst du das?«

»Und wenn es das Letzte ist, das ich tue«, knurrte er.

»Ken, so gefällst du mir.« Erik erhob sich und trat mehrmals gegen den Blechkasten. Es knisterte, kurz darauf roch es nach Kabelbrand.

»Sehr professionell«, ätzte Lenny.

Erik ignorierte sie, zog den Stecker aus dem Terminal und schnitt zu guter Letzt auch noch sicherheitshalber das Stromkabel mit einer Schere durch, die er in der Schreibtischschublade fand. Dann holte er mit dem Bein ein weiteres Mal aus.

»Ich denke, das reicht«, stoppte Lenny ihn. »Dieses Gerät bringt nicht einmal mehr der liebe Gott zum Laufen.«

»Okay …« Enttäuscht verzog Erik das Gesicht.

Jayden spähte durchs Fenster. »Jetzt wird es ernst.« Er kniff die Augen zusammen. Im Moment befanden sich noch zwei Wachen neben dem heruntergelassenen Schlagbaum. Eine rauchte eine Zigarette, die andere hielt einen Hund an der Leine. Sie unterhielten sich und es sah nicht so aus, als würden sie bald weggehen. »Das kann ewig dauern …«

Erik lehnte sich neben Jayden auf die Fensterbank. »Mist! Bald wird es hell. Wenn wir zu lange warten, stehen wir beim Verlassen des Containers wie auf dem Präsentierteller.«

»Wir brauchen ein Ablenkungsmanöver«, schlug Garrison vor.

Erik drehte sich um. »Eine Explosion, ein Feuer, die Sirene einer Alarmanlage – oder woran hast du gedacht?«

Garrison schüttelte den Kopf. »An etwas Subtileres.« Er deutete zum Funkgerät an Jaydens Gürtel. »Zum Beispiel an eine Falschmeldung.«

Jayden nahm das Walkie-Talkie vom Gürtel. »Daran habe ich auch schon gedacht, aber ich weiß nicht, welche Frequenz die Wachen verwenden.«

Plötzlich leuchteten Eriks Augen auf. »Als ich Liza das Funkgerät abgenommen und sie gefesselt habe, ist mir aufgefallen, dass es auf Kanal siebzehn eingestellt war.«

Jayden drehte den Regler auf den entsprechenden Kanal. Augenblicklich drangen ein Knistern und Rauschen aus dem Lautsprecher.

»Ich habe eine Idee.« Lenny nahm ihm das Funkgerät aus der Hand und betätigte den Sendeknopf. »Hallo, Jungs vom Checkpoint 9. Hier spricht Liza. Könnt ihr mich hören? Over.«

Jayden sah, wie eine der Wachen das Funkgerät hochnahm. »Es klappt«, flüsterte er.

»Ja, laut und deutlich«, drang eine tiefe Stimme knisternd aus dem Lautsprecher. »Was gibt es? Over.«

»Ich habe mir gerade die Beine vertreten und ein merkwürdiges Geräusch am Zaun gehört. Etwa zweihundert Meter vom Haupttor entfernt, in östlicher Richtung.«

Es blieb eine Weile lang still. »Beim Munitionslager? Over.«

Lenny hob den Blick und sah sie fragend an.

Jayden schloss kurz konzentriert die Augen, während er sich den Grundrissplan des Geländes in Erinnerung rief, dann nickte er.

»Ja, beim Munitionslager«, sagte Lenny schnell. »Ich überprüfe gerade die Sicherheitsvorkehrungen. Besser, ihr kommt her. Over and out.«

»Sind schon unterwegs ... Ist es Amanda Woolf inzwischen gelungen, die anderen Spione zu enttarnen? Over.«

»Im Moment noch nicht. Over and out.« Lenny schaltete das Funkgerät aus und legte es weg.

Jayden spähte immer noch aus dem Fenster. »Sie gehen beide weg.« Er hob die Hand. »Wartet ... noch ... einen ... Moment ... Jetzt!« Er lief zur Containertür. Die anderen folgten ihm. Erik schnappte sich im Vorbeigehen das Sitzkissen vom Drehstuhl.

Lautlos öffneten sie die Tür, schlüpften ins Freie und liefen geduckt zum Zaun. Dort gingen sie im hohen Farngras in die Hocke. Jayden spähte hinauf. Am Ende des massiven Maschendrahtzauns war eine Rolle Stacheldraht angebracht. »Vorsicht jetzt ...«, flüsterte er und befeuchtete seine Fingerspitzen. Dann berührte er mit angehaltenem Atem den Zaun. *Nichts!* Es hatte geklappt. Erleichtert ließ er die Schultern sinken.

»Klettere du voraus«, sagte Erik zu Garrison und stopfte sich das Sitzkissen hinten in den Hosenbund. »Ich folge dir.«

Garrison klammerte sich mit den Fingern an den Zaun, schlüpfte mit einer Schuhspitze in eine Öffnung des Maschendrahts und zog sich hoch. Er war langsam, kletterte aber mit einer Geschicklichkeit hinauf, die Jayden ihm angesichts seiner Verletzung gar nicht zugetraut hätte. Anscheinend raffte er seine letzten Energiereserven zusammen.

Erik folgte ihm dichtauf. Oben angelangt reichte er Garrison das Kissen. Der presste damit den Stacheldraht nieder und balancierte mit einem Bein über den Zaun auf die andere Seite. Das obere Ende des Zauns schwankte ein wenig hin und her. Garrison stöhnte auf. Offenbar hatten sich einige Stacheln des Drahts durch den Stoff gebohrt.

Schließlich hing Garrison wie ein Flughörnchen auf der anderen Seite und kletterte hinunter. Erik folgte ihm.

Sobald beide unten waren und sich hinter einem hohen Farnbusch versteckt hatten, erhob sich Jayden. Er wollte sich schon über den Zaun hangeln, als er ein Geräusch hörte.

Hundeknurren!

Sofort ging er wieder in Deckung.

»Mist«, zischte Lenny im selben Augenblick.

Erik schob die Farnblätter auseinander und lugte hervor. »Los jetzt!«, drängte er.

»Da kommt jemand«, warnte Lenny.

Die Wachen von vorhin waren zwar weg, aber eine andere Patrouille von drei Leuten und einem Hund kam auf den Zaun zu. Noch waren die Frau und die zwei Männer zu weit entfernt, um Jayden und Lenny zu bemerken, aber bald würden sie nah genug sein, um zu sehen, wenn jemand über den Zaun kletterte. Außerdem hob der Schäferhund schnuppernd den Kopf und zog nun winselnd an der Leine.

»Hast du eigentlich bemerkt, dass an dieser Stelle schon länger keine Drohnen mehr am Himmel sind?«, sagte eine der Wachen, als sie den Zaun erreichten.

»Ach, ja … jetzt, wo du es erwähnst.« Die Frau blieb stehen und hob den Blick zum Himmel. Die anderen beiden hielten ebenfalls. »Vielleicht ein technisches Problem«, sagte der Mann mit dem Hund und nahm die Leine kürzer. »Aus jetzt! Bei Fuß!«

Die Stimme des Kerls hatte einen südamerikanischen Akzent und kam Jayden irgendwie bekannt vor. Er kniff die Augen zusammen. Der Typ war etwa fünfundzwanzig Jahre alt und hatte dichtes kurzgeschorenes Haar. *O Gott!* »Den kenne ich«, presste er leise hervor.

»Ein Freund von dir?«, wisperte Lenny.

»Sehr witzig«, flüsterte Jayden. »Das ist Ramos. Ich bin ihm in Buenos Aires in einem Katzen-Café begegnet. Er war mir damals auf den Fersen. Hatte einen kurzen Kampf mit ihm.« Schon damals hatte er vermutet, dass Ramos direkt für MOEBIUS arbeitete. Anscheinend bildete die Organisation all ihre Leute auf diesem Campus aus.

Leichte Panik trat in Lennys Blick. »Das heißt, er kennt dich auch?«

Jayden nickte mit zusammengepressten Lippen.

»Schlechtes Timing«, murrte Lenny.

40. KAPITEL

Ja, das Timing war echt mies, aber wenigstens kamen die drei Wachen nicht näher. Nur der Hund zog immer noch unermüdlich an der Leine.

Lenny drückte sich flacher ins Gras und rückte näher zu Jayden. »Falls die Wachen näher kommen, werde ich sie ablenken, während du über den Zaun kletterst.«

Jayden drehte den Kopf zu ihr. »Und dann?«

»Ich komme später zum Strand nach. Irgendwie schaffe ich das schon.«

»Und wenn nicht?«

»Dann müsst ihr allein los. Wartet nicht auf mich.«

Jayden gefiel nicht, in welche Richtung sich das Gespräch entwickelte. »Und du bleibst hier allein zurück? Bist du verrückt?«

»Ich finde es sowieso viel zu riskant, dass wir drei gleichzeitig abhauen«, flüsterte sie.

»Verdammt, müssen wir das ausgerechnet *jetzt* diskutieren?«, wisperte Jayden.

»Ja, müssen wir!«

»Wovon redet ihr, verdammt noch mal?«, zischte Erik, der näher zum Zaun gerückt war.

»Sie werden uns drei bei der Operation Dark Sky gegen andere Leute austauschen und vielleicht sogar den gesamten

Zeitplan des Anschlags ändern«, sagte Lenny, »und dann wissen wir noch weniger als jetzt. Da wäre es doch nur vernünftig, wenn ...«

»Wie stellst du dir das vor? Dass du einfach hier bleibst?«, unterbrach Jayden sie.

»Im Gegensatz zu euch ist meine Identität bisher nicht aufgeflogen«, drängte Lenny. »Weder Zoë noch Liza noch die beiden Wachen haben mich deutlich gesehen. Und Amanda Woolf kennt mich auch nicht. Ich könnte gefahrlos länger auf dieser Insel bleiben und die Fassade aufrechterhalten, um noch mehr herauszufinden – während du mit den anderen abhaust.«

»Das ist viel zu riskant«, widersprach Jayden.

»Das ist überhaupt nicht riskant. Ich bin die Einzige von uns, die sich rausreden kann, falls ich verhört werde. Niemand weiß, dass *ich* es war, der euch geholfen hat.«

Jayden atmete tief durch. Okay, das klang ja alles einleuchtend, aber dennoch hatte Lennys Plan einen kleinen Schönheitsfehler. »Aber Conrad hat dich mit uns gesehen«, gab er zu bedenken.

»Wenn schon?«, entgegnete sie. »Für ihn wird es so aussehen, als hättet ihr nur auf so eine Gelegenheit gewartet. Ich bin genauso ein Opfer von euch dreckigen Undercover-Spionen gewesen wie er.«

Jayden dachte kurz nach. Bei dem Gedanken, dass Lenny im schlimmsten aller Fälle hier bleiben musste, hatte er zwar Bauchschmerzen, aber mit viel Glück könnte das sogar klappen. »Wenn sie dich trotzdem enttarnen, werden sie alles tun, damit sie jedes Detail über die Last Line of Defense in Erfahrung bringen.«

Garrison, der ihr Gespräch offenbar auch mitgehört hatte, kroch nun durch den Farn ebenfalls näher zum Zaun. »Und das wird bitter«, pflichtete er Jayden im Flüsterton bei. »Ich weiß, wovon ich rede. Mit Isolation, Essens- und Schlafentzug werden sie versuchen, dich geistig und körperlich mürbe zu machen. Ich habe nur einen Hundekuchen pro Tag bekommen, um halbwegs bei Kräften zu bleiben ... wurde tagelang verhört und war knapp davor, alles zu verraten. Also macht, dass ihr *beide* über den Zaun kommt!«

In diesem Moment beendeten die Wachen ihr Gespräch. Die Patrouille kam näher, vor allem, weil der Hund in ihre Richtung zog.

»Verdammt«, knirschte Jayden.

»Wir haben jetzt keine andere Wahl mehr – ich tu es.« Lenny wollte sich schon aufrichten.

»Warte!« Garrison holte etwas aus der Seitentasche seiner Häftlingshose, kroch noch näher zum Zaun und streckte die Hand durch die Öffnung im Maschendraht. »Nimm wenigstens den mit.« Er drückte Lenny einen Hundekuchen in die Hand. »Den habe ich gehortet ... das lenkt den Hund ab.«

»Bis später.« Lenny ließ das Leckerli in der Hand verschwinden und richtete sich auf.

»Beeil dich, dass du rechtzeitig zum Strand kommst«, wisperte Jayden.

Lenny gab keine Antwort darauf. Binnen Sekunden änderte sich ihre Körperhaltung, als spazierte sie schon seit Minuten am Zaun entlang.

Plötzlich erfasste sie der Lichtkegel einer Taschenlampe. »Was tust du hier?«, rief Ramos herüber.

Lenny hielt sich den Arm schützend vor die Augen. »Nicht schießen, ich bin es nur. Lenny von der Operation Dark Sky.« Nun sprach sie wieder mit Francescas italienischem Akzent.

»Du hast um diese Zeit hier draußen nichts zu suchen!«

»Weiß ich, aber ich brauchte Bewegung und frische Luft, um runterzukommen«, sagte sie, während sie sich der Patrouille näherte. »Die ganze Sache mit der MI6-Spionin hat mich extrem mitgenommen. Vielleicht wurde ja das ganze Camp infiltriert. Meine Zukunft steht auf dem Spiel. Ich musste meine Nerven beruhigen – immerhin stehen mir heute weitere schwierige Trainings bevor, da muss ich topfit sein.«

Lenny erreichte die Gruppe und stellte sich so hin, dass sich die Wachen umdrehen und Jayden den Rücken zukehren mussten, um mit ihr zu sprechen. Lenny hatte immer noch den Strahl der Taschenlampe im Gesicht. Außerdem zerrte der Hund an der Leine. Lenny bückte sich und streichelte das Tier am Kopf. »Alles gut, Junge … was für ein prächtiger Hund.«

Das Tier winselte.

»Aus, Minnie!«, befahl Ramos.

»Minnie?«, wiederholte Lenny. »Echt jetzt? So wie Minnie Maus?«

Jayden konnte es nicht genau erkennen, aber anscheinend fütterte Lenny dem Tier heimlich den Kuchen, den sie in der Hand hielt, denn plötzlich hörte Minnie auf zu winseln.

»Jetzt!«, drängte Erik leise.

Die Situation war nicht perfekt, aber eine bessere Gelegenheit würde sich ihm nicht bieten. Solange Lenny den drei Wachen ein Gespräch aufzwang und diese Jayden dabei den Rücken zukehrten, musste er es riskieren. Er erhob sich aus dem Farn und kletterte am Zaun hoch, darauf bedacht, kein Geräusch zu verursachen.

Als er oben angelangt war und über den Stacheldraht balancierte, hörte er Ramos zornig brummen. »Es reicht! Kein weiteres Wort mehr, und lass den Hund in Ruhe. Geh zurück in dein Apartment!«

Jayden hing bereits auf der anderen Seite des Zauns. Vorsichtig löste er das Sitzkissen aus dem Stacheldraht und ließ es zu Boden fallen. Sie mussten es auf jeden Fall mitnehmen, denn falls die Wachen es später an dieser Stelle entdeckten, wüssten sie sofort, dass Lenny etwas mit dem Ausbruch zu tun haben musste.

»Ich gehe ja schon.« Lenny erhob sich und strich der Hündin noch einmal über den Kopf. »Ein schönes Tier.«

Das waren die letzten Worte, die Jayden von Lenny hörte, bevor sie sich, die Hände in den Hostentaschen, in Bewegung setzte, während ihr der Strahl der Taschenlampe folgte. Unterdessen bewegten sich Jayden, Erik und Garrison seitlich am Rand der Hauptstraße entlang, um auf keine Mine zu treten.

Als sie weit genug weg waren, schleuderte Erik das Sitzkissen zwischen die Bäume in den Wald. »Ist zum Glück noch mal alles gut gegangen.«

»Ja, war aber arschknapp«, pflichtete Garrison ihm bei.

Kurz darauf sahen sie die Scheinwerfer einer Jeep-Patrouille, die vom Strand zum Campus fuhr, und schlugen sich durchs Unterholz weiter in Richtung Ufer.

Jayden sagte die ganze Zeit über nichts. Sein Magen zog sich schon seit Minuten wie im Krampf zusammen. Würde Lenny es rechtzeitig bis zum Strand schaffen?

41. KAPITEL

Kurz nach sechs Uhr früh erreichten sie den Strand. Sie lagen nebeneinander hinter einer Sanddüne und spähten durchs Gras zum Ufer.

Im Dämmerlicht sahen sie, dass sich auf dem Felsen bei der Brandung etwas bewegte. Jayden kniff die Augen zusammen. Es war eine mit Gewehren bewaffnete Patrouille, die in ungefähr zehn Metern Entfernung an ihnen vorbeimarschierte.

Erik zeigte nach links. »Dort drüben liegen einige getarnte Militärboote am Steg.«

Jayden versuchte, seinen Blick zu schärfen, und glaubte neben den Booten auch ein paar Jetskis zu erkennen, die diesmal ohne Abdeckplane auf den Wellen schaukelten. Die wären für ihre Flucht perfekt gewesen, aber auch dort befanden sich Soldaten. »Die Boote sind zu schwer bewacht.«

Da der Strand nicht beleuchtet war, konnten sie im Moment noch nicht viele Details erfassen und wussten nicht, wie viele Soldaten den Strand eventuell von geheimen Verstecken aus beobachteten. Schlimmstenfalls liefen sie in eine Falle, sobald sie sich den Booten näherten.

Erik reckte den Kopf. »Vielleicht sollten wir noch eine halbe Stunde warten … bis es heller wird.«

»Aber wenn *wir* mehr sehen, können uns auch die Wachen besser sehen«, gab Garrison zu bedenken.

»Außerdem ist es dann möglicherweise schon zu spät, um das U-Boot rechtzeitig zu erreichen«, fügte Jayden hinzu. Angespannt nagte er am Fingernagel, da er immer noch an Lenny dachte.

Garrison sah sich um, als versuchte er, sich zu orientieren. »Wartet einen Moment ... ich habe eine Idee.« Er robbte im Rückwärtsgang von der Düne hinunter und verschwand im nächsten Augenblick im Dickicht.

Jayden warf Erik einen verwirrten Blick zu. »Was hat er vor?«

»Vielleicht tötet er alle Wachen im Alleingang«, vermutete Erik.

»Glaube ich kaum.«

»Zuzutrauen wäre es ihm.«

Sie schwiegen und nutzten die Wartezeit, um nach Lenny Ausschau zu halten, doch von ihr war weit und breit nichts zu sehen.

Zehn Minuten später kam Garrison wieder. Er keuchte, roch nach frisch aufgewühlter Erde, und Jayden sah, dass seine Finger schmutzig waren, als hätte er sich durch den Boden gebuddelt. Außerdem hielt Garrison einen schmutzigen Helm in den Händen, den er jetzt aufsetzte. »Den habe ich nach meiner Landung auf der Insel gemeinsam mit meinem restlichen Equipment vergraben.«

»Und die Stelle hast du wiedergefunden?«, flüsterte Erik.

»Hab sie mit zwei großen gekreuzten Ästen markiert.«

Nun dämmerte es Jayden. »Der Helm hat eine Nachtsichtfunktion, richtig?«

Garrison nickte. Nachdem er den Strand durch das Visier seines Helms inspiziert hatte, deutete er auf eine Stelle. »Dort drüben – ganz rechts.« Er nahm den Helm ab und reichte ihn Jayden.

Der setzte ihn auf. Plötzlich lag der gesamte Uferstreifen gestochen scharf im aufgehellten Restlicht vor ihm. Die Stelle, die Garrison meinte, lag ungefähr fünfhundert Meter weit entfernt.

Garrison führte Jaydens Hand seitlich zum Helm, wo Jayden einen Regler spürte. »Damit kannst du heranzoomen und schärfer stellen.«

»Wow!« Jayden holte die Stelle so nah wie möglich heran und sah einen alten verfallenen Holzsteg, an dem ein einsames Militärboot im Wasser lag und auf den Wellen schaukelte.

»Was siehst du?«, drängte Erik.

»Ein ausrangiertes Boot«, erklärte Jayden. »Schätze zwölf bis vierzehn Meter lang mit Unterdeck und erhöhtem, überdachtem Steuerstand. Schaut nach Außenbordmotor aus.« Seitlich an der Wand stand in teilweise abgeblätterter Farbe ein Schriftzug. »Die *Saragossa*«, fügte er hinzu.

»So wie der Vertrag von Saragossa?«, fragte Erik.

»Hä?«, murmelte Jayden.

»Damit haben sich Portugal und Spanien 1529 den Pazifik und den Atlantik aufgeteilt«, erklärte Erik.

Kaum war Lenny nicht da, machte Erik einen auf Klugscheißer. »Kann sein …«, flüsterte Jayden.

»Ist vielleicht ein gutes Omen«, murmelte Erik. »Siehst du dort irgendwelche Wachen?«

»Nein. Das Boot liegt ganz verlassen da.«

»Unbewacht?«, fragte Erik plötzlich nervös. »Warum ist es nicht bewacht?«

»Ist das nicht egal?«, fragte Jayden.

»Ist vielleicht eine Falle.«

»Finden wir es heraus.« Garrison erhob sich und ging durchs Unterholz in die Richtung, in der das Boot lag.

Jayden nahm den Helm ab und folgte Garrison. Erik schlich dicht hinter ihm nach.

Knapp fünfzehn Minuten später erreichten sie die Stelle, an der das Boot lag. Sicherheitshalber spähte Jayden mit dem Helm noch einmal in alle Richtungen. »Die Luft scheint rein zu sein«, flüsterte er.

»Riskieren wir es.« Garrison wollte sich erheben, doch Jayden packte ihn an der Schulter.

»Warten wir noch ein paar Minuten«, sagte Jayden, obwohl er wusste, dass sie keine Zeit verlieren durften.

»Wegen Lenny?«, flüsterte Garrison. »Ich verstehe das ja, aber je länger wir hier bleiben, desto höher ist die Wahrscheinlichkeit, dass sie uns entdecken«, gab er zu bedenken.

Die Zeit wurde wirklich verdammt knapp und von Lenny war weit und breit keine Spur zu sehen. Jayden sah zu Erik, dessen Augen im Dämmerlicht funkelten.

»Wir müssen jetzt weg«, sagte Erik und Jayden merkte am Tonfall seiner Stimme, wie schwer ihm diese Entscheidung fiel. »Sonst wird es zu spät.«

Die beiden hatten ja verdammt noch mal recht. »Okay«, flüsterte Jayden, während der Druck in seiner Brust zunahm.

»Ich gehe zuerst«, sagte Garrison.

»Warum du?«, fragte Erik.

Garrison musterte Erik mit einem ernsten und zugleich nachdenklichen Blick. »Wenn es wirklich eine Falle ist und sie mich erwischen, ist es nicht so tragisch. Ihr beide wisst mehr über die Pläne von MOEBIUS. Wichtiger ist, dass es einer von euch beiden von hier wegschafft.« Er drückte ihnen die Hand. Ohne ein weiteres Wort zu verlieren, erhob er sich aus den Büschen und lief geduckt über den Sand und die Felsen zum Holzsteg.

»Was für ein cooler Typ«, krächzte Erik.

Jayden betrachtete ihn durch das Helmvisier. Zügig betrat Garrison die Anlegestelle, löste eine der beiden Leinen, mit der die *Saragossa* vertäut war, und sprang aufs Boot. Mit einer gekonnten Bewegung ließ er den Propeller des Außenbordmotors ins Wasser. Dann zog er sich die Jacke aus, tauchte sie ins Meer, bis sie triefend nass war, und wickelte sie um den Motor.

»Was macht er?«, fragte Erik.

»Er dämpft die Motorengeräusche«, erklärte Jayden und hielt jetzt in beide Richtungen am Strand nach Lenny Ausschau. Aber da war nichts. Dann schwenkte er zurück zu Garrison und sah, wie er versuchte, den Motor zu starten. Nur ein jämmerliches Husten drang über den Strand zu ihnen. Garrison riss erneut an der Leine. Wieder nur ein klägliches Krächzen.

Verdammt!

Doch beim vierten Versuch gelang es Garrison schließlich. Der Motor gab ein Husten von sich, danach tuckerte er leise vor sich hin. »Schnurrt wie ein Kätzchen«, flüsterte Jayden.

»Ich höre es«, murrte Erik bedenklich.

Garrison hob den Arm und winkte in ihre Richtung.

Jayden suchte ein letztes Mal nach Lenny, versicherte sich, dass keine Wachen da waren, nahm den Helm ab und erhob sich. »Komm!« Erik folgte ihm. Hintereinander liefen sie über die Düne zum Strand hinunter und über die Felsen zum Steg.

Jayden rechnete jeden Augenblick mit lauten Rufen der

Soldaten oder Gewehrschüssen, aber nichts passierte. Die *Saragossa* wurde von den Wellen gegen die alten Autoreifen gedrückt, die seitlich an der Anlegestelle hingen. Als Jayden die alte Dame jetzt aus der Nähe sah, wurde ihm klar, dass sie ihre besten Tage schon lange hinter sich hatte.

Während Erik die zweite Leine löste, stieß Jayden das Boot kraftvoll ab. Dann sprangen sie an Bord.

Ganz sachte drehte Garrison den Motor ein wenig höher. Danach betrat er den überdachten Steuerstand und übernahm das Lenkrad, das mit dem Propeller verbunden war. In Schleichfahrt entfernten sie sich vom Strand. Mit nur einem Propeller und geschätzten mageren zweihundert PS konnten sie mit einem vierzehn Meter langen Boot sowieso nicht besonders schnell fahren.

Jayden blickte zurück zum Strand. Er hatte ein ganz mieses Gefühl, wenn er an Lenny dachte. Sie hatte sich für ihn geopfert, damit er abhauen konnte, und musste nun die nächste Woche auf sich allein gestellt im Camp durchhalten.

Blick nach vorn, mahnte er sich. *Und konzentrier dich auf die Mission.*

Er stellte sich neben Garrison in den Steuerstand. Die Plexiglasscheiben waren verschmiert, eine dicke Salzkruste klebte außen auf den Scheiben. Jayden betrachtete die Anzeigen. Es gab kein Zündschloss, keine Elektronik und auch keine digitalen Armaturen. Nur einen herkömmlichen Kompass und einen Tachometer mit mechanischer Treibstoffanzeige.

»Wohin?«, fragte Garrison.

»Fünfzehn Kilometer in westliche Richtung.« Zum Glück lag das in entgegengesetzter Richtung vom Steg mit den Militärbooten. Jayden tippte auf die Treibstoffanzeige. Die Nadel klebte im roten Bereich der Reserve. Er klopfte erneut mit dem Knöchel gegen das Glas. Der Zeiger zitterte zwar, bewegte sich aber nicht. »Viel Treibstoff haben wir nicht.«

»Für fünfzehn Kilometer wird es schon reichen«, gab sich Garrison zuversichtlich.

Unterdessen drehte Erik mit dem Helm auf dem Kopf einige Runden auf dem Boot und sagte ihnen, wo er unter der Wasseroberfläche Minen entdeckte, mit denen MOEBIUS den Küstenstreifen gesichert hatte. Zwischendurch blickte auch er immer wieder zum Strand. »Schaut nicht so aus, als hätte uns jemand bemerkt … Achtung, dort vorne ist die letzte Mine. Etwas mehr nach Steuerbord … nein, sorry, Backbord?«

»Was jetzt?«

»Nach links!« Erik gesellte sich zu ihnen, nahm den Helm ab und rieb sich die Augen. Mittlerweile verblassten die Sterne am Himmel und es bildete sich ein silbergrauer Streifen am Horizont hinter ihnen, der rasch heller wurde. »Geht die Kiste nicht schneller?«

»Nein … leider«, murmelte Garrison, während er die Lippen unglücklich zusammenpresste. »Ist eine ziemlich alte Lady.«

»Hab's mir schon gedacht.« Erik nickte verständnisvoll. »Wahrscheinlich wurde das Boot nicht nach dem Vertrag von Saragossa benannt, sondern der Vertrag nach diesem Boot.«

Plötzlich mussten sie alle drei befreit auflachen und mit diesem Lachen löste sich Jaydens Anspannung, die sich seit dem Abschied von Lenny immer mehr aufgestaut hatte. Er konnte es noch gar nicht glauben, dass sie es vom Camp bis hierher geschafft hatten.

Doch plötzlich schallte eine Sirene über das Meer zu ihnen. Jayden drehte sich zur Insel um.

»Fuck! Haben sie uns entdeckt?«, rief Garrison, ohne den Blick vom Bug zu nehmen.

»Nein ... im Moment ... nicht«, sagte Jayden, während er zum Strand spähte, von dem sie aufgebrochen waren. Dort tat sich nichts. Außerdem klang es nicht so, als würde die Sirene direkt vom Ufer kommen.

»Klingt, als käme der Alarm aus dem Camp«, vermutete Erik.

Richtig! Das Heulen dröhnte aus dem Dschungel.

Jayden musste schlucken. Höchstwahrscheinlich hatten die Wachen gerade Zoë und die drei gefesselten Wachleute im weißen Gebäude gefunden.

Erneut musste er an Lenny denken.

42. KAPITEL

Die Sonne schob sich soeben über den Horizont und brachte das Meer zum Glitzern, als sie ungefähr die Hälfte der Strecke zurückgelegt hatten. Obwohl sie aufs offene Meer hinausfuhren, flogen immer noch ein paar Möwen kreischend neben ihrem Boot her.

Jayden hatte das Steuer übernommen, während Garrison auf dem Boden saß, zur Insel zurückblickte und sich von den Strapazen der letzten Nacht erholte. »Mir kommt es vor, als würde das Boot immer langsamer werden«, murmelte Garrison.

»Den Eindruck habe ich auch.«

Plötzlich rappelte sich Garrison auf und klammerte sich an die Reling. Augenblicklich spürte Jayden seine körperliche Anspannung. »Was ist?«

»Schlechte Nachrichten«, sagte Garrison. »Wir bekommen Besuch.«

Jayden drehte sich um. Von der Insel kommend näherten sich ihnen drei schwarze Motorboote und zwei Jetskis – und zwar beängstigend schnell. Mit einem mulmigen Gefühl schielte Jayden zur Tankanzeige. Die Nadel zitterte mittlerweile am unteren Rand der rot markierten Reserve. Das wurde verdammt eng. Außerdem spürte er, dass das Boot von Sekunde zu Sekunde schwerfälliger wurde.

Ob der Sprit bis zum Rendezvous-Punkt reichen würde oder

nicht, war nun nicht mehr ihr größtes Problem – die Schnellboote würden sie innerhalb weniger Minuten garantiert eingeholt haben.

Garrison machte ein paar Schritte zum Niedergang, der ins untere Deck führte, und kniete sich hin. »Gibt es da unten ein Fernglas?«, rief er zu Erik hinunter, der die Kombüse gerade nach etwas Brauchbarem durchsuchte.

Erik streckte seinen Kopf aus dem Niedergang. Sein entsetzter Gesichtsausdruck sprach Bände. »Was? Ein Fernglas? Nein, habe ich nicht gefunden. Dafür habe ich schlechte Nachrichten …«

»Nicht du auch noch«, stöhnte Jayden auf.

Erik kam an Deck. »Jetzt weiß ich, warum dieses Boot nicht bewacht wurde. Es ist leck!« Seine Hose war bis zu den Knien nass. »Wir haben ein Loch in der Seite, dort unten schwimmt alles.«

Vermutlich hatten ihr Körpergewicht und der Wellengang dem Boot so viel Tiefgang beschert, dass immer mehr Wasser eingedrungen war.

»Das erklärt, warum der Kahn immer langsamer fährt«, wurde Jayden gerade bewusst. »Wie schlimm ist es?«

»In einer halben Stunde sind wir gesunken«, erklärte Erik.

»In einer halben Stunde sind wir gar nicht mehr an Bord«, entgegnete Garrison und nickte zurück in Richtung Insel.

Erik reckte den Hals und entdeckte die Schnellboote und die Jetskis. »O Shit! Das sagt ihr mir erst jetzt?«

»Wir wollten dich nicht beunruhigen«, erwiderte Garrison todernst. »War vermutlich wie damals, als du gemeinsam mit den Navy SEALs von Terroristen gekapert wurdest.«

»Verdammt richtig.« Erik verzog das Gesicht und starrte zu den Booten. »Nutzt es etwas, wenn wir ein paar Dinge über Bord werfen?«

Garrison schüttelte den Kopf. Keine Chance.

Zwei Minuten später waren die Militärboote bis auf hundert Meter heran. Die beiden Jetskis schwärmten seitlich aus, während von den Booten aus mit Gewehren das Feuer auf sie eröffnet wurde.

»Diese verdammten Mistkerle«, entfuhr es Erik, als er hinter der Reling in Deckung ging.

Garrison duckte sich ebenfalls, während die Projektile knapp über der Wasseroberfläche in das Heck der *Saragossa* einschlugen. »Die schießen nicht auf uns«, schrie er, »sondern auf unseren Treibstofftank.«

Einige der Projektile trafen das hintere Gestänge der Reling und prallten mit quietschendem Sirren ab. Jayden hielt den Atem an. *Verdammt knapp!* Neben seinem Kopf hing eine Metallstrebe nur noch an der unteren Schweißnaht.

Einen Atemzug später roch Jayden auch schon den typischen Geruch von Benzin. Er lugte zwischen dem zerschossenen Gestänge der Reling nach hinten. Ihre Verfolger hatten den Rumpf durchlöchert und mussten dabei mehrmals den Tank getroffen haben. Der restliche Sprit, der sich noch darin befand, lief nun aus. Die *Saragossa* zog eine schmale Benzin- und Ölspur hinter sich her.

»Jetzt sind wir endgültig am Arsch«, entfuhr es Erik.

Der Motor erstarb mit einem Tuckern, die *Saragossa* schaukelte auf den Wellen auf und ab und wurde vom Wind seitwärts gedreht.

Jayden blickte nach Westen. Ins Wasser springen und versuchen, zu ihrem Rendezvous-Punkt zu schwimmen? Aber der war noch geschätzte drei Kilometer entfernt. Angesichts der Schnellboote war das nicht zu schaffen.

Kaum hatte er den Gedanken zu Ende gedacht, waren sie auch schon von den Booten umringt, während die Jetskis in einem weiten Kreis um sie herumfuhren, über die Wellen der eigenen Fahrrinnen sprangen und immer wieder den Motor aufheulen ließen, wenn sie sich vorne aufstellten.

»Hebt die Hände über den Kopf und ergebt euch!«, drang eine blechern verzerrte Stimme aus einem Megafon zu ihnen herüber.

Ohne ein Wort zu sagen, griff Garrison zu der Pistole, die er dem Glatzkopf im weißen Kuppelgebäude abgenommen hatte. Er überprüfte das Magazin und lud die erste Patrone in die Kammer. Auffordernd sah er sie an, doch Jayden und Erik warfen sich nur einen stummen Blick zu.

»Ich habe nicht vor, jemanden zu töten«, gestand Erik schließlich.

»Ich auch nicht«, gab Jayden zu.

»Aber was ist die Alternative?«, entfuhr es Garrison. »Kampflos aufgeben? Nach allem, was wir durchgemacht haben? Wir müssen uns doch wehren!«

»Sieh dich um.« Jayden blickte von einem Boot zum anderen. Insgesamt standen über zwölf Männer und Frauen an Deck der Schiffe. Jeder von ihnen hielt ein Gewehr auf sie gerichtet.

»Das schaffen wir nicht – ein Kampf wäre unser sicherer Tod«, stellte Erik fest.

»Wir *müssen* es aber riskieren«, drängte Garrison.

»Wozu?«, widersprach Erik. »Wenn wir jetzt sterben, wird niemand in England jemals von MOEBIUS' Plänen erfahren.«

»Wir müssen auf die nächste gute Chance warten«, pflichtete Jayden ihm bei. Aufgeben war noch nie seine Devise gewesen, aber andererseits wusste er, wann eine Situation aussichtslos geworden war. Und diese war es.

»Jayden hat recht«, entschied Erik. »Wir müssen einen anderen Weg finden.« Er hob die Hände zum Zeichen, dass er sich ergab.

43. KAPITEL

Eine Handvoll bewaffneter Männer und Frauen kam an Bord der *Saragossa* und hielt Erik, Jayden und Garrison mit ihren Waffen in Schach. Eine junge Frau in grüner Uniform mit Sonnenbrille und Schirmkappe nahm Jayden und Erik ihre Pistolen ab und tastete sie darüber hinaus nach weiteren Waffen ab. Widerwillig händigte ihr schließlich auch Garrison seine Pistole aus.

»Boot gesichert!«, rief sie dem schwarzen Schnellboot zu, das längsseits an der *Saragossa* vertäut war.

Garrisons Augen verengten sich. »Hoher Besuch«, knurrte er abfällig.

Grinsend kam General LeBlanc an Bord und sah sich um. Offenbar hatte er die ganze Verfolgungsjagd geleitet. Vor Garrison blieb er stehen, die Hände hinter dem Rücken verschränkt, den mächtigen Brustkorb nach vorn gestreckt. »Hätte nicht gedacht, dass Sie es irgendwie von der Insel schaffen.« Dann blickte er zu Erik und Jayden und musterte sie von oben bis unten. »Erik Tuomi und Jayden D. Knoxville … wofür steht eigentlich das *D*?«

»Für *Das-geht-dich-nichts-an*!«, antwortete Erik an Jaydens Stelle, wofür er von einem Soldaten mit dem Gewehrkolben einen Schlag in den Magen bekam. Ächzend stieß Erik die Luft aus und ging zu Boden.

Besorgt blickte Jayden zu Erik. Am liebsten hätte er nach ihm gesehen, doch die beiden Gewehrläufe, die auf ihn gerichtet waren, ließen ihn reglos auf der Stelle verharren. Erst jetzt wurde ihm bewusst, dass General LeBlanc ihre echten Namen kannte. »Seit wann wissen Sie, wer wir sind?«, fragte Jayden.

»Erst seit ein paar Stunden ...« Wie zur Erklärung blickte der General zu dem Schnellboot, das neben der *Saragossa* im Meer schaukelte. In diesem Moment kletterte eine hoch gewachsene Frau mit blonder Mähne über die Reling zu ihnen an Bord. Amanda Woolf!

Na klar, dämmerte es Jayden. Sie musste Erik und ihn auf den Überwachungsvideos von Hell Island erkannt haben. Und da sie Garrison befreit hatten, musste Amanda Woolf klar sein, dass sie mit ihm zusammenarbeiteten.

Jayden schielte zu Erik. Sie hatten nicht nur den Auftrag und Garrisons Befreiung verbockt, sondern ihrem Gegner dadurch auch noch wertvolle Informationen über sich und ihre Organisation zukommen lassen.

Nun ignorierte Jayden doch die auf ihn gerichteten Gewehre, kniete sich neben Erik, stützte ihn und half ihm hoch. »Also dann, zurück auf die Insel«, sagte er.

»Zurück auf die Insel?«, wiederholte der General belustigt. »Ihr kommt nicht zurück auf die Insel. Ihr drei bleibt hier.«

»Hier an Bord?«, fragte Jayden.

»Du weißt doch ... mit Spionen, Verrätern, Deserteuren und Saboteuren wird kurzer Prozess gemacht. Warum also nicht gleich hier? Der Kahn sinkt sowieso.«

»Warum erschießen Sie uns nicht einfach?«, krächzte Garrison.

LeBlanc verzog den Mund zu einem schiefen Lächeln. »Eine Kugel ist zu gnädig für euch Idioten.«

Jayden schluckte. Er schielte zu Amanda Woolf.

Die hob die Hand. »Ihr habt gehört, was der General gesagt hat«, befahl sie den Soldaten. »Bringt sie unter Deck und fesselt sie!«

Jayden reckte den Hals und spähte nach Westen. Die See lag völlig ruhig und glitzernd vor ihm. Weit und breit war kein U-Boot-Turm zu sehen.

Als Erstes wurde Erik von zwei Männern unter Deck gebracht. »Wollen Sie nicht, dass wir reden?«, rief Erik über die Schulter.

Amanda Woolf sah Erik nach. »Nein, ich will, dass ihr *sterbt*!«

»Sie wollen nicht einmal wissen, für wen wir arbeiten?«, fragte Jayden irritiert.

Amanda Woolf blieb unbeeindruckt. »Tun wir bereits. Seit unserer Begegnung in Südamerika wissen wir, dass ihr für eine Organisation namens Last Line of Defense arbeitet. Je schneller ihr von der Bildfläche verschwindet, desto besser.«

Verdammt, sie kannte sogar den Namen ihrer Organisation, dachte Jayden.

Dann wurden auch Garrison und Jayden gepackt und unter Deck gebracht.

Erik war mit Handschellen an den Griff der offenen Kühlschranktür gefesselt. Wütend zerrte er an seinen Fesseln, doch der Griff war so massiv, dass er nicht abbrach. Das Wasser stand ihm bereits bis zur Hüfte. Thermoskanne, Plastikschüsseln, Eimer und Navigationskarten schwammen auf der Wasseroberfläche herum.

Da die Soldaten offenbar keine weiteren Handschellen dabeihatten, wurden Jayden und Garrison mit extrastarken Kabelbindern gefesselt.

Garrison wehrte sich, wollte einem der Soldaten mit dem Ellenbogen gegen das Kinn schlagen, kassierte jedoch selbst einen Schlag mit dem Gewehrkolben ins Gesicht. Benommen taumelte er durchs Wasser. Seine Handgelenke wurden an eine massive Eisenstange gebunden, die in Kopfhöhe quer durch die Kombüse verlief. Anscheinend hatte da früher einmal eine Gardine gehangen.

Jayden wurde auf der anderen Seite des Raumes mit Kabelbindern an den Griff einer fest verschraubten Metalltruhe gefesselt. Bevor der Soldat das Kunststoffband zuzog, presste Jayden seine Handgelenke fest aneinander, sodass der Kabelbinder ganz eng saß. Oft machten Gefangene instinktiv genau das Gegenteil, weil sie dachten, je lockerer der Kabelbinder saß, desto besser wäre es. Doch das war ein Irrtum, wie Jayden durch die Ausbildung bei Mr Wakefield wusste. Wenn die Fessel ganz eng saß, lastete mehr Druck darauf, und wenn man dann die Hände drehte, konnte der Verschluss leichter zerreißen.

Nachdem eine Soldatin ihre Fesseln überprüft hatte, verschwanden alle nach oben. Mittlerweile stand Jayden das Wasser bis zum Bauch.

Er hörte dumpfe Stimmen und Befehle an Deck und schwere Stiefel, die über die Holzbohlen trampelten. Zügig verließen die Soldaten das sinkende Schiff. Durch das schmierige Bullauge sah Jayden, wie die Leinen gelöst wurden. Die Motoren heulten auf und die Boote verschwanden. Durch die aufgewirbelte See schwankte die *Saragossa* auf und ab. Das Wasser in der Kombüse schwappte gegen die Wände und das Treibgut schaukelte auf den Wellen herum.

Etwa fünfzig Meter von der *Saragossa* entfernt hielten die

Schnellboote merkwürdigerweise an. Jayden reckte den Hals, um mehr sehen zu können. Wollten Amanda Woolf und General LeBlanc sichergehen, dass ihr Kahn auch wirklich sank?

»Wie lange haben wir noch, bis das Boot untergeht?«, fragte Erik mutlos.

»Ich schätze, eine Viertelstunde«, antwortete Garrison.

Jayden hatte nur mit einem Ohr zugehört. Neugierig beobachtete er, wie ein Soldat mit einer Signalpistole aufs Meer zielte.

Oh, Shit!

»Uns bleibt keine Viertelstunde mehr«, stellte er richtig.

Der Soldat feuerte eine Leuchtkugel auf die Wasseroberfläche, genau auf die Benzin- und Ölspur, die die *Saragossa* hinter sich herzog. Mit einem grellen Blitz fing die Treibstoffspur Feuer und die Flammen rasten auf das Boot zu.

»Wie meinst du das?«, fragte Erik.

»Haltet euch fest«, sagte Jayden. »Gleich knallt es.«

Nun linste auch Erik durch das Bullauge. »Oh, verdammt!« Seine Augen wurden groß.

»Was ist denn?«, rief Garrison, der von seiner Position aus nicht durchs Bullauge sehen konnte.

»Gleich haben wir hier eine Bombenstimmung an Bord«, kreischte Erik und duckte sich.

Sie hielten sich fest, zogen den Kopf ein und warteten. Sekunden später hob ein dumpfer Knall die *Saragossa* einen halben Meter aus dem Wasser. Durch die Erschütterung schwappte das Wasser in der Kombüse bis zur Decke. Die Thermoskanne knallte Jayden gegen den Kopf.

Da der Tank nahezu leer war, waren die Benzindämpfe explodiert. Das musste ein gewaltiges Loch in die Seitenwand der

Saragossa gerissen haben, denn der Bug des Bootes schnellte in die Höhe, während das Heck nach unten sackte.

Das Boot würde jetzt verdammt schnell sinken.

44. KAPITEL

Durch die Wucht der Explosion war Erik gegen den Kühlschrank geschleudert worden und mit dem Hinterkopf gegen die Tür geprallt. *Verdammter Mist!* Gleichzeitig verdrehte es ihm die Arme. Er schrie schmerzvoll auf. Wahrscheinlich blutete er am Kopf, aber er konnte mit den Händen nicht die Wunde erreichen. Was aber ohnehin egal war, da sie in wenigen Minuten ertrinken würden.

Er schielte zu Jayden und Garrison, denen es auch nicht besser ging. »Jetzt müssen wir unseren Tod wenigstens nicht mehr vortäuschen«, sagte er mit einem Anflug von Galgenhumor. Plötzlich musste er grinsen. »Das ist wie damals, bei meinem Einsatz mit den bulgarischen Kampftauchern im Schwarzen Meer, als wir …«

»Sei still!«, fuhr Jayden ihn gereizt an.

Erik presste die Lippen aufeinander und schwieg. Seine Witze waren jetzt wohl nicht angebracht. Er hatte sich damit auch nur selbst Mut machen wollen. Er beobachtete Jayden, der verzweifelt versuchte, seine Handgelenke zu drehen und den Kabelbinder zu sprengen, aber es gelang ihm nicht.

»Die Scheißdinger sind zu massiv«, schimpfte Garrison, dessen Kabelbinder ihm inzwischen tief in die blutende Haut schnitt.

»Ich bekomme ihn auch nicht auf«, sagte Jayden resigniert.

»Soll ich es mal versuchen?«, witzelte Erik und klapperte mit den gusseisernen Handschellen, doch niemand reagierte darauf. Betroffen sah er zu Garrison. »He, Mann, ich gebe es ja nur ungern zu, aber es war eine ganz beschissene Idee von mir, sich zu ergeben … tut mir leid.«

»Immerhin sind wir noch am Leben«, sagte Garrison.

»Aber nicht mehr lange«, stellte Erik richtig.

Anders als Erik vermutet hatte, wirkte Garrison weder verärgert noch hasserfüllt. Im Gegenteil. Während er seinen Körper verbog, legte sich ein schmales Lächeln auf seine Lippen. Er hob sein Bein aus dem Wasser und streckte Erik den Fuß hin. »Kommst du mit deinen Fingern an meinen Schuh?«, fragte er.

»Hast du einen Lötkolben in der Schuhsohle?«, witzelte Erik.

»Nein – aber ich brauche den Schnürsenkel.«

»Den Schnürsenkel?«, wiederholte Erik.

»Ja, mach schon.«

Erik drehte seine Hände so, dass er die Finger frei bewegen konnte. Er griff nach Garrisons Schuh und öffnete die Schleife. Dann zog er die Schnur aus den Ösen. »Was ist denn das für ein Material? Wirkt steif.«

»Meine Schnürsenkel sind aus Kevlar«, erklärte Garrison.

»Kevlar, so wie das Material, aus dem schusssichere Westen sind?«, fragte Jayden.

»Genau. Das war Miss Ishidas Idee«, erklärte Garrison. »Gehört zur Standardausrüstung aller Agenten im Spezialeinsatz.«

Erik fädelte den Schnürsenkel aus den letzten Ösen. »Wir haben so etwas nicht.«

»Wir wurden ja auch undercover eingeschleust«, sagte Jayden.

Garrisons Fuß verschwand wieder im Wasser und eine Welle schwappte Erik bis zum Hals. Viel Zeit blieb ihnen nicht mehr.

Erik knüllte den Schnürsenkel zu einem Ball zusammen und warf ihn zu Garrison. Das Ding klatschte vor Garrison ins Wasser, doch bevor es versank, erwischte er es mit den Fingern. Er packte das andere Ende des Schnürsenkels mit den Zähnen und schob es sich in die andere Hand. Danach wickelte er die Schnur um die Finger und begann mit kleinen Bewegungen am Kabelbinder zu sägen.

In dieser Zeit neigte sich die *Saragossa* noch mehr nach hinten. Erik stieg das Wasser bis zum Kinn. Als er Garrison dabei zusah, wie er seine Fessel aus Hartplastik durchsägte und dann durch das Wasser zu Jayden watete, wurde ihm bewusst, wie die Sache für ihn ausgehen würde. Eine Handschelle aus Eisen würde man mit dem Kevlarband nicht durchsägen können. Nicht in einer Woche, und schon gar nicht in wenigen Minuten.

Kurz darauf war auch Jaydens Kabelbinder durchgeraspelt, doch anstatt sich zu freuen, blickte Jayden betroffen zu ihm herüber.

Erik starrte mit einem Lächeln zurück.

»Wir holen dich hier raus«, versprach Jayden.

»Das glaub ich kaum«, presste Erik hervor. »Versprich nichts, was du nicht halten kannst.« Obwohl er schon auf den Zehenspitzen stand, schwappte ihm das Wasser bis zum Kinn.

Mit einem gewaltigen Ruck sackte das Boot noch tiefer. Durch das Bullauge waren sprudelnde Wasserfontänen zu sehen, kurz darauf nur noch die blaue Unterwasserwelt. Ein Fisch schwamm neugierig am Fenster vorbei.

Mittlerweile schoss das Wasser auch über den Niedergang

in die Kombüse. Bald würde das Wasser bis zur Kajütendecke stehen, und dann konnte Erik nur noch einmal tief Luft holen, während das Wrack in Sekundenschnelle bis zum Meeresgrund sinken würde.

»Ich werde versuchen, die Tür aus dem Kühlschrank zu reißen«, rief Jayden verzweifelt.

»Vergiss es, das habe ich selbst schon probiert«, sagte Erik mit einer plötzlichen Ruhe, die ihn selbst überraschte. »Ihr müsst raus, sonst ertrinkt ihr auch«, sagte er bitter. Er legte den Kopf in den Nacken. Das Wasser lief ihm bereits in die Ohrmuschel.

»Komm, wir müssen raus!«, rief Garrison zu Jayden.

Ja, haut nur ab, dachte Erik – er konnte es ihnen nicht einmal übel nehmen. Hoffentlich trafen die beiden irgendwann wieder auf Lenny. Und hoffentlich würden sie MOEBIUS' Pläne vereiteln und Amanda Woolf, General LeBlanc, Direktorin Emily Jasper, Doc Sloane, Prof. MacMurdoch, Gideon, Yoko, Trash, Sierra, Brooster, die Punk-Zwillinge und den Rest der Arschlöcher an den Eiern kriegen. Dann war sein letzter Einsatz es wert gewesen.

»Grüßt Charlie, Major Conklin, Mr Finley, Elly und die anderen von mir«, sagte Erik und presste das Gesicht an die Holzdecke. Nur noch wenige Sekunden, dann würde die Kajüte vollständig unter Wasser stehen. »Versprich mir, dass ihr Großbritannien retten werdet …«

»Das wirst du selbst noch miterleben, Alter – *das* verspreche ich dir.« In einer letzten verzweifelten Tat schnappte sich Jayden den Plastikeimer, der auf der Oberfläche schwamm, leerte das Wasser aus und stülpte ihn Erik über den Kopf.

»Ich komme gleich wieder«, hörte Erik dumpf Jaydens Stimme.

Erik spürte, wie sich die Kombüse komplett mit Wasser füllte. Es wurde finster um ihn herum. Er roch das Plastik des Eimers. Das Glucksen des Wassers klang hohl. Lautstark hörte er seinen eigenen Atem. Das Blut rauschte in seinen Ohren. Irgendetwas schlug von außen dumpf gegen den Eimer. Wahrscheinlich die Thermoskanne.

Ein Druck legte sich auf seine Ohren. Ihm blieben nur noch ein paar Atemzüge Luft im Eimer. Danach war der Sauerstoff aufgebraucht.

Langsam atmen!

Das war also seine Karriere bei der Last Line of Defense gewesen – eine ziemlich kurze Laufbahn. Er hatte es immer für einen Mythos gehalten, doch in diesem Moment zog sein Leben tatsächlich in Sekundenschnelle an ihm vorbei.

Mit einem Lächeln erinnerte er sich, wie er Mr Finley kennengelernt hatte …

45. KAPITEL

ZWANZIG MONATE ZUVOR

Es war Sommer in Finnland und das größte Freibad Helsinkis, das Schwimmstadion in der Hammarskjöldintie Nr. 5, hatte Hochsaison. Die Liegewiesen waren fast nur mit Teenagern belegt und in den Becken, auf der Rutsche und dem Sprungturm tummelten sich die Massen. Der Geruch von Chlorwasser gepaart mit dem Duft von Pommes, Zuckerwatte und Sonnencreme zog durch das Stadion.

Erik stand an der höchsten Stelle des Turms, ganz hinten auf dem Zehn-Meter-Brett, und wartete. Er hatte seine schwarze Stoffmaske mit dem weißen Totenkopf auf und seinen Mountainbikehelm mit der wasserdichten Helmkamera. Sie filmte seit fünf Minuten, als er damit begonnen hatte, sein Mountainbike auf der Schulter die Metalltreppe hinaufzuschleppen.

Jetzt setzte er sich auf den Sattel und umklammerte mit einer Hand den Lenkergriff, mit der anderen hielt er sich an der Brüstung fest und balancierte mit dem Rad im Gleichgewicht. Er wartete nur noch auf den ersten Glockenschlag der nahe gelegenen Turmuhr. Für Punkt dreizehn Uhr hatte er im Internet seinen Stunt angekündigt, der live über seinen Videoblog übertragen wurde. Nur noch wenige Minuten.

Erik atmete ruhig aus und ließ den Blick über das Schwimmstadion gleiten. Er hatte sich deshalb für diese Location entschieden, weil hier die Olympischen Sommerspiele von 1952 stattgefunden hatten. Wettkämpfe im Schwimmen und Wasserspringen sowie die Wasserballturniere. Das hatte Symbolcharakter, wie er fand. Und außerdem war der renovierte Zehn-Meter-Turm an diesem Wochenende neu eröffnet worden.

Erik blickte seitlich am Sprungbrett zum Becken hinunter. Keiner im Wasser, die Oberfläche war mittlerweile spiegelglatt. Stattdessen standen die Menschen dicht gedrängt am Rand und sahen zu ihm herauf.

Da tönte eine zornige Stimme durch die Lautsprecheranlage. »Der Junge auf dem Sprungturm möge bitte sofort herunterkommen.«

Erik grinste. Genau das hatte er vor! Aber *auf* dem Fahrrad. Seit einigen Jahren machte er seinen eigenen Videoblog im Internet, für den er die verrücktesten Stunts drehte. Mittlerweile hatte er über eine halbe Million Fans und bisher hatte offiziell noch niemand seine Identität gelüftet, da er immer mit schwarzer Maske auftrat. Zuletzt war er mit seinem neongelben Skateboard und einer Helmkamera nachts die Metalltreppen des Eiffelturms hinuntergefahren, was ihm jede Menge Kommentare, Likes und neue Abonnenten beschert hatte … aber auch mächtige Probleme.

Falls ihn die Polizei diesmal auch wieder schnappen sollte, würde seine Mutter erneut einen ordentlichen Batzen Geld hinblättern müssen, damit er aus der Untersuchungshaft entlassen wurde und jemand bei der Polizei die Unterlagen seiner Verhaftung verschwinden ließ und alles unter den Teppich kehrte. Aber Geld spielte keine Rolle. Seine Mom hatte Knete wie Heu. Sie war Top-Managerin in einem High-Tech-Konzern. Andere Väter und Mütter waren Helikoptereltern, die ständig um ihre

Kinder herumschwirrten, seine Mom dagegen fand kaum Zeit für ihn, da sie Helikopter herstellte. Und deshalb hatte er schon recht bald lernen müssen, was es hieß, selbstständig durchs Leben zu gehen.

»Mach schon, spring endlich!«, schrie ein Junge von unten herauf. Dutzende Leute hielten ihre Handykameras bereit, um seinen Sprung zu filmen.

Erik spreizte die Finger zum Victory-Zeichen. Die Glocke des Uhrturms läutete. Punkt dreizehn Uhr. Sicherheitshalber stieß er einen schrillen Pfiff mit der Trillerpfeife aus, die um seinen Hals hing.

Es knackte erneut in den Lautsprechern. »Der Junge auf dem Sprungturm soll unverzüglich …«

Den Rest hörte Erik nicht mehr. Er war hoch konzentriert, rastete mit den Schuhen in die Klickpedale ein, löste die Hand von der Brüstung, balancierte mit dem Rad in der Waage, dann riss er den Lenker hoch und stellte sich aufs Hinterrad. Zweimal musste er auf dem Hinterrad springen, um die Balance zu halten. Dann trat er in die Pedale und beschleunigte mit einem Wheelie bis zum Ende des Sprungbretts.

In der nächsten Sekunde verlor er den Boden unter sich. Augenblicklich hob es ihm den Magen hoch. Als er sich ein bis zwei Meter im freien Fall vom Turm entfernt hatte, riss er den Lenker zu sich, ließ sich zurückfallen und machte mit dem Rad einen Rückwärtssalto. Bevor das gesamte Schwimmareal aus seinen Augenwinkeln verschwand, sah er, wie mehrere dunkelblau uniformierte Polizisten von der Eintrittskasse zum Sportbecken liefen.

Verdammt! So schnell sind die da? Anscheinend hatte jemand, der seinen Blogeintrag im Internet gesehen hatte, die Polente alarmiert.

Wegen der Ablenkung drehte er den Salto zu kurz und knallte frontal mit dem Gesicht und dem Bauch aufs Wasser. Zum Glück trug er Protektoren auf Brust und Schultern.

Jedenfalls würde die Aufnahme sensationell werden, da er direkt mit dem Vorderrad voraus ins Wasser eingetaucht war. Kurz drückte es ihm die Luft aus der Lunge, und durch den Aufprall riss es ihm auch den Helm vom Kopf.

Aber du hast es überlebt, Alter!, dachte er euphorisch, während es ihn in die Tiefe zog.

Durch das Gewicht des Fahrrads sank er rasch die viereinhalb Meter bis zum Grund des Beckens. Sein Gesicht brannte wie Feuer, ebenso die Oberarme. Noch während die Luftblasen um ihn herum nach oben sprudelten, bekam er den Helm zu fassen, montierte die Kamera ab, grinste kurz mit gespreizten Fingern ins Objektiv und befestigte sie wie eine Body-Cam an einer Halterung auf der Schulter. Je länger die Live-Aufnahme lief, umso besser.

Und jetzt raus!

Er löste sich aus den Klickpedalen und sah nach oben. Keine Polizisten, die sich über den Beckenrand beugten. Aber die müssten bald da sein. Mit ein paar kräftigen Arm- und Beinbewegungen tauchte er dicht über dem Boden in den seichteren Bereich des Sportbeckens. Er hatte schon geschätzte fünfzehn Meter hinter sich und einen Bereich erreicht, der nur noch knapp zwei Meter tief war, als er über sich eine rote Luftmatratze bemerkte. Die Beine von Kindern baumelten im Wasser.

Er tauchte unter die Matratze und stellte sich kerzengerade hin, sodass man ihn von oben nicht sehen konnte. Anscheinend hatten die Kinder mitbekommen, dass er sich unter ihnen versteckte, da sie plötzlich begannen, das Wasser mit den Füßen aufzuwühlen, damit man erst recht nicht erkennen konnte, was sich unter der Luftmatratze befand.

Zum Glück konnte Erik lange genug die Luft anhalten – ein Resultat seines Trainings für einen früheren Stunt, als er im Hafen von Miami versucht hatte, mit einer Kamera unter dem Kreuzfahrtschiff *Liberty of the Seas* hindurchzutauchen. Zwar nur quer und nicht der Länge nach, aber da das Schiff fünf Meter Tiefgang hatte, war das eine Herausforderung gewesen, die er nur arschknapp überlebt hatte. Dagegen war das Luftanhalten in diesem Sportbecken ein Klacks.

Allerdings begann nach einer Minute ein unangenehmer Druck auf seine Brust zu pressen. Er befand sich mit dem Kopf direkt unter der Luftmatratze. Blöderweise hörte er, wie sich zwei Männer, anscheinend Polizisten, in unmittelbarer Nähe lautstark mit einem Herrn unterhielten. Musste die Polente ihn ausgerechnet an dieser Ecke des Pools suchen?

Erik blickte auf seine Taucheruhr. Eine Minute und zwanzig Sekunden unter Wasser. Besonders lange hielt er es nicht mehr aus.

Plötzlich klatschte etwas gegen sein Gesicht. Das gekrümmte Mundstück eines Schnorchels. Eines der Kinder hielt ihm seinen Schnorchel unter die Luftmatratze. Dankbar griff Erik danach, steckte sich das Ende in den Mund und blies mit dem Rest Luft, den er noch in der Lunge hatte, das Wasser aus dem Rohr. Gierig atmete er ein. Okay, so ließ es sich aushalten.

Vom Inhalt des Gesprächs über ihm bekam er nichts mit, aber bestimmt ging es um ihn.

Nach einer weiteren Minute verzogen sich die Polizisten endlich. Langsam tauchte Erik unter der Matratze auf, immer noch mit der schwarzen Augenmaske auf dem Gesicht, und blickte vorsichtig über den Beckenrand. Es waren tatsächlich zwei Polizisten gewesen, die jetzt zum nächsten Becken liefen.

»Wie gesagt – der Junge ist vor zwei Minuten aus dem Wasser geklettert und hat sich in dem Becken dort hinten unter die Leute gemischt«, rief der Mann auf Englisch den Polizisten nach.

Erik nahm den Schnorchel aus dem Mund und schielte zu dem Herrn hinauf. Er war ziemlich alt, trug abgetragene, aber frisch polierte schwarze Lackschuhe, eine graue Anzughose und ein weißes Hemd, dessen Ärmel bis zu den Ellenbogen aufgekrempelt waren. Außerdem naschte er Nüsse aus einer Papiertüte.

Nun sah er zu Erik herunter. »Cooler Stunt, Junge. Hat's wehgetan?«

»Nein«, log Erik. »Und danke.« Er wischte sich die Haare nach hinten. Der Alte hatte die Polizei absichtlich in die falsche Richtung geschickt.

Nun ging der Mann in die Knie und beugte sich zu ihm herunter. »An deiner Stelle würde ich rasch die Maske abnehmen und Protektoren und Schuhe ausziehen, sonst erwischen sie dich noch.«

Der Alte hatte recht. Erik wollte sich schon die Maske vom Gesicht ziehen, als die beiden etwa neunjährigen Mädchen auf der Luftmatratze zu kichern begannen.

»Warte – dürfen wir vorher ein Selfie mit dir machen?«, riefen sie, während sie übers ganze Gesicht strahlten.

»Sicher«, murmelte Erik galant.

Als Erik eine Stunde später das Stadion verließ, ohne dass ihn die Polizei geschnappt hatte, lehnte der ältere Mann von vorhin immer noch … oder schon wieder … Walnüsse kauend neben dem Ausgang an der Tafel mit den Öffnungszeiten und Eintrittspreisen.

»Bist ihnen also entkommen«, stellte er auf Englisch fest.

»Dank Ihnen«, sagte Erik ebenfalls auf Englisch. Da er früher als kleiner Junge mit seiner Mutter in den Sommerferien durch halb Europa gereist war, konnte er fast perfekt Englisch. Außerdem sah er sich schon seit Jahren die YouTube-Videos seiner Konkurrenten aus England, Australien und den USA an – schließlich musste man die Aktionen seiner Kontrahenten stets im Auge behalten, um nicht dagegen abzustinken.

»Und dein Fahrrad?«, fragte der Mann.

»Hat die Polizei einkassiert.«

»Ich kenne jemanden bei der finnischen Polizei, der dir das Rad ohne bürokratischen Papierkram aus der Asservatenkammer aushändigen lassen könnte.«

»Das wäre toll – muss ich dafür jemanden um die Ecke bringen?«

Der Mann lachte herzlich auf. »Ganz bestimmt nicht. Für wen hältst du mich?«

»Warum tun Sie es dann? Weil Sie ein so netter Kerl sind?«, fragte Erik misstrauisch.

»Nein, weil ich gute Kontakte habe, die ich manchmal ausspielen kann.« Der Mann löste sich von der Tafel und reichte Erik die Hand. »Mein Name ist Finley.«

»Und Sie kommen … woher?«

»Sagen wir mal …« Mr Finley sah sich um, ob sie jemand

belauschte, aber bis auf eine Horde Kinder, die mit einer aufgeblasenen grünen Palmeninsel das Stadion betrat, war niemand in ihrer Nähe. »... ich arbeite als Berater für eine Geheimorganisation der britischen Regierung.«

»MI6?«, fragte Erik.

Mr Finley schüttelte den Kopf und schob sich die Brille auf die Nase. »Nein, nicht einmal die wissen, dass wir existieren.« Schwere Tränensäcke zeichneten sein Gesicht, aber sein Blick war klar und frisch. Anscheinend war er alles andere als ein alter seniler Knabe, der sich nur wichtigmachen wollte.

»Und was tun Sie dann hier, so weit weg von London?«

»Oh, wir sind nicht in London stationiert, sondern in Brighton Beach an der ...«

»Südküste Englands, ich weiß«, unterbrach Erik ihn.

»Es klingt vielleicht blöd, aber ich bin wegen dir hier.«

»Wegen meines Videoblogs? Sie wussten doch gar nicht, wer ich bin.«

»Jetzt schon.«

»Und was wollen Sie von mir?«

»Wir suchen richtig harte Typen, so wie dich, für ein neues Trainingsprogramm der Regierung, die unter gefährlichsten Bedingungen im Ausland undercover operieren und die Kastanien aus dem Feuer holen, wenn der MI6 mal wieder Mist gebaut hat.«

Erik grinste. »Klingt ganz nach einem Job für mich.«

»Genau das dachte ich auch. Wir sind die letzte Linie der Verteidigung, wenn alle anderen versagen.«

»Müssen Sie mich jetzt nicht töten, nachdem Sie mir verraten haben, dass Ihre ach so geheime Organisation in Brighton Beach stationiert ist?«

»Ich bin ziemlich sicher, dass du dich unserem Ausbildungsprogramm anschließen wirst«, sagte Mr Finley im Brustton der Überzeugung.

»Da wissen Sie aber mehr als ich«, sagte Erik sarkastisch.

»Ich kenne all deine Videos, und glaube mir – die Arbeit in unserer Organisation ist genau dein Ding. Die Bezahlung ist zwar nicht gerade das Gelbe vom Ei, aber …«

»Ich brauche kein Geld«, unterbrach Erik ihn. »Meine Mutter ist so stinkreich, dass mir das manchmal selbst echt peinlich ist.«

»… aber dafür macht die Arbeit höllisch Spaß und du lernst Dinge, die du sonst nirgends lernst.«

»Im Ernst? Was sollte *ich* noch lernen?«, fragte Erik spitz.

Mr Finley zog eine Augenbraue hoch. »Okay …«, sagte er lächelnd und schob sich eine weitere Nuss in den Mund. »Da du ja schon so erfahren bist, würde ich dich gern in das Londoner Ausbildungscamp des MI6 einschleusen, damit du dich unter den Jugendlichen umhörst und umsiehst.«

»Wozu?«

»Wir brauchen noch zwei weitere Leute für das letzte Team, das wir ausbilden.«

»Aha.« Erik rieb sich den Nacken. »Und wer soll das sein?«

»Leute, die alles für dich tun und dich niemals im Stich lassen würden.«

46. KAPITEL

Jayden kroch durch den Niedergang ins Freie. Von der *Saragossa* ragten nur noch die Reling und das Häuschen mit dem Steuerstand aus dem Wasser. Rings um das Boot blubberte das Wasser. Von den feindlichen Booten und den Jetskis war nichts mehr zu sehen.

»Was hast du vor?«, rief Garrison. An seinem schmerzvoll verzerrten Gesicht sah Jayden, dass Garrison hart mit Eriks Tod zu kämpfen hatte. Aber es war noch nicht zu spät.

»Ihn retten.« Jayden watete zu der Stelle durchs Wasser, wo die Soldaten die Reling beschossen hatten. Dort hing eine zerschossene Eisenstange nur noch an einer halb gebrochenen Lötstelle am Rest der Reling. Jayden packte die Stange und wand sie ein paarmal kräftig herum.

»Mach schon, verdammt!«, fluchte er und drehte die Stange, doch das Teil rutschte ihm immer wieder aus den nassen Händen. »Komm schon!«

Endlich brach die Verbindung und er hielt die Stange in der Hand. Damit watete er zurück zum Niedergang, holte tief Luft und tauchte über die Treppe in die Kombüse. Dort unten war es düster, doch Jayden konnte sich dennoch einigermaßen orientieren. Mit zwei Schwimmbewegungen war er beim Kühlschrank. Reglos hing Erik mit gefesselten Händen am Griff, den Eimer immer noch auf dem Kopf. Allerdings war sein Kopf zur Seite gekippt. Die verbrauchte Luft war draußen und der Eimer hatte sich fast zur Gänze mit Wasser gefüllt. *Verflucht!*

Jayden führte die Eisenstange durch den Griff und wand sie einmal kräftig herum, doch der dämliche Griff brach nicht ab. Vor Wut hätte er aufheulen können.

Plötzlich spürte er eine Bewegung an seiner Seite. Garrison tauchte neben ihm durch das Wasser. Gemeinsam packten sie die Eisenstange am Ende. Mit der Hebelwirkung gelang es ihnen schließlich, den Griff von der Tür abzubrechen. Eriks Hände waren frei.

Gemeinsam packten sie Erik an den Armen und tauchten mit ihm durch die Kajüte zur Treppe. Der Eimer löste sich ganz von Eriks Kopf, der schlaff herunterhing.

Er bewegt sich nicht!, schoss es Jayden panisch durch den Kopf.

Endlich brachen sie durch die Wasseroberfläche ins Freie. Gierig schnappte Jayden nach Luft. Im nächsten Moment zerrten er und Garrison Erik auch schon aus dem Niedergang.

»Er atmet nicht!«, schrie Jayden vor Angst gelähmt.

»Auf das Dach des Steuerstands«, keuchte Garrison.

Sie wateten mit Erik im Arm durchs Wasser und hievten ihn aufs Dach der Steuerkabine. Das war die einzige halbwegs trockene Fläche, die es noch auf dem Schiff gab. Und selbst die würde in wenigen Sekunden versunken sein.

Jayden verlor keine wertvolle Zeit damit, Eriks Puls zu fühlen, da er sicher war, keinen zu finden. Er beugte sich über ihn und presste ihm in einer Mund-zu-Mund-Beatmung Luft in die Lunge. Dann drückte er ihm die Handballen auf die Brust und begann mit einer Herzdruckmassage.

»Es ist zwecklos«, sagte Garrison neben ihm. »Er ist tot. Wir müssen vom Schiff weg, sonst reißt uns der Sog mit hinunter!«

»Nein!« Jayden drückte weiter gegen Eriks Brust.

»Er ist tot!«, rief Garrison.

»Ist er nicht.«

»Denk nach! Er war zu lange unter Wasser.«

»Du hast ja keine Ahnung.« Jayden erinnerte sich an ihr Training bei der Last Line of Defense. »Erik kann verdammt lange die Luft anhalten.«

»Okay«, brüllte Garrison. »Dann lass mich ran.« Er beugte sich über Erik und begann sogleich mit einer Herzdruckmassage. Etwas tiefer als dort, wo Jayden es probiert hatte, und viel kräftiger und professioneller als Jayden.

Als eine von Eriks Rippen mit einem hässlichen Knacks brach, zuckte Jayden zusammen.

»Das ist völlig normal«, keuchte Garrison. »Wenn keine Rippen brechen, hast du etwas falsch gemacht.«

Mittlerweile umspülte das Wasser bereits den Steuerstand. Rings um sie herum sprudelte das Wasser wie bei einem Geysir hoch.

»Komm schon, Junge!«, rief Jayden. »Denk an deinen letzten Einsatz am Kilimandscharo, als du mit den Navy SEALs ein Bergkloster gestürmt hast.«

Plötzlich riss Erik die Augen auf, drehte sich zur Seite und spie eine weite Fontäne Meerwasser aus der Lunge. Zwischen Röcheln und Husten schnappte er gierig nach Luft.

»Erik!«, rief Jayden und drückte Erik an sich.

»O Mann«, stöhnte Erik. »Das waren nicht die Navy SEALs,

sondern die Marines.« Mit schmerzverzerrtem Gesicht griff er sich an die Seite. »Oh, fuck, meine Rippen!«

»Runter vom Boot!«, rief Garrison.

Sie halfen Erik hoch und glitten vom Dach ins Wasser. Nur ein paar Arm- und Beinschläge später versank die *Saragossa* hinter ihnen in einem Rausch sprudelnder Fontänen und der Sog wirbelte sie wie Treibgut über die Wasseroberfläche.

47. KAPITEL

Sekunden später sah das Meer aus, als hätte es die *Saragossa* nie gegeben. Lediglich ein paar Holztrümmer, Planen und Plastikteile trieben auf den Wellen, die aber rasch in alle Richtungen verschwanden.

Erik klammerte sich an den Deckel einer Kiste. Er klagte zwar mit keinem Wort über seine Schmerzen, doch an seinem Gesichtsausdruck und den zusammengebissenen Zähnen merkte Jayden sehr wohl, dass er massiv litt.

Garrison hielt sich an einer Holzstange fest, die jedoch so kurz war, dass es beinahe so wirkte, als wollte sich die Stange an Garrison klammern. Daneben schwamm Jayden. Er suchte die Sonne und schlug die entgegengesetzte Richtung nach Westen ein.

»Nur drei Kilometer«, prustete er und hoffte, dass sie Wind und Wellen nicht allzu sehr vom Kurs abbringen würden.

»Ich kann nicht mehr lange …«, gab Garrison schon bald zu.

»Halt durch! Wir müssen den Rendezvous-Punkt erreichen«, versuchte Jayden, ihn zu motivieren. *Denn andernfalls,* dachte er, *werden wir ertrinken oder von Haien gefressen.*

Sie schwammen in ihrer Dreier-Formation mit letzter Kraft in die Richtung, die sie für Westen hielten.

Nach einer gefühlten halben Stunde zog Jayden sein Handy aus der Hosentasche. Wie erwartet war es im Salzwasser kaputtgegangen. »Weiß jemand, wie spät es ist?«

Schnaufend blickte Erik auf seine wasserdichte Armbanduhr. »Fünfzehn Minuten nach acht.«

»Scheiße«, fluchte Jayden. Er reckte den Hals und sah sich in alle Richtungen um. Keine Spur von einem U-Boot. »Wir sind zu spät.«

»Oder wir wurden abgetrieben«, sagte Garrison.

»Oder der Plan hat sich wieder geändert und sie tauchen heute gar nicht auf«, malte Erik den Teufel an die Wand.

»Zurück zur Insel schaffen wir es jedenfalls nicht«, gab Garrison zu bedenken. Immer öfter schwappte eine Welle über seinen Kopf hinweg und er hatte nicht mehr die Kraft, sich oben zu halten. Er schluckte einen Schwall Salzwasser nach dem anderen und würgte ihn immer wieder heraus.

Jayden stützte ihn, so gut er konnte, unter der Achsel.

»Dort ist ein Licht«, rief Garrison plötzlich.

Vermutlich hatte er zu viel Wasser geschluckt und fantasierte bereits. »Konzentrier dich auf deine Beine«, schärfte Jayden ihm ein. »Immer in Bewegung bleiben.«

»Nein, ich sehe wirklich ein Licht.«

»Ich sehe es auch«, sagte Erik. »Irgendetwas tanzt auf den Wellen und reflektiert das Sonnenlicht.«

Jayden reckte den Hals. Tatsächlich. Die Entfernung ließ sich nur schwer schätzen, aber bestimmt waren es einige Hundert Meter.

»Was immer das ist«, prustete Jayden. »Schwimmen wir hin.«

Sie kraulten in die Richtung und Minuten später erkannten sie, dass es eine rot blinkende Boje war. Manchmal verschwand sie in einem Wellental, tauchte dann jedoch wieder auf.

Kurz bevor sie die Boje erreichten, erhob sich vor ihnen

plötzlich ein großer steiler Turm aus massivem schwarzen Stahl in den Himmel. Deutlich konnte Jayden die Nieten und Schweißnähte erkennen. Tonnen von Wasser liefen an dem Turm ab.

»Ich glaub es nicht!«, rief Erik erfreut, hustete zugleich und spuckte Wasser.

Die Luke im Turm öffnete sich und ein Mann mit grauem Vollbart und Kapitänsmütze blickte heraus. Neugierig beugte er sich über die Reling zu ihnen herunter. »Hol mich der Klabautermann! Seid ihr die drei Landratten von der Brighton Beach Shipyard, die ich aufgabeln soll?«, rief er mit brummiger Stimme.

»Ja, verflucht«, keuchte Erik. »Und Sie sind über zwanzig Minuten zu spät.«

»Wir mussten ein russisches U-Boot abhängen, das sich uns an die Fersen …«

»Heben Sie sich Ihre Schauergeschichten für später auf und lassen Sie lieber eine Leine herunter«, unterbrach Erik ihn. »Wir haben einen verletzten Mann.«

48. KAPITEL

Die Crew der *Royal Hammersmith*, wie das britische Atom-U-Boot der Klasse 212 A hieß, nahm sie an Bord. Danach mussten sie sofort die Funkboje einholen und wieder tauchen, um nicht von den Drohnen des Feindes erkannt zu werden, die möglicherweise über dem Meer patrouillierten.

Jayden, Erik und Garrison wurden sofort auf die Krankenstation gebracht. Durch Meldungen über Lautsprecher bekam Jayden mit, dass sie auf eine Tiefe von hundertzwanzig Meter gingen und Schleichfahrt mit halber Kraft machten, um dem russischen Verfolger endgültig unauffällig zu entwischen. Das Rotlicht in den Gängen bedeutete, dass sie sich ruhig verhalten mussten.

Auf der Krankenstation befreiten sie sich erst einmal von ihrer nassen Kleidung und durften heiß duschen. Danach brachte ihnen Kapitän Henderson, der vollbärtige Seebär mit der tiefen Stimme, höchstpersönlich Handtücher und warme Decken, in die sie sich einhüllen konnten.

Die Bordärztin, Lieutenant Walker, stieß zu ihnen. Eine ältere erfahrene Frau mit sehnigem Körperbau, schlanken Gesichtszügen und hochgestecktem grauem Dutt. Wenige Sekunden nachdem sie damit begonnen hatte, Garrisons entzündete Schussverletzung am Oberarm zu versorgen, schlief er bereits vor Erschöpfung auf einer der Pritschen ein. Und Schlaf war bekanntlich die beste Medizin.

»Das Salzwasser hat die Wunde gut ausgespült«, sagte Lieutenant Walker, während sie Garrisons Verletzung fertig säuberte, verband und ihm anschließend ein Antibiotikum injizierte.

Erik und Jayden erhielten eine heiße Tasse Pfefferminztee und Erik noch zusätzlich ein Korsett und zwei Tabletten gegen seine schmerzenden Rippen.

»Haben Sie auch einen heißen Kakao an Bord?«, fragte Erik die Ärztin. »Mit einem Schuss Rum?«

Sie sah ihn prüfend mit schmalen Augen an. »Heißer Kakao ja – Rum nein.« Sie nickte den Gang hinunter. »Dort unten in der Kombüse, direkt neben der Sonarkabine, steht ein Kaffeeautomat. Wenn du willst, hol ich dir einen Becher.«

»Nein, danke.« Erik schob sich von der Pritsche herunter und stand wackelig auf den Beinen. Das Stützkorsett schnürte ihn arg ein, sodass er kaum Luft bekam. »Ich gehe schon selbst. Wird zwar ein verdammtes Himmelfahrtskommando, aber ich werde es schon irgendwie schaffen.«

Lieutenant Walker betrachtete ihn mitleidig. »Das bezweifle ich.«

»Sie trauen mir wohl nicht viel zu, Lady, was?«

»In der Tat.« Sie kramte in der Seitentasche ihrer weißen Uniform herum. »Hier ist ein Jeton – ohne den wirst du nichts aus dem Automaten bekommen.«

»Danke, Ma'am.« Erik grinste. »Möchten Sie auch was?«

Sie schüttelte den Kopf. »Aber dein Kollege vielleicht.«

Jayden winkte ab. »Nein, danke, der Tee genügt mir.«

»Okay, dann mach ich mich mal auf die Socken, auf mich allein gestellt – ohne Rückendeckung.« Barfuß und eingehüllt in die Decke wankte Erik zur Tür. »Ach, und noch was.« Er drehte sich zu Lieutenant Walker um. »Falls Garrison aufwacht und es zu Komplikationen kommt, zögern Sie nicht, mich zurate zu ziehen.«

Sie neigte den Kopf. »Was willst du denn tun? Ihm eine OP am offenen Herzen verpassen oder ihn intubieren?«

»Zum Beispiel. Für einen Luftröhrenschnitt brauche ich nur ein Stanleymesser und einen Kugelschreiber.« Grinsend verschwand Erik im Gang.

Die Ärztin verkniff sich ein Lachen. Kopfschüttelnd drehte sie sich zu Jayden. »Ist der immer so vorlaut?«

Amüsiert verzog Jayden das Gesicht. »Nur wenn es ihm gut geht – und im Moment scheint es ihm prächtig zu gehen.«

Zum Glück!

Lieutenant Walker nickte. »Verstehe, immerhin seid ihr gerade von Hell Island entkommen.«

Jayden nickte und schloss die Augen. Er dachte an Lenny. »Ist es okay, wenn ich mich aufs Ohr haue?«

»Sicher, ruh dich aus.«

Kaum hatte sich Jayden hingelegt, fielen ihm auch schon die Augen zu.

Drei Stunden später hatten sie ihren russischen Verfolger endlich abgehängt. Die *Royal Hammersmith* war wieder auf eine Tiefe von fünfzehn Metern aufgestiegen und hatte Kurs auf den Nordatlantik genommen.

Garrison schlief immer noch. Jayden und Erik steckten inzwischen in grauer Marinekleidung und Erik hatte mittlerweile seinen dritten Kakao vernichtet, als Kapitän Henderson den Kopf in die Krankenabteilung steckte. »Kommt mit, Jungs.«

Sie folgten ihm kommentarlos zur Funkkabine, wo eine Marineoffizierin mit Kopfhörern vor einer Menge surrender Geräte und blinkender Monitore saß.

»Haben wir Kontakt?«, fragte Henderson.

»Ja, Kapitän.« Die Offizierin nahm die Kopfhörer ab und schaltete die Lautsprecher ein. Undeutlich waren im atmosphärischen Rauschen einige Stimmen zu hören.

Der Kapitän beugte sich zum Mikrofon. »Major Conklin?«, fragte er. »Hier spricht Kapitän Henderson von der *Royal Hammersmith* der britischen Marine. Wir hatten Kontakt am Rendezvous-Punkt und haben drei Passagiere an Bord genommen.« Er bedeutete Jayden, das Wort zu ergreifen.

Jayden kam näher. »Hallo, Sir?«, rief er aufgeregt.

»Jayden?«, rief Major Conklin. Seiner Stimme war richtig anzuhören, dass ihm ein Stein vom Herzen fiel. »Wir konnten euch seit drei Tagen nicht mehr über Funk erreichen. Wir hatten schon das Schlimmste befürchtet. Wie geht es euch?«

»Prima, danke, Sir. Unser Funkgerät war defekt, aber wir haben interessante Neuigkeiten herausgefunden.«

»Das freut mich.« Der Major machte eine Pause. »Beunruhigende Nachrichten?«

Jayden warf Erik einen Blick zu. »Ziemlich beunruhigende sogar.«

»Okay, keine Details über Funk. Alles Weitere besprechen wir, wenn ihr vor Ort seid.«

Erik stupste Jayden in die Seite und formte das Wort *Lenny* mit den Lippen. Jayden nickte und Erik beugte sich zum Mikrofon. »Sir, da gibt es noch etwas, das wir Ihnen …«

»Später, wenn wir uns sehen – nicht über Funk«, unterbrach

der Major ihn. »Ich wünsche euch eine angenehme Reise – gut gemacht, Team Omega. Over and out.«

Kapitän Henderson beugte sich zum Mikrofon. »Ich verspreche, wir werden die drei jungen Männer gut versorgen und aufgepäppelt am Zielort abliefern«, beendete Kapitän Henderson das Gespräch. »Over and …«

»Stopp!«, unterbrach Major Conklin ihn. »Sagten Sie drei junge *Männer*?«

»Ja, Sir.«

Jayden schluckte. »Das wollten wir Ihnen gerade mitteilen …« Er rückte näher zum Mikrofon und wollte schon *Lenny ist noch auf der Insel* sagen, vermied es aber, Namen zu nennen, falls der Funkspruch irgendwie abgefangen wurde. »Unsere Begleiterin ist noch im Einsatz. Bisher nicht enttarnt. Stattdessen haben wir unseren Agenten vom Team Alpha gefunden. Er ist zwar verletzt, aber wohlauf.«

»Garr …!«, rief der Major, unterbrach sich aber gleich wieder. »Oh, dem Himmel sei Dank … Ich …« Er verstummte, und wenn Jayden es nicht besser gewusst hätte, hätte er wirklich geglaubt, dass der Major gerade eine Freudenträne wegdrückte. »Gut gemacht – richtet ihm meine besten Grüße aus. Over and out.«

Die Verbindung wurde unterbrochen.

Der Kapitän blickte zu Jayden und Erik. »Dieser Garrison gehört also gar nicht zu eurer Gruppe?«

»Doch«, antwortete Erik. »Aber das ist eine lange Geschichte, über die ich, fürchte ich, nicht reden darf. Sehen Sie … wir sind keine typischen Agenten. Bei meinem letzten Einsatz in Guatemala zum Beispiel …«

Jayden hörte nicht mehr länger zu. Er war in Gedanken auf Hell Island und bei Lenny. Hatte sie mittlerweile erfahren, dass Erik, Jayden und Garrison auf hoher See geschnappt worden waren und man sie umgebracht hatte?

Inständig hoffte er, dass sie es irgendwie zum nächsten Rendezvous-Punkt in einer Woche schaffen würde.

Aber genau das passierte nicht.

3. TEIL
GROSSBRITANNIEN

ZWEI WOCHEN SPÄTER

49. KAPITEL

SONNTAG, 7. APRIL, 10:30 UHR VORMITTAG

Um Brighton Rock braute sich ein Unwetter zusammen. Die See wurde vom Sturm so aufgepeitscht, dass sich die Wellen an den Felsen brachen und die salzige Gischt fast bis zu den Fenstern im obersten Stock des Gebäudes hochspritzte.

Jayden stand neben Erik im Büro von Direktorin Taylor und schielte durchs Fenster. Es war gekippt, der Vorhang bauschte sich im Wind. Der Horizont dahinter war kohlschwarz, gewaltige Blitze zuckten in weiter Ferne und erhellten die Wolkenbank über dem Meer. So eine Weltuntergangsstimmung hatte er bisher selten erlebt. Genau so musste es am Tag des Jüngsten Gerichts sein, Doomsday. Unwillkürlich musste Jayden an Operation Dark Sky denken.

In den letzten beiden Wochen hatten Erik und er dem Major und der Direktorin mehrmals alles detailliert berichtet, was sie während ihrer Zeit auf Hell Island herausgefunden hatten – angefangen von der Glock mit der Patrone aus dem 3-D-Drucker über die Ausbildung und Trainingseinheiten, die Doppelagentin Zoë bis zum Datenstick mit dem KI-Virus, den dreiunddreißig Rekruten und ihren zwölf Anschlagszielen.

Falls MOEBIUS den Zeitplan nicht geändert hatte, dann würden die Aktionen in wenigen Stunden starten und die Teenager zuschlagen. Während die meisten Teams der Last Line of Defense schon vor Ort in Stellung gegangen waren, um die Attentäter abzufangen, fand nun im Hauptquartier eine letzte Einsatzbesprechung statt – und zwar mit Premierminister Metcalf höchstpersönlich.

Bisher kannte Jayden den Mann nur aus dem Fernsehen. Doch jetzt stand er ihm plötzlich so nahe, dass er die Hand nach ihm ausstrecken konnte. Genau wie Jayden ihn eingeschätzt hatte, war er weder arrogant noch glaubte er, etwas Besseres zu sein, sondern war ziemlich bodenständig – ein ganz normaler Mensch, sehr sympathisch und mit einem messerscharfen klaren Verstand. Er kannte sogar Jaydens und Eriks Namen.

Erik war bei der Begrüßung gleich um ein paar Zentimeter gewachsen und hatte die Brust heroisch herausgestreckt, als der Premier ihnen die Hand gereicht hatte. Von Eriks gebrochenen Rippen merkte man kaum noch etwas. Die waren in den letzten zwei Wochen einigermaßen verheilt, sodass er wieder mit einem leichten Training beginnen konnte.

Auch Agent Ken Garrison vom Team Alpha, der ebenfalls bei der Besprechung anwesend war und neben Erik stand, machte einen gesunden und fitten Eindruck. Es war erstaunlich, wie er durch Mrs Hardings hartes Training innerhalb kürzester Zeit wieder an Gewicht und Muskelmasse zugenommen hatte. Allerdings musste er seinen Oberarm immer noch schonen.

»Danke für Ihren Einsatz«, sagte Premier Metcalf zu Garrison. »Schön, dass Sie es wieder heil nach Hause geschafft haben. Ich hoffe, es ist alles Ordnung.«

»Eigentlich nicht, Sir«, sagte Garrison. »Anfangs dachten die Leute von MOEBIUS zwar noch, sie hätten einen Undercover-Agenten des MI6 gefangen genommen, aber dann tauchte diese Amanda Woolf auf …«

»… und die wusste verdammt genau Bescheid über die Last Line of Defense«, fügte Erik hinzu. Er hatte wieder seine silbergraue Haarfarbe, aber seine aufgemalten Tattoos waren noch kein bisschen verblasst.

»Verstehe.« Premier Metcalfs Blick wurde noch ernster. Er blickte zu Major Conklin. »Der ganze Aufwand mit der jahrelangen Geheimhaltung war also völlig umsonst.«

»Nein, nicht ganz, Sir …« Jayden räusperte sich, ehe der Major antworten konnte. »Denn die haben erst zu dem Zeitpunkt von uns erfahren, als auch wir mehr über *sie* erfahren haben – und zwar vor knapp fünf Monaten in Buenos Aires.«

Major Conklin, aufrecht in seiner Uniform und mit dem Barett in der Hand, nickte. »Dieser Ramos, auf den Jayden in Buenos Aires gestoßen ist, hat Jayden vermutlich erst vor zwei Wochen auf einem der Überwachungsvideos von Hell Island erkannt und eins und eins zusammengezählt.«

Direktorin Taylor kam um den Schreibtisch herum und stellte sich zu ihrer Gruppe. »Um es kurz zu machen … Wir wissen über MOEBIUS Bescheid, aber MOEBIUS weiß auch über uns Bescheid. So gesehen ist es eine Patt-Situation.«

»So ist es«, knurrte der Major.

»Nicht ganz.« Jayden räusperte sich erneut. »MOEBIUS weiß nicht, dass wir überlebt haben. Die denken, dass sie uns im Meer versenkt haben.«

Erik nickte eifrig. »Genau deshalb glauben wir, Sir, dass MOEBIUS seine ursprünglichen Pläne nicht geändert hat.«

»Und außerdem ist nach wie vor eine unserer Agentinnen in der Operation Dark Sky eingeschleust«, fügte Jayden hinzu. »Lenny Zarakis.«

Premier Metcalf nickte zwar, dennoch besserte sich seine Laune kein bisschen. »Zu der haben wir aber keinen Kontakt, richtig?« Er sah zu Major Conklin, der nickte.

Seit zwei Wochen fehlte von Lenny jede Spur. Sie war zu keinem Rendezvous-Punkt erschienen, und das, obwohl Kapitän Hendersons U-Boot sogar länger als sonst die Gegend nach ihr abgesucht hatte. Zudem hatte Lenny auch keinen alternativen Weg gefunden, mit ihnen Kontakt aufzunehmen. Sie wussten nicht einmal, ob sie sich überhaupt noch auf Hell Island befand und am Leben war.

»Vielleicht ist ihre Identität aufgeflogen«, befürchtete Jayden.

»Möglicherweise wird sie im Verhörbunker gefangen gehalten«, fügte Erik hinzu.

»Jedenfalls konnten unsere Satelliten wegen des Anti-Ortungsschirms über dem Camp nichts herausfinden«, erklärte Major Conklin.

Der Premier hob die Hand. »Ich weiß, die Situation ist schlimm«, murmelte er zerknirscht, »aber es bringt nichts, wenn wir darüber spekulieren, was passiert sein *könnte*. Widmen wir uns lieber den Fakten.«

Metcalf hatte recht. Sie alle nickten. Gemeinsam mussten sie versuchen, den geplanten Blackout zu verhindern.

»Diese drei Jugendlichen – Diego, Mads und Francesca – sitzen immer noch in Untersuchungshaft, aber demnächst wird ihnen der Prozess wegen geplanter Spionagetätigkeit gegen das Vereinte Königreich vor dem Obersten Gerichtshof in London gemacht.« Der Premier machte eine kurze Pause. »Aber kommen wir jetzt zum wichtigsten Punkt ... dieser Zoë.« Er holte ein dünnes Dossier aus seiner Aktentasche, das er auf den Tisch knallte. »Soviel wir mittlerweile erfahren haben, hat sie über ein Jahr lang beim MI6 als Nachwuchsagentin gearbeitet, wurde dann jedoch vor vier Monaten aus dem Dienst entlassen, weil sie bei einem Einsatz Mist gebaut hat und das ihrem Partner in die Schuhe schieben wollte. Anscheinend fühlte sie sich vom Geheimdienst unfair behandelt und wollte sich an Großbritannien rächen. In dieser Phase wurde sie von MOEBIUS angeworben.«

»Als Sicherheitsbeauftragte eines gewissen Prof. MacMurdoch«, ergänzte Jayden.

»Wir haben einen internationalen Haftbefehl gegen sie erlassen«, sagte der Premier, und damit schien diese Sache für ihn erledigt zu sein. »Wie weit sind wir mit den jungen Rekruten von Hell Island?«

Major Conklin breitete dreiunddreißig Datenblätter auf dem großen Besprechungstisch aus, die Fotos der Teenager zeigten. Manche Aufnahmen waren unscharf und schwarz-weiß, andere dagegen in Farbe und gestochen scharf. Knapp mehr als die Hälfte war rot durchgestrichen. »Das sind die Saboteure von MOEBIUS, die der MI6 und der Militärnachrichtendienst mithilfe der Angaben von Mr Tuomi und Mr Knoxville identifizieren konnten. Wir wissen jedoch nicht, ob Erik und Jayden gegen andere ausgetauscht wurden und ob Lenny Zarakis noch unter ihnen ist.«

»Jedenfalls konnten wir gestern zwölf dieser Personen bei ihrer versuchten Einreise nach Großbritannien schnappen«, fuhr Direktorin Taylor fort und zeigte auf die rot durchgestrichenen Bilder. »Die Agenten unserer Teams Alpha, Beta und Delta haben sie aus dem Verkehr gezogen. Da wir die Anschlagsziele kennen, konnten wir darüber hinaus heute Morgen sechs weitere Personen außer Gefecht setzen, die das KI-Virus vor Ort ins Datennetz des Stromversorgers schleusen wollten.« Sie sah besorgt auf. »Ich muss zugeben, dass uns das nur in letzter Sekunde gelungen ist.«

Jayden prägte sich die Bilder ein. Sierra, Brooster, Yoko, Gideon, Trash, die Punk-Zwillinge Whisky und Wodka sowie Tiger und Dragon waren unter denjenigen, die man noch nicht geschnappt hatte.

Metcalf ließ den Blick ebenfalls über die Fotos schweifen. »Und die restlichen?«

»Von denen haben wir bisher keine Spur«, sagte die Direktorin.

»Welchen Städten steht demnach ein Anschlag bevor?«, fragte Metcalf.

Major Conklin breitete eine Karte von Großbritannien auf dem Tisch aus und markierte sechs Städte mit jeweils einem gelben Post-it: Glasgow, Manchester, Southampton, Edinburgh und London. Als er das letzte Post-it auf Liverpool klebte, schluckte Jayden. Sein Brustkorb zog sich zusammen, da er an Grace und seine Tante Maggie denken musste, die nicht ahnten, was ihnen möglicherweise bevorstand, sofern sie versagten. Zufällig trug er ausgerechnet heute sein ausgewaschenes FC-Liverpool-T-Shirt. Wenn er gewusst hätte, dass er dem Premierminister bei dieser Besprechung begegnen würde, hätte er sich besser gekleidet.

»Hat Miss Ishida den Auftrag erledigt, mit dem ich sie betraut habe?«, fragte Direktorin Taylor.

»Die Daten im Netz zu ändern?«, fragte der Major. »Ja, hat sie.«

»Sehr gut.« Direktorin Taylor nickte zufrieden.

Jayden hatte keine Ahnung, worum es gerade ging, aber wenn das für ihn oder Erik wichtig war, würden sie es bestimmt noch erfahren. Gedankenverloren starrte er immer noch auf das Post-it von Liverpool, dann schwenkte sein Blick zu London. Wenn man sämtliche Vororte und Randbezirke mitrechnete, lebten dort über vierzehn Millionen Menschen.

»Alles in Ordnung mit dir?«, fragte der Major besorgt.

»Ja, Sir«, krächzte Jayden. Er musste an Lenny denken, die gemeinsam mit Yoko und Gideon im Haus London gewesen war. »Ich würde mich gern freiwillig melden, um unsere Kollegen in London zu unterstützen.«

Mit zusammengekniffenen Augen blickte der Major auf Jaydens Liverpool-T-Shirt. »Warum gerade London? Wegen Lenny?«

»Ja, wenn wir einen der Attentäter schnappen, finden wir vielleicht heraus, was mit ihr passiert ist.«

»Verstehe.« Der Major nickte. »Ich fliege sowieso gleich nach London. Du kannst gern mitkommen.« Er sah zu Garrison. »Und Sie ebenfalls, Agent Garrison.« Er blickte auf die Armbanduhr. »Wir starten in zwanzig Minuten mit dem Heli.«

Der Premier gab Jayden einen Klaps auf die Schulter. »Danke für dein Engagement.«

»Ehrensache«, sagte Jayden. *Deswegen gibt es uns.*

»Und ich?«, fragte Erik.

»Tja, für dich haben wir …«, begann der Major, wurde jedoch vom Klopfen an der Tür unterbrochen.

Alle drehten sich um. Max Logan, der persönliche Bodyguard des Premierministers, der beim Eingang stand, öffnete die Tür.

Mr Finley stand davor. Er nickte Logan kurz zu und betrat den Raum. »Premierminister, Direktorin Taylor, Gentlemen … ich bin so weit.«

»Danke, Mr Finley. Viel Erfolg«, sagte Premier Metcalf.

Mr Finley blickte zu Erik und schnippte eilig mit den Fingern. »Erik, du kommst mit mir.«

»Ich?« Zuerst blickte Erik zu Direktorin Taylor, dann zum Major und zuletzt zum Premierminister. Dieser nickte nur und segnete damit den Wunsch von Mr Finley ab.

Dieser ältere, ständig Nüsse kauende Mann war ihnen ein Rätsel. Jayden und Erik hatten bisher noch nicht genau herausgefunden, was Mr Finleys eigentliche Aufgabe war. Sie wussten nur, dass er vor knapp acht Jahren die Rekrutierung der jungen Last-Line-of-Defense-Agenten übernommen hatte, aber auch schon vor der Amtszeit des Premierministers einer seiner engsten Vertrauten gewesen war und als unauffälliger Schatten an seiner Seite immer dann zum Einsatz kam, wenn eine brisante Situation außer Kontrolle zu geraten drohte.

»Okay …« Erik nickte Mr Finley zu. »… also gut, was machen wir?«

Mr Finley lächelte geheimnisvoll. »Schnapp dir eine kugelsichere Weste aus dem Lager und nimm dir die nächsten zwölf Stunden nichts vor.«

»Wird es ein Himmelfahrtskommando?«

»Worauf du einen lassen kannst.« Mr Finley zwinkerte ihm zu. »Wir gehen auf die Jagd.«

50. KAPITEL

Zwanzig Minuten nachdem Erik mit Mr Finley verschwunden war, waren auch Premier Metcalf und Mr Conklin so weit, dass sie abreisen konnten. Der Pilot des Premiers ließ bereits die Rotoren des glänzenden metallic-schwarzen Helikopters auf dem Hubschrauberlandeplatz von Brighton Rock warm laufen, als Jayden gebückt zur Maschine lief.

Der Premierminister stieg als Erstes in den Heli, in Begleitung seines Bodyguards. Während Metcalf sich in die erste Reihe setzte und sogleich den Gurt anlegte, blieb Max Logan gebückt in der Passagierkabine stehen und sah sich nach allen Seiten um. Jayden konnte seine Augen nicht erkennen, die sich trotz des trüben Wetters hinter einer blauen Spiegelsonnenbrille verbargen.

Als Nächstes kletterte Major Conklin in den Heli, drehte sich um und reichte Ken Garrison die Hand. Mit einem kraftvollen Schwung zog er zuerst Garrison und dann Jayden ins Innere. Erneut blickte der Major dabei auf Jaydens T-Shirt, über das er sich mittlerweile eine Kevlarweste angezogen hatte. »You'll never walk alone«, zitierte Conklin den Schlachtruf des FC Liverpool. »Großer Fan der Mannschaft?«

»Ja, Sir«, rief Jayden, um das Geräusch der Rotorblätter zu übertönen. »Ist mein Glücksbringer.« Früher hatte er es immer getragen, wenn er zu einem Bare Knuckle Fight an den Docks von Liverpool gegangen war. Die jetzige Situation war der von damals nicht unähnlich. Er wusste nicht, was auf ihn zukommen würde – und wenn er Pech hatte, würde er nach diesem Einsatz im Krankenhaus aufwachen … oder schlimmstenfalls gar nicht mehr.

»Hoffen wir, dass es uns diesmal auch wieder Glück bringt.« Der Major schlug die Tür zu. Kurz darauf hob der Heli ab.

Der Major setzte sich in die letzte Reihe und legte den Gurt an. Jayden und Garrison nahmen auf den beiden freien Sitzen neben ihm Platz. Nun setzte sich auch Max Logan neben den Premierminister, allerdings schnallte er sich nicht an.

Immer in Bewegung bleiben, immer flexibel sein, dachte Jayden. Der Mann war ein Profi. Außerdem war Jayden aufgefallen, dass Logan immer darauf achtete, dass er bei jeder Gelegenheit die Schusshand frei hatte.

Nun nahm Logan die Sonnenbrille ab. Er hatte stechend scharfe graue Augen. Außerdem war er breit gebaut, hatte einen Glatzkopf und war mit einem Mikro im Ohr verkabelt. Bisher hatte er kein einziges Mal gelächelt oder sonst eine emotionale Reaktion gezeigt.

Dieser Typ war Jayden genauso unheimlich wie unsympathisch, aber schließlich war er nicht Metcalfs persönlicher Leibwächter geworden, weil er ein so netter, zuvorkommender und sympathischer Kerl war, den man zu sich nach Hause zu Keksen und Tee einlud. Jayden hatte schon einige Gerüchte über ihn gehört und zuletzt auch etwas über ihn in der Homestory gelesen, die das Time-Magazin kürzlich über den Premierminister herausgebracht hatte.

Jayden beugte sich zu Major Conklin und rief ihm gerade mal

so laut ins Ohr, dass ihn der Major verstehen konnte. »Angeblich kennt er neunzehn Methoden, einen Menschen innerhalb von zwei Sekunden mit bloßen Händen zu töten, ohne dass das Opfer einen Mucks von sich gibt.«

Der Major blickte kurz zu Logan. »Das hast du über ihn gehört? Nein …« Er schüttelte lächelnd den Kopf. »Mittlerweile sind es *zwanzig* Methoden. Das habe ich während eines NATO-Auslandsbesuchs in Washington mit eigenen Augen gesehen. Ziemlich beeindruckend, wie ich zugeben muss.«

»Oh …« Jayden zog eine Augenbraue hoch. Wenn Conklin das sagte, der früher bei den Special Forces des britischen Militärs selbst nicht gerade ein Chorknabe gewesen war – nicht umsonst lautete sein Spitzname Pitbull –, dann hatte das einiges zu bedeuten.

Mehr erzählte der Major nicht. Stattdessen blickte er auf seine Smartwatch, die zeigte, dass sie eine Reisegeschwindigkeit von 220 km/h erreicht hatten. Jayden überschlug die Daten kurz im Kopf und kam zu dem Resultat, dass sie London in knapp einer halben Stunde erreichen würden.

Nach einer Weile drehte sich der Premier schließlich zu ihnen um und winkte den Major zu sich. Der schnallte sich ab und ging nach vorne. Die Männer setzten sich Kopfhörer auf, steckten die Köpfe zusammen und unterhielten sich angeregt über ein – wie es schien – brisantes Thema. Anscheinend ging es um General LeBlanc, denn Jayden sah, wie der Premier über ein Tablet wischte und schließlich ein Foto des Generals vergrößerte. Wie auf Hell Island, so trug der ehemalige General auch auf diesem Bild eine grüne Armeeuniform.

Jayden verstand nichts von dem Gespräch und konnte wegen

der Mikrofone vor den Mündern auch nichts von den Lippen ablesen. Garrison beugte sich zu Jayden und redete ihm direkt ins Ohr. »Die kennen sich von früher.«

»LeBlanc und Conklin?«

Garrison nickte. »Sind alte ›Freunde‹.« Er setzte das Wort in Gänsefüßchen. »Conklin ist bei seinem letzten Special-Forces-Einsatz, bevor er zur Last Line of Defense gewechselt ist, auf LeBlanc getroffen.«

Jayden hatte schon davon gehört. Angeblich hatte der Major damals fast sein gesamtes Team verloren und sich seither geschworen, nie wieder jemanden von seinen Leuten zurückzulassen.

»Was ist damals passiert?«, fragte Jayden.

»Der Major hat nie darüber geredet. Aber wir – das Team Alpha – haben herausgefunden, dass der Einsatz in Algerien stattgefunden hat. Conklin und seine Einheit der Special Forces sind in einen Hinterhalt geraten, den eine abtrünnige Gruppe der französischen Fremdenlegion vorbereitet hatte. LeBlanc hat diese Gruppe aus Verbrechern, ehemaligen Soldaten und Ex-Sträflingen angeführt und auf Conklin und seine Einheit angesetzt. Conklin hätte ihn fast erwischt und getötet, und seither wird LeBlanc per internationalem Haftbefehl gesucht.«

Das erklärte auch, warum England vor acht Jahren ein Einreiseverbot für General LeBlanc verhängt hatte, wie Emily Jasper so stolz auf Hell Island verkündet hatte.

Garrison lehnte sich wieder zurück und Jayden betrachtete durchs Fenster die Landschaft, die unter ihnen vorbeizog. Nach ein paar Minuten erhob sich Conklin plötzlich von seinem Sitz und beugte sich zu ihnen nach hinten. »Neuigkeiten vom

Headquarter!«, brüllte er gegen den Lärm der Rotorblätter an und bedeutete Jayden und Garrison, sich die Kopfhörer aufzusetzen.

Kaum hatte Jayden auf den richtigen Funkkanal geschaltet, hörte er auch schon Conklins blecherne Stimme. »Die Aktionen der Operation Dark Sky finden anscheinend nicht gleichzeitig, sondern zeitlich versetzt statt.« Conklin machte eine Pause. »Wir haben soeben erfahren, dass weitere Rekruten von Hell Island unserem Geheimdienst ins Netz gegangen sind. Vor zehn Minuten wurden in Glasgow und Southampton Anschläge durch unsere Teams Gamma und Epsilon verhindert.«

»Southampton?«, wiederholte Jayden. »Das ist die Gruppe, in der Erik ursprünglich gewesen ist. Kennen wir die Namen der Saboteure?«

»Ja, kennen wir … einen Moment …« Der Major wischte auf seinem Handy. »Whisky und Wodka.«

Jayden nickte. Dann war Erik also nicht ausgetauscht worden. »Das sind großartige Neuigkeiten.«

»Na ja«, murrte Conklin. »In Edinburgh gab es auch einen Anschlag, der jedoch leider erfolgreich war. Dort ist der komplette Blackout im großen Umkreis gelungen.«

»Nur ein paar Kilometer vom Kernkraftwerk Torness entfernt«, fügte Premier Metcalf bitter hinzu.

Jayden wurde übel. »Und das bedeutet?«

»Sicherheitshalber werden jetzt alle Computer des Energieversorgers vom Netz genommen«, berichtete Conklin weiter, »und die Festplatten und Arbeitsspeicher aus allen Büros und Serverräumen der Kraftwerke geschreddert und gegen neue ausgetauscht.«

Jayden verstand. Da das Virus so hartnäckig war und sich dank Prof. MacMurdochs Möbiusschleifen überallhin einen neuen Weg bahnte und dort vervielfältigte, musste alles von Grund auf neu aufgesetzt und installiert werden. »Wie schlimm ist es in Torness?«

»Zum Glück funktioniert die Stromversorgung im Rest des Landes noch«, erklärte Conklin. »Techniker und Einsatzkräfte sind vor Ort, um Ersatzstrom für die Kühlung des Atomkraftwerks bereitzustellen, bis die neue Hardware betriebsbereit ist.«

»Und die Saboteure?«, fragte Jayden mit einem mulmigen Gefühl.

»Zwei wurden auf der Flucht erschossen … Tiger und Dragon … die dritte verhaftet.«

Jayden schluckte. Vor zwei Wochen an ihrem freien Nachmittag war er noch mit Tiger und Dragon am Pool beim Sprungturm auf Hell Island in der Sonne gelegen. So schnell konnte es also zu Ende gehen. Er zwang sich, wieder sachlich zu denken. »Aber wie konnten sie das Virus einschleusen? Das jeweilige Sicherheitspersonal hat doch sämtliche USB-Anschlüsse in den Gebäuden überwacht und gesichert.«

»Gute Frage.« Conklin las einen Bericht auf seinem Handy. »Die drei jungen Leute waren als Techniker eines Wartungsdienstes getarnt. Sie haben die TV-Monitore in der Eingangshalle, auf denen die Willkommens- und Info-Videos laufen, gewartet.«

»Die TV-Monitore?«, wiederholte Jayden.

»Ja, richtig«, rief Garrison. »Die haben seitlich einen USB-Anschluss und hängen zentral gesteuert am Server. Ganz schön clever!«

»Puuuh«, stöhnte Jayden. Vielleicht bekam Prof. MacMurdoch diesmal ja doch den Nobelpreis, dachte er zynisch. Bis jetzt waren Manchester, Liverpool und London die einzigen Städte, in denen es bisher zu keinen Aktivitäten gekommen war.

Jayden gab die Hoffnung nicht auf, dass das auch so bleiben würde.

Allerdings irrte er sich gewaltig.

51. KAPITEL

Mr Finley und Erik waren bereits seit einer Dreiviertelstunde mit dem Auto unterwegs. Und zwar mit einer 400 PS starken schwarzen Stretchlimousine mit verspiegelten Seitenscheiben.

Der Wagen hatte zudem ein Diplomatenkennzeichen und so preschte ihr Chauffeur trotz Nieselregen mit nahezu 170 km/h über die Autobahn. Sicherheitshalber rasten zwei Motorräder der Polizei mit Blaulicht vor ihnen über den Asphalt und bahnten ihnen den Weg durch den Verkehr.

Soviel Erik an den Autobahnschildern erkennen konnte, fuhren sie in Richtung London. Und noch etwas überraschte ihn. Er beugte sich zu Mr Finley, der ihm gegenüber konzentriert auf seinem Handy herumwischte. »Seit wann fungiert Mason auch als Chauffeur?«

Mr Finley sah kurz auf, drehte den Kopf und blickte nach vorn zum Steuer. »Ach ja, Mason, die treue Seele … ist nicht nur der Butler der Last Line of Defense, sondern springt auch schon mal als Fahrer ein, wenn der Hut brennt.«

»Brennt der Hut?«, fragte Erik lauernd.

Mr Finley hob den Finger, um ihn zum Verstummen zu bringen. Dann sprach er in sein Telefon. Dabei benutzte er eine Menge Geheimcodes: Aktion Bravo, Mama Foxtrot, Einsatz Echo, Onkel Tango, Kommando Zulu und Zeitpunkt Kilo – Dinge, die Erik nicht zuordnen konnte.

»Ja, wir beeilen uns – Ende.« Endlich legte Mr Finley auf und steckte das Handy weg.

»Wohin geht die Reise?«, fragte Erik.

»In einen südlichen Randbezirk von London.«

Aha. Mr Finley wurde ja plötzlich richtig gesprächig. Und noch dazu mit normalen Wörtern. Bei diesem Tempo, das Mr Bleifuß Mason an den Tag legte, würden sie für die Strecke nur eine knappe Stunde brauchen.

»Und wohin genau?«, fragte Erik.

Mr Finley öffnete die Mittelkonsole und kramte eine Packung Walnüsse heraus, die er aufriss. »Beruhigt die Nerven.« Er schob sich eine Handvoll davon in den Mund. »Kannst du dich noch daran erinnern, wie wir vor vier Monaten mit der Defense One von Montevideo abgehauen sind?«, fragte er kauend.

»Wie könnte ich das vergessen?«, fragte Erik.

»Da hattest du die prima Idee, dass wir über den Lear-Jet, der in Uruguay gelandet war, herausfinden könnten, wer Amanda Woolf ist, woher sie kommt und wo sie wohnt.«

Erik rückte näher und kniff die Augen zusammen. »Und ist das gelungen?«

Mr Finley nickte. »Wir haben vor wenigen Stunden erfahren, dass sie eine dreistöckige Villa im Süden Londons besitzt.«

»Das überrascht mich aber jetzt …«, überlegte Erik laut, »… immerhin plant MOEBIUS ja, Großbritannien in die Steinzeit zurückzuversetzen.«

»Genau – und deshalb hat sie diese Villa auch vor einer Woche über einen Immobilienmakler an einen russischen Oligarchen verkauft. Er hat bereits bezahlt und die Hausübergabe ist Ende des Monats. Über die Transaktion sind wir auf sie gestoßen.«

Erik nickte. »Ich nehme an, wir sind jetzt zu dieser Villa unterwegs.«

Mr Finley lächelte. »Du bist ein schlaues Kerlchen.«

52. KAPITEL

Die letzten Minuten hatte sie der Helikopterpilot durch strömenden Regen geflogen. Nachdem er sie auf dem Dachlandeplatz des größten Energieversorgers Englands, der Royal British Energy Ltd., hatte aussteigen lassen, flog er mit dem Premierminister und seinem Bodyguard weiter in Richtung Innenstadt.

Major Conklin, Garrison und Jayden wurden von einer Polizistin empfangen, die sie zu einem gläsernen Fahrstuhl geleitete.

Jayden wischte sich das Regenwasser aus den Haaren und ließ den Blick über das gewaltige Gelände schweifen, über dem sich eine dunkle Wolkenfront zusammenzog. Dieses Gebäude mit all seinen Nebengebäuden, Bürotrakten, Kraftwerken, Generatoren, Verteiler- und Umspannwerken zu sichern, war eine gewaltige Herausforderung. Aber so, wie es aussah, war diese Meisterleistung tatsächlich gestemmt worden, und dank einer Hundertschaft von Polizisten würde nicht einmal eine Maus mit einem USB-Stick auf das Gelände kommen.

Da es jedoch keinen Sinn hatte, die jungen Rekruten von MOEBIUS abzuschrecken, waren sämtliche Sicherheitskräfte von Polizei, Geheimdienst und Militär in ziviler Kleidung unterwegs.

»Bis jetzt ist zum Glück nichts passiert«, informierte die Polizistin sie. »Hier …« Sie reichte jedem von ihnen ein eingeschweißtes Besucherschild.

Sie hielten im zehnten Stock, und während sie sich die Schilder an die Kleidung hefteten, gingen sie ein Stück durch den Korridor zum Büro der Leiterin der Energiezentrale. *Miss Hambly, Vorstandsdirektorin Royal British Energy Ltd.* stand auf dem Türschild. Sie betraten das Büro.

Major Conklin und sie hatten sich offenbar schon im Zuge der zweiwöchigen Vorbereitung kennengelernt. Sie reichten sich kurz die Hand, während Conklin sein Team vorstellte. Anscheinend dachte Miss Hambly, dass Conklin ein Berater des Premierministers war, was im weitesten Sinne ja auch stimmte.

Die Frau war für ihre Position zwar noch relativ jung – Jayden schätzte sie auf Anfang dreißig –, aber umso taffer. Sie trug einen lässigen dunkelblauen Businessanzug, weiße Sneakers und hatte ihre langen schwarzen Haare zu einem Pferdeschwanz gebunden.

»Wie ist die Lage?«, kam Conklin gleich zur Sache.

Miss Hambly führte sie zu einem großen ovalen Tisch, dessen Oberfläche aus einem einzigen elektronischen Bildschirm bestand, auf dem sie herumwischen und Informationen ein- und ausblenden konnte. Im Moment zeigte der Tischmonitor das gesamte Gelände aus der Vogelperspektive.

»Wir befinden uns hier im Herzstück der Londoner Energieversorgung.« Miss Hambly breitete die Arme über dem Tisch aus. »Hier läuft der gesamte Strom zusammen, den wir über Wasserkraftwerke, Windparks, AKWs, Öl-, Gas- und Fotovoltaikanlagen gewinnen. Sie können sich denken, wie komplex das Zusammenspiel der Anlagen ist.« Sie machte eine Pause. »Mittlerweile überwachen wir sämtliche PCs, Notebooks, alle Serverräume und die Hardware unserer Firewalls«, erklärte sie weiter. »Ebenso unsere mehr als fünfhundert Router, die die Netze untereinander verbinden, sowie sämtliche Access Points, die das WLAN auf dem Gelände ausstrahlen.«

»Perfekt.« Der Major ließ den Blick über den Tisch gleiten. »Wie schaut es mit der Telefonanlage aus?«

Jayden erinnerte sich, dass Miss Ishida eingeworfen hatte, dass das Virus auch über einen Telefonapparat ins Netz gebracht werden konnte. Schließlich waren die meisten Telefone ebenfalls ins Netzwerk integriert.

»Auch diesen Bereich lassen wir überwachen«, beruhigte Miss Hambly sie.

Der Major nickte erleichtert. Er wollte etwas sagen, als sein Handy läutete. »Unser Hauptquartier«, sagte er nach einem Blick auf das Display. Er nahm das Gespräch an, sagte jedoch schon nach wenigen Sekunden, dass er auf Lautsprecher schalten würde, damit die anderen mithören konnten.

Jayden erkannte Direktorin Taylors Stimme. »Ich wollte Sie darüber informieren, dass Team Sigma vor fünf Minuten einen Anschlag in Manchester verhindern konnte. Fast wäre es den Attentätern gelungen, das Virus einzuschleusen. Einer von ihnen, Trash, wurde dabei schwer verletzt.«

Jayden sah aus dem Augenwinkel, wie Miss Hambly blass wurde.

»Okay, und weiter?«, knurrte Conklin.

»In Liverpool konnte der Anschlag nicht verhindert werden«, sprach Direktorin Taylor weiter. »Das Virus ist ins Netz gelangt. Die Stromversorgung wurde soeben automatisch heruntergefahren – der Blackout ist gelungen.«

»Verdammte Scheiße«, fluchte Conklin. Betroffen sah er

zu Jayden. Sie wussten, dass das Atomkraftwerk Heysham nur 72 km Luftlinie entfernt lag. Innerhalb weniger Tage mussten die Techniker es also schaffen, den Strom wieder zum Laufen zu bringen.

»Muss die Bevölkerung evakuiert werden?«, fragte Conklin.

»Nein, so schlimm ist es zum Glück nicht – bis es so weit wäre, haben wir das Problem bestimmt wieder im Griff.«

Conklin sah zu Jayden. »Können Sie trotzdem eine Polizeistreife zur Adresse von Jaydens Familie schicken – nur für alle Fälle.«

»Ist schon unterwegs«, sagte Direktorin Taylor.

»Danke, Ma'am«, sagte Jayden rasch.

»Ah, Jayden …«, sagte die Direktorin, als sie seine Stimme erkannte. »Kein Ursache.«

»Wurden die Saboteure in Liverpool geschnappt?«, fragte Jayden.

»Ja …« Direktorin Taylor raschelte mit einem Papier. »Es waren drei Leute … einen Moment … Sierra und Brooster wurden schwer verletzt und befinden sich auf dem Weg ins Krankenhaus und Zoë wird gerade verhört.«

Demnach war Jayden im Team durch Zoë ersetzt worden.

»Wie haben die drei das geschafft?«, fragte Conklin. »Über die TV-Monitore in der Empfangshalle?«

»Nein. Die waren als Wartungsarbeiter getarnt und haben das Virus über den USB-Anschluss der Belüftungsanlage hochgeladen.«

»Über die Klimaanlage?«, entfuhr es Conklin.

»Ja – die Klimaanlage im großen Besprechungszimmer des Energieversorgers«, seufzte Taylor. »Das Gerät war wirklich defekt und die hatten einen hieb- und stichfesten Wartungsauftrag dabei.«

Conklin ballte die Faust, dass die Knöchel knackten.

Jayden massierte seine Schläfen. Offenbar war das Virus so programmiert, dass es erkannte, wo es sich befand und wohin es von dort aus musste. Er sah, wie Miss Hambly sogleich auf ihrem Smartphone eine Nachricht tippte. »Gibt es eine Spur zu Lenny?«, fragte er.

»Bisher leider nicht. Sobald ich etwas erfahre, melde ich mich. Sorry, es kommt gerade ein Anruf des Premierministers herein … ich muss auflegen.« Die Verbindung war weg.

Der Major steckte sein Handy ein und betrachtete Miss Hambly, die kurz aufblickte, dann jedoch weitertippte. »Dann bleibt jetzt nur noch London übrig. Ich schlage vor, Sie lassen zusätzlich sämtliche TV-Monitore und Klimaanlagen überwachen.«

Miss Hambly tippte immer noch auf ihrem Handy. »Wird gerade … in die Wege … geleitet«, sagte sie ohne aufzusehen.

»Wo gibt es sonst noch USB-Anschlüsse?«, fragte Garrison. »Vielleicht haben wir etwas anderes auch noch übersehen.«

Miss Hambly beendete die Nachricht und schüttelte dann den Kopf. »Wir lassen alle elektronischen Geräte, die am Netz hängen, überwachen. Sogar die Terminals für die Essensbestellung in der Küche.« Sie blähte die Wangen, als dachte sie angestrengt nach. »Darf ich fragen, warum diese Gefahr ausgerechnet von Jugendlichen ausgeht?«

Der Major zögerte mit der Antwort. »Jugendliche sind leichter und unauffälliger ins Land einzuschleusen«, sagte er schließlich, »und sie sind technisch versierter als erwachsene Kriminelle.«

Und MOEBIUS kopiert das Erfolgsrezept der Last Line of Defense, dachte Jayden. Plötzlich sah er auf und rief: »Apropos kopieren ...«

Die anderen sahen ihn verwirrt an.

»Äh ...«, stammelte Jayden, »... gibt es hier einen Kopierer?«

»Was? Ja, natürlich gibt es den«, sagte Miss Hambly, die anscheinend nicht wusste, worauf er hinauswollte. »Vor jedem größeren Büro steht ein Kopiergerät im Gang. Aber auch dort sind Leute postiert. Warum?«

»Aber ich meine ... gibt es einen Kopierraum?«

»Wir haben einen alten Kopierraum ... im Keller, weil da früher die Post- und Versandabteilung des Kundendienstes war ... aber der wird schon seit einem Jahr nicht mehr benutzt. Warum?«

»Auf großen Kopiergeräten kann man doch scannen«, überlegte Jayden laut. »Und die haben oft einen USB-Anschluss, damit man Dokumente direkt auf den Stick scannen kann, richtig?«

Miss Hambly überlegte. »Ja, richtig ...«, sagte sie schließlich. »Von jedem PC geht der Druckjob zuerst zum Druckserver und von dort weiter zum Drucker.«

»Das heißt, von jedem Kopiergerät gibt es auch eine Verbindung zum Serverraum?«, fragte der Major.

»Äh ... ja, soviel ich weiß schon.« Miss Hambly wurde ein wenig nervös. »Aber die Geräte in dieser Kammer sind nicht mehr in Betrieb. Außerdem wurde der Raum überprüft und versperrt.«

»Wo, sagten Sie, ist dieser Kopierraum?«, fragte Conklin. »Im Keller?«

»Ja, im Trakt B, auf Etage minus zwei.«

Der Major warf Jayden und Garrison einen Blick zu. »Ihr schaut euch das sofort an. Beeilung! Ich komme in ein paar Minuten nach.«

»Einen Moment …« Miss Hambly griff in ihre Hosentasche und holte eine Magnetkarte heraus. »Damit kommt ihr in jeden Raum.«

Jayden schnappte sich die Karte und sie liefen los.

53. KAPITEL

Die schwarze Stretchlimousine erreichte mit der Polizei-Eskorte einen der südlichen Vororte Londons. Hier gab es noch keine Hochhäuser wie im Herzen der Stadt und nur wenig dicht verbautes Wohngebiet. Zum Teil lagen hier weitläufige Firmengelände, aber auch prächtige Grünanlagen mit hochmodernen Villen aus weißem Beton und mit vielen Glaselementen. Schon allein an der Anzahl der Fotovoltaikelemente, die sich auf den Flachdächern befand, merkte man, wie zeitgemäß und fortschrittlich diese Siedlung war.

Erik presste die Nase an die nasse Seitenscheibe. Das Gewitter, das am Vormittag in Brighton getobt hatte, hatte sie mittlerweile eingeholt. Der Himmel war schwarz, Blitze zuckten, Donner krachte und der Nieselregen verwandelte sich gerade in einen Regenschauer. »Und in dieser Gegend wohnt Amanda Woolf?«

Mr Finley zog eine Walther PPK aus dem Holster unter seinem Sakko. »Zumindest besitzt sie hier ein Haus.« Er ließ das Magazin herausgleiten, überprüfte die Munition und ließ es wieder im Griffstück einrasten.

»Wer ist diese Amanda Woolf eigentlich?«

»Britin«, sagte Mr Finley ohne weiteren Kommentar.

Erik verzog das Gesicht. »Geht es etwas detaillierter?«

»Sie ist elternlos aufgewachsen«, sagte Mr Finley, »hat in Oxford Informatik studiert, ist danach von der Bildfläche verschwunden und Jahre später beim israelischen Geheimdienst Mossad aufgetaucht. Dort hat sie eine dreijährige Ausbildung absolviert und anschließend viele Jahre lang als Personenschützerin für Londoner Bankiers gearbeitet.«

»So ein schlaues Köpfchen ... und jetzt arbeitet sie für MOEBIUS.«

Mason drosselte die Geschwindigkeit. Die beiden Polizeimaschinen vor ihnen, immer noch mit Blaulicht, drehten nach links und rechts ab und gaben den Weg frei. Eine von Polizisten bewachte Straßensperre wurde kurz weggehoben und Mason steuerte den Wagen in eine schmale Gasse.

New Silicon Road hieß der Weg.

Sah ja wirklich beeindruckend aus mit den futuristischen Straßenlaternen, die – obwohl es erst früher Nachmittag war – die düstere Gegend erhellten.

Sie kamen zu einem Grundstück, vor dem mehrere Polizeiwagen und ein gepanzertes Fahrzeug des Militärs standen. Einige bewaffnete Sicherheitskräfte hatten sogar Schäferhunde an der Leine. Manche der Tiere trugen eine dunkelgrüne Schutzweste und eine Kamera mit Stativ auf dem Rücken. Anscheinend war nicht nur die Straße abgesperrt, sondern vor allem das Grundstück mit der Nummer 37 gesichert worden.

»Unauffällig geht anders«, bemerkte Erik.

Mr Finley nickte. »Ich gebe dir recht, aber da Operation Dark Sky schon seit heute Morgen läuft, hat es keinen Sinn, sich hier unauffällig auf die Lauer zu legen. Wir müssen so schnell wie möglich eine Spur zu Amanda Woolf finden und sie schnappen.«

Mason hielt direkt neben dem verchromten Eingangstor. An beiden Seiten befanden sich Überwachungskameras. Ein

Techniker mit Schirmkappe und Regenjacke mit der Aufschrift »Technical Intelligence Division«, eine Unterorganisation des MI5, arbeitete gebückt an einem Elektroschrank. Der Villa wurde vermutlich gerade der Saft abgedreht.

Und wow! Diese Villa hatte es in sich. Ein modernes weißes Kunstwerk mit großen Glasfenstern, drei Etagen hoch und verwinkelt mit vielen Erkern, Terrassen, Balkonen und würfelförmigen Aufbauten. Das mussten mehrere Hundert Quadratmeter Wohnfläche sein. So hatte sich Erik immer ein Museum für moderne Kunst vorgestellt.

Mr Finley stieg aus, zog den Kopf ein und schlug den Kragen seines Sakkos hoch, obwohl das nicht viel gegen den Regen half. Erik folgte ihm. Im Gegensatz zu Finley machte ihm der Regen nichts aus. Er wischte sich das Wasser aus dem Gesicht und stellte sich unter das Vordach des Carports der Villa an Mr Finleys Seite. Dort sprach gerade ein Kerl mit schwarzem Anzug, schwarzer Krawatte und einem Kabel im Ohr, der anscheinend der Einsatzleiter dieser Aktion war, mit einer Technikerin.

»Wir haben die Alarmanlage ausgeschaltet, Sir«, sagte die Frau zu dem Schlipsträger.

Eine eingeschweißte Plastikkarte, die der Typ um den Hals trug, wies ihn als Mitglied der Defence Intelligence – des britischen Militärnachrichtendienstes – namens Steve Woodward aus. Kantiges Gesicht, schmale durchdringende Augen und eine steile Falte auf der Stirn zeichneten ihn aus.

»Vielleicht gibt es noch eine zweite Alarmanlage, um das Haus abzusichern«, knurrte Woodward.

»Es gab drei«, präzisierte die Frau. »Wir haben sie alle ausgeschaltet. Ihre Leute können jetzt rein.«

Woodward nickte und die Frau verschwand. »Die Spürhunde zuerst«, brüllte er einem seiner Kollegen zu. »Vielleicht ist der Kasten vermint. Wir müssen auf Nummer sicher gehen.« Er blickte auf seine Armbanduhr und drehte sich zu ihnen um. »Und wer zum Teufel sind Sie?«

»Mein Name ist Finley.«

Woodward musterte Mr Finley, starrte kurz auf dessen ausgebeultes Sakko, danach ließ er den Blick über Erik schweifen und blieb an dessen Kevlarweste hängen. »Bist du nicht ein bisschen zu jung, um dieses Ding zu tragen?«

»Junge Leute dürfen demnach erschossen werden?«, reagierte Erik prompt. »Und ich dachte ...«

Mr Finley legte ihm besänftigend die Hand auf die Schulter und brachte ihn zum Schweigen. »Das ist mein Assistent Mr Tuomi. Wir würden uns gern im Haus umsehen und ...«

»Na klar, bitte, nur hereinspaziert, kommen Sie weiter, die Tür steht jedem jederzeit offen«, murrte Woodward zynisch und warf einen Blick zur Limousine. Mason hatte das Fenster einen Spalt heruntergelassen und blickte interessiert zu ihnen herüber. »Wer sind Sie? Ein Diplomat, ein Rechtsanwalt oder jemand von der Presse?«

»Weder noch«, sagte Mr Finley. »Wir ...«

»Was denken Sie, was wir hier veranstalten? Eine Gartenparty? Wer hat Sie mit der Limousine überhaupt durch die Absperrung gelassen? Die Typen knöpfe ich mir als Nächstes vor.«

Mr Finley verzog leicht genervt das Gesicht. »Ich weiß, dass diese Villa inoffiziell und ohne richterlichen Hausdurchsuchungsbeschluss auf den Kopf gestellt wird – und zwar auf direkte Anordnung des Innenministers und des Verteidigungsministers. Ich bin hier auf direkte Anweisung von Premier James Metcalf und …«

»Na, klar – seltsamerweise habe ich Ihren Namen aber bisher noch nie gehört.«

»Falls das doch so wäre, wäre ich nicht gut in dem, was ich tue«, konterte Mr Finley. Er langte unter sein Sakko.

Woodward wich einen Schritt zurück. »Sachte, Mister!«

Mr Finley zeigte ihm zuerst seinen Personalausweis und reichte ihm danach ein Schreiben des Premierministers, das Woodward auseinanderfaltete. Erik konnte nicht erkennen, was auf dem Dokument stand, aber er konnte sehr wohl Woodwards Reaktion darauf sehen. Seine Augen wurden groß, dann nickte er, reckte den Kopf und winkte einem seiner Kollegen. »He, Frank, komm her und bring diese beiden Gentlemen ins Haus.«

»Aber wir sind doch noch …«

»Ich sagte: Bring diese beiden Gentlemen ins Haus! Und zwar sofort!«

54. KAPITEL

Jayden und Garrison erreichten mit dem Fahrstuhl in Trakt B die Etage minus zwei. Durch einen Bewegungsmelder ging eine Leuchtstoffröhre an, die den Gang vor ihnen beleuchtete.

Hier unten war kein Mensch, den sie nach dem Weg fragen konnten, doch Garrison entdeckte eine Tafel an der Wand, auf der noch die alte Postabteilung eingezeichnet war. »Geradeaus, dritte Abzweigung links.«

Im Laufschritt marschierten sie los und kamen in den richtigen Bereich. Seltsamerweise musste sich das Licht in diesem Korridor nicht extra einschalten, da es bereits brannte.

»Hier war gerade jemand«, schlussfolgerte Jayden.

»Dort vorn …« Garrison verlangsamte seine Schritte.

Vor ihnen stand eine Sackkarre mit zwei dicken Gummireifen, auf dem sich mit Plastikband verschnürte Kartons mit Druckerpapier stapelten. Offenbar eine Papierlieferung.

»Wozu brauchen die Papier, wenn der Kopierraum nicht mehr benutzt wird?«, fragte Jayden.

Garrison zog sein Handy heraus. »Super, kein Empfang hier unten«, zischte er mit gedämpfter Stimme. »Da bist du in einem der modernsten Gebäude beim größten Energieversorger Londons und kannst nicht mal telefonieren.« Er steckte das Handy ein und rollte stattdessen die Ärmel seines Hemds auf. Auch er trug eine kugelsichere Weste.

Ab jetzt sagten sie nichts mehr, verständigten sich mit Blicken und schlichen leise zum Kopierraum. Die Tür war nur angelehnt, aus dem Spalt drang elektrisches blaues Licht.

Bereit?, sagte Garrisons Blick. Jayden nickte. Garrison riss die Tür auf, hintereinander stürmten sie in den Raum, der sich als Großraumbüro entpuppte, in dem ein gutes Dutzend Kopiergeräte stand. Alle Geräte waren eingeschaltet, die Abdeckungen offen, und das Standby-Licht strahlte an die Decke.

Mitten im Raum befand sich Yoko – in der braunen Lieferantenuniform eines Zustelldienstes. Allerdings hatte die Thailänderin keine Vollglatze mehr, sondern trug eine blonde Perücke mit Pagenfrisur. Sie hatte sich gerade zu ihrem Fuß hinuntergebeugt und sah nun auf. Jayden bemerkte, dass der Absatz ihres mit Stahlkappe verstärkten Arbeitsschuhs offenstand. Anscheinend holte sie gerade einen USB-Stick aus dem hohlen Absatz hervor. Völlig perplex starrte sie Jayden an. »Ich dachte, du bist …?«

»Wo sind die anderen?«, unterbrach Jayden sie.

»Du kannst mich mal!«, fuhr sie ihn an.

Garrison blickte sich um, dann sah er zur Tür. »Wirst du allein mit ihr fertig? Falls ja, suche ich nach den anderen.«

»Sicher.« Jayden ballte die Hände zu Fäusten.

Während Garrison wieder im Gang verschwand, stürzte Yoko zu dem nächstgelegenen Kopiergerät und wollte den USB-Stick seitlich in die Buchse stecken.

Doch auch Jayden hatte sich bereits in Bewegung gesetzt und rammte ihr das ausgestreckte Bein in den Magen. Der Mae Geri aus dem Karate war zwar nicht perfekt, aber Yoko flog zurück und krachte mit dem Rücken gegen das übernächste Kopiergerät. Yoko sank mit schmerzverzerrtem Gesicht zu Boden. Dabei fiel ihr der Stick aus der Hand.

Nun griff sie unter ihre Uniform und zog eine Waffe hervor. Die Glock aus dem 3-D-Drucker, mit der man nur eine einzige Patrone abfeuern konnte. Sie legte auf Jaydens Kopf an, doch er reagierte geistesgegenwärtig und trat ihr die Waffe mit einem weiteren Karatekick aus der Hand. Die Pistole krachte irgendwo hinter ein paar anderen Kopierern gegen die Wand.

Blitzschnell rappelte sich Yoko auf. Dabei verwandelte sich ihr Gesicht in eine zornige Fratze. »Ich werde dich töten und es wie einen Unfall aussehen lassen – das verspreche ich dir.«

»Gib kein Versprechen ab, das du nicht halten kannst«, antwortete Jayden hochkonzentriert.

»Du siehst jetzt etwas anders aus – und du sprichst auch anders«, stellte sie fest.

»Ich …«, begann Jayden, aber er kam nicht weiter.

Yoko stand mit zwei flinken Schritten vor ihm und deckte ihn mit knallharten Tritten gegen sein Knie und seine Ellenbogen ein. Jayden konnte die Angriffe zwar in letzter Sekunde mit den Unterarmen blocken, während er zurückwich, aber die Stahlkappen verursachten höllische Schmerzen, als würde er mit einem Vorschlaghammer bearbeitet werden.

Mit der Kevlarweste war er nicht so wendig wie sonst und konnte Yoko mit keinem Gegenangriff überraschen.

»Du kämpfst wie ein Mädchen«, keuchte sie, während ihn ihre nächsten Kicks wie Granaten trafen.

Diese kleine Mistkröte! War anscheinend in Bangkok mit vier Schwestern aufgewachsen: Karate, Judo, Jiu Jitsu und Kickboxen.

Yoko sprang in die Luft, drehte die Hüfte, täuschte an und knallte ihm dann die Stahlkappe gegen das Kinn. Jayden hatte den Schlag zwar kommen sehen, aber zu spät reagiert.

Er taumelte zurück, sah nur Sterne und sackte neben einem Kopiergerät an der Wand zu Boden. *Verdammt.* Es waren *fünf* Schwestern und die fünfte hieß Taekwondo.

Während er sich benommen an dem Gerät hochzog, lief Yoko zur anderen Seite des Raums. *Jetzt holt sie den Stick,* dachte er, doch er irrte sich. Stattdessen griff sie an die Unterseite des größten Kopiergeräts, wickelte das Stromkabel einmal um ihre Hand und riss es mit einem harten Ruck aus der verbauten Buchse. Am Ende des Kabels hingen jetzt einige Drähte heraus. Das Kabel selbst war mehrere Meter lang, verlief in Schlangenlinien über den Boden und endete in einer Steckdose.

»Was … wird das?«, überlegte Jayden laut.

»Ich sagte doch, ich werde es wie einen Unfall aussehen lassen.« Lächelnd näherte sie sich ihm mit dem Kabel. »Ich hoffe für dich, du bist immun gegen zweihundertdreißig Volt.«

»Garrison!«, rief Jayden und blickte zur Tür, doch von seinem Partner war keine Spur zu sehen.

»Fuck, du wolltest es so!« Jayden packte das Kopiergerät neben ihm. Es stand auf Rollen. Er schob kräftig an und fuhr mit vollem Karacho auf Yoko zu. Wie mit einem Rammbock traf er sie und klemmte sie zwischen dem Gerät und einem anderen ein.

Durch die Wucht presste es Yoko die Luft aus der Lunge. Er glaubte auch, ein paar Rippen brechen zu hören. Sie schrie laut auf, dann fiel ihr das Kabel aus der Hand. Die einzelnen Drähte verfingen sich an ihrer Uniform.

Geistesgegenwärtig ließ Jayden den Kopierer los und machte

einen Schritt zurück. Keine Sekunde zu früh, denn im nächsten Augenblick zuckte ein Blitz durch Yoko. *Schuhe mit Metallkappen.* Sie schrie gellend auf, ihre Haare knisterten, es stank nach verbranntem Fleisch.

Grillabend in der Hölle.

Kurz darauf ging das Licht im Raum aus. Irgendwo im Keller hatte es die Sicherungen rausgeknallt. Das Leuchten der Kopiergeräte verblasste der Reihe nach. Es wurde stockdunkel, dann sprang die rote Notbeleuchtung an.

Im matten Rotschein sah Jayden, wie Yoko mit knisternder Perücke, die wie ein knuspriges Brikett aussah, umfiel und reglos auf dem Boden liegen blieb. Vorsichtig stieß er sie mit der Fußspitze an, dann beugte er sich zu ihr hinunter und fühlte mit zwei Fingern an der Halsschlagader nach ihrem Puls. Sie hatte noch einen schwachen Herzschlag, aber für die nächsten Minuten würde sie definitiv ausgeknockt sein.

Er erhob sich und suchte im roten Schimmer der Deckenbeleuchtung nach dem USB-Stick. Er fand ihn und ließ ihn gerade in der Hosentasche verschwinden, als sich die Tür öffnete. Garrison kam herein.

»Dass du dich auch mal wieder blicken lässt«, ätzte Jayden. Garrison gab keine Antwort. Er trat in die Mitte des Raums und hatte die Hände leicht erhoben.

»Was …?«, entfuhr es Jayden, verstummte jedoch, als er im Türrahmen Gideons hässliche Fratze sah, die ihn erstaunt anstarrte. Er trug jetzt keinen Backenbart mehr.

Gideon betrat ebenfalls den Raum. Mit seiner Waffe aus dem 3-D-Drucker zielte er auf Garrisons Hinterkopf.

Jayden stellte sich sofort auf die neue Situation ein. »Du

kannst damit nur einen von uns beiden erschießen – der zweite wird *dich* killen!«

»Irrtum!«, widersprach Gideon. »Du setzt deinen hübschen kleinen Knackarsch jetzt in Bewegung und schiebst Yokos Waffe mit dem Fuß zu mir herüber.«

»Ich weiß gar nicht, wo die …«

»Andernfalls bekommt dein Freund hier eine Kugel in den Hinterkopf!«, unterbrach Gideon ihn.

Jaydens Herzschlag setzte für einen Moment aus. »Und du denkst, ich gebe dir die Waffe freiwillig? Damit du uns *beide* töten kannst?«

»Ich zähle bis drei …« Gideon machte eine Pause. »Eins … zwei …«

In diesem Moment fuhr Garrison wie der Blitz herum, drehte sich gleichzeitig zur Seite, packte Gideons Schusshand und wollte ihm die Waffe abnehmen. Doch der war vorbereitet und rammte Garrison das Knie in die Weichteile, dass Garrison aufstöhnte. Trotzdem ließ Garrison nicht locker. Beide rangelten um die Waffe.

Jayden startete sofort los, um Garrison zu helfen, doch Gideon riss die Waffe hoch, und während Jayden genau in die Schusslinie lief, drückte Gideon ab.

Der Schuss krachte, ein greller Blitz schlug aus der Waffe, und noch im selben Moment stank es nach verbranntem Kunststoff.

Jayden fuhr zusammen. Doch er spürte keinen Einschlag und keine Schmerzen. Stattdessen taumelte Gideon laut brüllend zurück.

Garrison wich von ihm weg und stellte sich keuchend an Jaydens Seite. Völlig fassungslos starrten sie auf Gideon. Im Licht der roten Notbeleuchtung sahen sie seine zerfetzte Hand, die er wimmernd umklammert hielt. Die Waffe war wie ein Feuerwerkskörper zwischen seinen Fingern explodiert.

»Was zum Teufel …?«, keuchte Jayden, und plötzlich dämmerte es ihm. Er warf Garrison einen Blick zu. »Das ist es, womit unsere Direktorin Miss Ishida beauftragt hat … sie hat die Daten im Netz geändert.«

Nun begriff auch Garrison. »Ishida hat die Bauanleitung für die 3-D-Waffe vom Server gelöscht und stattdessen eine neue Anleitung mit einem Selbstzerstörungsmechanismus hochgeladen.«

»Was? Wovon zum Teufel redet ihr?«, heulte Gideon und wich rückwärts durch die Tür in den Gang.

Jayden folgte ihm. »Wo ist Lenny?«

»Von mir erfährst du kein Wort!«, spie Gideon aus und taumelte im Gang zurück.

Garrison folgte ihnen. »Das Spiel ist sowieso aus. Wer und wo ist der dritte in eurem Team?«

Plötzlich hörten sie im Gang hinter sich eine bekannte tiefe Stimme mit französischem Akzent. »Das Spiel ist noch lange nicht aus.«

Sie drehten sich um. Hinter ihnen stand General LeBlanc im roten Dämmerlicht. Er trug ebenfalls eine Lieferantenuniform und sah aus wie ein gewaltiger Dämon, der die Arme ausbreitete. Was machte der hier?

»Den machen wir zu zweit fertig«, sagte Garrison.

»Klarer Fall«, murmelte Jayden.

»Versucht es nur!« LeBlanc grinste. »Junge Hüpfer wie euch

ohne jegliche Kampferfahrung hinter feindlichen Linien habe ich bei der Fremdenlegion zum Frühstück verspeist.« Er kam einen Schritt näher. »Zuerst breche ich euch die Arme …«

Während Jayden abwechselnd Gideon hinter ihnen und General LeBlanc vor ihnen in Schach hielt, hörte er das Klingeln der Fahrstuhlkabine im Gang.

»… danach die Kniegelenke … und wenn ihr winselnd vor mir auf dem Boden liegt, trete ich euch den Kehlkopf ein.« LeBlanc schien diese Vorstellung richtiggehend zu genießen, als hätte er sich schon seit Wochen auf diese Begegnung gefreut.

»Jayden, pass auf, dass Gideon uns nicht in den Rücken fällt«, sagte Garrison. »Ich kümmere mich um Mr Fremdenlegion … mal sehen, ob er wirklich so hart ist, wie er behauptet.«

»Dann komm mal her, Jungchen.« LeBlanc ballte die mächtige Faust, die im roten Deckenlicht wie ein Hammer wirkte.

Jayden sah, wie sich hinter Gideon jemand vom Ende des Gangs mit raschen Schritten näherte.

Jayden kniff die Augen zusammen. Es war Major Conklin!

»Du bist Gideon, richtig?«, sagte der Major und schlug den wimmernden und perplexen Kerl ohne eine Antwort abzuwarten mit einem Hieb gegen die Halsschlagader bewusstlos. Dann schob er sich zwischen Garrison und Jayden nach vorn und stellte sich schützend vor seine Agenten. »Überlasst ihn mir.«

LeBlanc zog nur eine Augenbraue hoch. »Das wird ein interessanter Kampf, auf den ich schon lange gewartet habe, Major.«

55. KAPITEL

Während die Sprengstoffhunde mit ihren Kameras auf dem Rücken durch das Haus schnüffelten und die Hundeführer in ihren Sprengstoffwesten hinterherliefen und alles auf ihren Tablets dokumentierten, betraten Mr Finley und Erik das Haus.

»Ist es nicht gefährlich, *jetzt* hier herumzurennen?«, wisperte Erik und sah sich in der großen gefliesten Vorhalle um. Die Villa war drei Etagen hoch und über dem offenen Treppenhaus prasselte der Regen auf das große Glasdach.

Mr Finley sah ihn überrascht an. »Ich dachte, du liebst die Gefahr? Sollte ich mich so in dir getäuscht haben, als ich dich damals in Helsinki …?«

»Nein … äh, ich meine, ja, stimmt ja auch, aber …«

»Ganz ruhig!« Mr Finley legte ihm die Hand auf die Schulter und senkte die Stimme zu einem väterlichen Ton. »Amanda Woolf hat nicht die geringste Ahnung, dass wir ihr auf der Spur sind. Von dieser inoffiziellen Aktion wusste im Vorfeld nur eine Handvoll Leute. Wir haben ohne bürokratische Hürden blitzschnell zugeschlagen. Also denke ich nicht, dass sie die Zeit hatte, Sicherheitsvorkehrungen zu treffen.«

»Okay …«, murmelte Erik einigermaßen erleichtert.

»Außerdem zählt im Moment jede Minute. Du kennst Amanda Woolf persönlich. Bist ihr begegnet. Kennst ihre Pläne. Weißt, wie sie tickt. Versetz dich in ihre Lage. Und jetzt los.« Er reichte ihm ein paar Nylonhandschuhe und deutete zur Treppe. »Du gehst nach oben, ich sehe mich hier unten um. Verwisch möglichst keine Spuren. Wenn du etwas Interessantes oder Hilfreiches findest, was uns auf ihre Spur bringt, rufst du mich an. Geh kein Risiko ein. Verstanden?«

»Ja, Sir.« Erik blies in die Handschuhe und stülpte sie sich über die Finger. Dann lief er neben einem Schäferhund die Treppe hinauf und widerstand dem inneren Drang, dem prächtigen Tier über das Fell zu streicheln.

Aus den Etagen drangen die knackenden und elektronisch verzerrten Funkmeldungen der Hundeführer, die einen Raum nach dem anderen sicherten.

Erik erreichte das oberste Stockwerk. Hier trommelte der Regen am lautesten aufs Dach. Wo, verdammt noch mal, sollte er mit seiner Suche beginnen? *Folge einfach deinem Bauchgefühl!* Tja, wenn es danach ging, müsste er zuerst die Küche durchsuchen. Aber hier oben gab es vermutlich keine. Also marschierte er einen Gang entlang, den mehrere moderne Gemälde zierten, und erreichte eine offen stehende Milchglastür. Dahinter lag ein Schlafzimmer.

Er trat ein. Es roch nach frischer Wäsche, dezentem Damenparfüm und Räucherstäbchen. Das Bett war mit hellblauem Samt überzogen.

Hier hast du also gewohnt!

Er ging zum Fenster.

Zeige mir, wie du lebst, und ich sage dir, wer du bist, rief er sich einen von Elly D. Shepards klugen Sprüchen in Erinnerung.

Von der obersten Etage aus konnte er durchs Schlafzimmerfenster den gesamten Garten hinter der Villa überblicken. Das

Grundstück war groß mit Swimmingpool, Holzpavillon und zahlreichen exakt getrimmten Heckenreihen. Durch den Regen kämpfte sich ein Rasenroboter über die nasse Wiese.

Erik hob den Blick zum Horizont. Im Norden lag London, eingehüllt in eine schwarze Wolkendecke, in der Blitze zuckten und Donner grollte. Ganz in der Nähe waren mehrere Industrietürme mit funkelnden Lichtern zu sehen. Die Londoner Energiezentrale, dämmerte es ihm.

Die Villa lag nur einen Katzensprung von der Royal British Energy entfernt, in der sich gerade Jayden, Garrison und Major Conklin befanden. Alles nur Zufall? Bestimmt nicht. Viele Jahre lang hatte Amanda Woolf von ihrem Schlafzimmerfenster aus jeden Morgen und jeden Abend auf die Türme und Bürogebäude des Konzerns geblickt – vielleicht war ja gerade dadurch der Plan in ihrem Kopf entstanden, Royal British Energy als Anschlagsziel auszuwählen.

Möglicherweise war sie jetzt gerade in London, da sie sich dieses Spektakel nicht entgehen lassen wollte. Vielleicht sogar irgendwo in dieser Villa versteckt?

Rasch sah er sich mit klopfendem Herzen um, ging zum Wandschrank und riss die Tür auf. Der Schrank war leer. Nur leere Kleiderbügel hingen an der Stange.

Er öffnete die anderen Teile des Wandverbaus. Bis auf wenige Kleidungsstücke war alles leer. Auch die Schubladen und Hängeschränke. Amanda Woolf hatte bereits alles für die Hausübergabe vorbereitet. Im Wäschekorb lagen nur eine zerknüllte Bluse und ein dunkelblauer Satinpyjama. *Okay, du hast also tatsächlich bis vor Kurzem noch hier gelebt, aber anscheinend schon alle Sachen für deine Flucht zusammengepackt.*

Erik sah sich weiter im Zimmer um und entdeckte ein buntes Ölgemälde über dem Bett, das ein Segelschiff bei Gewitter in der aufgewühlten Brandung zeigte. Das Bild stand an einer Seite etwas weiter von der Wand weg. Erik kletterte aufs Bett und schubste das Gemälde an. Es hing an zwei Scharnieren und schwang auf. Dahinter befand sich ein Wandtresor. Die Tür war einen Spaltbreit offen. Erik schob sie ganz auf. Die drei Fächer waren ebenfalls leer.

Okay, kein Wunder. Immerhin hatten Amanda Woolf und die Leute, die hinter MOEBIUS steckten, geplant, dass das gesamte Land innerhalb der nächsten Wochen komplett lahmgelegt und radioaktiv verstrahlt werden sollte.

Erik blickte durchs Fenster zu den Gebäuden der Royal British Energy, in denen die Lichter hinter den Bürofenstern brannten.

Noch brannten … korrigierte er sich.

56. KAPITEL

»Geben Sie auf, LeBlanc«, forderte Conklin den General auf, während er aus seiner kugelsicheren Weste schlüpfte und sie achtlos hinter sich auf den Boden warf. »In diesem Gebäude sind zu viele Sicherheitskräfte. Sie haben keine Chance, zu entkommen.«

»Wer sagt, dass ich entkommen *will*?«, konterte LeBlanc. »Ich will bloß diesen kleinen USB-Stick in meiner Brusttasche an eine Buchse stecken. Danach … good-bye, London.«

Conklin griff an seinen Gürtel und zog ein langes Armeemesser aus der Scheide. »Warum sind Sie nicht auf Ihrer Insel geblieben, sondern das Risiko eingegangen, selbst herzukommen?«

»Das war absolut kein Risiko«, widersprach LeBlanc lächelnd. »Wenn man die Schleichwege übers Meer kennt und zwischen der Marine die Themse hinauffährt, kommt man praktisch unerkannt direkt zum Anschlagsziel.« Er langte ebenfalls nach hinten an den Gürtel und holte ein Kampfmesser hervor – eine Seite der Klinge war gerade, die andere wie eine Säge gezackt.

»Und warum sind Sie hier? Haben Sie Ihren jungen Rekruten die Aufgabe nicht zugetraut oder wussten Sie, dass die so miserabel trainiert worden sind, dass sie alle versagen?«

Jayden war klar, dass Conklin seinen Widersacher in ein Gespräch verwickeln und damit verunsichern wollte, während er sich langsam seinem Feind näherte. Und wie es schien, ließ sich LeBlanc auf dieses Tänzchen ein.

»Die Teams sind gut«, sagte er. »Von hier aus koordiniere ich die Angriffe – außerdem ist London das Herzstück der Aktion. Zugleich bin ich das Backup, falls etwas schiefgeht.«

»Wie man sieht, ist das gerade der Fall«, sagte Conklin provokativ.

»Ach, wirklich? Wie fühlt es sich an, unehrenhaft aus der Armee geworfen zu werden?«, entgegnete LeBlanc schadenfroh, während er das Messer von einer Hand in die andere gleiten ließ und dabei kunstfertig die Klinge drehte, als wollte er sich für den bevorstehenden Kampf aufwärmen. »Den Großteil seiner Truppe verloren zu haben? Die Karriere im Arsch?«

»Müssten doch gerade Sie am besten wissen, als abtrünniger Ex-Fremdenlegionär«, konterte Conklin. Wieder näherte er sich ein paar Schritte.

LeBlanc fuhr sich an jener Stelle über die Wange, wo Conklins Gesicht von tiefen Narben verunstaltet war. »Tut es manchmal noch weh? Brennt es?«

Während die beiden Männer sich wie Hyänen belauerten und versuchten, sich gegenseitig aus dem Konzept zu bringen, hatten Jayden und Garrison den bewusstlosen Gideon an den Beinen in den Kopierraum gezerrt. Dort fesselten sie zuerst Gideon mit zwei langen Stromkabeln an Armen und Beinen, danach verschnürten sie Yoko, die immer noch bewusstlos auf dem Boden lag.

In Gideons Hosentasche fand Jayden einen weiteren USB-Stick, den er ebenfalls an sich nahm.

In der Zwischenzeit war das Psychoduell der beiden Männer verstummt. Stattdessen hörte Jayden nun Keuchen, Schreie, Stöhnen und das Aufeinanderprallen von Körpern. Jaydens Herz raste. »Sollen wir Conklin helfen?«, drängte er, während er Yokos Fesseln überprüfte.

Garrison richtete sich auf. »Der Gang ist zu eng für einen Infight. Und dann erst für drei oder vier Leute ...« Garrison schüttelte den Kopf. »Außerdem denke ich, dass Conklin die Geister seiner Vergangenheit allein bezwingen möchte.«

Jaydens Kehle wurde eng. »Aber wenn er ...?«

»Wird er nicht«, unterbrach Garrison ihn. »Er hat noch nie einen Kampf verloren.«

Irgendwann ist immer das erste Mal.

Jayden hörte weitere Schreie und das Stöhnen der Männer. Er war nicht so sicher, ob der Major seinen Erzfeind besiegen konnte. LeBlanc hatte nichts zu verlieren. Innerlich hatte der Mann garantiert schon mit seinem Leben abgeschlossen. Er wollte nur noch diese letzte Mission erfüllen – und Feinde, die zu allem bereit waren, waren stets die schlimmsten und gefährlichsten Gegner.

Mit weichen Knien trat Jayden in den Gang. Von LeBlanc und Conklin war nichts mehr zu sehen. Conklin hatte seinen Widersacher offenbar so weit im Korridor nach hinten gedrängt, dass die beiden Männer hinter der nächsten Biegung verschwunden waren. Die Kampfgeräusche drangen gedämpft zu Jayden. Keuchen, gefolgt von Schreien, dem Brüllen bei Attacken, dem Klirren der Klingen und dem dumpfen Knallen von Faustschlägen und Tritten.

Garrison brach mit der Sackkarre an der Innenseite der Tür

die Klinke ab und warf die Tür danach hinter sich ins Schloss. Gideon und Yoko waren eingesperrt. Nun trat er neben Jayden und sah genauso besorgt wie er zum Ende des Gangs.

Die Kampfgeräusche verstummten. Jemand fiel laut um, danach war nur noch leises Stöhnen zu hören.

»O Gott«, entfuhr es Jayden.

Garrison schien mit einem Mal auch nicht mehr so sehr davon überzeugt zu sein, dass Conklin den Kampf gewonnen haben könnte.

Jayden wollte bereits losstarten, als jemand vor ihnen um die Ecke wankte. Zuerst konnte er im roten Licht nicht erkennen, wer das war, doch dann erkannte er den Mann. »Major Conklin!«, rief er erleichtert.

Der Major taumelte ihnen entgegen. Seine Hände waren leer.

»Wo ist Ihr Messer?«, rief Jayden.

»Hab den USB-Stick damit aufgespießt …«, presste der Major hervor, »… in LeBlancs Brusttasche.« Der Major sah zwar total erledigt aus, hatte aber immer noch nicht seinen trockenen Humor verloren. »Holt einen Notarzt …«, stöhnte er.

»Für LeBlanc?«, entfuhr es Jayden.

»Nein … für mich.« Conklin presste sich die Hand auf die Halsschlagader und kippte wankend gegen die Wand. Garrison stand bereits neben ihm und stützte ihn.

»Okay, kümmere mich sofort darum.« Während Jayden zum Fahrstuhl lief, checkte er sein Handy. Immer noch kein Empfang. *Verdammt.*

57. KAPITEL

Jayden erreichte den Lift. Irgendjemand hatte die Kabine inzwischen nach oben geholt. Er drückte mehrmals auf den Sensor. Während er auf den Lift wartete, tippte er – für den Fall, dass ihm etwas zustoßen sollte – eine SMS an die internationale Notrufnummer.

Benötige dringend Sanitäter und Notarzt. Kellergeschoss minus zwei – Trakt B. Er fügte noch die Adresse der Royal British Energy hinzu.

Endlich kam die Kabine, die Tür öffnete sich mit einem Klingeln. Zum Glück funktionierte der Fahrstuhl mit dem Notstromsystem. Jayden wollte bereits einsteigen, als sein Blick auf die massive Brandschutztür fiel, die sich neben dem Lift befand.

Zugang Garage stand auf einem Schild. Das Symbol darunter zeigte, dass es in der Tiefgarage Ladestationen für E-Autos gab. *Eh klar, bei einem Stromkonzern!* Jayden wollte schon in den Lift steigen, hielt aber inne.

Die E-Stationen müssen doch auch gewartet und mit Updates konfiguriert werden, kam ihm in den Sinn. Das bedeutete, dass die E-Säulen USB-Anschlüsse haben mussten. Hatte daran jemand gedacht? *Was, wenn neben Gideon, Yoko und LeBlanc sicherheitshalber noch jemand Viertes nach London gereist war?*

Jayden wurde heiß. Bevor sich die Fahrstuhltür schloss, fuhr er mit der Hand dazwischen und unterbrach die Lichtschranke.

Die Tür öffnete sich wieder. Obwohl er immer noch keinen Empfang hatte, schickte er die SMS weg und legte das Handy auf den Boden der Kabine. Dann drückte er innen am Display den Knopf für die zehnte Etage. Wenn das Handy nach oben fuhr, würde es Empfang bekommen und die SMS automatisch verschicken.

Während sich die Kabine schloss und nach oben in Bewegung setzte, war Jayden bereits durch die schwere Brandschutztür ins Treppenhaus geschlüpft und befand sich auf dem Weg hinunter.

Eine Etage tiefer fand er auf minus drei im roten Licht der Notbeleuchtung den Zugang zur Tiefgarage. Er drückte die Klinke hinunter und prallte gegen die verschlossene Stahltür.

Mist! Er sah sich um. Das Eintreten der Metalltür konnte er vergessen. Zu massiv. Daneben befand sich ein Display. Theoretisch müsste das auch im Notstrombetrieb funktionieren. Er erinnerte sich an die Magnetkarte, die Miss Hambly ihm gegeben hatte, holte sie aus der Hosentasche und zog sie über das Display. Mit einem Summen sprang die Tür auf. Jayden schlüpfte hindurch und stand in der Tiefgarage.

Hier brannten normale weiße Leuchtstoffröhren an der Decke. Anscheinend ein anderer Stromkreis. Es roch nach Benzin, Öl und Gummi. Zwischen den Betonsäulen standen fast ausschließlich SUVs und andere teure Modelle. Offenbar parkten hier die höheren Angestellten.

Jayden folgte den Pfeilen zu den E-Ladestationen und war nach ein paar Biegungen dort. Es waren an die vierzig Stationen in zwei Reihen und fast an jeder hing ein Auto. Jayden marschierte zur nächstgelegenen Säule und fand an der Seite über der Steckdose eine Hartplastikabdeckung, die sich nach oben klappen ließ. Darunter befand sich tatsächlich eine USB-Buchse. Daran hatte kein Mensch gedacht.

Aber zum Glück befand sich hier unten außer ihm niemand. Nicht auszudenken, wenn jemand von MOEBIUS vor ihm dagewesen wäre. Da hörte er das Knattern eines Motorrads und duckte sich instinktiv. Kurz darauf erstarb der Motor. Das Geräusch war vom Ende der Wagenreihe gekommen. Jayden reckte vorsichtig den Hals und sah zum anderen Ende. Neben der letzten Ladestation saß ein Motorradfahrer in schwarzer Ledermontur und mit Helm auf seiner Maschine. Jayden hörte elektronisches Knistern und Knacken.

Fuck! Was war das?

Er duckte sich wieder und schlich neben den Heckteilen der Autos nach vorn. Als er näher kam, sah er, dass es sich bei dem schweren Bike zum Glück um eine neongelbe Yamaha der Londoner Polizei handelte. Der Fahrer trug eine Polizeiuniform und hatte ein Funkgerät auf dem Motorrad. Erleichtert richtete sich Jayden auf und ging auf den Polizisten zu. Geheimdienst und Konzernleitung hatten die Ladestationen in der Garage also doch nicht vergessen und eine Wache hier unten postiert. Aber warum nur *eine* Wache?

Als Jayden näher kam, erkannte er an der Figur der Person, dass es sich um eine Frau handelte. Sicherheitshalber hob er die Hand und winkte, nicht dass ihn die Polizistin für einen der Saboteure hielt und anschoss.

»Hallo!«, rief er. »Ich muss dringend Ihr Funkgerät benutzen. Wir haben einen Notfall und brauchen einen Krankenwa …« Jayden verstummte. Hier stimmte etwas nicht.

Die Polizistin sah ihn regungslos an. Langsam fuhr sie mit dem Handschuh zum Helmvisier und klappte es hoch.

Jayden blickte kurz zur Ladesäule, neben der sie parkte. Die USB-Abdeckung war nach oben geklappt. Misstrauisch blieb er stehen.

Die Polizistin neigte leicht den Kopf, um ihn genauer zu betrachten. »Du lebst noch?«, entfuhr es ihr überrascht.

Jayden kannte die Stimme. Es war …

58. KAPITEL

Die Spürhunde in Amanda Woolfs Villa waren mittlerweile fast mit ihrer Suche fertig. Keine Minen, keine Sprengfallen und auch keine weiteren Alarmanlagen. Genau so, wie Mr Finley es prophezeit hatte.

Die Frau hatte offenbar nicht damit gerechnet, dass jemand ihre Unterkunft entdecken würde. Und jetzt, da sie verschwunden war, konnte es ihr sowieso egal sein.

Inzwischen untersuchten die Leute von der Spurensicherung das Schlafzimmer mit dem leeren Tresor und machten mit dem UV-Licht einer Wood-Lampe sowohl Speichel- als auch Schweiß- und Blutspuren sichtbar, die später auf DNA-Hinweise überprüft werden sollten.

Darüber hinaus wurden im ganzen Haus mit Scannern Fingerabdrücke genommen. Eine Heidenarbeit, wenn man bedachte, wie groß diese Villa war und wie viele Winkel und verborgene Nischen es gab.

Aber Tage später würde diese Auswertung möglicherweise zeigen, mit wem Amanda Woolf Kontakt gehabt, mit wem sie sich getroffen hatte, und jene Personen ans Tageslicht fördern, die hinter dem Netzwerk von MOEBIUS steckten.

Eure Tage sind gezählt, dachte Erik.

Während immer mehr Spezialisten und Geheimdienstbeamte in die Villa drangen und alles auf den Kopf stellten, ging Erik erneut durchs Haus. Zum Glück sprach ihn niemand darauf an, was ein Teenager wie er an einem Ort wie diesem unter all den Einsatzkräften zu suchen hatte. Offenbar hatte Steve Woodward von der Defence Intelligence alle darüber informiert, dass zwei »Vertraute« des Premierministers sich hier ebenfalls umsahen und niemand sie bei der Arbeit stören sollte.

Und genau das tat er. Er versuchte herauszufinden, wer Amanda Woolf eigentlich war. Aber viele Hinweise hatte sie ihnen in dieser mittlerweile leer geräumten Bude nicht hinterlassen.

Eine Sache war jedoch auffällig. Er hatte in dem gesamten Haus kein einziges Bücherregal gefunden. Keinen Wandschrank mit Büchern, keine Vitrine, kein Regal, ja nicht einmal auf der Toilette lag Lesestoff. In einem noblen Haus wie diesem müsste es aber doch zumindest eine kleine Bibliothek geben. Oder wenigstens irgendein Buch oder eine Zeitschrift herumliegen. Aber merkwürdigerweise gab es das nicht.

Und plötzlich musste er an Lenny denken, die ihn erst kürzlich damit aufgezogen hatte, dass er bisher im Leben nur ein einziges Buch gelesen hatte, nämlich Harry Potter, Band eins. Im Gegensatz zu Lenny, die sich während ihrer langen Zeit in den Waisenhäusern wie eine Leseratte auch durch sämtliche fremdsprachige Literatur gewühlt hatte.

Lenny, in diesem Haus würdest du dich nicht wohlfühlen.

Mit schmerzhafter Erinnerung dachte er nun an sie. Wie ging es ihr gerade? Und wo, verdammt, steckte sie in diesem Moment?

59. KAPITEL

»Überraschung«, sagte Jayden. »Ja, ich lebe noch.« Er sah in die Augen von Amanda Woolf.

Jayden ging auf sie zu und blickte kurz zur USB-Buchse unter der hochgeklappten Abdeckung. Noch steckte kein Stick drin. Doch jetzt sah er, dass sie mit ihrem Lederhandschuh bereits einen kleinen Stift hielt. Anscheinend war sie neben General LeBlanc das zweite Backup, falls irgendetwas bei dem so wichtigen Anschlag auf London schiefgehen sollte – und Jayden hatte sie gerade dabei überrascht, als sie das Virus in Umlauf bringen wollte.

Lässig klappte sie mit dem Stiefel den Ständer des Motorrads aus, lehnte die Maschine darauf und stieg ab. Jayden beobachtete sie mit Argusaugen. Im Moment machte sie keine Anstalten, nach einer Waffe zu greifen. Dann wurde ihm klar, was sie vorhatte. Ohne ihn durch das aufgeklappte Visier aus den Augen zu lassen, ging sie langsam um das Motorrad herum zur E-Station.

»Sie müssen das Virus nicht mehr ins System bringen«, sagte Jayden, während er ebenfalls langsam auf sie zuging. »Yoko, Gideon und General LeBlanc ist das bereits gelungen«, log er.

»Netter Versuch, Knoxville, aber ich gehe lieber auf Nummer sicher.« Sie drehte sich um und machte den letzten Schritt zur Station.

Jayden rannte auf sie zu. Kurz bevor er sie erreichte, sah

er, wie Amanda Woolf den Stick in die Buchse steckte. Dann rammte er sie hart und riss sie mit sich zu Boden. Sie rollten mehrere Meter über den Asphalt und sprangen sofort wieder auf. Noch bevor Jayden reagieren konnte, versetzte sie ihm mit dem Helm einen Headbutt gegen die Stirn, dass ihm schwarz vor Augen wurde, während er mehrere Schritte zurücktaumelte.

Jayden ignorierte den Schmerz und wollte zur Ladestation, um den Stick herauszureißen, doch Amanda Woolf versperrte ihm den Weg. Sie hatte inzwischen den Helm abgenommen, zu Boden geworfen und ihr blondes Haar ausgeschüttelt. »Oh, das tut mir aber leid mit deiner Stirn, du blutest ja, brauchst du ein Taschentuch?«, fragte sie zynisch.

Jayden spürte, wie ihm das Blut über die Schläfe lief. Mit ein paar Kicks und Streetfight-Techniken hätte er sie vielleicht sogar binnen Sekunden aus dem Weg geräumt, doch jetzt griff sie in die Seitentaschen ihrer Polizeilederhose und holte zwei Messer mit kurzen Klingen hervor.

»Das Virus braucht etwa eine Minute, bis es sich eingenistet und den richtigen Weg zum Server gefunden hat«, sagte sie. »Denk nach! Ist dir die Sache wirklich so viel wert, dass du dein Leben riskierst, um an mir vorbeizukommen? Glaub mir, ich werde nicht zimperlich mit dir umgehen.«

Ich auch nicht. Ohne nachzudenken attackierte Jayden sie. Er traf sie zuerst mit dem Knie hart in die Rippen, musste aber gleichzeitig ihre beiden Messerhände blocken. Das gelang ihm mehrmals, während er ihr einen weiteren Tritt gegen das Knie versetzte, doch dann stach sie mit dem Messer gerade nach vorn und drehte dabei die Klinge. Dadurch erwischte sie seine Kevlarweste, von der die Klinge abprallte und Jaydens Oberarm streifte. Der scharfe Stahl schnitt durch seine Haut wie durch Butter.

Jayden zuckte zwar zusammen, war aber so vollgepumpt mit Adrenalin, dass er die Schmerzen gar nicht spürte. Die würden später kommen – falls es ein Später gab. Denn Amanda Woolf kämpfte wie eine Löwin mit messerscharfen Krallen und versetzte ihm einen weiteren Schnitt an der Innenseite des Unterarms. Doch dann gelang es ihm, ihre Arme im Infight zu fixieren, eine Messerhand nach unten zu drehen und Amanda Woolf über die Schulter brutal auf den Boden zu werfen.

Stöhnend presste es ihr die Luft aus der Lunge. Aber sie verlor keine Zeit, rollte sofort ab und trat ihm in die Kniekehle, sodass er auf dem Weg zur Ladestation einsackte. In der nächsten Sekunde stand sie wieder auf den Beinen und hielt ihn mit den Messern auf Distanz. Aber sein Manöver war trotzdem erfolgreich gewesen, denn sie hatte sich bei dem Sturz mit ihrem eigenen Messer am Oberarm verletzt. Die Lederjacke war zerfetzt und die Wunde blutete stark.

»Nette Technik …«, presste sie hervor.

»Nachschub gefällig?«, fragte er und kam lauernd näher.

Sie standen sich keuchend wie zwei verwundete Raubtiere gegenüber. Amanda Woolf war zwar lädiert, aber auch Jayden lief das Blut vom Gesicht und von zwei Schnittwunden über die Arme. Als er sich den Schweiß von der Stirn wischte, rieb er sich unabsichtlich Blut in die Augen. Das Schlimmste war jedoch, dass er sich der E-Säule keinen Zentimeter genähert hatte, während immer mehr Zeit verging.

»Noch ein Versuch?«, lockte Amanda Woolf ihn. »Dir bleiben nur noch wenige Sekunden.«

Da flog einige Meter von ihnen entfernt die Tür zum Fluchtweg auf und knallte scheppernd gegen die Wand. Jayden wollte eigentlich nur kurz hinschauen, um zu prüfen, ob von dort aus Gefahr eines weiteren Gegners drohte, doch was er sah, ließ ihn erstarren.

Dort im Licht der flackernden Deckenlampe stand Lenny. Sie trug ebenfalls eine braune Lieferantenuniform.

»Was machst … *du* … *hier* … Lenny, ich …?«, stotterte Jayden, fing sich aber rasch wieder und blickte zu Amanda Woolf. Die stand mittlerweile mit beiden Messern in Verteidigungsstellung neben ihrem Motorrad direkt vor der E-Station, bereit, jeden seiner Angriffe abzuwehren.

»Dir läuft die Zeit davon«, stellte sie mit einem zynischen Singsang fest.

Das wusste er verdammt noch mal selbst. Jayden schielte wieder zu Lenny. So viele Fragen jagten ihm durch den Kopf, die er jedoch alle verdrängte, als er sah, dass Lenny eine Pistole unter ihrer Uniform hervorholte.

Da Amanda Woolf nicht panisch reagierte, musste sie wohl davon ausgehen, dass Lenny auf ihrer Seite stand. Erleichtert ließ Jayden nun die Schultern sinken. Zu zweit würden sie Amanda Woolf leicht überwältigen und den Stick vielleicht doch noch rechtzeitig entfernen können.

»Töte ihn!«, befahl Amanda Woolf Lenny und verstaute eines der Messer in ihrer Seitentasche.

»Ja, sicher«, sagte Jayden amüsiert.

Lenny kam näher zu ihm, blieb dann jedoch stehen, hob die Schusswaffe und legte auf Jayden an. »Steige ich dann in der Hierarchie von MOEBIUS höher?«

»Sicher, knall den Typen ab.« Amanda Woolf griff nach dem Helm auf dem Boden und setzte ihn auf.

»Lenny!«, rief Jayden. »Lass die Spielchen! Sie hat das Virus bereits platziert. Uns bleiben nur noch …«

Doch Lenny starrte ihn mit kalten Augen an. »Lerne ich dann den Chef von MOEBIUS kennen?«

»Wenn du dich bewährst …« Amanda Woolf stieg auf ihr Motorrad, klappte den Ständer ein und rollte vor die Ladestation.

»Lenny!«, rief Jayden fassungslos, »wir …« Er verstummte, da er mit Schrecken feststellte, dass er sich geirrt hatte. Lenny interessierte sich nicht die Bohne dafür, das Virus zu entfernen. Anscheinend war sie nur hier unten, weil sie Amanda Woolf das Tor zur Tiefgarage geöffnet hatte.

»Töte ihn!« Amanda startete die Maschine. Der Motor knatterte, eine Abgaswolke wehte zu ihm herüber.

Lenny kam ein paar Schritte auf Jayden zu, die Waffe immer noch auf ihn gerichtet.

»Was soll das? Arbeitest du für MOEBIUS?«, fragte er verdattert und zornig zugleich, als er in ihre kalten und hasserfüllten Augen starrte. »Haben sie dich im Camp umgedreht?«

Sie gab keine Antwort, kam nur einen weiteren Schritt näher, den Lauf auf seinen Kopf gerichtet.

»Haben sie dir eine Gehirnwäsche verpasst?«, fragte Jayden nervös.

»Halt den Mund!«, zischte sie.

»Was bekommst du dafür? Was haben sie dir versprochen? Eine gigantische Bezahlung?« Jayden schielt zur Ladestation, die Amanda Woolf immer noch halb mit ihrem Motorrad verdeckte. Die Zeit tickte.

»Tut mir leid, Jayden«, sagte Lenny. Ihr Finger legte sich um den Abzug.

In diesem Moment dämmerte es ihm, dass die Pistole aus dem 3-D-Drucker in ihrer Hand explodieren würde, sobald sie abdrückte. »Nein, tu es nicht!«

Doch in letzter Sekunde fuhr sie herum und legte auf Amanda Woolf an.

»Nein!« Jayden machte einen Satz nach vorn und packte ihre Schusshand. Während er Lennys Arm zur Seite drückte, hörte er, wie Amanda Woolfs Maschine aufröhrte. Ein paar kleine Steinchen spritzten über den Asphalt, es stank nach Gummi, dann raste sie mit dröhnendem Getöse davon.

»Lass mich!«, schrie Lenny. »Ich kann sie erwischen.«

»Die Waffe explodiert in deiner Hand«, brüllte er sie an. Aus dem Augenwinkel sah er, wie Amanda Woolf auf dem Motorrad davonraste. Er stürzte zur Ladestation und riss den USB-Stick heraus. Mit einer großen Portion Glück hatte sich das KI-Virus noch keinen Weg ins Netz gebahnt. Aber die Hoffnung war gering, denn mittlerweile war zu viel Zeit vergangen.

»Gib mir die Pistole – schnell!«, verlangte Jayden.

»Wozu? Ich dachte …«

»Mach schon!«

Lenny reichte ihm die Glock. Mit roher Gewalt verbog er den Abzugsbügel und brach das Kunststoffteil ab, sodass der Abzug frei lag.

»Geh in Deckung!«, warnte er Lenny und ging einen Schritt zurück. »Du wirst gleich sehen, was passiert wäre, wenn du abgedrückt hättest.« Er holte aus und schmetterte die Glock aus eineinhalb Meter Entfernung so gegen die USB-Buchse, dass der

Abzug durch den Aufprall zum Griff gedrückt wurde. Gleichzeitig schirmte er sein Gesicht mit dem anderen Arm ab.

Die Pistole knallte gegen die Ladestation und explodierte im selben Augenblick. Rauch stieg auf, es stank nach geschmolzenem Kunststoff, versengten Metallteilen und verschmorten Drähten. Der Wurf war nicht perfekt, trotzdem flogen Funken aus dem Gerät.

»Was sollte das?«, fragte Lenny entgeistert.

»Was wohl?«, wurde er laut. »Ich freue mich auch, dass du noch lebst, wieder im Team bist und alles, aber du hättest dir nicht so verdammt viel Zeit für dein Schwätzchen mit dieser kranken Bitch lassen dürfen.«

»Schwätzchen?«, wiederholte sie erbost.

»Ja, dann hätte ich den Stick früher rausziehen können.«

Lenny beruhigte sich wieder. »Verstehst du nicht? Das war meine Chance, mehr über die Hintermänner von MOEBIUS zu erfahren.«

»Viel wichtiger wäre es gewesen, das Virus zu erledigen!«, brüllte er genervt.

»Welches Virus?« Lächelnd griff Lenny in ihre Tasche und holte einen USB-Stick heraus. »Ich habe Amanda Woolf nicht *meinen* Stick gegeben, sondern den, auf den ich die Druckdatei für die Glock geladen habe.«

»Was?«, rief er entgeistert.

Sie lachte. »Jetzt solltest du dein Gesicht sehen.«

Erleichtert ließ er die angespannten Schultern sinken. »Mein Gott, Lenny«, seufzte er, dann umarmte er sie und drückte sie fest an sich. »Tut mir leid – ich bin so froh, dass du da bist.«

60. KAPITEL

Nachdem Erik sich im gesamten Haus umgesehen und kurz mit Mr Finley ausgetauscht hatte, der wie er nichts wirklich Interessantes entdeckt hatte, marschierte Erik noch einmal in das oberste Stockwerk. Einfach nur um durchs Schlafzimmerfenster zu sehen, ob bei Royal British Energy immer noch die Lichter brannten.

Ja, das taten sie. Die Türme waren in Regenschlieren eingehüllt und leuchteten.

Erleichtert ließ Erik die Schultern sinken. Also hatte es bis jetzt entweder noch keinen Anschlag auf London gegeben oder die Behörden hatten ihn abgewehrt. Er stützte sich aufs Fensterbrett und blickte in den Garten. Der Rasenroboter fuhr immer noch unermüdlich seine Bahnen durch die regennasse Wiese. Allerdings stieß er jetzt gegen den dicken Hinterreifen eines schweren Motorrads, das zwischen Swimmingpool und Pavillon im Gras stand. Eine neongelbe Yamaha FJR1300 mit mindestens 146 PS … ein Polizeimotorrad, wie er an der Lackierung mit den kleinen blauen Vierecken erkannte. Diese Maschine wog allein ohne Ausstattung schon über 290 Kilogramm. Soviel er sich erinnerte, hatte das Bike vorhin, als er den Wandtresor entdeckt hatte, noch nicht im Garten gestanden.

Erik verließ das Zimmer und entdeckte auf dem Boden im Gang die Ränder nasser Fußspuren, die im Deckenlicht glänzten. Automatisch sah er an sich hinunter, um zu überprüfen, ob die Spuren von seinen eigenen Schuhen stammten, aber das war nicht der Fall. Er folgte der Spur, bis er am Ende des Korridors in den letzten Raum gelangte. Das im klassischen Stil eingerichtete Musikzimmer war leer. Auch hier gab es keine Bücher, dafür umso mehr Schallplatten und CDs. Diesen letzten Raum im hintersten Winkel des Gebäudes hatten die Spezialkräfte sicher noch nicht unter die Lupe genommen. Die Fußspuren führten quer durchs Zimmer.

Neugierig ging Erik zum Wandverbau, wo die Spuren endeten, und schob mit dem Nylonhandschuh die CD-Hüllen auseinander. Vivaldi, Bach, Händel, Mozart, Beethoven.

»Hier fehlt eindeutig finnischer Hardcore Thrash Metal«, murmelte er und merkte plötzlich, dass die Fingerkuppe seines Handschuhs rot war.

Blut?

Hatte er sich gerade an einer der Hüllen geschnitten?

Verdammt, die Spurensicherer würden ihn zur Sau machen, wenn er ... Plötzlich stutzte er. Das Blut stammte nicht von ihm, sondern von einer der CD-Hüllen. Es war noch frisch und ließ sich verreiben.

Erik trat einen Schritt zurück. Auch auf dem dunklen Parkettfußboden bemerkte er jetzt Blutstropfen, die im trüben Licht, das durchs Fenster fiel, glänzten.

Erinnere dich, was Mr Elliot euch beigebracht hat. Wie fallen und spritzen Blutstropfen vom Boden weg, wenn jemand in eine bestimmte Richtung geht. O Mann, der Kurs lag schon gefühlt zehn Monate zurück.

Dennoch waren sowohl die Fuß- als auch die Blutspuren eindeutig. Jemand war, verletzt und blutend, durch diesen Raum auf das Regal zumarschiert und von dieser Stelle nicht weggegangen. Und zwar erst kürzlich, da das Blut noch nicht geronnen war.

Wohin zum Teufel war diese Person verschwunden? Die hatte sich doch nicht in Luft aufgelöst. Die Blutstropfen auf dem Boden unmittelbar vor dem Regal waren verwischt. Allerdings nicht durch die Schuhe, sondern von etwas, das einen symmetrischen Halbkreis verursacht hatte.

Verdammt, das ist es! Hier musste es eine Tür in der Wand geben. Erik fuhr mit der Hand zwischen die CDs und hob einen Stapel in ein anderes Regal. Nachdem er drei Reihen freigelegt hatte, entdeckte er an der Rückwand des Regals einen Knopf. Er drückte ihn, woraufhin sich die Wand bewegte und langsam aufschwang. Eine etwa einen Meter breite Öffnung entstand.

Er schob die Tür weiter auf. Genau diese Bewegung hatte die Blutspuren auf dem Boden verwischt.

Vor ihm lag ein langer schmaler fensterloser und leicht gebogener Korridor.

Ein Geheimgang, dämmerte es ihm. Erik trat ein. Der Gang führte zur anderen Seite des Gebäudes. An dessen Ende befand sich ein heller Raum. Und daraus drangen seltsame Geräusche zu ihm.

Erik hatte bereits sein Handy aus der Tasche gezogen, um Mr Finley zu verständigen. Aber vorher wollte er herausfinden, *wer* sich Zutritt zu diesem Raum verschafft hatte. Leise schlich er auf die Türöffnung zu und blieb kurz davor stehen, verborgen in der Dunkelheit des Gangs.

O Mann! Hier befanden sich also sämtliche Bücher des Hauses. Der Geheimgang führte zu einer Bibliothek. Ein runder Raum mit vielen Topfpflanzen, maßgefertigten Bücherregalen und einem bequemen Lesestuhl in der Mitte. Es gab nur ein Fenster und eine kleine Glaskuppel, durch die Licht hereinfiel. Regen prasselte lautstark auf die Kuppel. Offenbar war diese Bibliothek auf das Flachdach der unteren Etage gebaut und mit einem geheimen Korridor mit dem Rest des Hauses verbunden worden. Aber wozu? War vielleicht nur eine spleenige Spinnerei des Architekten gewesen.

Jedenfalls stand eine blonde Polizistin in schwarzer Motorradkluft vor einem der Bücherregale, wandte ihm den Rücken zu und durchstöberte hastig das Zeitschriftenfach. Die Frau war bestimmt die Fahrerin des Motorrads, das im Garten stand. Ihr Helm lag auf dem Lesestuhl.

Der Anblick dieser blonden Frau an diesem Ort schien reichlich skurril, denn sie hatte eine blutende Schnittverletzung am Oberarm und gehörte ganz sicher nicht zu den Behörden oder Organisationen, die das Haus gerade auf den Kopf stellten. Irgendwie musste sie es geschafft haben, sich unauffällig durch all die Sicherheitsleute und Einsatzkräfte zu schwindeln, um in die Bibliothek zu gelangen. Und es musste etwas verdammt Wichtiges sein, nach dem sie hier suchte.

Erik hatte genug gesehen. Er machte zwei leise Schritte zurück in den Gang und wischte über sein Handy, um Mr Finley eine Nachricht zu schicken. Aber mit den Gummihandschuhen konnte er das Display nicht richtig bedienen, das er jetzt auch noch mit den blutverschmierten Fingerkuppen verwischte.

Fuck!

Er rieb sich die Finger an der Hose ab und griff wieder zum

Display. In diesem Moment gab sein Telefon ein leises Quäken von sich. *Low battery.*

Verdammt! Auch das noch. Erik sah auf. Die Frau hatte den Ton ebenfalls gehört und sich umgedreht. Ihm blieb für einen Moment die Luft weg. Vor ihm stand Amanda Woolf.

Überrascht zog sie eine Augenbraue hoch. »Du hast also auch überlebt«, stellte sie fest.

Warum *auch*? Anscheinend wusste sie bereits über Jayden und Garrison Bescheid.

»Hätte ich mir eigentlich denken können«, fuhr sie fort. »Erik Tuomi, du bist wie ein Kätzchen, das sieben Leben hat.«

»Kätzchen?«, wiederholte Erik. *Eher wie ein silbergrauer Puma,* dachte er. Aber er war nicht blöd und wollte es nicht auf einen Kampf ankommen lassen, auch wenn er glaubte, dass er Amanda Woolf besiegen konnte. Doch vielleicht hatte sie ja eine Waffe. Also drehte er um und lief zurück zur Tür des Geheimgangs.

Die war jedoch wieder automatisch zugegangen und Erik fand in der Dunkelheit nur eine Holzwand ohne Griff und Klinke. Verzweifelt tastete er den Rahmen nach einem Schalter oder Hebel ab, doch da war nichts.

»Der Knopf zum Öffnen der Tür ist hier«, rief Amanda Woolf ihm nach und warf einen Blick in den Gang.

Er riss sich die Handschuhe herunter und tippte hastig eine SMS an Mr Finley: *Woolf, oberster Stock …*

»Wenn man bedenkt, dass du die schnellste Samenzelle deines Vaters warst, die das Ei deiner Mutter befruchtet hat …«, murmelte sie kopfschüttelnd, während sie langsam in den Gang trat.

und im Gang wimmelte es mittlerweile von Polizisten. Jayden deutete auf seine Besucherkarte, die er von Miss Hambly erhalten hatte, und bahnte sich seinen Weg durch die Einsatzkräfte.

Lenny folgte ihm und senkte die Stimme. »Danach musste ich bis zuletzt bei der Operation Dark Sky mitmachen.«

»Gut für mich«, murmelte Jayden, »sonst wäre ich jetzt vermutlich tot – und das Virus hätte London lahmgelegt.«

»Gib mir bei Gelegenheit ein Eis aus, dann sind wir quitt.« Lenny lächelte. »Wohin gehen wir eigentlich?«

»Wir …« Jayden verstummte, als er einen höherrangigen Offizier vom Militärischen Abschirmdienst entdeckte, der gerade ein Telefonat beendete. Barnes stand auf dem Namensschild seiner schwarzen Uniform. »Wissen Sie, wo Major Conklin ist?« Jayden reckte den Hals und sah sich um. Auch von Ken Garrison war keine Spur zu sehen.

Offizier Barnes hielt beide auf. »Stopp! Hier geht es nicht weiter. Der Bereich ist abgesperrt.«

»Major Conklin?«, wiederholte Jayden.

»Bist du Knoxville?«

Jayden nickte, dann deutete er zu Lenny. »Das ist Leonarda Zarakis, sie gehört auch zu Major Conklins Team.«

Barnes musterte Lenny einen Augenblick lang prüfend, dann sah er zu Jayden. »Okay – wir haben die Nachricht von deinem Handy erhalten. Danke, Junge. Sicherheitshalber hatten wir Feuerwehr und Rettungswagen bereits vor Ort stationiert. Aber der Major hat sich geweigert, in ein Krankenhaus transportiert zu werden.«

»Wo ist er?«

Barnes deutete nach oben. »Er wird gerade in Miss Hamblys

Büro vom Notarzt behandelt. Falls ich dich sehe, soll ich dir ausrichten: Gute Arbeit! LeBlanc und seine Kollegen haben immerhin drei Wachleute ausgeschaltet, um zum Kopierraum zu gelangen.«

»Danke, Sir – deswegen gibt es uns.«

»Wie bitte?«

»Vergessen Sie es. Sie müssen eine Fahndung nach einer gewissen Amanda Woolf einleiten«, drängte Jayden. »Sie war hier im Gebäude und am Anschlag beteiligt.« Dann gab er Barnes eine Beschreibung von ihr, ihrer Kleidung und dem Motorrad. Der Mann klemmte sich sofort ans Telefon.

In diesem Moment wurde eine Bahre an ihnen vorbeigetragen, auf der eine große kräftige Person unter einem Laken lag. An der Hand, die von der Bahre hing, erkannte Jayden, dass es sich um den toten General LeBlanc handelte, in dessen Brust immer noch Conklins Messer steckte.

Ein paar Polizisten folgten der Bahre, danach wurde Gideon in Handschellen von einer Einheit des Geheimdienstes an ihnen vorbeigeführt.

»Du?«, rief Gideon, als er Lenny neben Jayden sah. »Du elende Verräterin! Du verdammte miese Ratte, du verkommener Schleimbolzen, du stinkendes falsches Aas!«, schrie er so aufgebracht, dass Speichel aus seinem Mund flog. Die Polizeibeamten mussten ihn festhalten.

Jayden wischte sich übers Gesicht. »Wenn du so mit ihr sprichst, wirst du nie ein Date mit ihr bekommen«, sagte er todernst.

»Diese elende dreckige popelgesichtige Bitch!«

Lenny lächelte milde. »Langsam wird mir klar, warum ich

ständig Kopfschmerzen habe, wenn ich dich sehe«, sagte sie in ruhigem Ton zu Gideon, als er an ihr vorbeigeschoben wurde.

»Eines Tages werde ich dich kriegen!«, spie Gideon aus.

»Grüße an deinen Vater und deine Stiefmutter – und die besten Wünsche für ihre Firma«, sagte Jayden süffisant.

Kaum war Gideon fort, wurde Yoko abgeführt. Auch sie war fassungslos, als sie Lenny sah. »Wenn ich jemals wieder rauskomme – und das werde ich, verlass dich drauf –, finde ich dich und kratze dir die Augen aus. Ganz langsam. Mit einem Löffel. Und dann sehe ich zu, wie du verreckst.«

Diesmal atmete Lenny nur tief durch und sagte nichts. Barnes, der mit einem Ohr zugehört hatte, beendete jetzt sein Telefonat, beugte sich zu Lenny und senkte die Stimme. »Soll ich die beiden unauffällig für Sie verschwinden lassen, Ma'am?«, witzelte er.

Lenny riss erfreut die Augen auf, ihr Gesicht erhellte sich. »Das würden Sie für mich tun?«

»Wir haben Mittel und Wege.« Barnes zwinkerte ihr zu, dann folgte er den Verhafteten.

Nachdem sich der Tumult in diesem Untergeschoss einigermaßen gelegt hatte, fuhren Jayden und Lenny mit dem Fahrstuhl in den zehnten Stock.

Sie waren allein in der Kabine und sagten eine Weile lang nichts, bis Lenny schließlich fragte: »Sind deine Verletzungen schlimm?«

Jayden wischte sich über die Blutkruste an der Schläfe, dann senkte er den Blick auf den Schnitt an seinem Unterarm und tastete zu der Wunde am Oberarm. Das Blut war in der Zwischenzeit geronnen, hatte sich mit dem Stoff verklebt und auch hier eine Kruste gebildet. »Ist okay«, sagte er nur. »Hast du eigentlich jemals erfahren, dass Erik, Garrison und ich bei unserer Flucht geschnappt wurden? Um ein Haar wären wir draufgegangen.«

»Was? Oh, nein.« Lenny klang ehrlich schockiert. »Ich dachte, euch wäre die Flucht locker gelungen. Als der Alarm im Campus losging, hattet ihr doch sicher schon längst den Strand erreicht und wart auf dem offenen Meer … oder?«

»Na ja … fast. Warum hast du nicht versucht, über andere Wege Kontakt mit uns aufzunehmen?«

»Ich wollte ja eine Nachricht ans Hauptquartier absetzen und hatte sogar auch schon eine Idee, wie ich das technisch anstellen könnte«, sagte Lenny. Sie erreichten die zehnte Etage und gingen in Richtung von Direktorin Hamblys Büro. »Aber dann haben sie nach Garrisons Befreiung und eurer Flucht die Sicherheitsvorkehrungen erhöht. Ein unbemerktes Funken wäre nicht mehr möglich gewesen.«

Jayden nickte, dann drückte er Lennys Schulter. »Wenigstens ist dir nichts passiert.«

Plötzlich lächelte Lenny. »Und außerdem habe ich interessante Informationen über MOEBIUS herausgefunden.«

62. KAPITEL

Erik raste mit einem Höllentempo auf Amanda Woolf zu. Der Gang war viel zu eng für einen ausgedehnten Kampf. Sie holte zwar mit der Messerhand aus, aber die Reichweite seines Beins war länger. Noch bevor sie zustechen konnte, trat er ihr in den Magen und legte dabei seine ganze Kraft aus der Hüfte in den Tritt.

Amanda Woolf taumelte ein paar Meter zurück und fiel hin, nutzte aber den Schwung, machte einen Purzelbaum nach hinten und war sofort wieder auf den Beinen. »Nicht schlecht …«, keuchte sie. Sie stand nun in der Mitte der Bibliothek und trat den Lesestuhl beiseite, damit sie mehr Platz hatte.

Erik erinnerte sich, dass sie auf der Open-Air-Bühne von Hell Island das Mikrofon in der rechten Hand gehalten hatte. Jetzt hielt sie das Messer aber links, was vermutlich an der Schnittwunde an ihrem rechten Oberarm lag. Also konzentrierte er sich darauf.

Er betrat ebenfalls die Bibliothek, und noch bevor sie eine weitere Attacke gegen ihn ausführen konnte, machte er eine Drehung und knallte ihr das Bein hart gegen den verletzten Oberarm. Er spürte, wie sie zusammenzuckte, und setzte sofort mit einem Handkantenschlag auf dieselbe Stelle nach.

Da er eine Kevlarweste trug, stach sie mit dem Messer nach

seinem ungeschützten Hals. Er blockte den Hieb zwar und packte ihre Messerhand, doch sie rammte ihm den Ballen der anderen Hand hart gegen den Solar Plexus.

Der Schmerz fuhr Erik durch die Weste direkt in die angeknacksten Rippen und von dort durch den ganzen Körper. Anscheinend bemerkte sie seine Schwäche, da sie überrascht eine Augenbraue hochzog und ihn nun mit einer Folge von granatenharten Kettenfaustschlägen eindeckte, dass es ihm die Luft wegdrückte. Dabei schrammte ihre Messerspitze mehrmals mit einem kratzenden Geräusch über die Kevlarweste.

Unter den Schmerzen, die in seinem Körper explodierten, stolperte er schließlich mehrere Schritte zurück und fiel neben dem Lesestuhl der Länge nach auf den Rücken. Er biss die Zähne zusammen und wollte sich bereits aufrappeln, als sie sich schwungvoll mit den Knien auf seine Brust warf und mit dem Messer zum tödlichen Stoß ausholte. Erik blieb zwar die Luft im Hals stecken, aber er blockte den Angriff. In diesem Moment drangen donnernde Geräusche aus dem Gang zu ihnen in die Bibliothek. Amanda Woolf erstarrte. Jemand bearbeitete die Tür. Mr Finley hatte die Nachricht also erhalten und die Einsatzkräfte hatten die Tür in der Wand gefunden.

»Ich bin hier drinnen!«, rief Erik heiser.

Sie ließ von ihm ab.

»Oje …«, keuchte er.

Sie bedachte ihn mit einem bissigen Blick und stürzte hastig zu der Stelle des Zeitschriftenregals, an der sie vorhin gestanden hatte. Dort riss sie gezielt ein Magazin heraus, das sie sich unter die Achsel klemmte.

Unterdessen rappelte sich Erik auf und wollte sie aufhalten, doch sie stand bereits am Fenster und riss es auf. Wie das Musikzimmer, so lag auch die Bibliothek an der Rückseite des Hauses mit Ausblick auf die Wiese. Offenbar wollte sie über die Hausfassade in den Garten abhauen, wo ihr Motorrad stand.

Er packte ihr Handgelenk, doch sie rammte ihm den Ellenbogen in die Rippen, sodass er röchelnd zu Boden sackte. Dabei gelang es ihm noch, den Umschlag des Magazins zu fassen zu bekommen, den er mit ein paar Seiten herunterriss.

Tollkühn schwang sie sich trotz ihrer Verletzung aus dem Fenster und ließ sich am Fallrohr der Dachrinne hinunter.

Erik zog sich am Fensterbrett hoch und wollte ebenfalls hinausklettern, doch er musste husten und spuckte Blut. *Verdammt.* Eine der angeknacksten Rippen hatte vielleicht den Lungenflügel verletzt. *Nur nicht zu viel bewegen!*

Erschöpft hielt er sich auf den Beinen und sah, wie sie über die Wiese lief und auf ihr Motorrad sprang.

Mr Finley und zwei Polizisten stürmten in die Bibliothek und kamen neben ihm zu stehen.

»Dort unten ist sie …«, keuchte Erik und biss die Zähne unter Schmerzen zusammen. Amanda Woolf startete gerade ihre Maschine.

»Schießen Sie!«, brüllte Mr Finley.

»Aber das ist doch eine Po…«

»Schießen Sie, verdammt noch mal!«, befahl Finley.

Doch als die beiden Polizisten endlich ihre Waffen gezogen und auf ihre »Kollegin« auf dem Motorrad angelegt hatten, raste sie bereits über die Wiese, sodass feuchte Erde vom Hinterrad in hohem Bogen übers Gras spritzte. Mit einem waghalsigen Manöver stieß sie das nur einen Spaltbreit offen stehende hintere

Gartentor auf, fuhr an zwei geparkten Polizeiwagen vorbei und verschwand in der Regensuppe.

»Was wollte sie hier?«, knurrte Mr Finley.

Kommentarlos reichte Erik ihm den Umschlag und die zerrissenen Seiten des Time-Magazins.

63. KAPITEL

Lenny und Jayden betraten Miss Hamblys Büro. An beiden Seiten der Tür standen Sicherheitsleute, die sie sofort stoppten. Jayden sah, wie Major Conklin auf einer Couch neben dem Besprechungstisch lag und sowohl den Couchbezug als auch den Teppich vollgeblutet hatte. Neben ihm saß ein Notarzt auf einem Stuhl, dahinter standen zwei Sanitäter und eine besorgt und betroffen dreinschauende Miss Hambly. Auf dem Boden lagen mehrere geöffnete Arztkoffer, Mullbinden, aufgerissene Verpackungen und blutige Wundauflagen.

Der Major hatte einen Druckverband am Hals und die Kanüle einer Infusionsflasche in der Vene. Jetzt richtete er sich auf und blickte mit einem müden Lächeln zu Jayden.

Ken Garrison war auch hier. Er stand in der Nähe der Tür, hielt ein Funkgerät in der Hand und deutete zu den Sicherheitsleuten. »Ist okay, lasst die beiden durch!« Er klemmte sich das Walkie-Talkie an den Gürtel, ging auf sie zu und drückte Lenny die Hand. »Wahnsinn! Schön, dich zu sehen.«

»Schön, *dich* zu sehen.«

»Wir haben gerade von der Fahndung nach Amanda Woolf gehört«, sagte Garrison. »Weißt du, ich dachte immer, wir von den Teams Alpha und Beta wären die Besten – aber da habe ich mich ganz schön geirrt.« Er nickte Lenny und Jayden zu. »Respekt, Team Omega.«

»Danke«, sagte Lenny, »aber die Sache ist noch nicht vorbei.« Sie bahnte sich, gefolgt von Jayden, den Weg zu Major Conklin.

»O Gott!« Erleichtert sank Major Conklin wieder auf die Couch zurück, als er Lenny sah. »Ich dachte ernsthaft, ich hätte dich für immer …«

»Sir, Sie hatten sich doch geschworen, niemals wieder jemanden aus Ihrem Team zu verlieren«, erinnerte sie ihn. »Das habe ich nicht vergessen und daran habe ich mich gehalten.«

Er lächelte und drückte ihr erleichtert die Hand. Nachdem Lenny kurz berichtet hatte, was sie Jayden schon zuvor erzählt hatte, richtete er sich ein wenig auf. »Warum hast du nicht Kontakt mit uns aufgenommen, als du Englands Küste erreicht hast?«

»Sir, ich hätte riskiert, dass meine Tarnung auffliegt. Außerdem stand ich unter ständiger Beobachtung von LeBlanc, Gideon und Yoko und musste das Spiel mitspielen.«

»Verstehe …« Er nickte. »Gut gemacht.«

Nun gab auch Jayden einen kurzen Bericht, was sich in der Tiefgarage ereignet hatte, ehe Garrison unterbrach. »Sir, der Premier ist in wenigen Minuten da.«

Der Major nickte und stöhnte kurz auf, als er sich wieder hinlegte. »Prima.«

»Wie geht es Ihrem Hals?«, fragte Jayden.

»Eine weitere Narbe, die LeBlanc mir zugefügt hat.« Conklin lächelte bitter. »Diesmal ist es aber endgültig das letzte Andenken an ihn.«

Inzwischen kümmerten sich die Sanitäter auch um Jayden, reinigten seine Verletzungen, klebten die Schnittwunden mit mehreren Wundnahtstreifen zusammen, legten ihm einen Verband an und gaben ihm ein Schmerzmittel.

»Das Zeug wirkt Wunder.« Der Major lächelte. »Ein wenig wird man sogar high davon.«

»Das ist einer der schönen Nebeneffekte, wenn man bei der ...« Jayden hüstelte lächelnd. »... Brighton Beach Shipyard arbeitet.«

Fünf Minuten später flog die Tür auf und Premier Metcalf kam in Begleitung seines Bodyguards herein. Durch den Türspalt sah Jayden, dass Beamte der Metropolitan Police den Gang abgeriegelt und zur Sicherheitszone erklärt hatten.

Metcalf trat gleich zu Jayden und Major Conklin und betrachtete sie. »O Mann«, sagte er nur, als er ihre Verletzungen sah, dann fasste er sich rasch wieder. »Gute Arbeit ... oh, Miss Zarakis, Sie sind auch hier? Freut mich, dass Sie es geschafft haben und es Ihnen gut geht. Danke für Ihren Einsatz.«

»Ich hätte nicht damit gerechnet, Sie hier zu sehen, Sir«, sagte Lenny überrascht.

»Ich wollte es mir nicht nehmen lassen, das Anschlagsziel persönlich zu inspizieren.« Er wandte sich an Max Logan und gab ihm ein Zeichen.

»Darf ich Sie alle bitten?«, fragte Max Logan mit einem gewissen Nachdruck in der Stimme und scheuchte den Arzt, die Sanitäter, Miss Hambly und die Sicherheitsleute aus dem Büro. Nachdem er als Letzter das Zimmer verlassen hatte, schloss er von draußen die Tür.

Als sie unter sich waren, wandte sich der Premier an Lenny. »Was wissen Sie über MOEBIUS?«

Nun erzählte Lenny zum dritten Mal, was Jayden schon wusste, und fuhr dann fort: »Ich habe die Ausbildung von MOEBIUS bis zum Schluss absolviert. Für die Organisation spielt

Geld absolut keine Rolle. Die haben das Camp auf Hell Island vor fünf Jahren errichtet und bilden dort seither ausschließlich ihre eigenen Leute aus.«

»Keine Spione für andere Terrororganisationen?«, fragte Metcalf.

»Nein, Sir.«

Metcalf zog die Augenbrauen zusammen. »Und wer sind diese Leute, die dort ausgebildet werden?«

»Unterschiedlich«, sagte Lenny. »Da ist einmal das persönliche Security-Team, das die Drahtzieher beschützt, die hinter MOEBIUS stehen. Dann gibt es eigene Forscherteams, Entwickler, Programmierer, Techniker, Wissenschaftler, aber auch militärisch ausgebildete Soldaten oder ausländische Agenten, so wie diesen Ramos, auf den Jayden vor knapp fünf Monaten in Buenos Aires gestoßen ist. Mittlerweile bin ich sicher, dass auf Hell Island auch alle anderen Leute ausgebildet wurden, mit denen es die Last Line of Defense in Buenos Aires und Montevideo zu tun gehabt hatte.«

Metcalf runzelte die Stirn. »Aber wozu? Was haben die vor?«

»Sir«, sagte Lenny, »diese Leute planen zahlreiche Anschläge auf der ganzen Welt. Die nächsten Ziele nach Großbritannien sind Kanada und die USA.«

Metcalf blieb trotz der schockierenden Nachricht gefasst und nickte. »Okay, aber um *was* zu erreichen? Offenbar geht es nicht um Geld, ebenso wenig gab es bisher ein Ultimatum oder irgendwelche Forderungen.«

»Den Grund dafür kenne ich nicht, Sir«, sagte Lenny. »Ich konnte auch nicht herausfinden, *wer* hinter MOEBIUS steckt.« Sie blickte kurz zu Jayden. »Allerdings habe ich gestern, an meinem letzten Tag auf Hell Island, ein Telefonat von Amanda Woolf belauschen können. Der Anschlag gegen Großbritannien war ein persönliches Anliegen jener Person, die hinter MOEBIUS steckt.«

»Mann oder Frau?«, fragte Conklin.

Lenny hob unwissend die Schultern.

»Wer, verdammt noch mal, verbirgt sich dahinter?«, fragte Metcalf, während er gedankenversunken an seinem Fingernagel kaute. »Und welche Motivation hat diese Person?«

»Wir werden es herausfinden«, sagte Major Conklin.

Metcalf sah auf. »Wenn es bis dahin nicht schon zu spät ist.«

64. KAPITEL

Während Mr Finley den Umschlag und die zerrissenen Seiten des Time-Magazins in eine Klarsichtfolie packte und dem Team der Spurensicherung übergab, lief bereits eine Großfahndung nach Amanda Woolf. Ihr Foto wurde an alle Busbahnhöfe, Zugstationen, Flughäfen, Taxistände, U-Bahn-Stationen und Autobahnauf- und -abfahrten im Umkreis von zwanzig Meilen geschickt.

Unterdessen lag Erik auf dem Lesestuhl der Bibliothek und wurde von einer Ärztin untersucht, die ihn zuallererst von der Kevlarweste und seinem T-Shirt befreite.

Besorgt drehte Mr Finley eine Runde nach der anderen in der Bibliothek. »Warum ist Amanda Woolf überhaupt in Großbritannien?«, fragte er sich laut.

Da es nach einem Selbstgespräch klang, gab Erik keine Antwort.

»Was hat sie hier verdammt noch mal gewollt?«

»Walnüsse …«, presste Erik leise hervor.

Mr Finley drehte sich zu ihm um und senkte den Kopf. »Was?«

»Nicht reden!«, ermahnte die Ärztin Erik, die seinen Blutdruck maß und seine Brust abhörte.

»Walnüsse …«, wiederholte Erik flüsternd.

»Ah, ja, richtig …«, dämmerte es Mr Finley. Sofort schlüpfte er aus den Gummihandschuhen und griff in die Seitentasche seines Sakkos. »… helfen beim Denken.« Er kramte eine offene Packung heraus und schob sich eine halbe Handvoll Nüsse in den Mund. »Amanda Woolf weiß von den Anschlägen und ist trotzdem hier«, murmelte er mit vollem Mund. »Und geht damit das Risiko ein, dass sie es nicht mehr rechtzeitig aus Großbritannien rauschafft.«

»Ich an ihrer Stelle würde mit dem Motorrad zur Themse fliehen und von dort mit einem Motorboot zur Küste fahren«, überlegte Erik.

»Still!«, befahl die Ärztin, die Eriks Brustkorb abtastete.

»Wenn überall das Stromnetz zusammenbricht, herrscht Chaos«, fuhr Erik unbeirrt fort, »und sie kann sich unbemerkt nach Irland, Frankreich, Belgien oder in die Niederlande absetzen.«

»Gut, der Junge …« Mr Finley nickte, hielt Erik die Packung hin, woraufhin der sich eine Handvoll Nüsse herausfischte.

Die Ärztin warf genervt die Arme in die Luft. »So kann ich nicht arbeiten!«

»Verpassen Sie dem Jungen lieber ein starkes Schmerzmittel, ich brauche ihn noch ein paar Minuten, und so lang wird er ja wohl durchhalten«, murmelte Mr Finley gedankenverloren.

»Aber er hat Blut gespuckt!«

»Stammt vermutlich von einem Schlag ins Gesicht, andernfalls hätte er schon längst einen Lungenkollaps und wäre jetzt tot«, sagte Mr Finley und konzentrierte sich wieder auf seine Überlegungen.

Erik verzog das Gesicht, hustete zwar, nickte dann jedoch zustimmend, um sich nicht anmerken zu lassen, dass er sich mehr Sorgen um sich selbst machte als Mr Finley.

»Warum war sie aber *hier?*«, fragte sich Mr Finley und sah sich kauend in der Bibliothek um. »Sie hat etwas Wichtiges in ihrem Haus vergessen.«

»Sie hat nichts *vergessen*«, korrigierte Erik ihn. »Mittlerweile muss sie erfahren haben, dass ihr Plan, London zu Fall zu bringen, gescheitert war«, überlegte er.

»Stimmt.« Mr Finley drehte sich um und deutete auf Erik. »Sie wusste, dass London nicht wie geplant im Chaos versinken und untergehen, sondern alles seinen gewohnten Lauf nehmen würde.«

»Daher musste sie so rasch wie möglich alle Spuren beseitigen, die auf ihre Auftraggeber hindeuten könnten.« Erik schob das Stethoskop der Ärztin beiseite und richtete sich auf. »Deshalb ist sie das Risiko eingegangen, noch einmal in ihre Villa zu gehen, obwohl es da von Polizei nur so wimmelt.«

»Und es musste ein verdammt wichtiger Gegenstand sein, nach dem sie gesucht hat, sonst wäre sie dieses Risiko niemals eingegangen«, setzte Mr Finley den Gedanken fort. »Immerhin war sie verletzt und hat geblutet.« Er sah Erik fragend an. »Und du bist sicher, dass sie nur diese Ausgabe des Time-Magazins mitgenommen hat? Sonst nichts?«

»Soviel ich weiß, ja.«

»Seltsam …« Mr Finley runzelte die Stirn.

Drei Leute von der Spurensicherung in weißer Kleidung mit Handschuhen, Haarnetz und weißen Überschuhen betraten den Raum. »Wir können jetzt anfangen. Wenn Sie bitte das Zimmer verlassen würden.«

Mr Finley nickte. »Wir brauchen Fingerabdrücke von allen Büchern, Zeitschriften und Papierschnipseln in diesem Zimmer.«

»Wird erledigt.«

»Haben Sie schon den Umschlag des Time-Magazins untersucht?«, drängte Mr Finley.

»Ja, Sir.«

»Und, etwas gefunden?«

Der Mann zog ein Tablet aus seiner Umhängetasche und wischte darauf herum. »Es waren Fingerabdrücke von drei Personen darauf, die wir identifizieren konnten. Von diesem jungen Mann …« Er deutete auf Erik. »… von Amanda Woolf selbst und dann noch von diesem Mann hier.« Er hob das Tablet und zeigte Mr Finley das Display.

»Das ist unmöglich«, sagte Mr Finley prompt.

»Nein, Sir, wir haben diese Fingerabdrücke unabhängig voneinander mit drei Online-Datenbanken verglichen.«

Mr Finley warf Erik einen besorgten Blick zu, dann betrachtete er die Ärztin. »Kann der junge Mann gehen?«

»Ja, aber ich würde dringend raten, ihn in ein Krankenhaus zu bringen, damit er …«

Mr Finley presste kurz die Lippen aufeinander. »Das muss noch einen Moment warten. So schnell stirbt er schon nicht. Erik, komm mit! Wir brauchen eine Videoverbindung zu Conklin und James Metcalf.«

»Hören Sie!«, unterbrach ihn die Ärztin. »Dieser junge Mann muss …« Sie stoppte. »Sagten Sie … Metcalf? *Der* Metcalf?«

»Wie viele James Metcalfs kennen Sie denn noch? Ja, ich meine den Premierminister.« Er nickte Erik zu. »Komm, Junge, beiß die Zähne zusammen, wir suchen uns ein ruhiges Plätzchen für ein wichtiges Telefonat.«

65. KAPITEL

Sie standen immer noch in Direktorin Hamblys Büro, als Max Logan mit einem aufgeklappten Notebook in der Hand ins Zimmer stürmte und zu Premier Metcalf eilte. »Ein verschlüsselter Anruf für Sie, Sir.«

Metcalf wischte genervt mit der Hand durch die Luft. »Ich habe jetzt keine Zeit. Ist es wichtig? Können wir das nicht später …?«

»Sir, der Anruf ist von Mr Finley.«

»Oh!«, entfuhr es Metcalf. »Her damit.« Er schnappte sich das Notebook und nahm hinter Miss Hamblys Schreibtisch auf ihrem Lederstuhl Platz. Alle anderen bis auf Max Logan stellten sich um den Premier herum, während der den Videocall entgegennahm und das Bild vergrößerte.

Jayden sah das Innere einer Limousine. Das Bild war verwackelt, aber er erkannte Mason, der vorne am Steuer saß, und Mr Finley, der das Notebook anscheinend auf seinen Oberschenkeln balancierte.

»Können wir sprechen? Sind wir unter uns?«, begann Mr Finley gleich ohne langes Vorgeplänkel.

Metcalf deutete mit einer umfassenden Bewegung zu den Leuten, die hinter ihm standen. »Es sind nur Max und der innere Kreis der Last Line of Defense anwesend.«

»Sehr gut.« Mr Finley atmete tief durch, dann gab er einen kurzen Bericht, was sich in der letzten Stunde in Amanda Woolfs Villa ereignet hatte. Während seiner knappen Erzählung drängte sich Erik kurz seitlich ins Bild, spreizte die Finger zum Victory-Zeichen und grinste in die Kamera. Da erkannte er plötzlich Lenny, die hinter dem Premier stand, woraufhin ihm ein erfreutes »Lenny, du lebst!« entfuhr.

Lenny beugte sich kurz zum Notebook des Premiers hinunter. »Lange Geschichte, erzähl ich dir später.«

Mr Finley lächelte zwar auch erfreut, dann schob er jedoch Erik wieder auf seinen Sitz zurück. »Und dann haben wir in der Bibliothek der Villa einen Fingerabdruck auf einer Zeitschrift gefunden. Und zwar von Victor Crane …« Bedeutungsschwer ließ er den Satz ausklingen.

Der Premier starrte lange auf den Bildschirm, dann verzog er nachdenklich das Gesicht. »Und? Was ist daran so besonders?«

Lenny räusperte sich. »Entschuldigen Sie, Sir, aber wer bitte ist Victor Crane?«

Der Premier sah kurz auf. »Ein Londoner Industrieller und Milliardär, der vor acht Jahren gestorbenen ist.«

Major Conklin nickte zustimmend. »Könnte durchaus sein, dass er seinerzeit mal in dieser Villa zu Gast gewesen ist.«

Mr Finley schüttelte energisch den Kopf. »So einfach ist die Sache leider nicht, denn es handelt sich dabei um die aktuelle Ausgabe des Time-Magazins, die vor vier Wochen erschienen ist.« Das Bild ruckelte und dann sah Jayden, wie Mr Finley eine Klarsichtfolie mit dem zerrissenen Cover des Magazins darin in die Kamera hielt.

Das Titelbild zierte ein Foto von James Metcalf, darunter konnte Jayden einen Teil der Schlagzeile lesen.

... mächtigste Mann Großbritanniens – Ein Sympathieträger ... Downing Street ...

»Die Homestory mit meinem Interview«, entfuhr es Metcalf, während er nach Luft schnappte.

»Ja, Sir.« Mr Finley hielt eine andere Seite in die Kamera, auf der man den Premierminister neben seiner Tochter sah. *Catleen Metcalf und ihr berühmter Vater,* stand unter dem Foto.

Ihnen allen stockte beim Anblick der Atem, denn die Augen des fünfzehnjährigen Mädchens waren ausgekratzt und auf Metcalfs Kopf war mit rotem Filzstift eine Zielschreibe gemalt worden. Daneben standen in Großbuchstaben die Worte: *DRECKIGER LÜGNER!*

Kurz darauf war Mr Finley wieder zu sehen. »Das sind leider die Fakten, Sir.«

Metcalf räusperte sich. »Aber wie können Victor Cranes Fingerabdrücke auf dieser aktuellen Ausgabe sein? Lebt er noch?«

»Ich habe keine andere Erklärung dafür«, sagte Mr Finley nüchtern.

»Gott stehe uns bei!«, entfuhr es Metcalf.

Jayden spürte, wie sich Metcalfs Körper anspannte.

»Keine Sorge, Sie sind vor ihm sicher«, sagte Max Logan.

»Ich vielleicht«, erwiderte Metcalf, »aber London und Großbritannien auch?«

Jayden sah, wie hinter Mr Finley ein Krankenwagen mit Blaulicht vor der Limousine hielt. Das Bild ruckelte kurz.

»Um es kurz zu machen«, sagte Mr Finley, »Erik und ich sind zu dem Schluss gekommen, dass Amanda Woolf, nachdem der Anschlag auf London gescheitert ist, geahnt haben muss, dass wir ihre Villa finden, das Haus auf den Kopf stellen und auch die Bibliothek entdecken würden. Deshalb ist sie das Risiko eingegangen, das Magazin verschwinden zu lassen, weil uns die Zielscheibe, die zerkratzten Augen und die Fingerabdrücke unweigerlich auf Victor Cranes Spur geführt hätten. Anscheinend musste dieses Geheimnis um jeden Preis gehütet bleiben.«

»Was meinen Sie, Finley? Ist *er* derjenige, der hinter MOEBIUS steckt?«

»Sieht ganz danach aus.«

»Das wäre …«, murmelte Major Conklin, »… eine Katastrophe.«

Lenny warf Jayden einen gleichermaßen fragenden wie verwirrten Blick zu. Auch Ken Garrison sah sie ahnungslos an. Anscheinend begriff keiner von ihnen die Hintergründe, aber sie wollten das Gespräch zwischen Finley, Conklin und dem Premier nicht mit lästigen Fragen unterbrechen.

Plötzlich drängte sich Erik wieder ins Bild. »Victor Crane *muss* der Chef sein …«

»Wie kommst du darauf?« Mr Finley drehte den Kopf. »Kennst du Victor Crane überhaupt? Als er gestorben ist, warst du gerade mal neun Jahre alt.«

»Nein, ich kenne ihn nicht, aber …«

»Erik, ich fürchte, dein Schmerzmittel war zu hoch dosiert«, unterbrach Mr Finley ihn.

»Bei Erik müssen Sie ein Auge zudrücken«, mischte sich Lenny kurz ein, »er macht manchmal Faxen und …«

»Nein, nein«, unterbrach Metcalf sie. »Lasst den jungen Mann ausreden! Was wolltest du sagen?«

»Ich … äh …«, stammelte Erik. »Auf Hell Island gab es doch

diesen zentralen Platz mit dem runden Kuppelgebäude. Darauf befand sich diese große Statue eines Vogels mit ausgebreiteten Flügeln, als wollte das Vieh jeden Moment abheben.« Lenny wollte etwas sagen, aber Erik unterbrach sie. »Ja, ja, ich weiß, kein Phönix, sondern ein Kranich.« Er grinste. »Victor Crane hat sich damit auf der Insel sein eigenes Denkmal errichtet.«

Für einen Moment waren alle stumm und warfen sich einen Blick zu, als würde ihnen gerade ein Licht aufgehen, denn *Kranich* hieß auf Englisch *crane.*

Lenny drehte sich verwundert zu Jayden. Ihre Lippen bewegten sich tonlos. *Manchmal hat er tatsächlich seine großen Momente.*

Jayden nickte. Anscheinend konnte Erik auch dann zur Höchstform auflaufen, wenn er mit Schmerzmitteln vollgepumpt war.

Die Tür zur Limousine wurde geöffnet und zwei Sanitäter steckten den Kopf in den Wagen. »Erik Tuomi zum Abtransport?«, fragte einer.

»Ja«, murmelte Mr Finley tief in Gedanken versunken. »Passt gut auf ihn auf und pflegt ihn rasch wieder gesund. Der Junge ist ein Genie.«

Erik grinste noch einmal mit erhobenem Daumen in die Kamera, dann halfen ihm die Sanitäter aus der Limousine und verfrachteten ihn in den Krankenwagen.

»An der Theorie könnte was dran sein«, sagte Mr Finley, nachdem die Sanitäter die Autotür wieder geschlossen hatten.

»Er ist es«, murmelte Metcalf, der sich mittlerweile ziemlich sicher zu sein schien. »Er steckt dahinter.«

Jayden räusperte sich. »Wer *genau* ist Victor Crane?«

Metcalf drehte sich zu Jayden um, dann sah er zu Major Conklin. »Es ist …«

»Sir!«, unterbrach Conklin ihn warnend.

»Nein, Major, es ist okay«, sagte Metcalf sanft. »Es ist an der Zeit, dass Ihre Leute die Wahrheit erfahren.« Er sah auf die Uhr. »Wir treffen uns um siebzehn Uhr zu einer Besprechung im abhörsicheren Raum in der Downing Street.«

66. KAPITEL

Am Abend zogen immer noch Gewitterwolken über London. Blitze zuckten, Donner grollte, Regenschauer fegten durch die Straßen, und pünktlich um siebzehn Uhr schlugen die Glocken von Big Ben.

Bis auf Erik, der im Krankenhaus lag, hatten sich alle, die der Premier eingeladen hatte, im abhörsicheren fensterlosen Raum der Downing Street Nr. 10 eingefunden. Major Conklin, Mr Finley, Ken Garrison, Lenny und Jayden. Direktorin Taylor war ebenfalls anwesend und sie konnte es gar nicht richtig fassen, dass Lenny noch am Leben war und wieder in ihrem Team arbeitete.

Während Max Logan den Eingang von draußen bewachte und die Polizisten der Metropolitan Police das Gebäude sicherten, trat Premier Metcalf ans Ende des ovalen Tisches aus Teakholz. »Nehmen Sie Platz, Ladies and Gentlemen.« Er setzte sich, woraufhin alle anderen ebenfalls Platz nahmen.

An der Decke brannte ein schwaches Licht. Die schweren Stühle knarrten. In dem Raum roch es nach kaltem Pfeifentabak, der sich in den letzten Jahrzehnten in den schwarzen Dielen des Parkettbodens und den holzvertäfelten Wänden eingenistet hatte und vielleicht sogar noch aus der Ära von Winston Churchill stammte. Niemals hätte sich Jayden erträumt, jemals hier zu sitzen – mit dem Premierminister an einem Tisch.

»Ich werde in einer Stunde eine Pressekonferenz abhalten und zu den Anschlägen in Edinburgh und Liverpool Stellung nehmen«, begann der Premier. »Bis dahin haben wir Zeit, Klartext zu reden und ein paar Fakten zu besprechen.« Er mache eine Pause. »Aber zunächst möchte ich Direktorin Taylor, dem Major und dem gesamten Team der Last Line of Defense danken, die es durch ihren außerordentlichen Einsatz ermöglicht haben, den schlimmsten Angriff, den Großbritannien seit dem Zweiten Weltkrieg erfahren hat, abzuwehren. Hätte auch nur einer von Ihnen in den letzten vier Wochen versagt, würde das Königreich, wie wir es kennen, jetzt nicht mehr existieren.«

Jayden fand die Aussage zwar ein wenig übertrieben, andererseits wäre Metcalf verantwortlich gewesen, wenn es wirklich zum Worst-Case-Szenario eines Blackouts gefolgt von einem atomaren Fallout gekommen wäre.

»Allerdings wird es nie eine öffentliche Anerkennung für Ihre Dienste geben, da bis auf wenige Ausnahmen niemand von dieser Organisation Kenntnis hat«, sagte Metcalf weiter. »Das ist das Los, wenn man für die Last Line of Defense arbeitet. Stattdessen werden sich die britischen Geheimdienste die Lorbeeren für diese geglückte landesweite Anti-Terror-Aktion untereinander streitig machen – und nur wir wissen, wer sich wirklich den Arsch dafür aufgerissen hat. Daher ist es nur fair, den jungen Agentinnen und Agenten der Last Line of Defense die ganzen Hintergründe zu erklären, damit sie wissen, womit sie es zu tun und wofür sie ihr Leben riskiert haben.«

»Sir …« Direktorin Taylor wollte Bedenken anbringen, doch Premier Metcalf brachte sie mit einer klaren Geste, die keinen Widerspruch duldete, zum Verstummen.

»Mr Finley ist in seiner Eigenschaft als Talent-Scout jahrelang um den Erdball gereist, um die fähigsten jungen Leute zu finden, die Sie für ein kleines Vermögen jahrelang ausgebildet haben. Warum? Weil Sie diesen jungen Leuten vertrauen und weil Sie absolut davon überzeugt sind, dass sie die Besten sind. Und wenn *Sie* ihnen vertrauen, dann kann ich es genauso gut. Also …« Metcalf machte eine Pause und betrachtete Jayden, Lenny und Garrison. »Wer ist dieser Victor Crane und was ist seine Motivation, Großbritannien, Kanada und die USA zu vernichten?« Er faltete die Hände und stützte sein Kinn darauf. »Alles begann vor acht Jahren. Damals war ich Außenminister und kandidierte für den Posten des Premierministers. Linda Crane, Victor Cranes Frau, war damals meine Gegenkandidatin bei der Wahl. Ich möchte nicht schlecht über sie reden, aber …«

»… aber sie hat ziemlich mieses Dirty Campaigning betrieben«, führte Mr Finley den Satz zu Ende. »Sie hat keinen hinterhältigen Trick ausgelassen und eine wahre Schlammschlacht inszeniert, weil sie um jeden Preis Premierministerin von Großbritannien werden wollte. Linda Cranes Chancen standen gut, aber sie war in den Umfragen trotzdem immer knapp hinten.«

Metcalf nickte. »An dem Tag, als es passierte, war ich gerade mit meiner Wahlkampfveranstaltung fertig und fuhr mit meinen Kollegen aus Kanada und den USA zu einer Außenminister-Tagung in die Londoner Innenstadt.« Sein Blick wurde nachdenklich und verlor sich in weiter Ferne, als erlebte er die Szenen jenes Tages noch einmal hautnah mit. »Unser gesicherter Pkw-Konvoi war unterwegs zur Sitzung. Der Außenminister von Kanada und die Außenministerin der USA saßen mit mir hinten in der Limousine.« Metcalf blickte kurz zu Mr Finley über den Tisch. »Sie waren auch im Auto.«

Mr Finley nickte.

»In welcher … äh, Eigenschaft?«, unterbrach Jayden die Stille.

»Mr Finley war damals mein persönlicher Leibwächter, den ich engagiert hatte, da es dank Linda Cranes Hetzkampgange immer häufiger zu Morddrohungen gegen mich und meine Familie gekommen war.« Er kratzte sich am Kinn. »Jedenfalls haben wir mit dem Fahrer der Limousine gescherzt und …«

»Und wer war dieser Fahrer?«, fragte Jayden einer plötzlichen Eingebung folgend. »Mr Mason?«

»So ist es.« Metcalf nickte. »Wir waren kurz abgelenkt und haben alle den Wagen übersehen, der uns von der Seite mit voller Geschwindigkeit rammte. Zuerst dachten wir, es wäre ein Attentat auf uns, aber der Fahrer des anderen Autos hatte einfach das Stoppschild übersehen. Wir waren nicht schuld, allerdings hätten wir den Unfall möglicherweise verhindern können, wenn einer von uns auf den Verkehr geachtet und der Fahrer schneller reagiert hätte.« Er machte eine Pause.

»Und im anderen Wagen saß Linda Crane«, vermutete Lenny.

Metcalf nickte. »Sie und ihr Fahrer. Sie hatte ihren Wahlkampf ebenfalls beendet und wollte nach der Abschlussfeier nach Hause zu ihrem Mann fahren. Linda und ihr Chauffeur waren nicht angegurtet und sind beide an Ort und Stelle ums Leben gekommen.« Metcalf versagte die Stimme.

»Der Unfall wurde von der Polizei aufgenommen«, erzählte Mr Finley weiter. »Die Staatsanwaltschaft hat sogar ermittelt, aber durch die Auswertung der Verkehrskameras wurde eindeutig bewiesen, dass Linda Cranes Fahrer das Stoppschild überfahren hatte. Außerdem hatte er bei der Feier ein wenig getrunken, wie die Obduktion ergab.«

»Ein entsetzlicher Zufall, wie er sicher nur ganz selten im Leben vorkommt – aber Victor Crane glaubte an keinen Zufall.« Metcalf räusperte sich. »Wir haben alles Mögliche getan, um der Familie Crane zu helfen, aber Crane hat behauptet, *wir* wären schuld an diesem Unfall, hätten ihn sogar absichtlich inszeniert und anschließend die Verkehrskameras und das Obduktionsergebnis manipuliert, um meine Konkurrentin auszuschalten und mir dadurch den Weg zur Spitze zu ebnen. Er sprach von einer groß angelegten Vertuschungsaktion – einer Verschwörung, in der die westlichen Regierungen mit drinsteckten, die Wahrheit verschleierten, damit sie weiterhin heimlich im Hintergrund die Machtfäden ziehen konnten. Er war schon damals ein wenig paranoid und dieser Unfall gab ihm den Rest.«

Jayden verstand die ganze vertrackte Situation. Ihre Psychologin Elly D. Shepard hätte es vermutlich so erklärt, dass Victor Crane einen Schuldigen brauchte, auf den er seine Wut, sein Leid und seinen Hass abladen konnte, um den Tod seiner Frau zu verarbeiten. »Wie ging es weiter?«, fragte er.

»Nun …« Metcalf atmete tief durch. »Drei Wochen später war ich ganz neu im Amt und die Medien bezeichneten mich damals als den neuen Hoffnungsträger Großbritanniens, der das Land aus der Krise führen würde.« Er zuckte mit den Achseln.

»Sir, was Ihnen bei aller Bescheidenheit auch tatsächlich gelungen ist«, ergänzte Major Conklin.

»Das mag sein«, knurrte Metcalf bitter. »Aber Victor Crane war von Zorn und Trauer so zerfressen, dass er alle Hebel in

Bewegung setzte, damit der Außenminister von Kanada, die Außenministerin der USA und ich von unseren Ämtern zurücktraten und man uns persönlich zur Rechenschaft zog.«

»Aber das hat nicht geklappt?«, vermutete Jayden.

Metcalf nickte. »Kurz darauf beging Victor Crane Selbstmord.«

Lenny schluckte. »Und wie?«

Direktorin Taylor beugte sich nach vorn. »Hat sich in der Garage seiner Villa mit Säure übergossen und ist dabei elend zugrunde gegangen … angeblich … Aber wie es scheint, lebt er noch.«

»Offenbar unentdeckt im Untergrund, von wo aus er langsam die Organisation MOEBIUS aufgebaut und jahrelang an seinen Racheplänen geschmiedet hat«, ergänzte Major Conklin. »Jetzt kennen wir den Grund für alles. Anscheinend hat er noch eine offene Rechnung mit Ihnen und Großbritannien zu begleichen.«

Metcalf schaute zu Lenny. »Wie es scheint, nicht nur mit uns.« Er wurde nachdenklich. »Und das ist das Tragische an der ganzen Sache. Denn mittlerweile sind alle Beteiligten, die damals mit mir im Wagen saßen, zu noch höheren Machtpositionen aufgestiegen.«

Direktorin Taylors Augen wurden schmal. »Robert Ambush, der ehemalige Außenminister Kanadas, ist jetzt der Premierminister von Kanada, und Samantha Dunkin, die frühere Außenministerin der USA, ist jetzt die amerikanische Vize-Präsidentin.«

»Und das reißt bei Crane natürlich noch tiefere Wunden auf«, seufzte Metcalf, »denn in seinen Augen sind wir ein Haufen von Mördern und Lügnern, die mittlerweile die westliche Welt regieren.« Er atmete tief durch. »Wir haben nur eine Chance – wir müssen ihn finden und aufhalten.«

Direktorin Taylor nickte. »Wir arbeiten bereits daran.«

»Und wenn wir versuchen … mit ihm zu reden?«, schlug Garrison vor.

»Reden?«, wiederholte James Metcalf. »Dieser Mann hat gerade versucht, das Vereinigte Königreich zu vernichten.« Er blickte auf die Uhr, dann erhob er sich, richtete seine Krawatte und die Manschettenknöpfe an den Hemdsärmeln und straffte sein Sakko. »Ich muss zur Pressekonferenz.«

Ohne ein weiteres Wort verließ er den Raum.

67. KAPITEL

Die Pressekonferenz war anstrengend gewesen und nach knapp zwei Stunden endlich zu Ende. Auch ausländische Medien hatten sich dazu eingefunden und Metcalf hatte sich den Fragen der Reporter und Journalistinnen tapfer gestellt und sachlich in aller Ruhe berichtet, dass die englischen Geheimdienste mehrere geplante Attentate auf Großbritannien hatten verhindern können. Die Stromausfälle in Liverpool und Edinburgh würden wohl noch einen Tag anhalten, dann jedoch mit Stromlieferungen aus anderen nähergelegenen Kraftwerken und komplett neuen EDV-Anlagen behoben werden. Für die Atomkraftwerke bestand keine unmittelbare Gefahr. Zur derzeitigen Stunde könne er noch nichts Genaues über die Hintergründe sagen. Die müsse man erst noch aufarbeiten.

Mittlerweile saß Premier Metcalf wieder in seinem Büro in der Downing Street bei einer heißen Tasse Darjeeling-Tee und einigen Keksen, die ihm seine Assistentin auf einem Teller dazugestellt hatte. »Nervennahrung«, wie sie behauptete.

Cat schlief bereits in ihrem Zimmer. Sie hatte morgen, am Montag, eine wichtige Schularbeit in Mathe und würde vermutlich gleich in der Früh von ihren Schulfreundinnen mit Fragen über ihren Vater und die Geschehnisse bombardiert werden. Und seine Frau lag im Bett und las einen Roman von Anthony Horowitz. Sie hatte versprochen, auf ihn zu warten, auch wenn es länger dauern würde – und das würde es, denn er musste noch zwei wichtige Telefonate führen.

Seine Assistentin steckte den Kopf in sein Büro. »Die amerikanische Vize-Präsidentin hat jetzt Zeit. Sie ist auf Leitung zwei.«

Er nickte. »Ist die Verbindung verschlüsselt?«

»Ja, Sir, wie üblich.«

»Danke.« Er wartete, bis seine Assistentin die Tür geschlossen hatte, dann nahm er den Hörer seines schwarzen Telefons ab und drückte auf die Nummer zwei.

»Dunkin«, meldete sie sich.

»Hallo, Samantha«, sagte er nur.

»Hallo, James, was für ein Schlamassel. Ich habe es vor ein paar Stunden über unseren Geheimdienst erfahren und schaue gerade die BBC-Nachrichten.«

»Die Hintergründe des Anschlags sind in Wahrheit noch viel größer als in den Medien berichtet wurde«, verriet er ihr.

»Dachte ich mir. Brauchst du Hilfe?«

»Nein, danke, wir konnten das Schlimmste in letzter Sekunde verhindern und haben die Situation wieder einigermaßen unter Kontrolle«, beruhigte er sie.

»Wer steckt dahinter?«, fragte sie. »Die Araber, die Russen oder die Chinesen?«

»Weder noch …«, sagte er. Wie alle regierenden Politiker dieser Welt wusste er, dass man die Aktionen eines Feindes, den man bereits kannte, gut beurteilen konnte. Doch ein Feind, über den man kaum etwas wusste, war auch kaum einzuschätzen. Und damit bewahrheitete sich wieder einmal die alte Weisheit, dass es Dinge gab, die man kannte, und Dinge, die man nicht kannte. Aber das Schlimmste war, dass es auch Dinge gab, von denen man gar nicht wusste, dass man sie nicht kannte. Und genau darum ging es hier.

Samantha Dunkin schwieg am anderen Ende der Leitung. Möglicherweise ahnte sie bereits, was er ihr jetzt gleich sagen würde.

»Unser tot geglaubter Erzfeind ist aufgetaucht«, ließ Metcalf die Katze aus dem Sack.

Es blieb eine Weile lang stumm am anderen Ende der Leitung. »Ich hoffe, das ist nur ein übler Scherz«, sagte die US-amerikanische Vize-Präsidentin.

»Ich fürchte nicht.«

»Ist ... die Verbindung sicher?«, fragte sie.

»Ja, zweifach von unserem Geheimdienst verschlüsselt, wir können also offen reden.«

»Gut«, seufzte sie. »Victor Crane soll also tatsächlich noch am Leben sein?«

»Ja.«

»O Gott«, entfuhr es ihr. »Dann war das bestimmt erst der Anfang.«

»Davon gehen wir aus.«

»Wie weit seid ihr ihm auf der Spur?«

»Wir hatten eines seiner Terrorausbildungs-Camps vor der Küste Marokkos infiltriert. Private Insel in internationalen Gewässern – offiziell schwer ranzukommen. Aber ich denke, dass er das Camp mittlerweile geschlossen und alle Hinweise und Spuren beseitigt hat.« Er hörte sie auf einer Tastatur tippen.

»Marokko, sagst du?« Sie tippte weiter. »Unseren Unterlagen zufolge gibt es keine aktuellen britischen Geheimdienstaktionen an der Westküste Afrikas.«

Metcalfs Mund umspielte ein leichtes Schmunzeln. *Gut so!* »Das war auch das Ergebnis einer … sagen wir mal … High-Confidential-Top-Secret-Classified-Operation, von der nur wenige Menschen auf diesem Planeten wussten.«

»So etwas hast du?«, fragte sie erstaunt.

»Ja, denn andernfalls …«

»… wäre Großbritannien an diesem Tag gefallen«, führte sie seine Gedanken zu Ende. »Verstehe.« Sie machte eine Pause. »Weiß der kanadische Premierminister schon davon, dass unser gemeinsamer Freund noch lebt und Pläne schmiedet?«

»Ambush wurde bereits vorab von meinem Büro informiert, aber ich werde ihn nachher ebenfalls anrufen und die Details mit ihm besprechen.«

»Gut. Was schlägst du danach vor?«

»Mittlerweile gehen wir davon aus, dass es Victor Crane ist, der hinter MOEBIUS steckt.«

»Aha …« Sie machte eine Pause, offenbar dachte sie nach. »Dann hat diese ominöse Organisation, die seit Jahren immer wieder wie ein Phantom herumgeistert, jetzt also endlich ein Gesicht und ist offiziell in Erscheinung getreten.«

»Ich bin sicher, dass Großbritannien nach wie vor in großer Gefahr schwebt, genauso wie die USA und Kanada«, sagte Metcalf. »Nach Informationen meines Geheimdienstes plant Victor Crane einen weiteren, möglicherweise noch viel größeren Schlag gegen uns. Vielleicht klingt das ja übertrieben, aber …«

»Nein, tut es nicht«, unterbrach sie ihn. »Wir wissen nicht, was diesem Mann zuzutrauen ist. Möglicherweise plant er, die gesamte westliche Welt ins Chaos zu stürzen, um seine wahnsinnige Rache fortzusetzen. Wir sollten uns so bald wie möglich treffen.«

»Im Mai kommen wir beide mit Ambush bei einem Meeting mit der Präsidentin Guatemalas zusammen«, erinnerte Metcalf sie.

»Richtig, da ist diese Klimakonferenz in Guatemala-City, wo wir über den Schutz des Biosphären-Naturschutzgebiets verhandeln …«, überlegte sie laut, während sie auf der Tastatur tippte. »Anschließend könnten wir in die USA fliegen. Nach Miami. Dort berufe ich eine Sicherheitskonferenz mit allen anderen westlichen Staaten ein.«

»Schaffst du das in so knapper Zeit?«

»Bestimmt, immerhin geht es darum, MOEBIUS gemeinsam zur Strecke zu bringen.«

68. KAPITEL

Während Premier Metcalfs Pressekonferenz über die Bühne ging, durfte Jayden im Londoner Central University Hospital duschen und bekam von einem Boten der Last Line of Defense frische Kleidung. Danach wurde er von einem Ärzteteam von oben bis unten durchgecheckt. Nach einem Röntgenbild mit Kontrastmittel kam er in die Röhre, damit anhand einer Computertomographie innere Verletzungen festgestellt werden konnten. Doch bis auf seine äußeren Schrammen schien er gesund zu sein. Schließlich wurden seine Schnittverletzungen neu verbunden und die Wunde an seiner Schläfe verarztet.

Während der ganzen Untersuchungen erfuhr er durch das Gespräch mit einem älteren Krankenpfleger, dass das hochmoderne Gebäude, in dem er sich gerade befand, früher das Children's University Hospital gewesen war, das drei Jahre nach seiner Geburt abgebrannt war. Hier hatte seine Mutter ihn also zur Welt gebracht – und hier hatte Tante Maggie ihn und Grace zum ersten Mal gleich nach der Geburt im Arm gehalten und danach mit ihnen drei Jahre lang in London gelebt. Allerdings hatte er absolut keine Erinnerungen mehr an diese Stadt, sondern nur noch an seine Kindheit in Liverpool.

Während er mit dem Fahrstuhl in die unterste Etage fuhr und durch die gläserne Empfangshalle ging, lief ihm ein Schauder über den Rücken. Hier hatte er als Baby seinen ersten Schrei gemacht und die Welt hatte ihn empfangen, während seine Mutter auf so tragische Weise gestorben war. Je mehr er darüber nachdachte, desto mehr kam er zu dem Entschluss, dass er unbedingt mehr über die Herkunft seiner Mutter herausfinden musste. Irgendwie würde er es schaffen, auch wenn ein Brand alle alten Unterlagen von damals vernichtet hatte. Doch jetzt war der falsche Zeitpunkt dafür.

Lenny wartete bereits auf ihn. Er holte sie beim Portier ab, dann fuhren sie gemeinsam in die fünfte Etage, wo Erik in einem eigenen Zimmer lag.

Während der Regen monoton auf das Fensterbrett trommelte und graue Schlieren das nächtliche London überzogen, saß Erik in blauer Krankenhauskleidung mit gelben Punkten auf seinem Bett und las beim grellen Licht der Nachttischlampe den zerfledderten zweiten Band von Harry Potter.

»Hab ich mir aus der Teeküche ausgeborgt.« Er wedelte mit dem Buch, knickte eine Seite ein und legte es beiseite, dann strahlte er.

»Ja, der Trend zum Zweitbuch steigt.« Lenny setzte sich an sein Bett. »Wie geht's dir?«

Jayden blieb neben dem Bett stehen und begrüßte Erik mit einem Fistbump.

»Röntgen, MRT, CT, Ultraschall, Kontrastmittel – das volle Programm«, sagte Erik theatralisch.

»Wie lange hast du noch?«, fragte Jayden mit todernster Miene.

»Mir bleiben noch ein bis zwei Tage …«, antwortete Erik, dann musste er grinsen. »… danach entlassen sie mich.«

»Mrs Harding freut sich schon darauf, dich wiederzusehen«, unkte Lenny.

»Och, ich fürchte, ich falle noch längere Zeit aus.«

»Und was hast du?« Lenny bohrte ihm vorsichtig mit dem Finger in die Seite, woraufhin Erik schrill aufquiekte.

»Ein Rippe ist gebrochen, zwei sind angeknackst«, sagte er. »Zum Glück habe ich keine inneren Verletzungen. Oh nein, stimmt nicht, ein Backenzahn wackelt ein bisschen und ich habe mir beim Kampf mit Amanda Woolf auf die Zunge gebissen.«

»Autsch!«, entfuhr es Jayden.

»Übrigens bin ich in diesem Krankenhaus in bester Gesellschaft«, erklärte er in ganz wichtigem Ton. »Major Conklin liegt auch hier, eine Etage über mir. Er hat angekündigt, dass er mich besucht, sobald er mit seinen Untersuchungen fertig ist.«

Sie alberten noch eine Weile herum, bis es schließlich, während der Donner grollte und ein Blitz die Skyline von London erhellte, an der Tür klopfte. Major Conklin kam herein und sie mussten sich bei seinem Anblick alle drei das Grinsen verkneifen.

»Lacht nicht so dämlich«, knurrte er. »Ich habe mir dieses gepunktete sexy Nachthemd nicht ausgesucht.«

Barfuß stand er vor ihnen. Doch trotz der lächerlichen Krankenhauskleidung merkte man darunter deutlich Conklins durchtrainierten gestählten Körper.

Sein Hals war bandagiert und dort, wo LeBlanc ihn mit dem Messer erwischt hatte, am Handrücken und den Unterarmen, hatte er Pflaster und Verbände.

»Sie sehen trotzdem zum Fürchten aus … Pitbull«, beschwichtigte Lenny ihn.

»Zum Glück, denn alles andere würde meinem Ruf schaden.«

Er blieb vor Eriks Bett stehen. »Leute, das war der erste große Einsatz als Team für euch – und ich bin stolz auf euch.«

»Bleibt unser Job so?«, fragte Erik neugierig.

Der Major wiegte den Kopf. »Das war nur ein kleiner Vorgeschmack. Aus Erfahrung weiß ich, dass die Einsätze härter und gefährlicher werden.«

»Sagen Sie, Major ...« Lenny überlegte. »Ich habe von den anderen gehört, dass General LeBlanc ein alter Bekannter von Ihnen war. Was ist Ihnen und Ihrem Team der Special Forces eigentlich damals in Algerien passiert?«

Jayden hielt die Luft an und er merkte, wie auch Erik mucksmäuschenstill wurde. Eine bessere Gelegenheit als jetzt, die Wahrheit zu erfahren, würde sich wohl kaum ergeben.

»Tja ... also damals ...«, begann Conklin, verstummte jedoch, als es plötzlich an der Tür klopfte.

»Fuck«, zischte Erik.

Mr Finley trat ein, im grauen Anzug, die Krawatte schief und locker gebunden. »Guten Abend allerseits.«

»Ich erzähle es euch an anderes Mal«, flüsterte Conklin.

Mr Finley blieb in der Mitte des Raumes stehen und musterte sie mit einem verschmitzten Lächeln. Schließlich neigte er leicht den Kopf und nickte zufrieden. »Major, das war eine brillante Leistung ... aber ich hoffe, Sie und Erik sind schon bald wieder fit und einsatzbereit.«

Der Major kniff die Augen zusammen. Auf seinem Gesicht regte sich keine Reaktion, aber Jayden war sicher, dass er genau wusste, wovon Mr Finley da sprach.

Erik blickte Mr Finley erwartungsvoll an. »Äh, ja, und warum?«

»Der Premierminister hat nächsten Monat einen neuen Auftrag für die Last Line of Defense.«

»Wohin geht es diesmal?«, seufzte Erik und wirkte echt gestresst.

»In die USA, nach Miami ...«

»Nach Miami?«, rief Lenny plötzlich und grinste übers ganze Gesicht. »Florida, die Everglades, Nationalparks und Palmenstrände.«

Erik verschränkte die Arme hinter dem Kopf. »Das erinnert mich an damals, als ich mit dem US Special Operations Command in Fort Lauderdale festsaß. Das war kein Spaziergang, als wir ...«

»Ja, ja, unser Erik, hat immer eine große Klappe«, unterbrach Major Conklin ihn.

»Was denn?«, rief Erik. »Die letzten drei Wochen waren doch ein Klacks.«

»Richtig, du warst ja auch nur eine Minute lang tot und musstest wiederbelebt werden«, sagte Jayden und zuckte mit den Achseln.

»Und Amanda Woolf hat dir fast beide Lungenflügel zerquetscht«, ergänzte Lenny wie nebenbei.

Mr Finley musste kurz grinsen, dann wurde er jedoch wieder ernst, griff in die Sakkotasche und schob sich eine Walnuss in den Mund. »Wir wissen nicht, was MOEBIUS plant«, sagte er kauend, »aber möglicherweise wird unser Auftrag in Miami ...«

»... ein echtes Himmelfahrtskommando«, sagte Erik.

EPILOG

Spät nachts saß Victor Crane in der großen Bibliothek seiner Villa, die er gelegentlich als Büro benutzte. Er nahm die Kopfhörer ab und warf sie auf den Schreibtisch. Dort lagen einige Mappen mit einem simplen runden Logo – ein gelbes M in einem blauen Kreis.

Er hatte genug gehört. Nun fuhr er mit dem elektrischen Rollstuhl, der die Form eines großen wuchtigen Ledersessels hatte, zu seiner verspiegelten Hausbar und goss sich ein Glas Whiskey ein. Nachdenklich starrte er dabei auf das hässliche Narbengeflecht, das seinen Handrücken zierte. Seit dem Tod seiner Frau waren ihm nur noch wenige Dinge geblieben, die ihn am Leben erhielten. Der Geschmack guten irischen Whiskeys und kubanischer Zigarren, der Klang klassischer Musik, das belebende Kreischen der Möwen … und seine Rache an James Metcalf, Samantha Dunkin, Robert Ambush, Mason und Finley.

Er betätigte einen Schalter auf den Armaturen seiner Armlehne, woraufhin das große Fenster, das den Ausblick auf die weite felsige Küste bot, die im Mondschein lag, einen Spaltbreit kippte. Der Vorhang bewegte sich im Wind, nächtliche Kühle und der Geruch von Meersalz drangen in die Bibliothek sowie das aufgeregte Rufen einzelner Möwen.

Er drehte den Rollstuhl. »Möchten Sie auch einen Drink?«

Amanda Woolf stand neben dem Schreibtisch. Sie trug Lederstiefel, eine Motorradlederhose und ein schwarzes Rippshirt.

»Nein, danke.« Amanda nahm ebenfalls die Kopfhörer ab und drehte sie nachdenklich in der Hand. Ihr Oberarm war blutverkrustet. Eine hässliche Schnittwunde verlief quer über ihren Bizeps bis zur Schulter.

Crane hatte bereits alles in die Wege geleitet, um sie verarzten zu lassen. Wie aufs Stichwort klopfte es an der Tür.

Da-tack – da-tack!

Victoria, mit exakt getrimmtem schwarzhaarigem Pagenkopf und in weißer Krankenschwesterntracht, betrat den Raum. Sie trug einen Erste-Hilfe-Kasten. »Ich bin jetzt so weit, wenn Sie wollen …«

»Danke, das hat noch Zeit«, wehrte Amanda ab. »Nach dieser Besprechung.«

Victoria warf einen demonstrativen Blick auf den Perserteppich. »Ich hoffe, Sie bluten in der Zwischenzeit nicht den …«

»Ich bemühe mich«, antwortete Amanda spitz.

»Wie Sie wünschen.« Victoria verschwand mit dem Arztkoffer und schloss die Tür.

Crane verzog schmerzvoll das Gesicht, als er Amandas Schnittverletzung betrachtete. Sie war wirklich hart im Nehmen. Aber genau deshalb arbeitete sie für ihn, weil sie sich in ihre Beute verbiss und kompromisslos so lange dranblieb, bis sie ihr Ziel erreichte. Dennoch hatte sie kürzlich versagt und die Ausgabe des Time-Magazins mit seinen Fingerabdrücken nicht mehr rechtzeitig aus ihrer Villa geschafft. Mittlerweile wussten seine Gegner also, dass er noch am Leben war. *Sollten sie doch.* Diese Information nützte ihnen rein gar nichts.

»Wie sind Sie an den Mitschnitt dieses Telefonats gekommen?« Amanda legte den Kopfhörer auf den Schreibtisch. »Das stammt doch direkt aus der Downing Street, nicht wahr?«

»Richtig.« Crane nippte an seinem Whiskey. »Vor wenigen Stunden ist es mir gelungen, das Büro von Premier Metcalf zu verwanzen.«

»Und weder die Metropolitan Police noch der MI5 haben bemerkt, dass wir es abhören?«

Crane nickte. Damit war ihm ein besonderer Coup gelungen. Und deswegen wussten sie nun auch, dass Premier James Metcalf soeben mit dem kanadischen Premierminister telefoniert hatte.

»Metcalf, Dunkin und Ambush fliegen also nach ihrem Meeting in Guatemala-City zu einer Sicherheitskonferenz nach Miami«, sinnierte Amanda. »Wegen uns?«

Victor Crane zog eine Augenbraue hoch. »Ja, exakt. Wegen uns.«

»Miami …« Amanda Woolf lächelte plötzlich. »Das ist unsere Chance, dort zuzuschlagen, wo es sie am meisten trifft, und alle auf einen Streich zu erledigen.«

Auch Victor Crane lächelte nun zufrieden. Trotz des verpatzten Anschlags auf Großbritannien entwickelten sich die Dinge im Moment gar nicht so schlecht. Er klemmte das Whiskeyglas in die Halterung an seiner Lehne und fuhr mit dem Rollstuhl zurück zum Schreibtisch. Dort griff er nach der Mappe mit der Aufschrift *Operation Dark Sky* und warf sie in den Papierkorb. »Und ich weiß auch schon wie.«

Unter der Mappe lag eine weitere Akte mit dem blau-gelben Logo von MOEBIUS.

Amanda Woolf warf einen Blick darauf. Ihre Augen erhellten sich. »Verstehe. Jetzt ist es also so weit.«

Victor Crane nickte.

Cockpit Mirror Program stand auf dem Aktendeckel.

Jayden D. Knoxville kommt wieder …
in »Last Line of Defense: Der Crash«

DANKSAGUNG

Ich möchte mich bei meinen dreizehn Testlesern und Testleserinnen bedanken, die das Manuskript in der Rohfassung gelesen und mir wertvolle Hinweise zur Handlung und coole Ideen zu den Figuren gegeben haben: Heidemarie Gruber, Veronika A. Grager, Roman Schleifer, Gaby Willhalm, Johanna Froihofer, Jürgen Pichler, Dagmar Kern, Barbara Karlich, Sebastian Aster, Stefanie Schauer, Norbert Hufnagl sowie Tim und Jane Feyer.

Weiters bedanke ich mich bei dem Programmierer und IT-Spezialisten Andreas Lechner, der mir bei technischen Fragen behilflich war.

Die Grundidee zu diesem zweiten Teil der Last Line of Defense kam mir, als ich vor einigen Jahren das Buch »Blackout« meines Autorenkollegen Marc Elsberg gelesen habe, das ich allen empfehlen kann, die sich weiter in das Thema Stromausfall vertiefen möchten.

Weiters bedanke ich mich bei Iris Praël, Nadja Korthals und Valentino Dunkenberger vom Ravensburger Verlag und meinem Literaturagenten Roman Hocke, die es mir ermöglicht haben, dieses Buch zu schreiben.

Im Moment sitze ich gerade in meinem Schreibbüro, es wird zunehmend heißer, und ich überlege mir fiese Situationen, in die ich Erik, Lenny und Jayden bei ihrem nächsten Abenteuer stürzen kann.

Daher geht mein letzter Dank an euch, die ihr dieses Buch gelesen habt. Haltet die Ohren steif und lasst euch nicht unterkriegen.

Deswegen gibt es euch!

© Barbara Wirl

ANDREAS GRUBER wurde 1968 in Wien geboren und hat bereits etliche erfolgreiche Thriller für Erwachsene geschrieben, die regelmäßig die Spitze der SPIEGEL-Bestsellerliste erobern, mit zahlreichen Preisen ausgezeichnet wurden und im deutschsprachigen Raum eine Gesamtauflage von über 6 Millionen verkauften Exemplaren erreicht haben. Besonders seine Reihe um den knallharten und brillanten Ermittler Maarten S. Sneijder schockiert und fasziniert seine Fans gleichermaßen. Die ersten beiden Bände – »Todesfrist« und »Todesurteil« – wurden mit Raymond Thiry und Josefine Preuß in den Hauptrollen verfilmt. Mit »Last Line of Defense« legt Gruber eine explosive Action-Thriller-Reihe vor, in der Jugendliche zu Geheimagenten ausgebildet werden. In seiner Freizeit ist Gruber begeisterter Kinogänger und spielt leidenschaftlich gern Schlagzeug. Auf einen Anruf von Metallica wartet er bis heute vergebens.

LESEPROBE

Alex Rider – Stormbreaker
Band 1
von Anthony Horowitz
ISBN 978-3-473-58522-9

GRABREDEN

Wenn es morgens um drei klingelt, gibt es immer schlechte Nachrichten.

Alex Rider wachte beim ersten Klingelton auf. Mit geöffneten Augen blieb er einen Moment lang völlig unbeweglich auf dem Rücken liegen. Er hörte, wie eine Schlafzimmertür leise geöffnet wurde, wie die Stufen knarrten, als jemand zur Haustür hinunterging. Es läutete noch einmal. Alex blickte auf den grün glimmenden Radiowecker: 3.02 Uhr. Unten klirrte es leise, als jemand die Sicherheitskette an der Tür abnahm.

Alex rollte sich aus dem Bett und ging zum offen stehenden Fenster. Seine nackten Füße sanken in den weichen Teppichflor. Mondlicht fiel auf seinen Oberkörper. Alex war vierzehn, schon jetzt kräftig und athletisch gebaut. Sein blondes Haar war kurz geschnitten, bis auf zwei dicke Strähnen, die ihm über die Stirn fielen. Seine braunen Augen blickten ernst. Einen Moment lang stand er völlig still am Fenster, halb verborgen im Schatten, und sah hinaus. Ein Polizeiauto stand vor dem Haus. Von seinem Fenster im Obergeschoss konnte Alex die schwarze Kennnummer auf dem Autodach sehen, und er sah auch die Mützen der beiden Polizisten, die unten vor der Haustür standen. Die Lampe neben der Haustür ging an und gleichzeitig wurde die Tür geöffnet.

»Mrs Rider?«

»Nein. Ich bin die Haushälterin. Was ist los? Ist etwas passiert?«

»Wohnt hier Mr Ian Rider?«

»Ja.«

»Vielleicht können wir einen Moment hereinkommen?«

»Was ...?«

Aber Alex kannte die Antwort bereits. Er konnte sie an der Körperhaltung der beiden Polizisten ablesen, die verlegen und unglücklich vor dem Haus standen. Und er konnte sie aus dem Ton ihrer Stimmen hören. Grabesstimmen ... so bezeichnete er sie später. Es war der Tonfall, den Menschen anschlagen, wenn sie die Nachricht überbringen müssen, dass jemand gestorben war.

Alex ging zur Schlafzimmertür und zog sie auf. Vom Flur klangen die Stimmen der beiden Polizisten herauf, aber Alex konnte nur einzelne Satzsplitter verstehen.

»... ein Autounfall ... Krankenwagen kam sofort ... Intensivstation ... nichts mehr zu machen ... unser herzliches Beileid ...«

Erst Stunden später, als Alex in der Küche saß und beobachtete, wie sich das graue Morgenlicht langsam in die Straßen und Gassen Londons ergoss, begann er allmählich zu begreifen, was geschehen war.

Sein Onkel Ian Rider war tot. Auf der Fahrt nach Hause war sein Auto in einem Kreisverkehr von einem Lastwagen erfasst worden; er war noch am Unfallort gestorben. Die Polizisten hatten erklärt, er sei ohne Sicherheitsgurt gefahren, sonst hätte er vielleicht mit dem Leben davonkommen können.

Alex dachte über den Mann nach, der sein einziger Verwandter gewesen war, solange seine Erinnerung zurückreichte. Seine leiblichen Eltern hatte Alex nicht gekannt; auch sie waren bei einem Unfall ums Leben gekommen, allerdings bei einem Flugzeugabsturz, nur wenige Wochen nach Alex' Geburt. Ian Rider, der Bruder von Alex' Vater, hatte ihn aufgenommen und großgezogen. (Alex durfte niemals »Onkel« zu ihm sagen – Ian Rider hasste das Wort!) Alex hatte fast die gesamten vierzehn Jahre seines Lebens in Ian Riders Reihenhaus in Chelsea, London, gewohnt, das zwischen der King's Road und der Themse lag. Aber erst jetzt wurde Alex bewusst, wie wenig er über seinen Onkel wusste.

Er hatte bei einer Bank gearbeitet. Die Leute sagten, Alex sähe ihm sehr ähnlich. Ian Rider war ständig auf Reisen – ein ruhiger, etwas reservierter Mann, der guten Wein, klassische Musik und Bücher mochte. Der keine Freundin zu haben schien … eigentlich überhaupt keine Freunde. Er hatte sich fit gehalten, rauchte nicht und bevorzugte teure Kleidung. Aber das konnte nicht alles gewesen sein. Nicht das Bild eines ganzen Menschenlebens.

»Alles in Ordnung, Alex?« Eine junge Frau kam in die Küche. Sie war Ende zwanzig, hatte üppiges rotes Haar und ein rundliches, jungenhaftes Gesicht. Jack Starbright war Amerikanerin. Vor sieben Jahren war sie als Studentin nach England gekommen und hatte ein Zimmer in Riders Haus bezogen – statt Miete zu zahlen, half sie im Haushalt und betreute den kleinen Alex. Und dann war sie einfach dageblieben und gehörte nun zu Alex' engsten Freunden. Manchmal fragte er sich, wie Jack wohl richtig heißen mochte – Jackie? Jacqueline? Eigentlich passte keiner der möglichen Namen zu ihr. Er hatte sie einmal danach gefragt, aber sie hatte ihm ihren richtigen Namen nicht verraten wollen.

Alex nickte. Er hatte Tränen in den Augen. »Was wird jetzt aus uns?«, fragte er.

»Wie meinst du das?«

»Na, was wird mit dem Haus? Mit mir? Mit dir?«

»Ich weiß nicht, Alex.« Sie zuckte die Schultern. »Ian wird ein Testament gemacht haben.« Sie sah ihn ruhig an. »Wenn es eröffnet wird, wissen wir mehr.«

»Sollten wir uns sein Arbeitszimmer ansehen? Vielleicht finden wir irgendetwas.« Alex' Stimme zitterte.

»Ja, aber nicht heute, Alex. Eins nach dem anderen.«

Ians Arbeitszimmer befand sich direkt unter dem Dach und erstreckte sich über die gesamte Länge des Hauses.

Als einziges Zimmer war es immer abgeschlossen – Alex war in all den Jahren nur drei- oder viermal in dem Zimmer gewesen, aber nie allein. Als Kind hatte er sich manchmal vorgestellt, dass dort oben etwas Seltsames vor sich ginge – dass dort eine Zeitmaschine wäre oder ein UFO. Aber es war ein ganz normales Arbeitszimmer mit einem Schreibtisch, ein paar Aktenschränken und Regalen voller Papiere und Bücher. Eben Sachen aus der Bank – jedenfalls hatte das Ian behauptet.

»Die Polizei sagt, er sei nicht angeschnallt gewesen«, wandte sich Alex wieder an Jack.

Sie nickte. »Stimmt, das haben sie gesagt.«

»Kommt dir das nicht seltsam vor? Du weißt doch, wie vorsichtig er war. Er hat immer den Sicherheitsgurt angelegt. Er wollte ja nicht mal um den Block fahren, solange ich nicht den Gurt angelegt hatte.«

Jack dachte einen Augenblick lang nach, dann zuckte sie wieder die Schultern. »Yeah, das ist komisch«, gab sie zu. »Aber es muss wohl so gewesen sein. Warum sollte die Polizei lügen?«

Der Tag zog sich quälend langsam dahin. Alex war nicht in der Schule, obwohl er gerne gegangen wäre. Er hätte es vorgezogen, aus dem leer wirkenden Haus zu fliehen, wenigstens ein paar Stunden lang ein »normales« Leben zu führen – das vertraute Pausenläuten, die Scharen bekannter Gesichter. Stattdessen saß er wie ein Gefangener zu Hause. Doch er musste zu Hause bleiben, um die Besucher zu empfangen, die am Vor- und Nachmittag zu ihm kamen.

Es waren fünf Besucher. Ein Rechtsanwalt, der nichts von einem Testament wusste, aber anscheinend den Auftrag hatte, die Beerdigung zu arrangieren. Ein Leichenbestatter, den der Rechtsanwalt empfohlen hatte. Ein Pfarrer – ein großer ältlicher Mann, der versuchte, beruhigend auf Alex einzureden. Eine Nachbarin von gegenüber – woher wusste sie überhaupt, dass jemand gestorben war? Und schließlich ein Mann von der Bank.

»Wir von Royal & General sind alle zutiefst schockiert«, begann der Mann. Er war etwa Ende dreißig und trug einen Polyesteranzug und eine billige Krawatte. Sein Gesicht war von der Art, die man sofort wieder vergisst. Er hatte sich als Mr Crawley von der Personalabteilung vorgestellt. »Wenn es vielleicht irgendetwas gibt, was wir für dich tun können …«

»Was wird jetzt aus mir?«, fragte Alex, schon zum zweiten Mal heute.

»Darüber brauchst du dir keine Sorgen zu machen«, sagte Crawley. »Die Bank wird sich um alles kümmern. Das ist mein Job. Du kannst alles mir überlassen.«

Der Tag verging. Am Abend spielte Alex ein paar Stunden lang mit seiner Nintendo Switch, um die Zeit totzuschlagen, und fühlte sich ein wenig schuldig, als ihn Jack dabei ertappte. Aber was hätte er sonst tun sollen? Später ging sie mit ihm zu einem Hamburger-Restaurant. Alex war froh, aus dem Haus zu kommen, aber sie sprachen kaum miteinander. Er war überzeugt, dass Jack nach Amerika zurückkehren müsse. Schließlich konnte sie nicht ewig in London bleiben. Wer würde sich dann um ihn, Alex, kümmern? Er war zu jung, um schon allein leben zu dürfen. Seine gesamte Zukunft schien total unsicher; er hatte keine Lust, jetzt darüber zu reden. Eigentlich wollte er jetzt überhaupt nicht reden.

Und dann kam der Tag der Beerdigung. Alex trug einen schwarzen Anzug und wartete auf den schwarzen Wagen, der aus dem Nichts auftauchte und ihn abholte. Alex war umgeben von schwarz gekleideten Menschen, die er nicht kannte. Ian Rider wurde auf dem Friedhof Brompton an der Fulham Road beerdigt, ganz in der Nähe des Fußballstadions von Chelsea, und Alex wusste, dass Ian an diesem Mittwochnachmittag gerne im Stadion gewesen wäre. Die Trauergemeinde umfasste etwa dreißig Menschen, aber Alex kannte fast niemanden. Direkt neben dem breiten Hauptweg, der sich durch den gesamten Friedhof zog, war ein Grab ausgehoben worden. Die Trauerandacht hatte gerade begonnen, als ein schwarzer Rolls-Royce den Weg entlangkam und in der Nähe anhielt. Ein Mann stieg aus. Alex beobachtete ihn, als er näher kam und dann stehen blieb. Hoch über den Köpfen kreuzte ein Flugzeug im Landeanflug auf den Flughafen Heathrow einen Augenblick lang die Sonne und ein Schatten fiel kurz auf den Friedhof. Dann verschwand auch die Sonne wieder hinter den Wolken. Alex fröstelte. Etwas an dem Ankömmling jagte ihm einen Schauder über den Rücken.

Eigentlich sah der Mann recht unscheinbar aus. Grauer Anzug, graues Haar, graue Lippen, graue Augen. Ein ausdrucksloses Gesicht. Die Augen hinter den eckigen Gläsern des bläulich schimmernden Brillengestells waren völlig leer. Vielleicht waren es diese Augen, die Alex so verstörten. Wer auch immer dieser Mann sein mochte, er schien jedenfalls weniger lebendig als irgendeine andere Person auf diesem Friedhof. Auf der Erde und darunter.

Jemand tippte Alex auf die Schulter. Er wandte sich um. »Das ist Mr Blunt«, flüsterte Crawley, der Personalchef, ihm ins Ohr. »Er ist der Direktor unserer Bank.«

Alex blickte über Crawleys Schulter hinweg zum Rolls-Royce hinüber. Blunt wurde von zwei Männern begleitet, von denen einer den Wagen chauffiert hatte. Sie waren identisch gekleidet und trugen Sonnenbrillen, obwohl es kein sonderlich heller Tag war. Und beide verfolgten die Beerdigung mit finsteren Mienen. Alex betrachtete Blunt und die Gesichter der anderen Trauergäste: Wie gut hatten sie Ian Rider wirklich gekannt? Warum hatte er, Alex, nie auch nur eine einzige dieser Personen kennengelernt, die sich hier versammelt hatten? Und warum fiel es ihm so schwer zu glauben, dass irgendjemand hier wirklich in einer Bank arbeitete?